나를 훔쳐 줘

②

나를 훔쳐 줘 ❷

초판 1쇄 발행 | 2019년 3월 11일

지은이 | 월우
펴낸이 | 김형호
펴낸곳 | 아름다운날
편집 주간 | 조종순
본문 디자인 | 디자인표현
표지 디자인 | 아르케디자인
출판 등록 | 1999년 11월 22일
주소 | (04031) 서울시 마포구 서교동 351-10 동보빌딩 202호
전화 | 02) 3142-8420
팩스 | 02) 3143-4154
E-메일 | arumbook@hanmail.net

ISBN | 979-11-86809-69-3 (04810)
       979-11-86809-67-9 세트

이 도서의 국립중앙도서관 출판예정도서목록(CIP)은 서지정보유통지원시스템 홈페이지(http://seoji.nl.go.kr)와 국
가자료공동목록시스템(http://www.nl.go.kr/kolisnet)에서 이용하실 수 있습니다.(CIP제어번호: 2019006103)

조선패설

나를 훔쳐 줘

월우 장편소설 ②

아름다운날

제 8 장

아버지의 딸

세간에 감 진사의 딸이 비참한 죽음을 맞은 게 알려진 지 한 달이
지났다. 그간 도성에는 크고 작은 소문들이 떠돌다 사라져갔다. 그중에서
도 도성 사람들의 입방아에 가장 많이 오르내린 건 바로 얼마 전에 있었
던 우의정의 딸 혼사 이야기였다.

"난다 긴다 하는 우의정 댁 혼례가 어찌 그리 조촐하게 치러졌는지 도무
지 이해를 못 하겠단 말이지."

"그러게. 이번엔 쌀이나 떡도 안 돌렸지?"

"도둑 혼례처럼 정신없이 후다닥 해치웠는데 쌀 돌릴 틈이나 있었겠어?"

사람들이 제일 먼저 의아해한 건 세도가 중의 세도가인 우의정 집 혼례
답지 않게 혼례 자체가 지극히 간소하게 치러진 점이었다. 보통의 세도가
에서는 혼례나 생일 등의 경사스러운 날이 다가오면 주변에 쌀이나 떡을
돌려 덕담과 함께 축하를 받는 것이 보통이었다. 실제로 그 반년 전에 있
었던 우의정의 생일 때만 해도 우의정 집에서는 몇 섬의 쌀에다 돼지까지

넉넉히 잡아 온 동네잔치를 벌인 바 있었다. 경사스러운 날을 맞아 집을 개방해 오는 손님, 가는 손님 막지 않고 누구든 모두 한 상 푸짐히 먹여 보내기도 하였다. 그런데 정작 귀하디귀한 무남독녀 외동딸 숙영의 혼례 날에는 딱히 이렇다 할 동네잔치는커녕 손님치레조차 변변히 하지 않은 까닭에 소문이 아니 날 리 없었다.

"그뿐만이게요? 듣자 하니 혼례 날 신랑이랑 그 가족들이 아주 죽을상을 하고 있더랍니다. 신랑 부모인 참판 내외나 신랑 누이는 물론이고, 당사자인 신랑조차도 얼굴이 새카맣게 죽은 게 완전 도살장에 끌려가는 소 같았다지 뭡니까?"

"데릴사위도 아니라던데 왜 그랬을까요? 우의정 사위면 앞으로 출셋길이 훤히 열린 거나 다름없을 텐데?"

이상하리만치 조용하고 침울했던 그 날의 혼례에 얽힌 뒷사정이 상세히 밝혀진 건 얼마 지나지 않아서였다.

"왜, 한 달쯤 전에 우의정의 오촌 조카가 신행을 가다 산적을 만나 변고를 당하지 않았습니까? 거기다 감 진사 딸은 죽고 말았고요. 그때 그 감 진사와 이번에 우의정의 사돈이 된 임 참판이 아주 오래전부터 막역한 친우 사이였다네요."

"아, 그래서?"

"예에. 따지고 보면 두 집안 다 우환 중에 혼사를 치른 것이나 진배없으니 그리 도둑 혼례처럼 치른 것이지요."

"어휴. 감 진사 집도 무남독녀 외동딸이라 들었는데 그 딸이 그렇게 죽어서 어쩐대요? 쯧쯧쯧."

그렇게 세상 사람들의 입방아에 한참 감 진사의 이름이 오르내리고 있을 무렵이었다.

 연락도 없이 갑자기 감 진사의 집에 찾아온 이들이 있었다. 감 진사도 두어 번 얼굴을 본 적이 있는, 예전 하진의 외갓집 노비였다 속량 된 황 서방과 비싼 옷가지들로 몸을 휘감은 웬 젊은 사내였다.

 "황 서방 자네가 웬일인가? 이 젊은 분은 또 뉘시고?"

 "하진 아가씨의 외가 쪽 친척이신, 그러니까 돌아가신 마님의 재종(再從, 6촌)형제 되시는 유호 도련님이십니다."

 "잠깐만…… 재종이라 하면……"

 감 진사가 지끈거리며 열이 오르는 머리를 감싸고 아주 먼 옛일을 더듬어 보았다. 하진의 생모 서 씨 부인과의 혼인 직후 양가 집안 어른들에게 인사를 고하는 자리에서 딱 보기에도 별로 형편이 여의치 못해 보이는 한 시골 영감과 인사를 나누었던 적이 있었다. 서 씨 부인의 당숙이라며 인사를 청해 온 사람 좋게 생긴 중년의 사내는 자신이 달성에 산다며 자신을 '달성 아재'라 부르면 된다고 본인을 소개했었다.

 "그럼 자네가 그 달성……?"

 "예. 돌아가신 제 아버님이 달성 아재라 불리셨지요."

 싹싹하게 답을 해 온 청년은 웃음을 띠고 있었지만, 눈매는 어딘가 날카로운 구석이 있었다.

 "아…… 달성 아재께서 돌아가셨던가? 미처 몰랐네, 그려."

 "괜찮습니다. 진사 어른께서는 모르셨던 것 같지만 하진이가 대신 인사도 챙기고 적지 않은 부조금도 보내왔으니까요."

 "그랬……던가?"

 감 진사는 자신이 모르는 사이에 하진이 외가 쪽 친척들과 연통하고 있었다는 사실에 약간의 불쾌함을 느꼈다.

'어미의 집안과 연통을 해? 도대체 뭘 어쩔 생각이었던 거냐.'

그러면서도 눈앞에 있는 청년의 예사롭지 않은, 부유해 보이는 행색이 의아하였다.

'분명 살림이 곤궁치 않았던 것 같았는데, 어찌 이리 형편이 좋아졌을꼬?'

"소생, 몇 해 전 혼인을 하였습니다."

감 진사의 생각을 눈치챈 것인지 청년이 묻지도 않은 말을 먼저 답하였다.

"처가 비록 중인의 지체이기는 하나 천석꾼 집안에서 홀로 외롭게 자란 터라, 소생 염치없게도 혼인을 하면서 처가의 지붕 아래 신세를 지게 되었지요."

청년의 말인즉 돈 많은 중인 집안의 데릴사위가 되었다는 뜻이었다.

'으흠, 낙혼(落婚, 지체가 높은 사람이 지체가 낮은 사람과 하는 혼인) 강혼을 하였구먼. 어쩐지.'

감 진사는 새삼 경멸 어린 시선으로 눈앞의 청년을 보았다. 낙혼은, 그것도 중인이나 상민과의 낙혼은, 흔히 먹고 살 길이라고는 족보를 뜯어먹는 일밖에 없는 가난한 양반 자손들이 종종 하는 결혼이었다. 물론 양반 지체를 버리고 돈을 택한 결혼이니만큼 주변에서는 곱지 않은 시선으로 볼 수밖에 없었다.

"그래서. 오늘 찾아온 연유가 무엇이라고?"

청년에게 묻는 감 진사의 말투도 조금 전과는 확연히 달라졌다. 귀찮다는 듯 얼굴엔 짜증까지 어려 있었다. 아직 몸이 완전히 다 회복되지 못한 만큼 빨리 청년을 내쫓고 다시 자리에 눕고 싶은 생각밖에 없었다.

"제가 먼 길을 좀 다녀오는지라 하진이에게 변고가 생긴 것을 이제야 알 았습니다. 하여 긴히 찾아뵙고."

"위로 인사라면 되었네. 내 간신히 몸과 마음을 추스르고 있으니 그만 이쯤하고……."

"인사가 아니오라."

감 진사가 청년의 말을 잘라먹고 그만 가 달라고 완곡히 말하려는 찰나, 되레 청년이 감 진사의 말 중간에 끼어들었다.

"받을 것이 있어 찾아왔습니다."

"받을 것?"

"실은 하진이 제가 길을 떠나기 전, 그러니까 그 아이가 혼인을 올리기 직전에 저를 찾아와 제게서 제법 많은 돈을 가져갔습니다."

"…… 돈이라니?"

난데없는 이야기에 감 진사가 이맛살을 찌푸렸다.

"그게 무슨 소린가?"

"이제 혼인을 하면 진사 어른과 연을 끊을 것이라면서, 그 아이게 제게 이런 것을 내어주었습니다."

청년이 품에서 봉투 하나를 꺼내더니, 그 안에서 종이 한 장을 끄집어내 어 감 진사에게 보여주었다.

"진사 어른도 아시는 내용일 텐데요?"

청년이 자신만만한 이유가 있었다. 봉투에서 꺼낸 그 문서는 바로 감 진 사가 하진에게 써주었던 절연장이었기 때문이다.

"이, 이것이 무어! 이걸로 무어!"

불안한 예감 같은 것에 신경질적으로 대응하는 감 진사에게 청년이 봉투 안에서 또 다른 종이 한 장을 꺼내 보여주었다.

"이걸 보시면 조금 더 짐작이 가시겠는지요?"

다시 청년이 내어준 걸 본 감 진사의 얼굴은 하진이 죽었다는 이야기를 전해 들었을 때만큼이나 하얗게 변했다. 손가락마다 주렁주렁 비싼 호박 반지며 두꺼운 금가락지들을 가득 낀 청년의 손에 들린 것은, 하진의 생모 서 씨 부인의 수인(手印, 손바닥 도장)이 또렷하게 찍혀 있는 문서였기 때문이었다.

"마, 말도 안 돼."

문서를 읽는 감 진사의 입에서 낮은 탄식이 흘러나왔다. 감 진사는 부들부들 떨리는 손으로 쓱쓱 눈까지 비빈 후 다시 한번 언문이 가득 적힌 종이를 자세히 들여다보았다. 혹시나 자신이 무어 잘못 본 게 아닐까, 부질없는 희망과 기대를 품고서. 그러나 몇 번을 다시 보아도 얇은 종이에 쓰인 글자들은 작은 획 하나 달라지지 않았다.

— 나의 모든 재산을 딸 하진에게 남긴다.

— 혼인하며 가져온 모든 재산과 하인을 딸 하진에게 남긴다.

— 내 친정에서 물려받은 모든 재산을 딸 하진에게 남긴다.

라고 쓴 문서였다. 거기에다 서 씨 부인이 혼인할 때 가져온 재산 목록들과 친정 부모가 죽은 후 남긴 유산 목록들에 대해서도 상세히 기재되어 있었다.

"이, 이건 가짜야! 명백히 가짜야! 그 여자가 이런 걸 남겼을 리가!"

"하지만 거기에 남겨진 수인은 돌아가신 마님의 것이 분명합니다. 제가 직접 확인을 하였습니다."

황 서방이 젊은 사내를 돕고자 끼어들었다.

"네깟 놈이 뭘 안다고! 뉘 안전이라고 함부로 나서는 게야! 너희 두 놈이 짜고서 날 속이려는 걸 누가 모를 줄 알아!"

이번엔 감 진사가 황 서방을 향해 험악하게 눈을 부라렸다. 황 서방은 오히려 미소까지 머금으며 그런 감 진사를 달랬다.

"마님의 수인을 제가 어찌 몰라보겠습니까? 저와 제 어미가 마님의 친정 댁에서 속량 될 때 마님이 저희를 위해 써주신 어음장도 있는 것을요."

이번엔 황 서방이 제 품에서 아주 오래되어 보이는 어음장을 꺼내 감 진사 앞에 내어놓았다. 서 씨 부인이 황 아무개에게 일금 일백 냥을 빌렸음을 증명하는 내용의, 빌린 이의 수인이 떡하니 찍힌 일백 냥짜리 어음 세 장이었다.

"어음이라니? 양반 부인이 어찌 속량 노비 따위에게 돈을 빌렸단 말이냐? 그것부터가 말도 안 되는 거짓인 것을!"

"그러니 저희를 위해 써주셨다는 거지요."

옛일을 더듬는 황 서방의 눈가가 어느새 촉촉이 젖어 들었다.

"속량이 되었음을 고하고 인사를 드리러 갔을 때, 아가씨 아니 마님께서는 마님의 부모님도 모르게 이것을 제 어미에게 주셨습니다."

그때 서 씨 부인은 평생을 제집 노비로 살다 늙고 쇠약해진 황 서방의 어미에게 말했다고 했다.

어려울 때 찾아오란다고 찾아올 사람이 아닌 걸 안다고. 알기에 주는 거라고. 이거라도 수중에 지니고 있으면 그래도 사는 게 좀 덜 팍팍해질 테니까, 언제고 꼭 필요한 순간에 이것을 들고 자신을 찾아오라고.

"그리고 마님은 말씀하셨지요. 만약 그때에 마님이 안 계시다면 마님의 부모님이, 혹은 마님의 바깥어른이, 혹은 마님의 자식이라도 그 어음에 적힌 돈을 주게 할 것이라고. 그것을 위해서 부러 어음이라는 형태로 주는 것이라고."

"그런 미친……."

감 진사가 서 씨 부인의 지나치게 너그러운 처사에 어이없어하는 걸 본 황 서방의 눈빛은 씁쓸해졌다.

"너그럽고 선한 분이셨습니다. 마님의 그 마음을 알기에 제 어미는 죽는 순간까지 이 어음장들을 품고 마님을 그리워하며, 평생 고마워하였지요."

그리고 그것은 황 서방이 자칫 저까지 위험해질지도 모르는데 하진의 이번 일을 적극적으로 돕게 된 연유이기도 했다.

"아무튼, 여기 이 어음들에 찍힌 마님의 수인(手印)과 도련님이 건네신 그 문서에 남겨진 마님의 수인(手印)이 같음을 제 두 눈으로 확인하였습니다. 진사 어른께서도 직접 확인해 보시지요."

말이 끝나기가 무섭게 감 진사가 허둥지둥 황 서방의 어음장과 청년이 건넨 문서를 번갈아 보며 거기에 찍혀 있는 각각의 수인들을 비교하였다. 그러더니 허둥지둥 자신의 방 문갑들을 뒤져 몇 개의 문서들을 끄집어내서 젊은 사내와 황 서방에게서 받은 문서와 어음들과 서로 비교하였다.

"으드득."

뚫어질세라 문서들을 노려보고 있는 감 진사의 입에서 당장 이가 부러질 것 같은 소리가 났다. 있는 힘을 다해 이를 가는 소리였다. 그도 그렇게 서 씨 부인이 친정 부모가 죽고 난 뒤 친정 집안의 노비들을 물려받았을 때, 그 문서에 찍었던 수인들과 방금 확인한 수인들이 서로 한 치의 다름도 없이 완벽하게 똑같았기 때문이었다. 즉 젊은 사내가 가져온 문서가 진짜라는 얘기였다.

"하, 하지만 하진이는 이미 죽었어. 죽은 딸이 죽은 어미의 재산을 어찌 물려받는단 말이냐?"

금세라도 허물어질 것 같은 몸을 곧추세우며, 애써 힘주어 감 진사가 말했다. 젊은 사내가 그런 감 진사를 보고 빈정거렸다.

"진사 어른. 왜 이러십니까? 정신을 단단히 붙드셔야지요."

"뭐, 뭐가 어째?"

"제가 처음에 무어라 하였습니까? 하진이가 생전에 제게 많은 돈을 가져갔다 하지 않았습니까?"

"…… 그랬지."

"그렇다면 제가 하진이에게 그냥 돈을 주었겠습니까? 또 본디대로라면 하진이가 가지고 있어야 할 이 문서가 왜 제 손에 있겠습니까?"

"그, 그럼?"

그제야 사태파악이 된 감 진사가 창백해진 얼굴을 구겼다.

"예. 하진이가 이 문서를 담보로 여러 차례 제게 큰돈을 빌려 갔다, 이 말입니다."

젊은 사내가 승리를 확신한 노름꾼이 마지막 패를 뒤집을 때처럼 득의양양한 얼굴로 또 다른 문서 하나를 꺼내어 감 진사 앞에 내밀었다. 차용증이었다. 하진의 이름이 적혀있고, 하진의 수인이 찍힌 막대한 금액의 차용증이었다.

"처음엔 절대로 갚을 수 없다며 길길이 날뛰시더군."

유호라는 사내의 가면을 뒤집어쓰고 있던 태서가 하진에게로 돌아온 건 여름밤이 한창 무르익어 갈 무렵이었다. 상투를 틀고 사내 복색을 한 하진은 서책 하나를 열심히 들여다보고 있었다.

"하긴 갑자기 나타나 그 많은 돈을 내어놓으라는데 누군들 순순히 갚겠다고 하겠어. 덕분에 네가 미리 받아둔 절연장이 큰 도움이 됐지."

서책에서 눈을 떼서 빤히 저를 쳐다보는 하진에게 한쪽 눈을 찡긋 감아 보인 후, 태서가 도포의 가슴 끈을 풀었다. 저한테 제법 잘 어울리긴 하지만, 영 제 것 같지 않은 도포와 갓을 벗는 얼굴은 매우 후련해 보였다.

"네 아버지도 별수 없었겠지. 그 절연장이 있는 이상 네 어머니가 남긴 재산에 대해 네 아버지는 아무 권리도 주장할 수 없게 됐으니까."

실상 거부로 소문난 감 진사의 재산 상당 부분은 하진의 어머니 서 씨 부인이 친정에서 물려받은 것들이었다. 그러니 서 씨 부인이 자신의 모든 재산을 하진에게 남겨주겠다고 한 유언장이 세상에 공표되고 나면 치경이 옳다구나 하고 그 재산을 가지겠다고 덤벼들 공산이 컸다. 굳이 따지자면 하진이 혼인 후에 죽었으니, 하진의 재산 또한 남편인 치경의 것이 되는 게 당연지사였다. 하물며 치경이 하진과 감 진사 사이에 절연장이 있다는 걸 알게 되면 재산 싸움은 감 진사에게 더욱 불리하게 돌아갈 것이 자명하였다.

"아니나 다를까, 그 절연장과 네 어머니가 남긴 문서를 사위에게 보여주면 어쩔까 물었더니 당장에 이것들을 내어주더군."

태서가 감 진사에게 받아온 수십 장에 달하는 두툼한 땅문서들을 하진 앞의 서탁 위에 놓았다.

"인의나 정 따위는 눈곱만큼도 없는 사위에게 전 재산을 내어주느니, 반이라도 건지는 게 낫다 싶으셨겠지."

처음부터 다 작정하고 계획한 일이었기에, 하진의 얼굴에는 조금의 놀람이나 감탄도 없었다. 그저 무심한 얼굴로 땅문서들에 찍힌, 거래가 정상적으로 진행되었음을 증명하는 감 진사의 수인과 서명들을 확인할 뿐이었다.

"하여튼 대단해."

꼼꼼하게 땅문서들을 살피는 하진을 태서가 새삼 감탄한 얼굴로 보며, 상투를 튼 여인의 머리를 쓰다듬었다.

"이 조그만 머리에 어찌나 많은 계략이 숨어있는지. 아비의 재산을 훔치는 딸이라니. 훗."

"아직 절반이나 더 남았어."

"정말로 싹 다 훔쳐낼 작정이야? 완전히 다?"

그래도 아버지인데 좀 심한 거 아니냐는 말투로 묻자, 그제야 하진이 고개를 들어 태서를 보았다.

"……애초에 아버지껜 분수에 넘치는 재산이었어, 원래 아버지 몫도 아니었고. 그런 재산 따위 없는 편이 오히려 아버지에게도 더 좋을 거야."

미안함이나 죄책감은 하나도 느껴지지 않는 단호한 말투였다. 그런 하진을 보는 태서의 눈빛은 주체할 수 없는 여러 감정으로 넘실거렸다.

"또 그렇게 본다."

하진이 아직도 제 머리통 위에 얹혀있는 태서의 손을 밀쳐냈다.

"내가 어떻게 보는데?"

"……됐어."

"너답지 않게 이렇게 말을 돌리시겠다? 말해 봐. 내가 지금 널 어떻게 보고 있는데?"

장난기로 눈을 반짝이면서도 태서의 목소리는 은근한 유혹을 담고 낮게 가라앉았다.

"응?"

"됐어."

하진이 태서의 시선을 피해 고개를 돌리며 들고 있던 서찰을 봉투에 넣으려 하였다. 그때, 태서의 사내답게 큼지막한 손이 하진의 뺨에 와 닿았다.

"무슨 생각을 했기에 음전하신 규수 뺨이 이렇게 붉어지셨을까?"

"거짓말하지 마."

하진이 뺨을 돌려 태서의 손을 피하려는데, 태서의 나머지 손이 하진의 반대쪽 뺨에 가닿아 퇴로를 막았다.

"거짓말하는 거 아닌데. 정말로 조금 붉어졌어. 여기도 뜨끈뜨끈한데?"

태서의 손가락 끝이 말랑한 양쪽 귓불을 건드렸다. 그 때문에 작게 숨을 들이마시는 하진을 본 태서가 갑자기 불쑥, 하진의 코앞까지 얼굴을 들이밀었다.

"입 맞춰도 돼?"

태서의 눈이 대답을 기다리며 하진의 입술에 못 박혔다.

"아니……."

아니 된다 말하려 하진의 입술이 열린 순간, 짧은 인내심이 바닥난 태서의 입술이 그 틈을 놓치지 않고 급습하였다.

"읍!"

하진이 반사적으로 손을 들어 태서의 어깨를 밀었지만, 그건 잠깐뿐이었다.

"웃……."

어느새 하진의 입술에서 녹아내릴 것 같은 한숨이 흘러나왔다. 벌써 몇 번째 입맞춤인지 몰랐다. 열은 넘었고, 스물은 되지 않았음 직하였다. 물론, 아직도 매번 처음인 것처럼, 낯설고 두렵고 떨리기는 하였다. 입술 안으로 성큼성큼 침범해 들어와 정신없이 휘젓는 대담한 혀 놀림에는 좀처럼 적응이 되지 않았다. 매번 놀라고 매번 충격을 받았다. 도통 평생 익숙해지지 않을 것 같은 입맞춤이었다.

"하아……"

달콤하고 끈질겼던 입맞춤이 끝난 후, 태서가 어렵게 하진에게서 몸을 떨어뜨렸다.

"건너갈게. 쉬어."

마지못해 작별의 인사를 전하는 태서의 목소리는 채 이루지 못한 욕망으로 깊게 가라앉았다. 일어서는 몸짓도 그랬다. 평소의 날랜 움직임과는 달리 느리기 그지없었다. 그 느린 몸짓에선 아쉬움과 미련이 뚝뚝 떨어졌다. 하여, 하진이 가볍게 태서의 옷깃을 붙잡았을 때, 태서는 마치 천근만근의 무거운 추가 제 옷을 짓누른 양 꼼짝도 하지 못했다.

"괜찮아."

뭐가 괜찮다는 건지 하진은 말하지 않았지만, 태서가 그 가려진 말을 모를 리 없었다. 하진은 지금 태서가 밤 내내 이 방에 머물러도 좋다고, 자신과 밤을 보내도 괜찮다고 말하고 있는 것이었다.

"안 돼."

이 역시 벌써 몇 번째 반복한 지 모를 답이었다.

"매번 고맙긴 하지만, 이번에도 내 답은 같아. 안 돼."

"왜?"

아직도 조금은 붉은 기가 남아 있는 말간 얼굴로 묻는 하진의 얼굴을 태서가 쓸쓸한 눈빛으로 내려다보았다.

"네가 날 연모하지 않잖아."

"넌 항상 연모하는 여인과만 몸을 섞어?"

매번 그렇듯이 갑자기 훅, 정곡을 찔러오는 하진의 말에 태서의 눈이 조금 커졌다.

"내가 여태 누구랑 몸을 섞었는데?"

"누구든지. 설마 이러는 게 내가 처음은 아닐 거 아냐."

"……허!"

기가 막혀 잠시 콧방귀를 낀 태서가 이내 입술을 일그러뜨리며 물었다.

"연모하지 않아도 상관없으니, 나랑 주무시겠다고? 왜?"

"……."

"그렇게 해서 빨리 마음의 짐을 털어버리시겠다?"

태서의 물음에 하진은 이번에도 침묵을 지켰다. 말하지 않아도 이미 태서가 제 대답을 알고 있어서였다.

"그래. 너는 그럴 수 있겠지. 근데 난 아냐. 난 그럴 수 없어. 미안하지만 절대 그렇게 안 해."

이를 악물고 중얼거린 태서가 거칠게 방문을 열고선 밖으로 나가버렸다.

"읏!"

하진의 방과 벽 하나를 사이에 둔 제 방으로 들어간 후에도 태서는 불도 켜지 않고 어두운 방 한가운데 우두커니 서서 질겅질겅 아랫입술을 씹어댔다. 분이 풀리지가 않았다. 별거 아닌 일이란 걸 아는데도 자꾸만 화가 나서 견딜 수가 없었다. 이 수모를 겪고도 식지 않는 몸의 열기 때문에 더 화가 났다. 마음 같아선 당장이라도 방을 뛰쳐나가 하진의 방으로 뛰어들고 싶었다. 아니라고, 생각이 바뀌었다고, 나는 기꺼이, 황송한 마음을 안고 기쁘게 너를 취할 것이라고 고백하고선 하진을 끌어안고 싶었다. 네가 나를 연모하지 않아도 된다고. 내가 너를 연모한다고, 네 생각만 하면 미칠 것 같다고, 너를 가질 수 있다는 생각만으로도 온몸에 열이 뻗쳐, 숨이 막혀 죽을 지경이라고, 고백하고 오랫동안 기다려온 순간을 맞이하고 싶었다. 손 아래, 몸 아래, 허리 아래에서 잔뜩 흐트러지는 하진을 보고 싶어 죽을 것만 같았다. 머리끝에서 발끝까지 하진의 모든 것을 취하고 싶었다.

"제길, 안 될 건 뭐야!"

혼잣말을 내뱉은 태서가 허겁지겁 다시 방문을 향해 돌아서 방문 고리를 잡았다. 하지만, 그뿐이었다. 태서는 끝끝내 방문 고리를 잡아당기지 못했다. 하진이 자신에게 괜찮다고 말하는 건, 태서 자신을 연모해서가 아님을 알아서였다. 물론 일련의 사건들을 겪으면서 태서 저를 보는 하진의 눈빛이 조금씩 달라져 온 건 사실이었다. 가끔은 둘 사이에 뜨겁게 불꽃이 튄 것도 사실이었다. 그래도 그건 몸의 자연스러운 반응이었다. 입을 맞추고 몸을 맞대면 본능적으로 몸이 반응하는, 사내와 계집으로서 지극히 자연스러운 일이었다. 연모라는 감정과는 아무 상관도 없었다. 하진이 기꺼이 제 몸을 맡기려 하는 것은 연모하는 사내의 품에 안기고자 하는 순수한 여인의 마음에서 우러나온 행동이 아니었다. 태서와의 거래를 빨리 마무리 지으려는, 빨리 묵은 빚을 청산하려는 마음에서 서두르는 것뿐이었다. 그러기에 아직은 아니었다. 아직은 하진을 안을 수 없었다. 하진을 그렇게 값싸게 취급할 순 없었다. 그러니 하진이 저를 진정으로 원하지 않는 한, 절대로 하진을 안지는 않을 것이었다. 죽어도. 죽었다 깨어나도.

다음 날이었다.

"용서해 주셔요, 어머님."

숙영은 친정집 제 방에서 몸소 저를 찾아온 시어머니인 민 씨 부인에게 얌전히 고개를 조아리고 있었다.

"저희 아버지께서 괜한 고집을 피우셔서, 제가 어머님을 뵐 면목이 없습니다."

"흠, 흠…… 아니, 너희 아버지 마음도 모르는 건 아니다. 가족이라곤 달랑 너 혼자밖에 없는데 너마저 보내고 이 큰집에 혼자 남으시려니 마음이 착잡하기도 하시겠지."

바로 앞에 차려진, 좀처럼 보기 어려운 귀한 약과며 유과들이 가득한 다과상엔 눈길 한 번 보내지 않고 민 씨 부인이 새치름한 얼굴로 말했다.

"그런데, 그럴수록 네가 잘 말씀드려야지. 자주 찾아뵙겠다, 자주 연락드리겠다, 그러니 너무 섭섭해 마시라 하면서 말이다. 아무리 사돈어른께서 붙잡는다고, 네가 아직도 이렇게 친정에 있으면 어쩌하니. 이러다 정말 성우가 데릴사위로 들어갔다고 소문이라도 나면 어쩌려고!"

민 씨 부인이 싫은 소리를 하는 건 다 이유가 있었다. 혼인한 지 이미 한 달이 다 되어 가는데도 숙영이 시집인 임 참판의 집으로 들어올 생각조차 하지 않아서였다. 매번 아직 짐이 덜 챙겨져서, 혼인 후에 피곤하여 몸져눕느라, 고뿔이 들어서, 아버지가 붙잡아서 등등의 핑계를 대며 숙영은 계속 친정을 떠나기를 미루는 중이었다.

"그게 벌써 한 달이다. 세상에 어느 여인네가 혼인한 후에도 한 달 동안이나 친정에 계속 미적대고 있는 다니?"

"송구합니다. 어머님."

"송구고 뭐고 이젠 다 필요 없다. 내일 당장 집으로 들어와. 네가 내 며느리라면, 성우 안사람이라면 내일 꼭 들어오리라고 믿는다."

딱 부러지게 제 의사를 전한 민 씨 부인은 더는 아무 소리도 듣기 싫다는 듯, 그대로 자리를 박차고 일어나 방을 나갔다.

"죄송하지만 그렇게는 못 합니다. 아직은요."

부아가 나서 쌩하고 나가버린 시어머니를 배웅조차 하지 않고 떡하니 방 안에 버티고 앉은 숙영이 혼잣말을 중얼거렸다.

임신하였다는 진실과 성우의 아이를 가졌다는 거짓말을 털어놓기 위해선, 그 거짓말을 시댁 식구들이 믿게 하기 위해서라도 숙영에겐 아직 시간이 좀 더 필요했다.

.

.

.

"그래서 어쩌자고요?"

퇴청시간보다 훨씬 더 늦게 귀가한 성우가 숙영에게 물었다. 누가 시키지도 않았는데 대문까지 성우를 마중 나온 숙영은 저에게는 눈길 하나 주지 않는 성우의 곁에 찰싹 달라붙어 자신들 처소로 향했다.

"서방님이 어머님께 가서서 잘 말씀드려주세요. 적어도 두어 달은 더 있어야 들어갈 수 있겠노라고. 그쯤은 되어야 저도 아버지를 혼자 두고 집을 떠날 수 있을 것 같아 그럽니다."

"…… 그러리다."

아주 잠깐의 침묵 뒤 쉽게 그러하겠다는 답을 준 성우는 숙영의 방에 도착할 때까지 더는 아무 말도 하지 않았다. 방에 들어선 후 갓과 도포를 벗고 숙영이 내어준 옷으로 갈아입을 때도 마찬가지였다. 숙영의 앞에서 옷을 벗고 갈아입는 성우의 몸짓에는 삼감이나 부끄러움이 조금도 담겨 있지 않았다.

"저녁 진지는 드셨습니까?"

"간단히 하고 왔소."

"뭐, 입가심하실 다과상이라도 들이라 할까요?"

"괜찮소."

혼인한 이후 늘 그러하였듯 성우는 숙영이 묻는 말에만 답을 할 뿐, 먼저 나서서 말을 붙이는 일도 자상하게 쳐다보는 일도 없었다. 이날 밤도 마찬가지였다. 숙영이 이것저것 말을 붙이려 하였지만, 성우는 귀에 아무것도 들어오지 않는 듯 서책을 꺼내 서탁 앞에 앉을 뿐이었다.

"밤이 늦었습니다. 그만 자리에 드시질 않고요."

"기다리지 말고 먼저 주무시오. 몇 장만 읽고 금세 나도 자리에 들 것이오."

"또 제가 먼저 잠들기를 기다리시려고요?"

숙영이 가시 돋친 말투로 물었지만 이미 서책에 꽂힌 성우의 눈은 다시 들리질 않았다.

"예에. 그럼, 그리하세요."

숙영이 마지못해 성우에게 그리 말한 후, 방문 바깥을 향해 날카롭게 소리쳤다.

"삼당아!"

"예, 마님."

어느새 눈에 졸음이 가득한, 열 서넛 좀 되어 보이는 계집종 아이가 얼른 부리나케 방안으로 뛰어 들어왔다.

"하아암, 자리 봐 드릴까요?"

저를 왜 부른지 아는 아이가 조심스레 묻고선 숙영이 고개를 끄덕이자, 얼른 쪼르르 벽장으로 가 벽장문을 열고 요와 이불, 베개 둘까지 한꺼번에 들어 올렸다. 하나씩 하나씩 차례대로 옮기면 될 것을 빨리 일을 마치고 돌아가 잘 욕심에 서두른 것이었다.

"웃차!"

비록 여름 요에 여름 이불이라고는 하나, 어린 계집아이가 단번에 나르기엔 제법 부피가 나갔다. 그 때문에 요와 이불, 베개들까지 들고 방안을 가로지르는 아이의 걸음은 조금 비틀비틀하였다.

"쯧쯧"

그 모습이 한심하다는 듯 혀를 차던 숙영이 문득, 서책을 읽기에 여념이 없는 성우를 보더니 이제 막 제 앞에 다다른 아이를 보고선 슬며시 발을 뻗었다.

"어? 어? 아이쿠!"

숙영의 발에 걸린 아이가 조금 휘청휘청하더니 금세 풀썩 앞으로 자빠졌다. 다행히 양손으로 들고 있던 이불과 요 덕에 얼굴을 방바닥에 박진 않았지만, 무릎과 팔꿈치가 그대로 세게 방바닥에 부딪히고 말았다.

"아얏! 으으으으!"

아이가 온 얼굴을 찡그리며 우는소리를 하였다. 그와 동시에 건너편에 앉아 있던 성우가 얼른 일어나 넘어진 아이에게로 다가와 안부를 살폈다.

"다쳤니? 어디, 일어나 보아라."

"괘, 괜찮습니다."

아픔에 그렁그렁해진 눈으로 아이가 팔꿈치와 무릎을 비비며 자리에서 일어났다.

"그러게. 조심하질 않고."

"흑, 죄송하여요."

"되었다. 크게 다치지 않았으면 다행이다. 그래도 혹시 모르니 내일이라도 다리나 팔이 붓는 것 같거들랑 행랑아범에게 말해 약방에라도 다녀오너라. 알았니?"

"예? 예……"

삼당이란 아이는 아직도 얼얼한 팔꿈치를 문지르면서도 자상한 성우의 배려에 감동한 얼굴로 요를 깔려 하였다. 성우가 그런 아이의 손에서 요를 뺏어 들었다.

"내가 할 터이니, 너는 그만 나가 보아라."

"예? 아니, 이건 제가……"

"내 알아 할 터이니 그만 나가보래도?"

성우가 다정한 말로 다시 한번 어린 계집종 아이를 말렸다. 아이가 어떡해야 하나는 듯, 숙영을 보자 숙영이 못마땅한 얼굴로 가볍게 고개만 끄덕여 그러라는 뜻을 전했다.

"가, 감사합니다. 나리. 아가씨, 그럼 저는 이만."

삼당이가 진심으로 감격한 얼굴로 인사를 하고 방을 나갔다.

그러는 동안 성우는 이미 요를 까는 것을 마치고 그 위에 반듯하게 다시 이불을 깔았다.

"아랫것에게 지나치게 다정히 굴지 마세요. 버릇만 나빠집니다."

숙영이 묻는데도 성우는 이불을 깔고 베개를 놓기만 할 뿐 일언반구 대꾸조차 하지 않았다.

"서방님."

숙영이 이제 막 베개를 놓는 성우의 손등 위에 제 손을 올렸다. 순간, 성우가 퍼뜩 손을 떼고는 급히 숙영의 손길이 닿은 손등을 쓸어내렸다.

"제가 벌레라도 됩니까?"

서운함에 숙영이 따져 물었다. 그 물음을 듣지 못한 양 성우는 아무 말 없이 일어서 방을 나가려 하였다. 숙영은 그런 성우를 놓칠세라 벌떡 일어서 등 뒤에서 성우를 끌어안았다.

"오늘은 아무 데도 못 가십니다. 오늘은 저와…… 주무셔요."

"…… 놓으시오."

성우가 부드러운 말로 이르며, 제 배 앞에서 굳게 깍지 낀 숙영의 손을 풀려 하였다. 하지만, 숙영이 더 강하게 깍지 낀 손에 힘을 주어, 성우를 놓아줄 뜻이 없음을 분명히 하였다.

"혼인한 지 벌써 한 달입니다. 그런데 언제까지 이리 저를 피하기만 하실 겁니까?"

"놓으시오."

"서방님!"

"…… 아이를 가진 몸으로 어찌 이리 경거망동하시는 거요? 어서 놓으시오."

"예?"

갑작스러운 성우의 말에 성우를 끌어안고 있던 숙영의 손이 툭 아래로 떨어졌다.

"그게 무슨…… 그, 무, 무슨 해괴한 말씀이십니까?"

숙영은 속절없이 떨리기 시작한 손을 애써 꽉 움켜잡아 진정시키려 하였다.

"누가, 누가 아이를 가졌다는 말입니까?"

"그만합시다."

성우가 다툼을 피할 생각에 방을 나서려 하였다. 하지만 숙영이 그런 성우의 팔을 잡아 강제로 제게로 돌려세웠다.

"누, 누가 그럽니까? 제가 아이를 가졌다니요? 제가 아직 서방님과 합방도 하지 않는데 아이를 가졌다니요? 어떤 미친 작자가 그런 망발을 서방님께……"

"그만하자고 했지 않소."

숙영의 말을 자르는 성우의 얼굴은 흡사 석상처럼 아무 감정도 드러나 보이지 않았다.

"뭘 확인하고 싶소? 누가 고했는지 알아서 뭘 어쩌려고요? 이미 엎어진 물을 어찌 되돌리려는 게요?"

성우는 조금도 언성을 높이지 않았지만, 그 눈빛은 차갑기만 했다. 숙영의 등허리에 오싹 소름이 끼칠 만큼 쌀쌀맞았다. 늘 보는 둥 마는 둥 했던 이제까지의 눈빛과는 전혀 달랐다. 그 눈빛 안에는 적의와 혐오가 고스란히 담겨 있었다.

"그리 궁금하오? 하면 알려주리다. 당신이 아이를 가졌다는 걸 알려준 게 누군지."

"되, 되었습니다. 서방님이, 서방님께서 무얼 잘못 알고 계신 것 같은데 나중에 따로 차분히 오해를 풀 기회가 있겠지요."

이제야 새삼 덜컥 겁이 난 숙영이 성우에게서 등을 돌리려 하였지만, 때는 늦었다.

"당신 아버지시오."

"……예?"

"장인어른께서 알려주셨소. 그것도 내게 당신과의 혼인을 강요하시던 그때 말이오."

"아, 아버지께서 뭐, 뭐라고요?"

눈앞이 아찔해진 바람에 숙영은 조금 비틀거렸지만 억지로 제정신을 추려 물었다.

"아버지께서…… 뭐라고 하셨는데요?"

"당신의 뱃속에 천한 사내의 아이가 자라고 있다, 그리 말씀하셨소."

무자비하도록 솔직한 성우의 사실 그대로의 말에 숙영의 얼굴은 더 이상 하얘지려고 해도 그럴 수 없을 정도로 창백해졌다.

설마하니 아버지가 그 사실을 성우에게 밝혔을 것이라곤 꿈에도 생각하지 못했기 때문이었다.

"그렇다고 해도 하나밖에 없는 딸을 내칠 수도, 천한 사내와 도망치게 놔둘 수도 없으니 나더러 혼인하여 당신을 책임져 달라고 말씀하시더이다."

그러고선 우의정은 성우에게 숙영에게는 안다는 내색을 하지 말라는 말까지 덧붙였다. 숙영이 속이려 들면 끝까지 모른 척 속아달라고, 성우가 그 사실을 안다는 걸 알면 숙영의 자존심이 크게 상처 입을 거라고 덧붙였었다.

"그, 그걸 다 알면서도, 다 들었으면서도 왜, 왜 저와 혼인을 하신 것입니까?"

"당신도 알지 않소? 내가 이 혼인을 할 수밖에 없었던 이유를."

새삼스럽다는 듯 되묻는 성우의 얼굴에 이번엔 저 자신에 대한 환멸이 고스란히 떠올랐다.

"협박이 무서웠다오. 당신과 혼인하지 않으면 장인어른이 가진 모든 힘을 동원해 나와 내 사람들을 모두 망치고 말겠다는 그 협박이 두렵고 무서워 비굴하게 무릎을 꿇었소."

새삼 치미는 모멸감에 성우가 질끈, 두 눈을 감았다.

"나는 꽤 겁이 많은 사내라오. 내가 아끼는 모든 사람을 해치겠다는 협박을 도저히 견딜 수가 없었소. 하여 어디에 사는 어떤 천한 자의 씨인지도 모르는 당신 뱃속 아이를 내 아이로 삼겠다고 맹세한 것이오. 당신 같은 부덕하고 방종하고 더러운 여인을 내 아내로 삼겠다고 맹세를……"

철썩! 숙영의 손이 매섭게 성우의 뺨을 쳤다.

"방종과 부덕이라는 말이 수치스럽소? 아니면 음행을 저지른 스스로가 부끄럽소?"

뺨을 얻어맞고서도 냉랭한 성우의 표정은 조금도 달라지지 않았다.

"그간 아무것도 모르는 순진한 남자의 운명을 손에 쥐고 흔들고 있다는 생각에 얼마나 만족하였소? 당신으로 인해 불행해진 사내를 보며 얼마나 고소하였소?"

"난! 난……"

"언제까지 속일 셈이었소? 자꾸만 내게 합방하자 조른 것도 그 뱃속 아이를 내 아이로 속이기 위한 술책이었소? 우리 집으로 빨리 들어가지 않으려 하는 이유도 내 아이를 가졌다는 거짓말을 하기 위해서고?"

제 모든 속셈을 진작부터 알고 있었던 남편의 신랄한 물음에 숙영은 어떤 말도 할 수 없었다. 무슨 말을 어떻게 해야 이 곤란한 상황을 무마할 수 있을지 그럴듯한 생각이 나지 않았다.

"어디 마음대로 해 보오. 허나, 지금뿐만 아니라 앞으로도 나는 평생 당신과 합방하는 일 따위는 없을 것이오."

성우는 숙영에게 일부러 더 모욕감을 주기 위해 차가운 시선으로 숙영의 발끝에서 머리끝까지 훑었다.

"당신을 안느니 차라리 기루에 나앉은 창기(娼妓)를 안는 편이 낫겠소. 적어도 그녀들이 당신보다는 훨씬 아름답고, 훨씬 진실할 테니까."

잔인하기 그지없는 말에 숙영의 손이 다시 한번 허공으로 번쩍 들려졌다. 하지만 피할 생각도 없이 빤히 저를 보는 성우를 보고선 차마 그 뺨을 치지 못했다.

"나를……"

분노와 수치심에 숙영의 목소리가 떨렸다.

"감히…… 감히 나를 이리 함부로 대하시면 아니 되지요."

"그렇소?"

"제 아버지의 협박 때문에 혼인하셨다면서요. 그럼 약속대로 하셔야지요. 설마 혼인하였다고 그 협박이 다 없었던 일로 될 거라 생각하십니까? 아버지께 당신이 제게 준 수치를 고하면 과연 가만히 계실까요?"

아직 내 아버지의 협박은 유효하다, 그러니 네가 이리 굴면 네 집안에 해로울 것이다, 숙영은 그리 협박하고 있었다.

"원한다면 얼마든지."

성우가 활짝, 방문을 열었다.

"얼른 가서 당신 아버지께 고하시오. 내가 당신을 박대하니, 나를 혼내라고. 내 집안을 핍박하여 다시 내 무릎을 꿇리라고 실컷 고해 보시오. 응? 어서요."

당장 나가서 고하지 않고 뭐하냐는 듯, 성우가 고개까지 까닥이며 숙영을 재촉했다. 그런데도 미동도 없이 얼어붙은 듯 가만히 서 있기만 한 숙영을 한심하다는 얼굴로 보았다.

"당신의 아버지가 내 집안을 핍박하려 한다면, 나는 온 세상에 떠벌리고 다닐 것이오. 우의정 대감의 협박이 무서워 나는 천한 상놈의 아이를 가진 우의정 대감의 딸과 혼인할 수밖에 없었노라고."

"…… 다 같이 죽자는 말씀입니까?"

이를 악문 채 숙영이 물었다.

"내가 못 그럴 것 같소?"

성우도 물었다.

"부인, 부인에게는 매우 안타깝게도 나는 이제 거리낄 게 없다오."

성우의 눈에 어느새 새빨갛게 핏발이 섰다. 이제껏 내내 차갑게 가라앉아 있던 목소리에도 분명한 노기가 깃들었다.

"내가, 내가 당신 같은 여인과 혼인하느라 무엇을 잃었는데, 무엇을 겪었는데, 내가…… 큿!"

울컥하여 내뱉다 말고 성우가 불끈 주먹을 쥐고선 애써 자신을 추슬렀다.

"나를 자극하지 마시오."

손등에 힘줄이 돋도록 세게 쥐었던 주먹을 풀며, 성우가 나직하게 중얼거렸다.

"다시는 합방을 하자니, 함께 잠자리에 들자니 하는 그런 말일랑 입에 담지도 마시오. 당신과 함께 몸을 섞는다는 생각만으로도 구역질이 날 것 같으니까."

잔인하기 그지없는 말을 마친 성우가 도포와 갓을 챙겨 들고 방을 나섰다. 어디로 간다는 말도 없이, 언제 돌아오겠다는 말도 없이. 태어나 처음 겪는 수모와 모욕에 참담해진 숙영을 방안에 덩그러니 홀로 남겨놓고서.

'이럴 거면······ 처음부터, 처음부터 혼인할 생각을 말았어야지. 왜? 인제 와서 왜 이러는 것이야!'

숙영이 그런 생각을 곱씹고 있을 때, 밤거리에 나선 성우 또한 똑같은 생각을 하고 있었다.

처음부터 이리 나왔어야 했다고. 처음 우의정이 숙영과의 혼담을 꺼냈을 때, 그때 이랬어야 한다고. 물론, 그때도 그럴 마음이 없었던 건 아니었다. 우의정이 먼저 숙영의 행실에 대해, 숙영의 상황에 대해 털어놓았을 때 그걸 빌미로 혼담을 거절할 생각을 안 해 본 건 아니었다.

"제가 이 사실을 세간에 밝히면 어쩌려고 이러십니까? 의금부에 고할 수도 있습니다. 그렇게 되면 우상 대감께서도 대감의 따님께서도 꽤 곤란한 지경에 처하실 텐데요."

그리 에둘러 곤란하다는 뜻을 전하기도 했다. 하지만, 우의정의 뜻은 지극히 완강하였다.

"그렇겠지. 그러나 그와 함께 자네의 집안도, 감 진사의 집안도 그리고 감 진사의 여식도 무사치는 못할 걸세."

협박에 협박으로 맞설 생각을 했지만 그러기엔 성우 쪽이 더 잃을 게 많았다. 성우가 지켜내야만 할 게 더 많았다. 우의정 또한 그것을 알고, 제 딸의 치부까지 모두 들춰내 보인 것일 터였다. 그러니 애초에 상대가 될 리 없었다. 협박을 이겨낼 방도 따윈 없었다. 하여 타협했다. 모두를 위한 일이라고, 모두를 위한 희생이라고 자위하면서 우의정의 협박에 무릎을 꿇었고 하진에게 상처를 주었다. 설마하니 하진이 그리 죽을 줄은 꿈에도 몰랐다. 따지고 보면 하진이 그렇게 비참하게 죽은 것은 모두 성우의 탓이었다. 성우가 하진을 버리지 않았다면, 하진이 치경과 혼인을 할 리 없었고,

치경과의 신행길에 나설 리도 없었다. 들개 떼에게 온몸이 뜯어 먹히는 끔찍한 일 따위는 더더욱 없었을 것이다.

'얼마나 무서웠니? 얼마나 아팠니? 얼마나, 얼마나…… 진아!'

자책하고 후회하는 성우의 눈에서 쉴 새 없이 뜨거운 눈물이 흘러넘쳤다.

'내가 너를 죽인 거다. 내가 널 절벽에서 밀고, 내가 널, 네 시신을 갈가리 찢어발긴 거다!'

"아아아악! 으아아아악! 아아아악!"

거리 한가운데에 서서 성우가 미친놈처럼 비명을 질렀다. 피울음을 내뱉는 대신 목이 터져라, 비명을 질러댔다. 죄책감이 절망이 좌절감이 날카로운 못이 되어 성우의 가슴에 쾅쾅 소리 내어 박혔다. 비단 그날 밤만의 일이 아니었다. 빌어먹게 날카로운 그놈의 못은 이레가 지난 후에도, 한 달, 석 달, 여섯 달이 지난 후에도, 숙영과 함께 본가로 돌아간 이후에도 매일매일 더 뾰족하게 되살아나 천둥처럼 쾅쾅, 소리를 내며 성우의 가슴에 박혔다. 그때마다 성우는 가늠할 수 없는 좌절감과 비통함에 발작 아닌 발작을 거듭하였다.

한동안 잠잠했던 감 진사에 대한 소문이 다시 도성 안을 떠들썩하게 만들기 시작한 건, 하진이 감 진사에게서 재산을 훔쳐낸 지 반년 정도가 지났을 즈음이었다.

"그게 무슨 소리야? 감 진사네 죽은 딸이 그 아비 재산을 훔쳤다고? 아니, 어떻게? 귀신이라도 되어 나타났다는 게야?"

"에이, 말이 그렇다는 거지 실제로 귀신이 훔쳤겠나?"

"그럼, 그게 무슨 소린가?"

"아 글쎄, 그 죽은 딸이 생전에 여기저기 빚을 지고 다닌 모양인데 그게 어찌나 많은지 갚고 또 갚아도 어지간히도 줄지를 않는다더군."

흥미진진한 소문들이 으레 그렇듯 발 없이도 순식간에 퍼져나간 소문들은 특히 호사가들의 술안주로 즐겨 쓰이곤 했다.

생긴 지 얼마 안 되었는데도 벌써 도성의 한다 하는 주객들이 앞다투어 찾기 시작한 삼각산의 주가(酒家, 술집) 무양각(無陽閣)에서도 마찬가지였다.

"아니, 규중 규수가 무슨 빚을 그리 지고 다녔다는 게야?"

"자네가 평소에 그 규수가 하고 다니는 꼴을 봤어야 했네. 어휴. 그 양손에 가득 끼고 있던 가락지들이며, 수백 냥은 거뜬히 나갈 삼장 노리개를 서너 개씩 주렁주렁 달고 다니던 꼴 하며. 어찌나 사치스럽게 하고 다니던지."

"그럼 그게 다 감 진사가 사준 게 아니라 그 죽은 딸아이가 다 외상으로 사들인 것이라고?"

"그렇다네! 벌써 감 진사가 갚은 외상값만 해도 북촌 기와집 세 채 값은 될 거라던데?"

"저어기. 그럼 그 얘기들은 들어보셨습니까?"

같은 마루 위지만, 동석한 손님이 아니기에 따로 상을 받아 앉아있던 주객(酒客, 술손님) 중 하나가 먼저 이야기를 꺼낸 이들에게 넌지시 말을 붙여왔다.

"무슨 얘기요?"

"글쎄, 그게 말입니다!"

제 얘기에 호기심을 보이는 듯하자, 나중에 이야기를 꺼낸 사람이 신이 나서 목소리를 높여 안 지 얼마 안 된 소문을 풀어놓았다.

"사실은 그 딸이 시집을 가면서 그 외상값을 갚을 계획을 세웠던 모양이더라고요."

"아니, 그렇게 많은 돈을 어떻게요?"

"그 규수가 신행길에 산적이 덮쳐서 죽지 않았습니까? 근데 원래는 그 산적들을 부른 게 그 규수였다는데요?"

"예에?"

"산적을 불러서 뭘 어쩌게요?"

원래 남의 말을 옮기기 좋아하는 사람들이 으레 그러하듯, 사람들이 놀라는 것을 본 주객은 더욱 의기양양한 표정으로 떠들어댔다.

"어쩌긴요. 신행길에 바리바리 싸가는 제 혼수며 지참금들을 그 산적들이 훔치게 한 다음, 그 돈으로 외상값을 갚을 생각이었던 게지요. 그런데 막상 산적들이 신행을 덮치고 나니까, 그 규수랑 돈을 나누는 게 아까워져 그만 죽이고 말았다. ― 뭐, 그런 얘기가 있더라고요."

"아이고!"

"세상에!"

무양각 여기저기에서 탄식하는 소리가 터져 나왔다. 안 그러는 척하면서 호사가들의 객설을 엿듣고 있던 다른 주객들의 입에서 나온 소리였다. 물론, 그때 그들은 아무도 몰랐다. 그 소문의 '죽은 규수'가 실은 그들이 자리하고 있는 무양각의 진짜 주인이라는 사실을.

"그 작자, 너한테 다 떠넘길 심산인가 본데?"

무양각의 내실에 들어있던 태서가 제 맞은편에 앉아 직접 주판알을 굴려 가며 돈 계산에 여념이 없는 하진에게 말했다.

"근데 치경이란 그 작자 말이야. 죽어도 노름은 못 끊겠는가 봐. 듣자 하니 요즘엔 아주 제집에다 노름방까지 차렸다던데? 다리가 그 모양이니 앉아있을 수도 없어 엎드려서 노름한다더군."

"노름에 미치면 손발이 다 잘려도 혓바닥으로 패를 뒤집는 게 노름꾼이라니까."

고개도 들지 않고 하진이 태서의 말을 받았다.

"정말로 그러나 볼까?"

장난삼아 태서가 하진의 말꼬리를 붙잡았다. 저를 볼 생각도 없이 제 볼 일만 바쁜 하진에 대한 투정이었다.

"정말로 그 인간의 손발을 다 잘라서……"

그제야 하진이 고개를 들어 태서를 보았다.

"신소리는 그만하고. 진짜 하려는 말이 뭔데?"

"놀자."

"뭐?"

"나 심심해. 그러니까 나랑 놀자. 여기 뒷산 계곡 풍경이 얼마나 좋은지 아직 모르지? 알 리가 있나. 맨날 틀어박혀 그놈의 장부만 들여다보고 있으니."

"아직 장사 중이야."

"언제는 네가 장사했나? 이젠 일일이 지시 안 해도 알아서들 잘 해. 그러니까, 나가 놀자. 너도 온종일 이 안에 처박혀 있느라 답답했을 거 아냐."

태서의 달콤한 꼬드김에 하진의 눈동자가 조금, 아주 살짝 흔들렸다. 아닌 게 아니라, 태서 말대로 사람들의 눈을 피해 내내 방 안에서 장부만 들여다보고 있는 게 슬슬 지겨워진 참이기도 했다.

"홋."

이젠 하진의 눈빛만 봐도 그 속을 짚어낼 줄 알게 된 태서가 얼른 일어나 벽장에서 쓰개치마를 꺼내왔다.

"자, 얼른!"

반 시진 후였다. 무양각의 주객들이 여전히 서로 권커니 잣거니 술을 마시며 쉴 새 없이 세간의 소문들을 떠들어댈 때, 무양각의 뒷산 중턱에 있는 어느 계곡에서는 선비 차림을 한 하진이 입을 딱 벌리고 서 있었다.

"…… 말도 안 돼."

압도적인 절경에 하진이 내어놓은 말은 그게 고작이었다. 태서가 이끄는 대로 오솔길을 따라 한참을 걷다, 작은 동굴 하나를 지나 당도한 곳에는 인적이 없었다. 그리 높지 않은 절벽들이 마치 병풍처럼 하진과 태서의 주위를 감싸고 있었다. 그 가운데에는 달그림자를 끌어안은 고요하고 맑은 샘물이 있었고, 은은한 달빛이 머무는 그 물가에는 온갖 이름 모를 꽃들이 한가득, 흐드러지게 피어있었다. 그림을 그리는 이가 본다면 당장에라도 붓을 손에 들고픈 절경이었고, 시를 쓰는 이가 있다면 당장이라도 노래 부르고 싶은 비경이었다. 제아무리 목석같은 이라도 놀라고 말, 마음이 설레고 말 그런 풍경들이었다.

"……어떻게 이런 곳이 다 있을 수 있어?"

웬만한 것들에는 무감하게 반응하곤 하는 하진조차 탄성을 금치 못했다.

"그러게. 찾아보니 있더라."

이런 비경을 찾아 몇 날 며칠 동안 산을 뒤졌으면서도 안 그런 척, 별거 아닌 척 심드렁하게 말하며 태서가 삿갓을 벗어들었다. 얼굴 가득 그림자를 드리우는 삿갓 따위, 정체를 숨기는 데는 더없이 좋을지 몰라도 고운 것을 볼 때는 그저 방해만 되기 때문이었다. 그러고선 여전히 비경에 눈을 빼앗기고 서 있는 하진의 뒤로 다가가, 가만히 감싸 안았다. 갑작스러운 접촉에 하진은 아주 잠깐 본능적으로 몸을 굳히긴 했지만, 이내 태서의 단단한 가슴팍에 자연스럽게 머리를 기댄 채 몸의 긴장을 풀었다.

"아름다워."

"응, 몹시도."

하진과 똑같은 말을 내뱉고 있었지만, 태서의 두 눈은 앞에 펼쳐진 절경을 보고 있지 않았다. 제 품 안에서 눈을 반짝이며 즐거워하는 하진을 내려다보며 지금의 이 온유한 순간을 만끽할 뿐이었다.

"연모하오. 지금 당장 낭자의 은장도로 이 가슴을 갈라 붉은 피로 맹세하고 싶을 정도요."

"그런 말씀은 마세요. 도련님의 가슴을 가르느니, 차라리 제 목에 스스로 칼을 찔러 넣고 말 겁니다."

"정애 낭자."

"도련님!"

임 참판의 집에서 그리 멀리 떨어지지 않은 한적한 골목길이었다. 어둡기 그지없는 골목에서 바짝 붙어선 임 참판의 딸 정애와 장동(壯洞, 지금의 서촌) 송 생원의 아들 판겸은 정인들이 으레 그러듯 조금은 과장된 언약의 말을 주고받고 있었다.

"하루라도 빨리 낭자의 집안에 청혼서(請婚書, 혼인을 청하는 편지)를 넣고 싶소. 이렇게 다른 사람의 눈을 피해 만나는 건 이젠 그만하고 싶다오. 낭자를 돌려보내고 내 집으로 돌아가는 길은 어찌나 멀고 힘든지요."

판겸은 고뇌로 일그러진 얼굴을 푹 숙였다. 그 모습을 보는 것만으로 정애는 가슴이 찢어지는 듯하여 괜히 제가 눈물을 글썽거렸다.

"저 역시 마찬가지인걸요. 저 역시 하루라도 빨리 도련님을 지아비로 모시고 평범한 아낙의 행복을 맛보고 싶습니다. 하오나……"

기어이 눈에서 뚝뚝, 뜨거운 눈물들이 흘러넘치자 정애가 어린애처럼 손등으로 눈물을 훔쳤다.

"어머니가 아직 아니 된다고 하셔요. 흐흑. 오라버니가 혼인한 지 아직 일 년도 안 됐다고요. 새언니가 두세 달 후면 아이를 낳을 것이니 그 아이 삼칠일이나 지나거든 생각해 보겠다고요. 흑."

"낭자! 울지 마시오. 내가 잘못 하였소. 내가 괜히 마음이 급해져, 낭자를 또 이렇게 울리고 말았구려."

판겸이 어정쩡한 손길로 톡톡, 정애의 포동포동한 어깨를 다독였다. 정애는 그 어색한 손짓을 혹시 모를 다른 이의 시선을 의식해, 저의 평판을 보호해 주려는 태도로 이해하고 더욱 감격에 겨워하였다. 동시에 불안해졌다. 벌써 이렇게나 연모하니 혹시나 판겸의 마음이 변하기라도 하면 자신은 살 수 없을 것만 같았다.

"……몇 달이에요. 길다면 길고 짧다면 짧은 시간이지요. 물론 저한테는 억겁처럼 긴 시간이 될 겁니다. 그래도 변하시면 아니 됩니다? 도련님이 더는 저를 어여삐 봐주시지 않으면 전 정말 그대로 혀를 깨물고 죽어버릴 거예요."

"말씀이 과하오. 내 어찌 낭자를 배반할 수 있단 말이오? 사내로 태어나, 처음 연모하게 된 여인이 바로 낭자라오. 낭자가 아니었다면, 나는 평생 연모라는 감정이 무엇인지도 모르고 살 뻔하였소. 그런 낭자를 내 어찌…… 거기다 정식 혼서만 주고받지 않았달 뿐 이미 양가에서 우리의 사이를 알고 인정해 주고 있으니, 무엇이 그리 걱정이란 말이오?"

"혼서……흐흐흐흑. 혼서가 중요하단 말입니다. 흐흐흐흑."

정애는 이제 아예 떼쓰는 어린애처럼 판겸의 가슴에 매달려 대성통곡을 하였다. 판겸에게는 차마 말할 수 없었다.

자신의 오라버니에게도 연모하는 여인이 있었다는 것을. 정식 혼서만 주고받지 않았달 뿐, 양쪽 집안은 서로를 사돈이나 다름없이 대했다는 것을. 심지어 두 집안은 이미 그전부터 막역한 친분을 자랑하던 사이요, 그 여인이랑 자신은 어렸을 때부터 친하게 지낸 동무 사이였다는 것을.

'그럼 뭘 합니까? 양가에서 정식으로 혼담을 주고받은 것이 아니니, 오라버니처럼 중간에 엎어도 무어라 할 수 없는 것을요.'

사실 정애가 판겸을 만나고, 그와의 혼인을 꿈꾸면서부터 계속 하루빨리 양가가 정식으로 혼담을 추진하기를 바라온 것은 성우와 하진의 일이 있었기 때문이었다. 바로 곁에서 성우와 하진이 어떻게 깨어지고, 어떤 비극적인 결말을 맞았는지 생생히 다 지켜보았으니까. 판겸을 은애하면 은애하게 될수록, 판겸과 행복하면 할수록 자꾸만 불안해졌다. 빨리 양가에서 정식으로 판겸과의 혼인을 인정받고 싶어 몸살이 났다. 하여 겉으로 보기에는 벌써 만삭이 다 된 것 같은데 아직도 애 낳으려면 두세 달은 더 남았다는 새언니 숙영의 출산을 목 빠지게 기다렸다.

'남들은 칠삭둥이, 팔삭둥이만 잘만 낳던데. 남산만큼 부른 배로 어찌 아직 아이를 안 낳고 버티는 건지. 아휴, 참!'

그리 정애가 숙영을 원망하고 있을 때, 숙영은 방안에서 탕약을 노려보고 앉아 약을 지어준 의원의 말을 떠올리고 있었다.

"더는 안 됩니다. 이런 식으로 인위적으로 출산을 늦추는 건 태아에게도 마님에게도 위험천만한 일입니다."

비밀을 지키지 않으면 죽어버리겠다는 협박과 어마어마한 돈을 주고 출산을 늦추는 약을 지어달라고 했을 때, 의원이 한 말이었다.

"어찌 이리 무모하십니까? 죽는 게 겁이 나시지도 않으십니까? 정녕 큰일이 나실 수도 있습니다."

숙영을 어린 시절부터 보아온 의원은 약재를 내어주는 그 순간까지 걱정을 멈추지 않았다. 당연히 숙영도 겁은 났다. 목숨이 잘못될지도 모른다는 데 어찌 겁이 나지 않을 수 있겠는가?

'그래도 어쩔 수 없어.'

탕약을 보며 숙영은 새삼 의지를 다졌다. 바깥에 나가면 사람들이 숙영의 배를 보고 수군수군하는 것 같았다. 자신의 배를 볼 때마다 시누이 정애가 "배가 벌써 그렇게 불렀네요. 누가 보면 산달이라고 하겠어요." 하는 소리가 바늘처럼 콕콕 가슴을 찔렀다. 지금 낳으면 대외적으로는 칠삭둥이가 된다. 하지만 실제로는 열 달이 넘게 품고 있는 아이였으니, 아이는 보통의 갓난쟁이들보다 훨씬 더 클 것이었다. 쓸데없이 눈치 빠른 사람들이라면 수상하게 생각할 대목이었다. 그러니 그 격차를 줄이기 위해 숙영은 어떻게든 출산을 미뤄야만 했다. 한 달, 아니 단 보름이라도 숙영에게는 소중한 시간이었다. 성우가 이미 진실을 알고 있다 한들, 시댁 식구들과 세상 사람들을 속이려면, 뻔뻔하게 거짓말을 계속하려면 아이는 조금이라도 더 늦게 나와야만 했다.

"도와다오."

이제 앉아있기도 힘들 정도로 부푼 배를 끌어안고 숙영이 나지막이 중얼거렸다.

"조금만 더 얌전히 있어 다오. 어미를 위해, 너를 위…… 으…… 읏……"

숙영이 갑자기 작렬하는 고통에 배를 끌어안은 손에 힘을 주었다.

"안 돼…… 지금 나오면 안 돼…… 하, 하, 하……후, 하."

어떻게든 고통을 줄이려고 숨을 내쉬며 숙영이 탕약 그릇을 집어 들었다. 벌써 산통이 시작된 것 같았지만 어떻게든 이 순간을 무마하고 싶었다. 지연시켜야만 했다. 하여 그대로 약그릇을 들어 입가로 가져가는데, 그것을 거부하기라도 하듯 배가 또다시 찢어질 듯 아파 왔다.

"으, 으!…… 아악!"

"마님? 작은 마님? 괜찮으셔요?"

도저히 참지 못하고 터져 나온 숙영의 비명에 바깥에서 아랫것 하나가 숙영의 안부를 물어왔다.

"괜……찮아. 괜.…… 으윽!"

고통으로 숙영의 눈앞이 하얘졌다. 손에서 탕약 그릇이 떨어진 것도, 그 바람에 약이 치맛자락을 적신 것도, 사람들이 방안으로 뛰쳐 들어온 것도 의식하지 못한 채 숙영은 그대로 까무룩, 정신을 잃고 말았다.

.
.
.

"왜들 이리 소란스러워?"

밤이 더욱 깊기 전, 시무룩한 얼굴로 집으로 돌아온 정애는 어쩐지 어수선한 집안 분위기가 이상하여 부엌으로 향하던 계집종을 붙잡고 물었다.

"무슨 일이야?"

"아가씨. 마님께서, 작은 마님께서 산통이 있으셔요. 방금 막 산파와 의원이 불려왔습니다. 아가씨가 조카를 보시게 생겼다고요. 아가씨도 좋으시죠?"

계집종 아이가 정신없이 수다를 늘어놓다 말고 얼른 쪼르르, 부엌으로 향했다.

"새언니가 아이를 낳는다고? 벌써?"

방금 계집종이 전해준 말을 되새기는 숙영의 얼굴이 보름달처럼 환하게 밝혀졌다. 조카가 나오니 이제 삼칠일 후면 정식으로 제 혼담을 진행할 수 있을 터였다. 혼서를 받는 것도, 혼인을 하는 것도 당장 코앞으로 다가온 셈이었다.

'도련님! 도련님!'

정애가 대문 쪽을 돌아보며 마음속으로 연모해 마지않는 정인을 불렀다. 마음 같아선 지금 당장이라도 뛰쳐나가 이 반가운 소식을, 기쁘기 한량없는 소식을 전해주고 얼싸안고 춤이라도 추고 싶은 심정이었다.

그러나 정작 판겸의 심정은 정애와는 달라도 너무 달랐다.

"고역도 이런 고역이 없어. 하. 손가락 하나 대기 싫더라니까? 세상에. 오늘은 내 앞에서 대성통곡을 하는데 그 벌름거리는 콧구멍이 어찌나 보기 싫던지."

동무들과 함께 기방에 틀어박혀 오늘 정애와 있었던 일을 나불대며 판겸이 치를 떨었다.

"그래서 혼인은 언제 하는데?"

연거푸 술잔을 비우기 바쁜 판겸의 술잔에 술을 따라주며 동무 하나가 물었다.

"아, 몰라! 뭐 얼마나 잘난 집안이라고! 어찌나 뻗대는지."

"그래도 그 집안 딸이랑 혼인하겠다고 해서 너희 부모님이 봐주신 거 아냐. 안 그랬음 벌써 다리 몽둥이가 부러졌어도 열두 번은 부러졌을걸? 네 계집질 뒷수습에 집안 기둥이 몇 개나 뽑혔는지 생각해 봐, 크큭."

"알아. 아니까 효도하려고 이러는 거 아냐. 참판 집 딸을 며느리로 두고, 정승 집을 사돈의 사돈으로 두고. 이 정도면 그간 팔아먹은 집안 기둥값은 하고도 남을 테니까. 안 그래? 하하하!"

나쁜 사내의 허세에 찬 웃음이 기방의 방문을 흔들었다.

"그만 가야겠어."

이번에도 태서가 품에 안고 있던 하진을 먼저 놓아주려 하였다. 하진은 지금 달을 품은 샘물가에서 단단한 그의 허벅지 위에 앉아있었다. 마음 같아선 조금 더 오래, 이 순간을 만끽하고 싶었지만, 시간이 갈수록 점점 더 제게 닿아있는 하진의 보드라운 몸이 의식되어, 제 눈치 없는 아랫도리가 또다시 거기에 반응을 보이기 시작하여 더는 견딜 수가 없었다.

"가자고, 응?"

태서가 그만 일어서라고 보채는데, 하진은 일어서기는커녕 앉은 그대로 조금 몸을 돌려 태서를 바라보았다.

'윽!'

제 허벅지에 그대로 비벼지는 하진의 엉덩이 움직임에 태서는 울 것 같은 심정으로 하진을 마주 보았다.

"왜에."

"사실은 나도 너랑 자고 싶었어."

"……뭐?"

"이전번에 말이야. 너는 내가 마음의 짐을 털어버리려 너와 자려고 한다고 했지만…… 꼭 그것 때문만은 아니었어."

애초에 말을 할 줄 모르는 사람처럼 커다래진 눈만 깜빡거리는 태서를 빤히 보며 하진이 그날의 진실을 털어놓았다.

"나도 너와 자고 싶었어……. 나도 너를 안고 싶었던 것뿐이야."

같이 밥을 먹고 싶었어, 같이 산책하고 싶었어. 그런 말이기라도 한 것처럼 하진이 너무나 아무렇지 않게 말을 이어갔다.

"네 탓도 조금은 있어. 네가 자꾸만 입 맞추고 스스럼없이 끌어안고 그럴 때마다 내가 무슨 생각을 할 것 같아?"

"무, 무슨 생각을 하는데?"

도대체 하진이 지금 무슨 말을 하는지 하나도 제대로 이해되지 않아, 태서가 바보라도 된 것처럼 멍한 얼굴로 하진의 말을 되풀이하였다.

"너랑 자고 나면 무슨 기분이 들까? 어떤 기분일까? 궁금해져. 사내인 너를 안고 나면, 여인으로 네게 안기고 나면 그땐 또 뭐가 달라지는 걸까. 세상의 많은 여인과 사내가 알고 있는, 좋아 죽고 못 사는 그 무엇을 알고 느끼고 정신없이 탐하게 되는 걸까, 궁금해서 견딜 수가 없어져."

깜빡깜빡. 태서의 눈꺼풀이 조금 더 빨리 움직였다. 미처 예상치도 못한, 지나치게 대담하면서도 직설적인 말에 심장도 미친 듯이 날뛰기 시작했다.

"그래서 자고 싶었어. 너와 자고 나면 그 모든 궁금증이 풀릴 것 같았거든."

"…… 너, 너! 지금 네가 무슨 소릴 하는 건지 알고는 있어?"

이제야 비로소 하진의 말이 이해되기 시작한 태서가 놀란 기색을 감추지 못했다. 세상에, 다른 사람도 아니고 하진이, 제 입으로 먼저 저와 자고 싶었다고 말하다니, 그것도 연모하지도 않는다고 몇 번이나 단언했던 주제에 남녀의 정사(情事)가 궁금하여 자고 싶었다고 털어놓다니 방금 들어놓고도 믿기지 않았다. 그것도 하필, 지금, 제 허벅지 위에 앉아서!

"알아. 그래서 네게 미안하다고 사과하려는 거야."

"…… 사과?"

"미안해. 너를 연모하지도 않으면서 순전히 내 기분만 생각했어. 너를 연모하지도 않으면서 네가 나를 연모한다는 사실만으로 당연히 너와 잘 수 있다고 생각했어. 못된 생각이었어. 충분히 이기적이었고. 네가 그렇게 화를 낸 것도 너무나 당연해. 사과할게."

"뭐, 뭐 이런."

잠시 아찔해진 머릿속을 가다듬기 위해 태서가 바로 앞에 있는 하진의 어깨에 고개를 기댔다.

"미치겠네. 진짜 환장하겠다. 뭐 이런 여자가 다 있지?"

엄살이 아니었다. 정말 매번 하진의 앞에서는 멍청이가 되는 기분이었다. 매번 제 의지나 의도와는 상관없이 하진에게 일방적으로 휘말리는 기분이었다. 그런데도 그것이 싫지 않아서 미칠 지경이었다. 싫기는커녕, 세상 어디에도 없을 것 같은 이 당돌하고 대담하고 뻔뻔스럽고 무신경한 여자가 어여뻐서 못 견디게 어여뻐서 환장할 것만 같았다.

"뭐해?"

한참이 지나도 제 어깨 위에서 움직이려 들지 않는 태서에게 하진이 물었다.

"자?"

"멍청이."

마침내 태서가 하진의 어깨에서 고개를 들었다.

"다음엔 말이야……."

하진의 귀에 가까이 다가온 태서의 입술이 아쉬움을 가득 담아 움직였다.

"다음에 또 그런 생각이 들거든, 그땐 먼저 말해 줘. 그땐 절대로 화내지 않을게."

나직한 중얼거림과 함께 미련과 후회, 그리고 새로운 욕망을 가득 담은 태서의 숨결이 하진의 귓속으로 파고 들어왔다.

순간, 하진은 저도 몰래 바르르 떨리려는 몸을 진정시키기 위해 애썼다. 자신 때문에 하진이 몸을 떤 걸 알면, 태서가 얼마나 기뻐할지, 당장 무엇을 하자고 들지 알 것 같아서였다.

"…… 배는 언제 들어와?"

애써 냉정을 가장한 채, 하진이 아직도 제게 바짝 붙어있는 태서를 밀어내며 물었다.

"지금, 그 얘길 하자고?"

태서가 어이없다는 듯, 자신들의 주위를 둘러본 후 부러 더 과장하여 투정 부리듯 말했다.

"이런 곳에서, 이런 상황에서, 이런 자세에서, 꼭 그 얘기를 해야 해?"

"언제쯤이야?"

"……네에. 네. 제가 어찌 감히 아가씨의 뜻을 거역하겠습니까?"

심통이 난 것도 아니면서 태서가 일부러 빈정거리듯 존대를 하며 하진에게서 몸을 뗐다.

"닷새 뒤, 이번엔 신 역관이 도와줄 거야."

하진을 일으키며 태서가 일의 진행 상황을 이야기했다.

"신 역관?"

하진이 가만히 태서를 보았다.

"그런 눈으로 보지 마. 내가 부탁한 거 아냐. 본인이 직접 그러겠다고 한 거지."

"나중에 들키기라도 하면……"

"이번 일 안되와도 우리 일이 세상에 들통나게 되면 그쪽도 위험해지는 건 마찬가지야."

태서의 일리 있는 지적에 하진이 입을 다물었다.

그랬다. 만약 세상이, 세상 사람들이 지금 하진이 벌이고 있는 일에 대해 알게 된다면 미쳤다고 욕할 것이었다. 나라의 기강을 흐트러뜨린 천하의 사특한 계집으로 사대문 네거리 안에서 모든 사람이 보는 가운데 조리돌림을 당하고, 아니면 가혹한 형벌을 받아 죽임을 당할 수도 있었다.

반가의 여인 된 몸으로 세상을 속이고 가문을 등지고, 신행길에서 도망쳐 주가(酒家)를 차린 것 때문만이 아니었다. 아버지에게서 훔쳐낸, 아니 되돌려 받은 돈과 무양각을 통해 벌어들인 돈으로 하진과 태서가 한 일 때문이었다. 지금껏 두 사람은 나라에서, 집안에서 죽기를 강요하고 죽을 곳으로 내몬 여인들을 살리기 위해 때로는 신분을 변장시키고, 때로는 거대한 짐 속에 숨겨 이국으로 빼돌렸다. 벌써 그렇게 빼돌린 여인이 한두 명이 아니었다. 열 손가락을 다 세고도 못 셀 정도로 많은 여인이 하진과 태서의 도움을 받아 새 인생을 살게 되었다. 그 모두가 꼭 자녀안에 이름이 오른 반가의 여인들만은 아니었다. 그들 중에는 죄를 짓고 쫓기는 여인들도 있었다.

신 역관의 딸도 그런 이들 중 한 명이었다. 부유한 역관의 딸로서, 어마어마한 혼수를 들고 시집을 갔던 신 역관의 딸은 오랜 세월 자신을 홀대하고 박대하는 시어미의 모진 시집살이를 당하다 못해, 어느 여름 기어이 그 시어미의 목을 졸라 죽인 뒤 줄행랑을 치고 말았다.

"더워죽겠는데, 밤새 잠 한숨 못 자게 뜨거운 불 앞에서 곰국을 끓이라고 하잖아요. 불은 뜨겁고 졸려 죽겠는데 땀은 비 오듯 오고. 그래서 새벽에 잠깐 우물가에 가서 얼굴을 씻고 온 건데 그새 자다 말고 나와서 국솥을 다 엎어버렸더라고요. 흑…… 흐흑."

태서와는 오래전부터 안면이 있는 신 역관의 의뢰를 받아, 거지꼴이 다되어 산속 움막에 숨어있는 신 역관의 딸을 찾아냈을 때, 그녀는 이미 자신이 저지른 일에 충격을 받고 반은 정신이 나가 있었다. 해서 태서와 하진은 관군들이 그녀를 찾아내기 전에 그녀를 일본인 하녀로 둔갑시켜 왜의 상선을 태워 왜로 보냈다. 왜에 도착한 그녀가 가짜 주인 노릇을 하며 왜국까지 자신을 데려간 왜의 상인과 혼인을 하였다는 사실을 전해 듣게 된 것은 비교적 최근의 일이었다.

"아악! 아아악!"

한편, 그때 임 참판의 집 별채에서는 산고에 시달리는 여인의 비명이 쉴 새 없이 터져 나오고 있었다.

"어휴. 소리는 좀 그만 지르세요. 힘 다 빠져요. 그러지 말고 얼른 다시 배에다 힘을 주고……"

"아아아아악!!"

산파가 숙영의 아랫도리를 들여다보며 힘을 주란 말을 백 번도 더 넘게 하였지만, 좀처럼 아이는 산문(産門)을 빠져나오지 못하고 있었다.

"어찌 되었는가? 나왔는가?"

마당에서 초조하게 기다리고 섰던 성우의 어머니 민 씨 부인이 마침 방문을 열고 대야를 들고나오는 산파의 조수를 보고 급히 물었다.

"어휴. 나오기는요. 아직 한참은 더 고생하셔야 할 것 같습니다."

"그렇게 오래 걸리겠는가?"

"태아가 너무 커서, 산모께서 고생이 이만저만이 아니십니다."

"아이가 커?"

"예에. 저도 산파 따라 다닌 지가 어언 삼 년이 넘는데, 저렇게 큰 태아는 처음 봤다니까요. 얼핏 들여다봤는데도 벌써 머리가 두툼하니 새카만 게 산달이 지나도 훨씬 지난 것 같……"

눈치 없이 입을 놀리던 산파의 조수가 표정이 심상치 않게 변한 민 씨 부인을 보고는 얼른 허둥지둥 부엌 쪽으로 걸음을 옮겼다.

'이게 무슨 소리야? 아직 뱃속에서 예닐곱 달밖에 머물지 않았거늘 벌써

머리가 새카맣다고? 아이가 너무 커? 말이 안 되잖아. 그럼 설마?'

무언가 생각에 미친 민 씨 부인이 얼른 후다닥, 고개를 저었다.

'내가 무슨 생각을 하는 거야! 미쳤지, 미쳤어! 지금 무슨 흉악한 생각을 하는 것이야. 어휴. 튼실한 사내애일 거야. 사내아이니까 그리 큰 거겠지. 그래. 그런 게 틀림없어.'

민 씨 부인이 억지로 생각을 고쳐먹고 있자니, 산실에서 다시 "아아악!" 하는 숙영의 처절한 비명이 터져 나왔다. 쉴새 없이 이어지던 그 비명이 수그러들고 새 생명의 울음소리가 터져 나온 건 꼬박 하루가 더 지난, 다음 날의 밤에서 새벽 사이였다.

"응애, 응애, 응애!"

임 참판의 집에 갓난아이의 울음소리가 울려 퍼진 건 거의 이십 년 만이기에 집안사람 모두가 반색하고 별채 근처로 모여들었다.

"나왔는가?"

땀을 닦으며 산실을 나서는 산파에게 제일 먼저 민 씨 부인이 물었다.

"예에. 방금 막 낳으셨습니……"

"아들인가? 딸인가?"

산파의 말이 끝나기가 무섭게 민 씨 부인이 얼른 산파에게 달려들며 물었다. 임 참판도 정애도 집안 하인들도 잔뜩 기대를 담은 얼굴로 답을 기다렸다.

"건강하고 어여쁘신 아가씨입니다."

"딸……?"

민 씨 부인이 허탈해서 중얼거리는 동안, 임 참판이 "흐음." 하고 괜히 헛기침하고선 별채를 나갔다. 인사치레나마 갓난쟁이의 얼굴을 한번 보자는 말도, 며늘아기에게 수고했다는 인사를 전해달란 말도 하지 않았다.

"오라버니! 딸이래요! 오라버니가 드디어 아버지가 되셨다고요!"

뒤늦게 별채로 들어서는 성우를 본 정애만이 괜히 신이 나서 목소리를 높였다.

"밤이 늦었다. 어머니도 이제 그만 들어가 쉬세요. 정애 너도 그만 네 방으로 돌아가고."

아비가 됐다는 말에도 별다른 반응을 보이지 않고 성우가 별채에 모인 사람들을 해산시켰다. 그러고선 숙영의 방안에 얼굴 하나 비치지 않고, 그대로 별채 서재로 발길을 옮겼다.

성우가 집안 식구들의 성화에 마지못해 새로 태어난 아이와 얼굴을 맞댄 것은 그로부터 닷새나 더 지난 후였다.

.

.

.

"들어가겠소."

방문 밖에서 들려온 성우의 소리에 벌써 며칠째 꼼짝도 못 하고 누워만 있던 숙영이 자리에서 일어나려고 애썼다. 꽤 난산이었던 탓에 출산 후 벌써 닷새가 지났는데도 숙영은 제대로 운신조차 못 하며 계속 방구들을 지키고 있었다.

"새언니. 누워있어요. 아직 몸도 성치 않은데."

숙영의 곁에 붙어있던 정애가 저답지 않게 살갑게 숙영을 챙기는 동안, 방문이 열리고 성우가 방으로 들어섰다.

"오라버니도 참! 빨리도 오십니다. 무슨 아이 아버지가 이러서요? 얼른 이리 와서 내 조카 좀 보셔요. 갓난쟁이가 이렇게 이쁜 건 다들 처음 본다 그러더라고요."

방에 들어서긴 했지만, 방문 앞에 우두커니 서 있기만 할 뿐 좀처럼 아이에게도 아내에게도 가까이 다가오려 하지 않는 성우를 보고 정애가 눈을 흘겼다.

"장승처럼 서서 뭐 하는 거예요. 찬바람 들어오면 새언니에게도 아이에게도 해로워요. 그러니 얼른 들어오셔요."

한 번 더 권하는데도 꿈쩍할 기미가 없자, 정애는 아예 벌떡 일어나 성우의 손을 잡아 이끌려 하였다.

"그만 네 방으로 돌아가거라."

정애의 손을 뿌리친 성우의 목소리는 싸늘하기만 했다.

"오라버니?"

"얼른."

말만이 아니었다. 성우는 그대로 방문 밖으로 직접 정애를 내몰기까지 하였다.

"오라버니?"

"가래도!"

방문 밖에서 여전히 저를 부르는 정애에게 성우가 목소리를 높였다. 그제야 방문 앞에서 물러난 정애가 마당으로 내려가 멀어지는 소리가 들려왔다. 그것으로 만족하지 않고, 성우는 이내 방문 바깥을 향해 버럭 소리를 질렀다.

"아무도! 아무도 이 방 가까이 다가오지 마라! 누구든 이야기를 듣게 되는 자가 있으면 그자의 귀와 혀를 베어버릴 것이다!"

"예에."

두려움에 찬 하인들이 이구동성으로 답하는 소리까지 듣고 난 후에야 성우가 무슨 생각을 하는지 알 수 없는 얼굴로 천천히 숙영의 곁에 눕혀져 있는 갓난쟁이에게로 다가갔다.

"서, 서방님."

아직도 온몸에 피가 제대로 돌지 않아 해쓱하고 창백한 낯빛의 숙영이 몸이 찢어지는 고통을 감내하며 몸을 일으켜선, 더듬더듬 제 아이의 강보를 끌어당겨 안았다.

"두렵소? 뭐가 두려운 거요? 왜요. 내가 이 아이를 해치기라도 할까 봐서요?"

"아, 아닙니다."

말로는 아니라고 하면서도 강보를 끌어안은 숙영의 손에는 힘이 가득 들어있었다. 사실은 무서웠다. 지금 자신과 제 딸아이를 보는 성우의 눈빛엔 아무 감정도 떠올라 있지 않아서 더 그랬다.

"그 강보 이리 내어 보오."

숙영의 바로 앞에 앉은 성우가 숙영에게 손을 내밀었다.

"어, 어쩌시려고요?"

숙영이 아이를 안은 몸을 돌리며 물었다.

"걱정하지 마오. 설마하니 내가 실수인 척 일부러 강보를 떨어트려 아이를 죽이기야 하겠소? 그냥 얼굴이 궁금하여, 한 번 보려고 그러오. 그러니 이리 내오."

그런데도 숙영이 좀처럼 아이를 건네줄 생각을 하지 않자, 성우가 아예 강제로 숙영의 품에서 강보를 뺏어 들었다.

"아, 안 됩니다. 안 돼요!"

숙영이 반항이랍시고 안간힘을 써 봤지만 애초에 상대가 될 리 없었다.

"흐음."

아이의 강보를 눈높이까지 들어 올린 성우가 유심히 아이의 얼굴을 살폈다.

"이리, 이리 내셔요. 이제 다 보셨지 않습니까? 얼른 이리 내셔요!"

숙영이 달려들자 성우는 의외로 순순히 숙영에게 강보를 내어주었다.

"그리 기겁할 것 없소. 그 아이를 내 손으로 어쩔 생각은 없으니까."

아이를 이용해 숙영에게 복수할 생각을 안 해본 건 아니었다. 숙영이 자는 틈을 타 아이를 빼돌려 어느 거지 움막에라도 가져다줄까? 그러고선 숙영에게는 어느 누가 훔쳐갔는지 모른다고 시침을 뗄까? 아니면 갓난쟁이의 입에다 아기가 먹어선 안 될 독약을 흘려 넣을까? 밤에 몰래 갓난쟁이를 슬쩍 엎어놓을까?

사람이 절대 해서는 안 되는 일인 줄을 알면서도, 숙영을 괴롭히기 위해, 숙영에게 자신이 맛본 아픔을 똑같이 아니 그보다 몇 배는 더 맛보게 하고 싶어 할 수 있는 모든 잔인한 방법들을 생각하고 또 생각했었다. 하지만 그럴 순 없었다. 아이에겐, 이제 막 세상의 빛을 본 갓난쟁이에겐 아무 죄가 없었으니까. 어미의 부덕이 아이의 죄가 될 수는 없었다.

하여 성우는 어렵게, 정말 어렵게 마음을 돌려먹었다. 절대로 아이에겐 가혹하게 대하지 않겠노라고 저 스스로 맹세하였다. 그렇다 해도 아이의 생은 가엾을 것이었다. 평생 아비의 사랑은 받지 못하고 살 것이니까. 마음에서 우러나오는 아비의 따뜻한 시선 같은 건 받지 못하고 자랄 테니까.

"그나저나 천만다행이구려."

또다시 성우에게 아이를 빼앗길까 봐 강보를 끌어안고, 바짝 몸을 웅크린 숙영을 보며 성우가 자리에서 일어났다.

"뭐가 다행이란 겁니까?"

"아이가 당신을 퍽 많이 닮아서 말이오."

"그게 무슨……?"

숙영이 성우의 말뜻을 알아듣기 위해 슬며시 고개만 들어 성우를 올려다보았다. 그 순간 숙영은 보았다. 성우의 얼굴에 가득한 비웃음을.

"당신을 많이 빼닮은 덕분에 세상 사람들이 나와 조금도 닮지 않은 아이의 모습에 괜한 의심을 할 필요가 없을 테니 말이오. 가뜩이나 칠삭둥이치곤 아이가 머리숱이 짙고 너무 크다며 여기저기서 수군대는 것 같던데……"

"누가, 어느 죽일 년이 감히 그따위 망발을 입에 담는단 말입니까! 이 아이는 서방님의 아이입니다! 죽어도 서방님의 아이예요!"

"그러니, 부인의 그 되지도 않는 거짓말을 위해서라도 아이가 부인을 이리 꼭 빼닮은 것이 천행이라 하지 않소."

볼일이 마쳤다는 듯 방문을 향해 돌아서던 성우가 "참!" 하고 한 마디를 덧붙였다.

"아버님과 어머님이 이 아이의 이름 짓는 걸 내게 일임하셨소. 계집아이의 이름이니 내가 원하는 대로 붙여주라고요."

"……"

여전히 두려움 반 노여움 반에 바들바들 떨고 있는 숙영을 보며 성우가 만족스러운 듯 말을 이어갔다.

"하여 내 아이의 이름을 지어왔소."

성우가 소매 안에서 종이 하나를 꺼내, 아무렇게나 휙, 숙영에게로 날렸다. 숙영이 종이를 펼쳐보니 거기엔 왕희지의 재래라 불릴 만큼 명필인 성우의 글씨로 두 글자가 쓰여 있었다.

"참 진(眞)에 아이 아(兒)를 써서, 진아라 지었소. 출생부터가 온통 거짓으로 점철된 아이니, 이름에라도 진짜를 주어야겠다 싶어서요."

제 할 말을 모두 마친 성우가 거칠게 방문을 열고 나가, 다시 쾅 소리가 나도록 세게 방문을 닫았다.

"…… 임진아."

방에 아이의 강보를 내려놓은 숙영은 아이를 보며 성우가 지어준 제 아이의 이름을 가만히 입안에서 굴려보았다. 성우가 던지고 간 종이를 들어 자느라고 아무 반응도 없는 아이의 얼굴 위에 기울여 보였다.

"진아. 이게 네 이름이라고 하는구나. 임진아. 어찌 네 마음에는 드니? 진아야. 임진……"

어쩐지 영 마뜩지는 않았지만, 기왕 주어진 이름이니 아이에게 이름을 인식시켜줄 양으로 연거푸 아이의 이름을 부르던 숙영이 문득, 멈칫하였다. 불현듯 몇 달 전에 죽은 여자의 이름이 떠올라서였다.

감하진.

그 여자의 이름은 감. 하. 진이었다. 거기다 기억을 더듬어 보면 아주 예전, 숙영이 두 사람을 몰래 훔쳐보았을 때 성우는 분명 그 여자를 "진아."하고 다정히 불렀더랬다.

"설마…… 그 여자의 이름을? 내 아이의 이름에 그 여자의 이름자를 붙인 거야?"

이름이 적힌 종이를 든 숙영의 손이 부들부들 떨렸다. 성우의 속내를 알 것 같아서였다.

'나더러 평생 그 이름을 부르고 살라고? 내 앞에서 평생 그 이름을 부르며 살겠다고? 평생 그 이름을 잊지 못하게?'

그건 복수였다. 그 이름을 가진 여자를 죽게 만든 성우와 숙영, 두 사람 모두를 벌주기 위한 복수인 셈이었다.

"읍! 으으읍!"

숙영이 잔인한 성우의 처사에 두려움과 분노로 치를 떨고 있을 때, 정애는 성우에 의해 입을 틀어막혀 별채 중문 앞까지 끌려가고 있었다. 몰래 숙영과 성우의 이야기를 엿듣다 숙영의 방에서 나오는 성우에게 들키고만 때문이었다. 충분히 몸을 숨기려면 숨길 시간은 있었지만, 자신이 엿들은 이야기에 충격을 받아 그럴 생각도 하지 못했다.

"너! 아무도 방에 가까이 오지 말라 했거늘!"

중문 앞에 와서야 정애를 놓아준 성우가 어금니를 꽉 깨물고 정애를 다그쳤다.

"남의 이야기를 엿듣다니, 네 어디서 이따위 행실을 배워……"

"내가 들은 게 무, 무슨 얘기에요?"

정애가 성우의 멱살잡이라도 하는 것처럼 도포의 앞섶에 매달리더니 조금 전 자신이 들은 것을 확인하려 들었다.

"저 아이가…… 저 방에 있는 아이가 오라버니 아이가 아니란 말이에요? 내…… 조카가 아니라고요?"

"언성 낮춰! 다른 사람들이 듣는다."

"오라버니, 정말이냐고요! 정말로 저 아이가 읍……!"

60

정애의 언성이 조금 커지는 것 같자, 성우가 다시 손으로 정애의 입을 틀어막았다.

"닥치래도! 이 일이 다른 사람 귀에 들어가면 어찌 되는지 몰라 이래? 아무리 철이 없어도 이게 우리 집안에 얼마나 큰 수치가 될지 정녕 모르겠어? 아버지와 나의 전정(前程, 앞길)을 기어이 네 세 치 혓바닥으로 망칠 셈이냐?"

"으으으읍! 으으읍!"

어느새 두 눈에 눈물이 가득 고인 정애가 고개를 세차게 가로저었다. 성우가 그런 정애의 입을 풀어주기 전에 한 번 더 경고하였다.

"명심해. 넌 오늘 아무것도 엿듣지 않았어. 그렇지?"

"읍!"

입이 틀어 막힌 채로 정애가 두려움에 차 열심히 고개를 아래위로 끄덕였다. 지금 이 순간, 제 오라버니에게 다른 답이 통할 리 없음을 알아차렸기 때문이었다.

며칠 후였다.

"오랜만에 뵙습니다."

무양각의 살림채에선 사치스러운 옷차림의 역관이 태서와 하진에게 깊게 허리를 숙여 인사를 하고 있었다. 하진은 짧은 너울을 드리워 얼굴을 가린 상태였다.

"도와주신다고 들어, 뜻밖이었습니다. 자칫 그쪽에도 위험할 수 있는 일인데요."

하진이 인사를 하자, 신 역관이 부랴부랴 손을 흔들었다.

"아니, 아닙니다. 무릇 사람 된 자로 은혜를 입었으면 갚아야 하는 것이 도리인 것을요. 두 분께 진 커다란 은혜에 비교하면 아무것도 아닌 것을요."

역관이 붉어진 눈시울을 쓰윽, 옷소매로 닦아냈다.

"그나저나 지금…… 어디 있습니까?"

역관의 물음에 태서가 밖을 향해 넌지시 말했다.

"들어오시지요."

그 말이 끝나기가 무섭게 방문이 열리고 웬 여인 하나가 주춤주춤 방안으로 들어섰다. 머리를 올리고 진한 화장을 한 것이 어쩐지 조금은 어색해 보이는 젊은 여인이었다.

"인사드리세요. 신이택 역관이십니다. 낭자를 청나라까지 데려다주실 분이십니다."

하진의 말이 끝나자 낭자라 불린 여인이 주저주저하며 고개를 숙였다.

"자, 잘 부탁드립니다."

"저야말로."

맞절하듯 같이 고개를 숙인 신 역관이 야위고 파리한 여인의 낯빛을 보고는 안쓰러움에 끌끌 혀를 찼다. 하진과 태서가 일러주지 않아 자세한 상황은 알지 못하지만, 눈앞의 여인 역시 제 딸과 그리 처지가 다르지 않음을 알기에 더욱 안쓰러운 마음이 들었다.

"아무 걱정 안 하셔도 됩니다. 함께 배를 타고 가는 이들에게는 얼마 전에 새로 얻은 첩실이라 말해두었습니다. 아직 늙은 서방을 기꺼워하지 않아, 눈치를 보며 달래는 중이라고 설레발을 떨어두었지요. 그러니 사이가 조금 어색해 보여도 크게 의심을 사지는 않을 것입니다."

아직도 두려운 기색이 가득한 여인을 안심시키기 위해 신 역관이 부러 다정히 상세히 일러주었다.

"예에……."

가만히 고개를 끄덕인 여인은 저를 죽음의 고비에서 구해준 하진과 태서를 향해서도 깊이 고개를 숙여 진심에서 우러나오는 감사의 마음을 전하였다.

"그래서. 이 일은 언제까지 계속할 거야?"

두 사람을 보낸 후였다. 너울을 벗고선 피곤한 듯 눈가를 비비는 하진에게 태서가 심각한 얼굴로 물었다.

"네가 이 나라의 모든 불쌍한 여인을 구할 수는 없어. 설령 이제까지는 운이 좋아 아무 일이 없었다고 쳐. 다음엔? 또 그다음엔? 언제까지고 운이 좋을 것 같아?"

매번 있는 일이었다. 여인들을 구해낼 때마다, 제가 매번 앞장서 도움을 주면서도, 태서는 늘 하진에게 똑같은 잔소리를 하였다. 그때마다 하진은 별다른 말 없이 묵묵히 잔소리를 들어넘겼다. 그런데 오늘은 달랐다.

"알아냈어."

두 손바닥으로 두 눈을 덮어 힘주어 누르며 하진이 답했다.

"알아내다니, 뭘?"

오늘따라 부쩍 피곤해 보이는 하진을 보다못해 태서가 하진의 곁으로 다가가 앉아 하진의 목덜미와 어깨를 주물렀다.

"뭘 알아냈다는 거야?"

"이번 낭자도 마찬가지였어."

조금 고개를 숙여 태서가 해주는 안마를 받으며 하진이 알 듯 모를 듯한 말을 하였다.

"마찬가지라니?"

"유 목사 댁 낭자 기억나? 두어 달 전에 자녀목에 목을 매달려 했던?"

"당연하지. 그 아버지가 억지로 자결하라고 시킨 거였잖아. 근데 그 낭자가 왜?"

"그때처럼 이번 김 진사 댁 낭자도 누명을 쓴 거였어. 실제론 외간 사내와 통정을 한 일 따위 없는데도 동리에 소문이 파다하게 나는 바람에 억지로 자결을 강요당한 거야."

"뭐, 딱하기는 하지만 새삼스러운 일은 아니잖아. 그거야 이제껏 다른 여인들도……"

"두 사건의 배후가 같아."

"……뭐?"

"유 목사 댁 낭자 때도 이번에도 같은 사람들이 배후에 있다는 거야. 그리고……"

내 어머니도 그렇고. 하진은 입을 다물어 미처 다 내뱉지 못한 말을 입 안에 머금었다.

제 9 장

의혹

"우의정 대감, 이번에 외조부가 되셨다지요? 감축드립니다."

우의정 강헌영이 어느 서관(書館)의 별실에 들어서자마자, 미리 와 있던 종3품 사헌부 집의 유지서가 축하의 인사를 건넸다.

그러자 한자리에 모인 다른 대신들 역시 앞다퉈 일어나 우의정에게 입을 모아 인사를 하였다.

"감축드립니다!"

"하하. 이리들 축하해주시니 몸 둘 바를 모르겠습니다. 자자, 어서들 앉으세요."

우의정이 그리 말했지만, 별실에 모인 다섯 명의 신료들 모두 우의정이 제일 상석에 자리를 잡고 앉을 때까지 앉을 생각을 하지 않았다. 모두 이조와 형조 그리고 의금부와 사헌부 등에서 요직을 차지하고 있는 이들이었다.

"자. 그만들 앉으세요."

자리에 앉은 우의정이 웃음기를 지우고 다시 말했을 때에서야 모두들 긴장한 얼굴로 제 자리에 가서 정좌하였다.

"제 사적인 일에 관해서는 따로 자리를 마련할 터이니 일단 오늘은 공무(公務)에 집중들 합시다. 일단 집의. 말해 보오. 일전의 건(件)에 대해서는 어찌 진행되고 있소?"

정색한 우의정이 제게 물어오자 유 집의가 바짝 긴장한 얼굴로 목소리를 낮추며 제가 알아온 바에 대해 고했다.

"한 달 열흘이 넘게 주변을 살폈으나, 도무지 찾지 못하였습니다. 이불 밑 벼룩까지 탈탈 다 털었는데도 구린 먼지 하나도 나오지 않습니다."

"살림살이는 좀 어떻습디까?"

이조참의 김병서가 말 중에 끼어들었다.

"그릇 하나, 수저 하나 새로 느는 게 없더이까?"

"늘기는요. 녹봉 받는 건 다 어쩌는지, 쪽문 부서진 거 하나 제대로 고치지 못하는 형편이던데요."

"하. 역시 천하의 도승지답지 않습니까?"

우의정이 입술을 비틀어 올리며 중얼거렸다. 지금 모두가 이야기하고 있는 건, 도승지 오성환에 대한 것이었다. 불과 요 몇 년 사이에 임금의 총애를 업고 승차(陞差, 승진)에 승차를 거듭한 인물이었다. 그의 강직하고 어느 쪽에도 치우치지 않는 불편부당한 태도를 높이 산 임금은 최근 여러 사안에 그의 의견을 묻고 또 귀 기울여 듣는 경우가 부쩍 많아졌다. 특히 근래에 들어서는 그가 호포법을 강력히 주창하는 자들의 목소리에 힘을 실어주는지라 조정 내에서도 그를 곱게 보지 않는 이들이 많았다. 호포법이란 이제까지처럼 서민들에게만 군역을 부과하는 것이 아니라 신분에 상관없이 각 집집마다 군역을 부과하여 군포(군역 대신 내야 하는 면포나 쌀 등의 세금)를 거두자는 법이었다. 당연히 신료들의 반발은 불같이 일어날 수밖에 없었다.

"만약 이번에도 전하께서 그자의 의견을 높이 사 호포법을 시행하자 하시면 이 나라는 그날로 당장 망조가 들 것입니다!"

"양반이 상놈처럼 군포를 내고 살아야 한다면 누가 기꺼이 그리 하자 하겠습니까?"

"당장 온 유생이 벌떼처럼 들고일어나, 나라가 한 시도 조용할 날이 없을 것입니다."

"무슨 일이 있어도 막아야 합니다. 그러기 위해서라도 도승지를 막을 방도를 생각해 내야 합니다!"

이미 그런 이야기가 진작부터 조정 내의 대신들 사이에서 떠돌고 있었다. 결국, 이날의 모임은 그런 논의들 끝에 마련된 자리의 일환이었다.

"아무래도 다른 방법을 찾아봐야 할 것 같습니다."

도승지의 청렴함에 질렸다는 듯, 유 집의가 새삼 고개를 설레설레 저었다. 그 순간, 우의정 등 뒤 병풍 쪽에서 낮은 소리 하나가 들려왔다.

"없으면 만들어야지요."

그 소리에 좌중의 모두가 일시에 긴장하여 서로를 보았다. 순간, 우의정이 자리에서 벌떡 일어나 병풍을 걷고 초대하지 않은 손님을 맞아들였다.

"오셨사옵니까?"

"헉!"

병풍 뒤에서 모습을 드러낸 이를 보고 좌중의 모두가 벌떡 자리에서 일어났다.

"대, 대군마마! 어찌, 여기까지."

"어서 이쪽으로 앉으시지요."

모두가 놀라는 가운데 우의정은 여태 제가 앉아있던 상석을 비켜주었다.

"도승지에게 병약하여 변변히 바깥출입 한 번 못 한 과년한 여식이 있다 들었소만?"

대군이라 불린 남자가 의미심장한 말을 내뱉으며 우의정이 비켜준 자리에 앉았다.

"어디 쓸만한 자가 없겠소?"

"…… 젊은 중놈이 좋겠습니다."

잠시 곰곰이 생각하는 듯하더니 우의정 강헌영이 이내 답을 하였다.

"탁발하러 간 젊고 잘 생긴 중놈이 도승지의 딸과 연분이 나면 될 것입니다."

"그럴 만한 사람이 있겠소?"

솔깃한 제안이라 생각했는지 안수대군의 입가에는 어느새 미소가 번져나갔다.

"안수대군? 그 인왕산 늙은 호랑이?"

하진의 입에서 나온 뜻밖의 이름에 태서는 꽤 많이 놀랐다. 안수대군은 올해 여든이 넘은, 선선대 임금의 아우이자 현 임금의 작은 할아버지로 종친들의 가장 웃어른이었다. 워낙 그 존재가 존재인지라 임금마저도 그 앞에서는 말 한마디 함부로 하기 어려운 이로 소문이 나 있는 꼬장꼬장한 성정을 가진 이였다.

"그자가 사건들의 배후라고? 그자가 왜? 뭐가 아쉬울 게 있어서!"

좀처럼 믿기지 않는 얘기에 태서의 목소리가 조금 높아졌다.

"돈도 권력도 명예도 지위도 모두 가질 만큼 가진 사람이잖아. 임금의 할아버지뻘이잖아. 그런 자가 왜?"

"지금은 그 사람이 배후지만, 처음부터 그 사람이 배후였던 건 아니었을 거야."

생각이 읽히지 않는 무표정한 얼굴로 하진이 중얼거렸다.

"사람들은 내부의 결속을 다지기 위해 외부의 적을 만들곤 해. 또 동시에 외부의 적으로부터 자신들을 지킨다는 명목으로 내부에 엄격한 계율을 만들어 적용하곤 하지."

한번 만들어진 계율은 그 부당함과 어리석음이 지적되어도 쉽게 고쳐지지 않는다. 이미 그 계율로 인해 이익을 보는 자들이 적지 않게 형성되었기 때문이다.

자녀안이 그랬다. 처음 자녀안이 만들어졌을 때는, 조선이 조선이 아니었던 그 옛날 옛적에는, 오직 이전 왕조 시대의 방종한 풍습을 경계하기 위한 목적이 컸다.

"처음에는 그랬겠지. 여인들의 문란한 행위를 규제하고 절제시켜 나라의 안녕을 도모한다는 본래의 목적에 충실했을 거야. 하지만 시간이 갈수록 점점 더 많은 사람이 경쟁세력을 제거하고 자신들에게 위험요소가 되는 사람들을 없애는 수단으로 삼기 시작했어."

사실 여인의 정조 문제는 언제 어느 때나 참과 거짓 여부를 가리기가 참으로 애매한 문제였다. 설령 자신의 정조에 대한 거짓 소문이 난다 해도 어느 여인도 스스로 나서 마땅히 억울함을 증명할 수 없었다. 여인들에게 있어 스스로 정조와 정절을 증명할 방법이라곤 오직 하나, 바로 죽음뿐이었으니까. 그리고 시간이 지남에 따라 그걸 정략적으로 이용하는 사람들이 생겨나기 시작했다.

"원래 예전에는 자녀안이 그렇게 몇 명의 중신에 의해 좌지우지되던 게 아니라고 들었어. 거기에 이름이 적히는 것도 그리 흔한 경우도 아니었다고 들었고."

그러던 것이 선대 임금 때부터 안수대군과 그 일파들이 나라의 기강을 바로 세우기 위해서라도 자녀안을 좀 더 적극적으로 활용해야 한다며 목소리를 높이면서 변했다고 했다. 자녀안을 정적들과 경쟁세력 혹은 위협이 되는 인물들을 축출하는 수단으로 삼기 시작한 것이다.

"처음엔 정말로 그 집안에 행실 나쁜 여인들이 있는지 샅샅이 뒤졌지. 혹시 동네 총각이랑 묘하게 눈을 마주친 적은 없는지. 같은 절에 불공을 드리러 간 적은 없는지."

그 담엔 그 집에 드나드는 소금장수, 갖바치, 은장이와 관련된 뒷이야기들을 모두 수소문하였다. 혹시나 그 집안의 여인과 말 한마디 섞은 적은 없는지. 애틋한 눈빛 하나 주고받은 적은 없는지.

"어떤 땐 운수 좋게 그런 탐문만으로도 동네에 묘한 소문들이 나돌 때도 있어. 그럼 그자들의 목적은 훨씬 더 손쉽게 이뤄지는 거고."

"…… 그래도 안 된다면 방법은 한 가지겠군."

이제야 짚이는 게 있는지 불쾌한 기색으로 태서가 아랫입술을 질끈 깨물었다.

"근데 넌 그자가, 안수대군이 배후라는 걸 어떻게 안 건데?"

실로 궁금하였다. 어떻게 '태서'인 저도 모르는 일을 하진이 알고 있을까? 도대체 언제부터 이 일을 캐기 시작한 걸까?

"내 외조부께서는 천하가 다 아는 만석꾼이셨어. 단순히 부자이기만 한 게 아니라 수준 높은 심미안의 소유자이시기도 하셔서 조선 팔도의 보물 중에서도 귀하기로 이름난 보물들을 소유하고 계셨지."

옛일을 떠올리는 하진의 미간에 작게 주름이 잡혔다.

"그분이 남기신 유품 중에 청자로 만들어진 연적(硯滴, 벼루 물을 담는 그릇)이 하나 있었어. 손바닥 안에 들어가는 크기로, 몸 전체가 용의 형상을 한 귀물(貴物, 드물어서 얻기 어려운 물건)이었지."

하진은 어머니 서 씨 부인이 야반도주하고 난 후 오랫동안 그 연적에 대해 잊고 살았다. 기억이 난 것은 겨우 몇 년 전이었다. 성우가 과거에 급제한 것을 축하하는 의미로 하진의 아버지 감 진사가 선물을 고르려 할 때였다. 어떤 것이 좋겠냐며, 너도 한번 골라보라고 감 진사가 집안의 보물들을 모아놓은 광으로 하진을 데리고 들어간 적이 있었다. 어렴풋한 기억으로 어릴 적에 외갓집에서 보았던 귀한 보물들이 한가득 모여 있는 광이었다. 그중에서 아버지 감 진사가 성우를 위한 선물로 고른 것은 한눈에 봐도 귀해 보이는, 실로 세밀하고 아름다운 조각이 인상적인 용 벼루였다.

"이 벼루에 먹을 갈아 쓰면 그 글자가 금세 마를 뿐 아니라, 오랜 시간이 지나도 갓 쓴 듯 유난한 선명함을 자랑한다는구나. 성우 같은 명필에겐 이만한 선물이 제격일 것이야."

자신의 선택에 뿌듯해하는 감 진사의 손에 들린 용 벼루를 보자, 어릴 적 잠시나마 제 눈을 끌었던 청자로 만든 용 연적이 떠올라 하진이 물었더랬다.

"그러고 보니 외할아버님께서 아끼시던 연적은 어디로 갔습니까? 제가 워낙 신기해하며 어여뻐하자, 할아버님께서 나중에 제게 주겠다고 약조하신 물건인데요?"

하진은 아버지 감 진사가 용 벼루를 성우의 급제 선물로 주면, 자신은 그 연적을 선물로 줄 참이었다. 용 벼루에 딱 어울리는 한 쌍의 선물이 될 것이니 안성맞춤일 터였다.

그런데 웬일인지 감 진사는 하진의 물음에 당황한 기색을 보이더니 그런 게 있었느냐며 자신은 한 번도 본 기억이 없다고 시침을 떼었다. 분명히 그런 게 있었다고 하진이 말하는데도 한사코 네가 뭘 잘못 봤을 것이라며 말도 못 꺼내게 부아를 냈다.

"그게 퍽 수상했어. 파셨다면 그냥 파셨다고 하셨어도 됐는데 왜 아예 본 적이 없다고 하신 걸까? 그러다 한 가지를 눈치챘지."

광에 모여 있는 귀중품들의 양이 생각보다 그리 많지 않아 보인다는 점이었다. 온 조선이 알아주는 만석꾼에다 온갖 보물을 수집하고 계셨던 외조부가 남기신 양치고는 지나치게 적었다.

"그래서 아버지가 출타하셨을 때 일부러 예전 외갓집 노비였던 황 서방을 불러들여 광을 보여주었어."

"광의 열쇠를 갖고 있었어?"

태서의 물음에 하진이 대수롭지 않다는 듯 말했다.

"…… 주무시는 사이에 잠깐 훔쳤어."

"하, 역시!"

태서가 감탄하든 말든 하진의 이야기는 계속되었다.

"광 안을 보여줬더니 황 서방도 이상하다 했어."

정확하진 않지만, 자신이 기억하고 있는 보물들 몇 가지도 그 모습이 보이지 않는다고 했다.

"사라진 것은 대부분 돈을 주고도 구할 수 없는, 외조부께서 남기신 재산 중에서도 특히나 더 귀한 물건들뿐이었어."

감 진사가 팔았다고 생각할 수는 없었다. 팔 리가 없었다. 돈이 부족한 상황이 아닌데, 일부러 돈 주고 구하기도 어려운 귀물들을 내다 팔 이유가 없었으니까. 만약 누군가에게 선물로 준 것이라면 그 역시 하진에게 말하지 못할 이유가 없었다. 아무런 흠도 흉도 되지 않는 일을 구태여 숨기려 할 이유가 없지 않은가? 그렇다면? 둘 중 하나일 것이었다. 뺏겼거나 상납했거나. 거기까지 생각이 미치자 그다음에 해야 할 일은 너무도 분명했다. 그 이후부터 몇 년 동안 하진은 황 서방의 도움을 받아 은밀히 보물들의 행방을 추적했다. 급하게 서둘지 않았다. 그저 운종가에 한 번씩 들를 때마다, 선물 하려는데 뭐 쓸 만한 연적이나 벼루는 없는지. 이왕이면 용 모양의 청자로 된 연적은 없는지 슬쩍 지나가는 말로 장사꾼들에게 물어봤을 뿐이었다.

"아…… 그래서?"

하진의 말에 태서도 불현듯 떠오르는 일들이 있었다. 하진도 모르게 하진의 뒤를 밟을 무렵, 하진이 성우에게 줄 귀한 연적이나 벼루를 찾는 줄만 알고 괜히 질투하고 시샘했던 일이 있었다.

'그럼 그게 다 그 인간에게 주려던 것이 아니라……? 난 또 괜히!'

"뭐가 그래서야?"

"아, 아냐. 그럼…… 지금 그게 다 안수대군 집에 가 있단 말이야?"

사내답지 못하게 질투했던 일을 들킬까 봐 무안하여, 태서가 얼른 말을 돌렸다.

"결과만 말하면 그래. 그렇다고 아버지가 직접 안수대군에게 상납한 건 아냐. 아버지는 그저 직접 손이 닿는 누군가에게 뇌물들을 바친 것이고, 그 뇌물들은 차차 더 힘 있는 사람들에게로 거슬러 올라가 마침내 가장 귀한 몇몇 것들이 안수대군의 손에 안착한 것뿐이지."

하진의 말을 들은 태서가 잠시 미심쩍다는 듯 눈을 가늘게 떴다.

"잠깐만. 넌 조금 전에 자녀안의 일로 여인들을 죽이는 일의 배후에 안수대군이 있다고 했어. 그런데 지금은 네 아버지가 뭔가를 부탁한 일로 뇌물을 바쳤는데 그 뇌물의 최종 목적지가 안수대군이라고 했고."

직접 소리를 내어 말함으로써 스스로 머릿속에 든 의문점을 정리하던 태서가 얼굴을 굳혔다.

"뭐야? 그렇다면 네 아버지가 부탁한 일이라는 게?"

"아닐 수도 있어. 아버진 정말 그저 집안의 체면을 위해, 야반도주한 아내의 추문을 숨기기 위해 그저 아내를 죽은 것으로 위장하려고 뇌물을 쓴 것일 수도 있어. 하지만……."

그랬다면 그 뇌물의 흐름에, 보물들이 이동한 흐름에 임 참판이 끼어있어야 했다. 서 씨 부인의 야반도주 사실을 숨기고 죽었다고 위장하는 것에 가장 큰 도움을 준 건 바로 임 참판이었으니까. 하지만 임 참판에게는 하진의 외조부가 남긴 보물들이 흘러간 정황이 없었다. 의금부와 사헌부의 몇몇 관리들의 손을 거쳐 안수대군에게 거슬러 올라가는 그 어느 지점에도 임 참판의 흔적이 없었다.

"아직은 어디까지나 내 추측이야. 그러니 좀 더 확실하게 확인하기 위해서는 그 사람을 만나야만 해."

"…… 누구?"

"내 어머니."

"뭐?"

하진이 조금 몸을 돌려 태서를 똑바로 마주 보았다.

"모든 걸 명확히 하기 위해 직접 확인해야 할 게 있어. 그러니 그분을 만나게 해 줘."

"……."

하진이 원하는 거라면 뭐든 들어주고야 말 태서였지만, 이번에는 순순히 그러겠다는 말이 나오지 않았다. 하진에게는, 하진에게만큼은 절대 제일을 말하지 말아달라던 서 씨 부인의 간청 때문이었다.

"너는 지금 그분이 지금 어디 있는지 알 거야. 그러니 나를 그분에게 데려다줘."

태서가 망설이는 걸 본 하진이, 이번엔 명령에 가까운 부탁을 했다.

"어머니를 만나고 싶어."

"아니. 나는 만날 수 없소."

밤늦게 주막으로 찾아와 하진을 만나달라는 태서의 요청을 하진의 어머니 서 씨 부인은 일언지하에 거절했다.

"애초에 내게 약조를 하지 않았소. 나에 대해서는 일절 아무 말도 하지 않을 거라고."

"따님이 부인을 뵙기를 원합니다."

"그래도! 내가 어찌 이 꼴을 하고 그 아이를 만날 수 있단 말이오?"

서 씨 부인이 행주치마를 털며 자리에서 일어났다.

"그 아이에게 전하시오. 한 달 전에 돌림병이 걸려 죽었노라고. 그 때문에 무덤조차 쓸 수 없었으니 시체도 찾을 생각 말라고."

"그래도……"

"만약 태서가 내 허락도 없이 내 정체를 그 아이에게 밝힌다면 나는 그 아이 앞에서 혀를 깨물고 자결할 터이니, 그리 아시오."

무서운 협박을 마친 서 씨 부인이 방을 나간 후에도 태서는 좀처럼 일어나 나가려 하지 않았다. 저리 뻗대는 서 씨 부인을 어떻게든 하진과 만나게 할 방법이 없을까 생각하기 위해서였다.

"이 바보, 멍청이!"

그 순간, 벌컥 방문을 걷어차고 송화가 뛰어들어오더니 한달음에 아랫목까지 뛰어가서는 이불장 위에 놓인 베개를 집어 들고 그대로 태서의 등허리를 내리치기 시작했다.

"이게 무영각인지 뭔지로 남의 장사 다 말아먹더니……"

"누이! 무양각! 무영각이 아니라 무양각이요!"

쏟아지는 베개 매를 피할 생각도 없이 고스란히 맞아주며 태서가 송화의 말을 정정해 주었다.

"그래, 오냐! 무영각인지 무양각인지! 하여간 그놈의 쓸데없는 걸 차려서 남의 장사 다 말아먹더니 오래간만에 와서 또 무슨 초를 치는 거야!"

"초는 내가 무슨. 누이, 진정해요."

"초 치는 게 아니면. 네가 무슨 말을 했기에 또 부인 넋이 나간 거야? 지난번에 너 다녀가고 난 다음에도 저 부인이 거의 사나흘을 울고불고하느라 반찬 하나 못 만들었어. 너도 알잖아. 우리 집 장사는 다 저 부인 손맛에 달린 거!"

때리고 때려도 아파하지도 않고 피할 생각도 하지 않으니, 그저 때리는 게 수고로운 노동이 되자 송화가 베개를 집어 던지며 태서 앞에 털썩 주저 앉았다.

"무슨 생각이야?"

"뭐."

"요즘 무양각에 발이 닳도록 드나든다며."

"……누가 그래?"

내내 반응 없던 태서의 눈이 번쩍, 빛을 발했다. 그 모습에 송화가 아차 싶어 새삼 태서의 눈치를 살폈다. 이럴 때의 태서는 흉허물없이 지내는 어릴 적부터 잘 아는 아우가 아닌 이름 그대로의 '태서'였기 때문이었다.

"말해. 내가 무양각에 발이 닳도록 드나든다는 소리를 어디의 누구에게서 들은 거야?"

묻는 태서의 목소리에도 긴장감이 바짝 서려 있었다. 그도 그럴 게 태서가 자주 머무르는 곳이나 태서가 출몰하는 곳은 어디의 누구에게서라도 갑자기 습격받을 수 있었다. 실제로 송화가 운영하는 이 내외주가 역시 두어 번, 태서를 치러 온 자객들에 의해 습격을 받은 적이 있었으니까.

"누가 그러더냐고!"

방문이 덜컹거릴 정도로 태서가 큰소리를 쳤다.

"태, 태서! 아, 아냐. 괜히 내가 해 본 소리야. 아니, 우리 집 오는 손님들이 절반 이상 혹 떨어지니까 괜히 내가 심술이 나서……"

쾅! 송화가 변명한답시고 하는데도 아랑곳하지 않고 태서가 방문을 열어젖히더니 마당을 향해 크게 내질렀다.

"포야!"

순간, 장사를 마쳐 텅 비어있던 주가 마당에 갑자기 휙휙, 검은 그림자들이 날아들었다. 포야(包夜)들이었다. '밤을 감싸다'라는 이름 뜻 그대로 태서에게 목숨을 걸고 충성을 맹세한 직속 수하들이었다.

"부르셨습니까?"

검은 복색으로 머리 위에서 발끝까지 감싼 세 명의 사내가 눈 깜짝할 사이에 방문 앞에 와 허리를 숙였다.

"너희들은 오늘부터 무양각을 지킨다."

"저희면 되겠습니까?"

"아니. 전부."

"안 돼, 안돼에엣!"

송화가 짧은 비명을 지르며, 태서의 팔을 잡고 늘어졌다.

"내가, 내가 잘못했어. 내가 그냥 실수한 거야. 이렇게 다 보내버리면 우리는, 나는 어쩌라고!"

"지체 말고 빨리 무양각으로 가."

태서가 송화의 말을 무시하고 수하들에게 다시 엄명을 내렸다.

"옙."

그림자 사내들이 일제히 고개를 숙인 뒤, 소리도 없이 마당을 뛰어 가로 지르더니 그대로 담을 훌쩍 뛰어넘어 공중으로 사라졌다.

"어, 어떡하라고. 아직도 여기 노리고 있는 사람들 많단 말이야. 이제 와서 사람들 다 빼면. 나는? 죽어? 그냥 죽어?"

제가 비는 데도 수하들을 보내버린 태서를 원망하며 송화가 우는 소리를 내었다. 그럴 수밖에 없었다. 지금 태서가 보내버린 사내들은 사람들의 눈에 띄지 않게 이 주가를 지켜주고 있던 태서의 수하들이었다. 그들이 있었기에 여자 혼자 몸으로 주가를 운영하면서도 두려울 것 하나 없었는데, 이젠 아무도 저와 제 주가를 지켜주는 이가 없게 생겼으니 송화는 기가 차서 죽을 맛이었다.

"누이가 말했잖아. 내가 무양각을 발이 닳도록 드나든다는 소문을 들었다며. 그럼 이제 나를 해치려는 놈들도 무양각으로 향할 거 아냐. 여길 더 지킬 이유가 뭐야."

"그냥 내가 넘겨짚은 거라고 했잖아! 소문 같은 거 안 났다고!"

"지금은 안 났어도 내가 계속 거길 드나드는 한, 소문나는 건 시간문제지."

"그럼 나는 어쩌라고! 아이고오오. 나는 망했네. 아이고오오오. 나는 죽었네!"

송화가 이젠 방바닥을 내리치며 거짓 울음에 가까운 통곡 소리를 내었다. 여인들에게는 야박하게 굴지 못하는 태서의 천성을 알기에 그런 것이었다. 그 의도대로 태서가 잠시 생각하는 얼굴로 그런 송화를 보더니 툭, 한마디를 던졌다.

"그럼, 금강산에라도 갈래?"

"흑. 흐흐흑. 뭐?"

"내일 사람 하나 보내줄 테니까, 그치 따라 금강산이나 한 바퀴 휘 둘러보고 와."

"뭔 소리야. 흐흐흐흑. 이 판국에 금강산은 무슨 얼어 죽을?"

"맨날 금강산 타령했잖아. 아직 젊어 어여쁠 때 금강산 유람가서 소리하고 춤추는 게 누이 평생의 소원이라며? 내 그럴듯한 생원 놈 하나 물색해서 붙여줄 테니 유람 갔다 오라고."

"흑······ 금강산? 흐흑······ 은전이 깨나 들 텐데. 내가 그만한 돈이 흑, 어딨다고."

송화가 몇 방울 흘러내리지 않은 눈물을 닦고선 은근히 기대에 차서 태서를 보자, 태서가 품속을 뒤지더니 은덩이 두어 개를 꺼내 송화 앞으로 밀어주었다.

"여기. 내일 사람 편으로 더 넉넉히 보내줄게. 실컷 놀다 와."

"그럼······ 이 주가는? 금강산 유람 다녀오려면 족히 한 두어 달은 걸릴 텐데? 여기 일꾼들은 다 어쩌고?"

"문 닫아. 일꾼들은 그동안 내가 데려다 쓸게."

"······ 으흠?"

갑작스러운 제의에 그 속셈이 뭔지 알려는 듯 송화가 눈을 가늘게 뜨고 태서를 보았다. 하지만 이내 모든 호기심과 궁금증을 집어던지고 은덩이를 잡아 소매 안으로 집어넣었다.

"에라, 모르겠다. 나야 뭐. 언제나 네가 시키는 대로 하지. 그리고······ 아까 말한 건 정말 내 실언이었으니까, 너무 경계하지 않아도 돼. 알지?"

"가볼게."

태서가 일어서서 방을 나서려다 말고 "그리고······" 하면서 걸음을 멈추었다.

"내일 당장 떠나되, 여기 일꾼들에게는 아무 소리도 하지 마. 내가 알아서 할 터이니."

"부인에게도?"

송화가 슬쩍, 서 씨 부인의 일을 입에 담았다가 얼른 헤헤하며 웃었다.

"알았어, 알았어. 아무 말 안 할게. 그냥 멀리 마실 다녀온다고 하지 뭐."

송화는 약속을 지켰다. 바로 다음 날 주가를 비우면서 주막 일꾼들에게는 그저 하루 이틀 바람이나 쐬고 오겠다며, 무슨 일이 있거든 태서가 시키는 대로 하라고 일러두었다.

그날 오후.

송화가 없는 내외주가에 다시 얼굴을 들이민 태서는 주막의 일꾼들을 데리고 무양각으로 향했다. 물론 그 일꾼 중에는 내외주가의 부엌일을 책임지고 있던 서 씨 부인이 포함되어 있었다.

"여긴?"

무양각에 당도한 내외주가의 계집종들과 부엌어멈들이 갑작스러운 상황에 어쩔 줄 몰라 하였다.

"송화 행수가 주가를 예상보다 오래 비우게 돼 내게 너희들의 일을 부탁하였다. 해서 당분간은 너희 모두 이곳에서 일을 돕게 될 것이니 그리 알도록."

말을 마친 태서는 의아하고 수상하게 저를 보는 서 씨 부인과 주가의 일꾼들을 데리고 무양각 안으로 들어갔다.

"나보고 저 사람들을 맡아달라고?"

갑작스러운 태서의 청에 하진은 그 진의를 파악하려는 듯 태서를 빤히 바라보았다.

"당분간만이야. 그나마 입이 무겁고 제일 믿음직한 사람들로만 골라왔으니 크게 신경 쓸 일은 없을 거야. 어차피 무양각의 일손도 부족한 참이었고."

"내 어머니 일은?"

"곧 만나게 될 거야."

태서가 자신만만한 어조로 말한 뒤, 미심쩍게 저를 보는 하진의 얼굴 위에 다정히 너울을 씌워주었다.

"자, 무양각의 행수로서 인사를 하러 나가봐야지."

태서가 하진의 등을 부드럽게 떠밀었다. 너울을 쓴 하진이 저처럼 너울을 뒤집어쓴 내외주가의 부엌어멈을 만난 것은 바로 그 직후였다.

"갑작스레 낯선 곳에서 일하게 되어 많이 당황스러울 거 아녜. 하지만 전과 달라질 것은 없을 것이니, 그 점 하나만은 안심들 해도 되네."

'목소리를 들으면 꽤 젊은 것 같은데?'

서 씨 부인은 대청마루 위에 서서 이야기하는 무양각의 행수를 보며 생각에 잠겼다.

'송화 행수도 젊긴 했지만, 그보다도 훨씬 더 어릴 것 같은데?'

쪽을 찐 머리에 자신처럼 너울을 드리우고 있었기에 나이를 가늠할 수 있는 건, 아직도 청아하고 높은 목소리와 소매 끝으로 나와 있는 주름 하나 없는 흰 손뿐이었다. 예전의 제 손만큼이나 희고 깨끗한 손이었다.

'얼굴을 가린 걸 보면, 청상과분가? 잠깐…… 혹시?'

이제 대청마루를 내려와 주막의 일꾼 한 사람 한 사람에게 말을 붙이고 있는 무양각의 행수를 보던, 서 씨 부인이 퍼뜩 마루 안쪽 어둠 속에 서 있는 태서를 보았다.

'설마……?'

서 씨 부인은 제 머리에 떠오른 생각을 지우기 위해 가볍게 머리를 흔들었다. 그럴 리 없었다. 아무리 천하에 무서울 게 없는 태서라고 해도, 아무리 간이 큰 하진이라고 해도 불가능한 일이었다. 도성이 바로 코앞이었다. 사람들의 이목을 모으는 이런 주가에서 하진이 행수 노릇을 할 리는…… 없을 것이었다.

'그래. 내가 망상이 심한 거야. 하진이가 어떻게 이런 일을 해. 말도 안 돼. 그래. 아무리 태서라도 하진이에게 이런 일을 시키진 못할 거야.'

그렇게 애써 제 안에 스며드는 의심을 지우려 하였다. 하지만 한번 싹을 튼 의혹은 지우고 또 지워도 계속 그 존재감을 드러내며 부지런히 솟아올랐다.

'아냐. 전혀 터무니없는 생각은 아냐.'

태서는 분명 말했었다. 하진이 만나길 원한다고. 바로 어제 일이었다. 그런데 오늘 갑자기 송화 행수가 주가를 떠났고, 태서는 자신을 이곳으로 데려왔다.

'저, 정말…… 그럼 정말 저 행수가…… 하진이란 말이야?'

점점 제 가까이 다가오는 무양각의 행수를 보던 서 씨 부인의 무릎이 털썩, 꺾였다.

"아이고, 아주머니!"

서 씨 부인의 바로 곁에 섰던 주가의 계집종이 얼른 서 씨 부인의 팔을 잡아 부축하였다.

"괜찮은가?"

무양각의 행수가 급한 걸음으로 서 씨 부인에게로 다가왔다.

'안 돼!'

서 씨 부인은 제 얼굴이 불에 타 흉하게 일그러졌다는 사실도, 너울에 가려져 있다는 사실도 깜빡 잊고 얼른 옆에 선 계집종의 등 뒤로 고개를

84

감췄다.

"몸이 안 좋은 건가?"

무양각의 행수가 서 씨 부인의 안부를 물었다.

'그래…… 이리 들으니, 하진이의 목소리가 맞아.'

목소리도 나이를 먹긴 했지만, 지금의 목소리에 어렸을 때 그 아이답지 않게 강단 있던 목소리의 흔적이 남아 있었다.

"이보게?"

계집종의 어깨를 붙잡고 부들부들 떠는, 저처럼 너울을 뒤집어쓴 부엌어멈에게 다가가던 하진의 걸음이 멎었다. 하진 역시 뭔가 심상치 않은 느낌을 받아서였다.

'설마?'

조금 전 서 씨 부인이 그랬듯, 하진 역시 대청마루 안쪽에 서서 제 존재를 지우고 있는 태서를 돌아보았다.

'설마, 이 사람이 내 어머니야?'

너울에 가려져 하진의 표정이 보이지도 않을 텐데, 태서는 하진이 그렇게 묻고 있는 걸 알기라도 하듯 어깨를 으쓱하였다.

"잠깐, 실례 좀 하겠네."

말을 마친 하진이 아직도 떨고 있는 여인의 어깨를 잡아 제 앞에 세우고선 그대로 확 너울을 걷어버렸다.

"아이고!"

"어머나!"

마당에 있던 무양각과 주가 일꾼들의 입에서 일제히 안쓰럽게 탄식하는 소리가 터져 나왔다. 사실 송화의 내외주가 일꾼들조차도 여태껏 서 씨 부인의 얼굴을 제대로 본 사람이 드물었다. 과거에 불 난리를 겪어 온몸이 불에 뎄다는 것은 진작 들어 알고 있었지만, 새삼 햇빛 아래 드러난 그 흉측한 얼굴을 보자니 다들 놀라 숨을 들이켤 수밖에 없었다. 물론 가장 놀란 건 감추고 싶은 제 몰골을 들키고만 서 씨 부인이었지만.

"읏!"

한때는 그 미모로 뭇 사람들의 찬탄을 받던 서 씨 부인은 지금 제게 쏟아진 충격과 혐오, 그리고 동정의 시선들을 수치스러워하며 얼른 떨리는 두 손으로 얼굴을 가렸다.

"미, 미안하네."

당황한 하진이 얼른 너울을 돌려주며 사과하였다.

"…… 괜찮습니다."

떨리는 손으로 대충 너울을 다시 뒤집어쓰며 서 씨 부인이 답했다.

"제가…… 몸이 이리 성치 않은지라 자주 피곤을 느끼고 쉽게 지치곤 합니다. 행수만 괜찮으시다면 오늘은 좀 쉬고 싶습니다만."

"그렇게 하게."

하진이 허락을 해 준 후, 마당 저편에 선 무양각의 사내일꾼에게 명했다.

"양 서방. 이들에게 거처를 안내해 주게."

"예. 행수. 모두 나를 따라나서게."

양 서방이라 불린 자가 제가 먼저 앞장서서 주막에 새로 들어온 일꾼들을 데리고 행랑채 쪽으로 향했다. 서 씨 부인도 꾸벅, 하진에게 인사한 후 제 곁에 섰던 계집종의 부축을 받아 그 뒤를 따라나섰다. 그 금세라도 쓰러질 듯 비틀대는 가녀린 몸짓을 하진은 오래, 오래 지켜보고 서 있었다.

"너답지 않게 왜 그래?"

기척도 없이 하진의 등 뒤로 다가선 태서가 물었다. 왜 그리 난폭한 행동을 했느냐는 물음이었다.

"저 사람이, 저 여인이 내 어……."

내 어머니냐. 나를 버리고 갔던 내 어머니가, 세상에서 제일 곱게 생긴 여인이었던 어머니가 아까 그 여인이 맞느냐, 하진이 물으려 할 때였다.

"태서!"

갑자기 대문 쪽에서 마당으로 쏜살같이 달려오는 사내가 있었다. 포야(包夜) 중 한 명이었다.

"태서, 잠시 귀 좀."

갑작스레 태서와 하진 사이에 끼어든 사내가 태서의 귀에 무언가를 급히 속삭였다.

"알았어. 일단 나서지 말고 지켜봐."

태서의 말이 끝나자마자 바람처럼 나타났던 사내가 다시 바람처럼 사라졌다.

"어쩌지? 급히 가봐야 할 것 같은데?"

태서가 하진의 동그란 머리통을 커다란 손으로 쓰다듬었다.

"잠깐. 답해주고 가. 아까 그 여인이……."

하진이 하려다 만 질문을 마저 하려 하였지만, 태서가 고개를 흔들었다. 그러고선 잠시 주변의 눈치를 살피더니, 와락 하진을 안고선 얼른 놓아주었다.

"훗."

짧은 웃음으로 인사를 대신한 태서가 재빨리 무양각을 나섰다. 그 얼굴엔 이미 좀 전의 다정한 미소 같은 건 사라지고 없었다. 도성의 밤을 누비는, 태서 그대로의 얼굴을 하고 있을 뿐이었다.

"뭐, 뭐요? 낭자. 지금 무슨 말을 하시는 거요?"

판겸은 저의 비싼 도포 자락을 눈물 콧물로 다 적시고 있는 정애의 어깨를 잡고 제 품에서 떼어냈다.

"다시, 다시 천천히 말해 보오. 누가 뭘 어떻다고요?"

조금 전 정애가 눈물과 함께 토해놓은 이야기를 다시 말해 보라 재촉하는 판겸의 목소리는 가늘게 떨리고 있었다. 그것을 정애는 순진하게도 제가 많이 놀라게 한 때문이라고 오해하고는, 스스로를 자책하며 판겸이 묻는 대로 천천히 다시 이야기해주었다.

"제…… 조카요. 얼마 전에 태어난 그 아이가 세상에 제 오라버니의 딸이 아니랍니다."

"…… 그, 그런!"

'이게 무슨 소리야? 이 여자의 조카라면, 우의정의 외손녀가 아닌가? 그렇다는 것은…… 우의정의 딸이 서방이 아닌 외간 사내의 아이를 낳았단 말이잖아!'

정애가 한 말을 곰곰이 곱씹던 판겸의 얼굴이 새하얘졌다가 다시 붉게 달아올랐다.

'우의정의 딸이 다른 씨를 품고 혼인을 하여 아이를 낳았단 말이야? 이런 재미있는 일이!'

"도련님도 많이 놀라신 모양이네요. 그러니 저는 오죽했겠습니까. 저도 처음 그 사실을 알게 되었을 때 숨이 턱 막히는 듯했지 뭡니까. 어떻게 대명천지에 이런 일이 있을 수 있는지."

판겸의 얼굴이 붉으락푸르락하는 것을 놀란 때문이라고 오해한 정애가 제 집안에 생긴 불상사를 부끄러워하며 고개를 푹 숙였다.

"낭자. 그 사실을 낭자가 그 사실을 안다는 걸 낭자의 오라버니께서도 알고 계시오?"

"……예. 제게 아무한테도 발설하지 말라며 무섭게 화까지 낸 것을요."

'하긴. 그 사실이 밖으로 소문나 봐야 집안 망신이요 제 망신일 것이고, 그리되면 그 잘난 우의정의 사위 노릇도 물 건너갈 노릇이니 그리 할 밖에.'

제 마음대로 성우의 처신을 해석한 판겸이 정애 모르게 눈을 희번덕대더니 덥석, 정애의 손을 잡았다.

"도련님?"

"내 더는 낭자를 그 집에 있게 할 수가 없을 것 같소."

"그게…… 무슨 말씀이십니까?"

순진하게 묻는 정애의 얼굴을, 판겸이 짐짓 동정과 연민을 금치 못하는 눈으로 보았다.

"낭자의 오라버니와 새언니가 숨기고 있는 비밀을 집안에서 오직 단 한 사람, 낭자만이 눈치챘으니 앞으로 두 사람의 눈에 낭자가 어찌 곱게만 보이겠소?"

판겸의 말에 정애는 새삼 제게 윽박지르고 겁박하던 성우의 모습을 떠올렸다. 늘 저를 눈 아래로 깔보던 숙영의 모습도 떠올렸다.

"흑……, 흐으윽……."

새삼 설움이 북받친 정애가 입술을 비죽대다 끝내 눈물과 함께 긴 하소연을 늘어놓았다.

"맞습니다. 도련님 말씀 그대로예요. 벌써 오라버니는 저따위는 안중에도 없는 것을요. 비밀을 지키라고 어쩌나 무섭게 다그치던지요. 흑…… 이렇게 도련님께 이야기를 한 걸 알게라도 되면 오라버니는 아마 저를 죽이려 할지도 모릅니다."

"누가 그러도록 냐둔답니까!"

판겸이 버럭, 소리를 지르고선 정애의 뺨 위에 쉴 새 없이 흘러내리는 눈물을 다정히 제 도포 자락으로 닦아 주었다.

"걱정하지 마오. 내 절대 낭자의 오라버니가 낭자를 함부로 핍박하지 못하도록 할 것이니. 그러니 낭자께서는 조만간 낭자 오라버니와의 자리를 마련해 주시구려."

"흑. 오라버니를 만나 어쩌시려고요?"

"낭자를 하루라도 빨리 내 안사람으로 맞겠다고 말씀을 드릴까 하오. 그리고 낭자의 오라버니께서 낭자의 부모님을 설득하는 데 도움이 되어 주십사하고 청을 드릴 것이오."

"도……련님?"

정애가 미처 눈물을 거두지 못한 얼굴로 판겸을 보았다.

"왜요? 이제 와서 마음이 바뀐 것이오? 나 같은 못 미더운 사내와는 혼인할 수 없겠소?"

놀리듯 묻는 판겸의 말에 정애가 눈물이 사방에 튀도록 거세게 고개를 흔들었다.

"아니요! 아니요! 저……, 저도 빨리 도련님의 아내가 되고 싶습니다. 하루라도, 한시라도 빨리요. 흑흑."

정애는 지금 그야말로 지옥에서 극락으로 단숨에 회생한 기분이었다. 사실 오늘 판겸을 만나러 오면서도 정애의 발걸음은 천근의 쇳덩이를 매달고 있는 듯 한없이 무겁기만 했다. 모든 사실을 알면서도 모른 척 앞으로 계속 한 집에서 부도덕한 숙영과 그 아이를 보며 살아야 한다는 사실이 끔찍하였다. 저에겐 세상 다시없을 소중한 부모가 그런 더러운 계집을 귀하디귀한 며느리로, 어디의 어느 놈의 핏줄인지도 모를 아이를 손녀로 대할 모습을 매일 제 눈으로 직접 봐야 한다는 사실이 소름 끼쳤다.

성우가 비밀로 하라고 신신당부한 것을 판겸에게 털어놓은 것도 참다못해서였다. 품고 있는 비밀이 너무 무거워, 비밀이 가슴을 짓눌러 숨통을 죄이는 것 같아 도저히 참을 수 없어 판겸에게 하소연한 것뿐이었다. 그런데 그 마음을 알아주는 것에 그치는 것이 아니라 제 불행한 처지를 진심으로 걱정하여 당장이라도 혼인하자고 하니 판겸이 얼마나 고마운지 몰랐다.

하여 정애는 '조만간'이라고 판겸이 넉넉히 시간을 줬음에도 불구하고, 그날 오후 당장 성우에게 약속을 통보하였다.

"내일, 퇴청 후에 시간 좀 내어주세요. 만나주셔야 할 사람이 있어요."

"만나야 할 사람이라니? 그게 누군데?"

"판겸 도련님이요."

"……그자가 나를 왜."

판겸의 이름을 듣고 성우의 얼굴에 못마땅한 기색이 떠올랐다. 전부터 성우는 판겸을 마뜩잖게 여기고 있었다. 아직 초시에도 급제하지 못하고 변변히 내세울 것도 없는 집안이면서 정애를 유혹하여 혼인을 서두르는 작자의 속셈이 괘씸해서였다.

"나를 만나자는 이유가 뭐야."

"만나 보시면 알 거 아닙니까."

못마땅한 기색인 건 성우만이 아니었다. 정애 역시 성우를 대하는 태도며 말 하나하나에 가시가 돋쳐 있었다.

"혼인 얘기라면 부모님께 직접 말씀드리라고 해."

성우는 정애를 무시하고 제 방으로 가려 하였지만, 정애가 무작정 쫓아와 성우의 소매를 잡고 늘어졌다.

"도련님을 꼭 만나주셔야 해요."

"나는 그자와 할 말이 없대도."

"오라버니!"

제 손을 뿌리치려는 성우를 정애가 두 눈을 번들거리며 노려보았다. 오라버니를 보는 누이동생의 눈이라기엔 지나치게 건방지고 불손한 눈빛이었다.

"네 그 눈빛이 뭐야?"

"난 부모님께 아무 말씀도 안 드렸어요. 앞으로도 계속 그러고 싶어요. 그러니까 오라버니는 내일 도련님을 만나주셔요."

"너어!"

성우가 급히 좌우를 둘러보며 주위에 듣는 귀가 없음을 확인한 후, 이를 악문 채 정애를 윽박질렀다.

"지금 나를 겁박하는 것이야?"

"아뇨. 하지만 오라버니가 도련님을 만나주지 않으시면 그땐 실망감에 내 입이 무슨 말을 하게 될지는 저도 모를 일이지요."

겁박이 아니라면서도 제대로 겁박을 한 정애는 성우의 대답을 듣지도 않고 바로 안채로 향했다. 성우가 저를 쫓아오지 못하게 하기 위해서였다.

저를 붙잡고 더 따지고 싶은 게 있어도 차마 어머니가 계신 안채에서는 그러지 못할 테니까.

그때, 안채에서는 민 씨 부인이 집안의 여종들과 함께 바느질에 한창이었다. 이레 전에 태어난 손녀가 입을 배냇저고리며 속싸개, 기저귀 등을 만들기 위해서였다. 보통의 경우라면 출산 전에 이미 다 마련되었어야 할 것들이지만, 숙영이 예정보다 훨씬 빨리 그것도 너무나 급작스럽게 아이를 낳는 바람에 미처 준비할 시간이 없었던 탓에 부랴부랴 서둘러 마련하는 중이었다.

"아랫사람들한테 맡기시지 않고요."

조신하지 못하게 털썩 소리 내어 어머니 옆에 앉은 정애가 볼멘소리를 하였다.

"뭘 어머니가 직접 하셔요."

"그런 소리 마라. 그래도 내 첫 손녀인데 어떻게 다른 사람 손에만 맡겨 두겠니? 마침 사돈어른께서 배냇저고리며 베갯잇 감으로 쓰라고 좀처럼 보기 드문 질 좋은 명주들을 많이 보내주시기도 하셨고."

민 씨 부인의 얼굴에서는 어느새 손자가 아닌 손녀를 본 아쉬움 따위는 씻은 듯이 사라지고 없었다. 아무래도 우의정 집안에서 명주 말고도 다른 무엇을 두둑하게 건네받은 모양이었다.

"너도 보고만 있지 말고 얼른 거들어. 만날 조카보고 입으로만 곱다, 귀엽다 할 게 아니라 이럴 때 고모 노릇 해야 하는 거야, 이것아."

'고모는 누가 고몬데요!'

마음 같아선 당장이라도 손에 잡히는 저고릿감들을 찢으며 고래고래

소리 지르고 싶었지만, 정애는 꾹 참았다. 어차피 자신은 곧 판겸의 아내가 되어 이 집을 나갈 테니까. 그러면 이 모든 속 시끄러운 일에서 해방될 수 있을 테니까.

"응?"

오늘따라 유난히 말이 없는 딸의 모습에 민 씨 부인이 의아하다는 듯 물었다.

"무어, 따로 할 말이라도 있니?"

"아…… 아녜요. 거기, 그 노란 꽃 자수가 참 곱다 싶어서요."

"훗. 이거? 아기 베갯잇이야. 예쁜 꽃 꿈, 나비 꿈만 꾸라고 일부러 수를 놓는 거야. 너 어릴 때도 그랬어."

민 씨 부인이 그리운 눈을 하고 어느새 훌쩍 다 커버린 딸아이를 보았다.

"네 외할머니께서 손수 끊어다 주신 명주 천에 내가 직접, 다른 사람 누구의 손도 안 빌리고 열흘 밤, 열흘 낮의 공을 들여 예쁜 자수도 놓았지. 일부러 천천히, 곱고, 예쁘고, 착하고, 건강한 아이가 나오길 부처님께 빌면서."

옛일을 더듬는 민 씨 부인의 입가엔 아련한 미소가 깃들었다.

"그러니 너도 마음을 다해, 진심으로 진아가 건강하고 어여쁘게 자라기를 빌면서 만들어 주렴. 그 대신 네가 아이를 낳을 때가 오면 그때는 내 지금보다 열 배 스무 배 더 공들여 예쁜 수를 놓아 줄 테니까. 응?"

"……"

어머니의 제안에 정애는 쉽게 대답하지 못했다. 뭐라고 입을 열면 그대로 울음이 터져 나올 것 같아서였다.

'죄송해요. 언젠가, 때가 오면, 그땐 꼭 다 말씀드릴게요.'

"인사 여쭙겠습니다."

정애가 성우에게 일방적인 통보, 아니 통보에 가까운 협박을 하고 난 다음 날 저녁이었다. 퇴청하여 집으로 향하는 성우의 앞을 웬 선비 하나가 가로막았다. 집을 바로 몇 걸음 앞에 둔 지점에서였다.

"송……도령이시오?"

말로만 들었지 여태 한 번도 판겸을 만난 적이 없기에 성우가 물었다. 그러자 갓을 조금 아래로 기울이며 묵례를 한 선비가 환하게 웃으며 답했다.

"예. 제가 송 아무개입니다. 갑자기 이렇게 뵙자 청하여 참으로 송구합니다."

판겸의 인사에 성우도 가볍게 고개를 끄덕여 인사를 하였다. 별로 기꺼운 기색이 아님은 물론이었다.

'흥. 그렇게 뻣뻣하게 굴어봐야 네 손해일 텐데?'

불손한 마음을 감춘 채 판겸이 짐짓 차분하기 그지없는 얼굴로 성우에게 인사했다.

"꼭 드리고 싶은 청이 있어, 낭자를 졸랐습니다. 저의 무례를 너무 탓하지 말아 주십시오."

"…… 그래, 나를 보자 한 이유가 무엇이오?"

"하하하. 이리 한길에 서서 말씀드릴 이야기가 아니어서요. 괜찮으시다면 댁에 가서 말씀을 드려도……"

판겸의 눈길이 자연히 집 대문으로 향하였다.

"다른 사람의 눈에는 사자관께서 저를 동무하여 데리고 들어가는 것으로 보일 테니 낭자의 평판에도 흠이 되지 않을 일일 것 같습니다만."

"미안하지만 그리는 아니 되겠소."

성우가 양쪽 기둥에 숯과 솔가지 등이 꽂혀있는 금줄이 쳐진 대문 위쪽을 가리켰다.

"집에 아직 삼칠일이 아니 지난 갓난쟁이가 있는지라 '잡인'의 출입을 금하고 있어서 말이오."

'잡인'이라는 말에 아주 살짝, 판겸의 눈썹이 꿈틀하였다. 딱히 틀린 말은 아니었고, 하지 못할 말도 아니었건만 어쩐지 성우가 유독 '잡인'이라는 말에 힘을 준 것 같아서였다. 저를 콕 찍어, 잡놈이라 부르는 것 같은 그런 모욕적인 느낌이 들 정도였다.

"대신 내 들어가 관복을 벗고 나올 터이니 잠시만 기다려주겠소?"

"…… 예. 그리하시지요."

판겸의 말이 끝나자마자 성우가 선뜻 돌아서 집 대문으로 향했다. 그 당당한 뒷모습에 배알이 꼴린 판겸이 "흥" 하고 코를 울렸다.

'참판 자식이면 뭐하고 정승 사위면 뭐하겠어? 과거급제? 그깟 글씨 나부랭이나 쓰는 미관말직 사자관 따위가 뭐 그리 대수라고. 남의 씨 키우면서도 어디 가서 하소연 한마디 못하는 불쌍한 인생인 것을. 뭐, 그래 봐야 내 앞에서 잘난 척하는 것도 오늘뿐이겠다만.'

그로부터 잠시 후, 관복을 벗고 나온 성우는 눈살을 찌푸렸다. 좀 전 그 자리에서 꼼짝도 하지 않고 기다리고 있는 판겸 때문이 아니었다. 언제 부른 것인지, 판겸의 옆에 두 마리의 말과 각각 그 말고삐를 쥐고 있는 하인들이 있었기 때문이었다.

"어서 오르시지요."

판겸이 성우를 맞이하며, 제 옆의 말 한 필을 가리켰다.

"말까지 준비하였소? 대체 어디로 데려가려고?"

"삼각산 아래 제가 자주 가는 내외주가가 있습니다. 기운이며 그 객들이 일절 잡스럽지 않고……"

판겸은 성우가 들으라는 듯 '잡스럽지 않다'는 말에 힘을 주었다.

"산수가 아름다운 곳에 있어 눈이 즐거울 뿐 아니라 술맛이며 안주 맛이며 도성의 한다 하는 주객(酒客, 술을 좋아하는 사람)들이 모두 최고의 주가(酒家) 중 하나라 서슴없이 손꼽는 곳이지요."

"도대체 무슨……"

성우는 무슨 말을 하러 일부러 그리 먼 곳까지 가야 하느냐 묻고 싶었다. 하지만 집 앞을 오가는 몇몇 동네 사람들의 시선이 자신들에게 향하고 있는 것을 보고선 그대로 입을 다물었다. 여기서 혹시 실랑이라도 하면 동네 사람들은 판겸의 정체를 궁금해 할 것이고, 판겸에 대해 이미 알고 있는 사람들이라면 판겸과 성우가 실랑이하는 모습을 보고 무슨 추측을 할지 몰라서였다. 아직 판겸과 정애의 혼인이 정해지지도 않았는데 괜한 억측들을 불러 일으켜봐야 정애에게만 불리하게 될 것이었다.

"어서 오르시지요."

성우의 속내를 읽었는지 더욱 유들유들한 웃음을 지으며, 판겸이 재차 권유하였다.

.

.

.

두 사람이 삼각산 아래 용주골의 어느 기와집 앞에 도착한 건 그로부터 거의 반 시진(한 시간)은 훨씬 지난 후였다. 성우가 퇴청할 때까지만 해도 노을이 지고 있던 하늘은 어느새 새카맣게 물들어 버린 후였다.

"웃차!"

하인의 손을 밟고 말 등에서 뛰어내린 판겸은 초롱이 내걸리지 않은 대문을 보고 고개를 갸웃하였다. 이곳의 내외주가는 다른 곳보다 특히 더 유달리 손님을 가리기에 대문은 닫혀있는 경우가 대부분이었지만 대신 항상 대문 앞에 술 주(酒)자가 새겨진 초롱을 내걸어 놓곤 했다.

"오늘은 왜 초롱이 안 걸려 있지?"

잠시 혼잣말을 한 판겸이 얼른 대문의 고리를 흔들며 우렁차게 소리를 질렀다.

"여봐라! 거기 아무도 없느냐! 여봐라!"

판겸의 뒤를 이어 말에서 내린 성우가 조금 한심스럽다는 듯 그런 판겸을 보았다.

"흠, 흐음. 어허. 이것들이! 여봐라! 거기 아무도 없느냐!"

제 등에 꽂히는 성우의 시선이 신경 쓰인 판겸이 신경질을 내며 더욱 고래고래 소리를 질렀을 때였다. 삐그덕 소리와 함께 대문이 조금 열리더니, 판겸의 눈에 익은 늙은 하인이 나와 허리를 조아렸다.

"죄송합니다. 늙은 것이 귀가 어두워 그만."

"무얼 하느라 이리 늦게 나온 것이야. 어서 비키거라."

판겸이 성급하게 노인을 밀치고 안으로 들어가려 하였다. 노인이 "그것이…… 저기……" 하는 난처한 얼굴로 판겸을 말렸다.

"나리. 저희 행수가 없는지라 당분간 주가의 문을 닫고 손님들을 받지 않고 있습니다."

"뭐야? 어허! 이런 낭패가 있나! 내 일부러 귀한 손님까지 모시고 왔거늘!"

말로만이 아니라 정말로 당황한 판겸이 불이 꺼져 스산하게까지 보이는 마당과 어쩐지 저를 비웃고 있는 것만 같은 성우를 번갈아 보았다.

"행수 하나 없다고 주가에서 술을 팔지 않다니, 이런 무경우를 다 보았나! 에이, 몹쓸 것들!"

괜히 죄 없는 늙은 하인에게 있는 짜증 없는 짜증을 다 부리고 있자니, 하인이 눈치가 보이는지 어렵게 말을 꺼냈다.

"저기…… 괜찮으시면 무양각으로 가시면 어떠시겠습니까?"

"무양각?"

"얼마 전 아랫마을에 새로 생긴 주가입니다. 혹시 오시는 중에 못 보셨습니까?"

"무양각이라……, 무양각. 그래, 그러고 보니 얼핏 들은 기억이 있는 것도 같다. 그럼, 그렇게 할까?"

성우를 데리고 이 먼 곳까지 와놓고는 차마 그냥 돌아갈 수 없었던 판겸이 성우의 의견을 묻지도 않고 얼른 노인이 붙여준 어린 마당쇠의 길 안내를 받아 무양각으로 향하였다.

"흐음."

술이 나오기 전 입가심용으로 먼저 나온 달달하게 졸여진 연근정과 하나를 입에 쏙 넣고선 오물오물 씹으며 판겸이 연신 흐음, 흐음 하고 탄성을 내었다.

판겸과 성우는 지금 초롱을 가득 달아 밤인데도 낮처럼 환한 무양각 마당에 펼쳐진 평상 위에서 안주상을 가운데 두고 마주앉아 있었다. 마당에는 그들이 앉은 것과 같은 평상이 서너 개는 더 펼쳐져 있었고, 그 평상 위며 바닥에 깔린 멍석 위에 빼곡히 자리한 주객들은 저마다 권커니 잣거니 술잔을 주고받기에 바빴다.

"맛이 아주 제법입니다. 이곳의 찬모가 손맛이 아주 뛰어난 모양입니다. 아주 입안에서 살살 녹습니다, 녹아요. 자, 어서 사자관께서도 드셔보시지요."

또 하나 덥석, 정과를 집어 입에 넣고 우물대며 판겸이 성우에게 권했다.

"되었소. 그보다 어서 본론으로 들어가시오. 나를 보자 청한 이유가, 굳이 이런 먼 곳까지 나를 데려온 이유가 도대체 무엇이란 말이오?"

양반다리를 한 채, 허벅지 위에 두 손을 놓고서 허리를 꼿꼿이 세운 채로 성우가 물었다.

"아직 술상도 나오지 않았습니다. 뭐가 그리 급하십니까? 이왕 주가에 오셨으니 술 한 잔은 드셔야지요."

"술을 먹자고 온 자리가 아니니 술상을 기다릴 이유가 없소. 어서 본론을 말하시오."

'거참, 더럽게 딱딱하게 구네.'

재촉하는 성우에게 속으로 불만을 구시렁거린 판겸은 달리 하는 수 없어 본론을 꺼내 들었다.

"한시라도 빨리, 가능하면 내달에라도 낭자와 혼인을 하고자 합니다. 사자관께서 도와주셨으면 하고요."

판겸의 말을 듣자마자 성우의 얼굴에 노골적인 불쾌감이 떠올랐다. 혼인을 도와달란 말을 이런 술판에서, 정과 따위를 씹어 삼키면서 아무렇게나 주절거리는 판겸에 대한 본능적 혐오 때문이었다. 자연히 말도 곱게 나가지 않았다.

"혼인을 그리 서두를 이유가 무엇이오? 말이 좋아 내달이지, 날짜로 치면 겨우 보름 남짓이 아니요? 그럴 수는 없소. 의당 부모님께서도 허락하지 않으실 것이오."

냉기가 뚝뚝 떨어지는 목소리로 성우가 딱 잘라 거절했다.

"그래서 이렇게 직접 뵙고 청을 드리는 게 아니겠습니까? 시간을 끌어 무엇 합니까? 어차피 저와 정애 낭자가 혼인할 사이임을 아는 사람은 다 아는 판국에요?"

"정식으로 매파를 넣으시오. 정해진 예법에 따라 양가의 의견이 합치되면 그때 가서 혼인의 날을 잡고……"

"흐! 그놈의 예법 따지다가 무슨 일이 생길 줄 알고요?"

무례하게도 판겸이 코웃음을 치며 성우의 말을 잘랐다.

"죄송하지만 참판 어른 댁에서도 그렇게 혼인에 예법을 따지실 처지는 아니시지 않습니까?"

"뭐라?"

"그렇지 않습니까? 당장 사자관만 보아도 말입니다. 사자관께서도 오래전부터 예정되어있던 혼처를 버리고 번갯불에 콩 구워 먹듯 우의정 대감의 따님과 혼인하신 거로 아는데요? 어찌하여 사자관은 되시고 낭자와 저는 아니 된단 말씀……"

판겸이 성우의 속을 일껏 뒤집어놓고 있던 바로 그때였다. 쨍그랑, 그릇 깨지는 요란한 소리가 마당에 울려 퍼졌다. 이제 막 술상을 가지고 나오고 있던, 너울을 뒤집어쓰고 있던 여인이 들고 있던 술상을 떨어트린 탓이었다.

"아, 아휴. 죄송합니다. 죄송합니다. 그만 발을 헛디딘지라."

여인이 얼른 떨어져 깨진 그릇들이며 바닥에 널브러진 안줏거리들을 치우기 시작하며 연신 사방에 사죄의 인사를 하였다. 주막의 다른 하인들도 얼른 달려들어 여인을 도왔다. 여인의, 분주히 손을 놀리느라 소매 아래 드러난 손목에는 보기 흉하게 데인 자국들이 가득하였다. 사방에 연신 사죄를 하는 그 목소리 역시 목 안쪽에서 깊숙이 쥐어 짜낸 듯 듣기에 꽤 거슬리는 음성이었다.

"웩, 술맛 떨어져! 저 흉측한 꼬락서니 좀 보라지."

몇몇 취객들이 여인을 보고선 과장되게 토하는 시늉까지 하며 인상을 찌푸렸다. 그걸 본 여인이 서둘러 소매를 잡아당겨 드러난 화상 자국들을 감추었다.

"제가 어디까지 말씀드렸지요?"

판겸도 제 이야기를 중간에서 끊게 만든 여인에게 눈을 흘긴 뒤 다시 이야기를 이어가려 하였다. 그때, 성우는 언뜻 들려온 말소리에 제 귀를 의심했다.

"괜찮은가?"

하고 누군가 묻는 소리였다. 그 목소리는 분명, 분명 성우가 아는 목소리였다.

'어디야? 어디서 들리는 거지?'

소리의 주인을 찾아 잠시 주변을 두리번거리던 성우의 눈에 대청마루 위에서 이제 막 마당으로 내려서는 한 사람의 모습이 들어왔다. 방금 상을 엎은 여인처럼 얼굴을 가리는 너울을 쓰고 있긴 했지만 입은 옷이며 너울 자체도 앞에 사람보다는 훨씬 더 귀해 보이는 것을 걸친 여인이었다.

"다치지 않았는가?"

상을 엎은 여인에게 조심스레 묻는 여인의 목소리에 성우의 꼿꼿하게 세워져 있던 어깨가 축 처졌다.

'하…… 하……진아!'

충격으로 성우의 눈앞이 새하얘졌다. 지금의 목소리는, 너울로 얼굴을 가린 또 다른 여인의 목소리는 분명 죽은 하진의 목소리가 틀림없었다. 의심할 바가 없었다.

목소리만이라면, 그래, 얼마든지 세상에 같은 목소리는 있을 수 있었다. 그리움에 미친 성우의 귀가, 머리가 잘못되어 다른 이의 목소리를 하진의 것이라 착각했을 수도 있었다.

하지만 목소리만이 아니었다. 비록 성우 쪽에선 등과 옆선만이 보였지만 그 몸태는 분명 하진의 것이었다.

하진이었다!

끝부분이 동그랗게 말려 있는 바르고 곧게 뻗어있는 어깨며, 어깨 아래로 길게 뻗은 날씬한 팔 선이며, 다른 사대부의 여인들보다 힘 있는, 그러나 여전히 단아하기 그지없는 걸음걸이 모두가 하진의 것이었다. 부디 꿈에서라도 다시 한번 보기를 소원하며, 수십 수백 수천 번을 떠올려 보았던 하진의 모습이 맞았다. 만약 하진이 아니라면 성우 제 두 눈을 파내도 좋다고 장담할 정도로 하진 그대로였다.

'살아있었어? 살아……있었던 거니?'

"왜 그러십니까?"

누가 봐도 심사가 편치 않음을 알 수 있을 정도로 창백해진 성우를 본 판겸이 물었다. 그러고선 성우의 시선을 따라, 너울로 얼굴을 가린 두 여인을 보았다.

"아, 너울이 마음에 안 드십니까? 하하. 요즘은 주가에서 여인들이 너울을 쓰는 게 그리 드문 일은 아닙니다. 오히려 못생기고 추한 얼굴로 술맛을 달아나게 하느니 저렇게 가려 상상력을 부추기는 게 주객으로서도 훨씬 나은걸요."

너스레를 떨면서도 판겸은 호기심에 가득 차서 연신 성우와 너울을 쓴, 이 주가의 행수처럼 보이는 여인을 번갈아 보았다.

'아는 사인가?'

오늘 저를 만난 이후부터 내내 뜨악한 얼굴을 하고 있던 성우가 심히 동요된 얼굴을 하는 걸 보면 아무래도 그런 듯싶었다.

'누구지? 누구기에 이 목석같은 사내가 이리 당황하는 걸까?'

"저쪽의 너울 쓴 이가 여기 행수 같은데 이리로 불러 인사를 받을까요?"

판겸이 슬쩍 성우를 떠보았다. 그제야 성우가 멍하니 눈을 돌려 판겸을 보았다.

"지금……뭐라고 하였소?"

"저쪽 몸체가 날씬한 여인이 여기 행수 같은데 이리로 불러올까 물었습니다. 혹시 아시는 계집입니까?"

"…… 내가 누구를 안다는 말이오?"

계집이란 무례한 말에 성우가 미간을 찌푸렸다.

"저기 지금 막, 저쪽 부엌으로 들어가는 저 너울 쓴 여인 말입니다. 혹시 사자관께서 아시는 이인가 해서요."

"송 도령은 너울 안을 꿰뚫어 보는 능력이라도 있는가 보오."

판겸이 저를 떠보는 것을 안 성우가 기분이 확 잡친 것을 숨기려 하지도 않고 판겸을 비꼬았다.

"너울을 쓴 이를 내 어찌 알아본단 말이오?"

"그렇습니까? 하도 유심히 보시는지라…… 그만 오해를 하였습니다."

"주가의 여인이 너울을 쓰고 있는 것이 신기하여 쳐다본 것뿐이오. 내 어찌 이런 주가의 여인과 친분이 있을 수 있겠소? 도령의 오해가 참으로 언짢구려."

그런 오해를 받는다는 것만으로도 기분이 상한 것처럼 성우가 크게 도포 자락을 떨치고 자리에서 일어났다.

"하여튼 송 도령이 오늘 나를 보자 한 이유는 이제 다 안 것 같으니 나는 이만 먼저 가 보리다."

"사자관. 아직 제 얘기는 시작도 아니 하였습니다만."

판겸이 따라 일어나서 이제 막 평상 아래로 내려서려는 성우의 앞을 가로막았다.

"비켜서오. 아직도 내게 더 협박할 거리가 남았소?"

"협박이라니, 그 무슨 험한 말씀입니까?"

판겸이 주변을 두리번거리며, 좌우의 손님들이 힐끗힐끗 저희를 보는 것을 알고선 얼른 목소리를 낮춰 성우에게 속삭였다.

"이렇게 떠드시면 정말 후회하게 되실 텐데요."

"누가 더 후회하게 될지 아직도 가늠이 안 가는 거 보니, 꽤나 머리가 나쁜 모양이구나."

성우가 갑자기 하대를 하며, 와락 판겸의 멱살을 잡았다.

"윽! 사자관?"

미처 생각지도 못한 성우의 난폭한 행위에 놀란 판겸이 두 눈을 휘둥그레 뜨며 말까지 더듬었다.

"왜, 왜 이러십니까? 내, 내가 무얼 어쨌다고."

"입 닥쳐라."

성우가 판겸의 멱살을 잡은 손에 힘을 줘, 판겸을 제 앞으로 바싹 다가오게 하였다. 그러고선 그 귀에 대고 험악하게 중얼거렸다.

"잘 들어. 네가 무얼 알고 있건 간에 네 입 밖으로 그 이야기가 새어 나온 순간 내 장인께서 네 놈의 일가를 모두 도륙할 것이다."

"사, 사, 사자관?"

판겸은 채 뒷말을 잇지 못할 정도로 놀라 입과 눈을 커다랗게 연 채 공포에 질린 얼굴로 성우를 보았다.

"제, 제가 무슨 말을 했다고요. 저는 아직 아무 말도……"

"내가 내 누이를 모를 것 같으냐?"

"예, 예?"

"원래 그 아이는 비밀 같은 건 잘 품지 못하는 아이야. 제 안에 든 얘기는 기어이 밖으로 꺼내놓아야 성미에 차는 아이지. 그러니 그 아이와 만난 네 놈이 갑자기 나를 보자고 하고 이리 혼인을 서둘러달라고 무례히 구는 이유쯤은 깊이 생각해 보지 않아도 알 만한 거 아니겠느냐! 하!"

거의 코가 맞닿기 직전까지 바싹 얼굴을 들이댄 성우의 두 눈에 벌겋게 핏발이 섰다.

"내 입으로 내 장인어른에 대해 이런 말을 하긴 무엇 하나, 그분의 성품이 포악함을 네 놈 역시 자알 알고 있을 것이다. 그분이 자신의 딸에 대해 함부로 허황한 낭설을 주절거리고 다니는 네 놈에 대해 알게 되면 어찌 될 것 같으냐?"

"아, 아, 아니. 저는, 저는 아무것도 모릅니다."

판겸이 멱살을 잡혀 잘 움직여지지 않는 고개를 저으려고 애썼다.

"제, 제가 무얼 안다고요. 무얼 넘겨짚고 이런 무서운 말씀을 하시는 겁니까?"

"모른다?"

"예, 예에. 저는 정말, 하늘이 두 쪽이 나도 아무것도 모르옵니다."

판겸은 이제 사시나무 떨듯 온몸을 바들바들 떨며 모른다, 소리만 반복하였다. 그러면서 죽을 만큼 후회하였다. 섣불리 숙영과 그 아이에 대한 일로 제 혼사를 앞당길 수 있으리라, 어쩌면 그 일로 우의정을 협박하여 한자리 얻어낼 수 있을지도 모른다 생각했던 저의 멍청함을 저주하였다. 성우 말 대로였다. 소문에 들어 알고 있는 우의정의 품성이라면 딸의 행실 문제로 협박당했다는 사실 하나만으로 모욕적이라 느끼고 그 사실을 알고 있는 저를 해치려 할지도 모를 일이었다.

"사, 사자관. 진심입니다. 저는 정말 아무것도 모릅니다. 서, 설령 무엇을 알고 있건 간에 그걸로 협박하려는 생각 따윈 추호도 하지 않았습니다!"

"…… 흥! 뒤늦게나마 깨달은 것 같으니 다행일세. 안 그랬으면 내 이 길로 당장 장인어른을 뵙고 네 놈의 혓바닥을 잘라 달라 청을 올릴 뻔했으니 말이야."

탁, 성우가 판겸의 가슴팍을 떠밀 듯이 하며 멱살을 놓아주고선 그 바람에 비틀비틀 뒤로 물러난 판겸에게 한 마디 엄포를 더 놓았다.

"오늘 이후로 정애 앞에 두 번 다시 그 낯짝을 들이밀지 마라. 그때는 내 장인어른의 손을 빌리지 않고 직접 네 멱을 따러 갈 터이니."

"으으윽. 으으으으윽!"

판겸이 기겁을 하여, 귀신 우는 것 같은 소리를 내면서 고개를 주억거린 후 얼른 주가 밖으로 뛰쳐나갔다. 성우의 눈빛이 그 엄포가 단순히 엄포만은 아님을 말해주듯 시퍼렇게 날이 서 있어서였다.

"하……"

점점 멀어지는 판겸의 뜀박질 소리를 들으며 성우가 어깨를 들썩이면서 한숨을 쉬었다. 주변의 주객들이 그런 성우를 두려움 반 호기심 반으로 흘깃거렸다.

'한심하구나. 나란 놈도.'

털썩, 다시 평상에 궁둥이를 붙이고 앉은 성우가 자조적인 미소를 띠었다. 자신도 좀 놀랐다. 저에게 이런 험악한, 난폭한 일면이 있는 줄은 성우 또한 처음 알았다. 처음엔 너울 쓴 여인이 제가 아는 사람이라는 걸 들키기 싫어 좀 과장되게 센 체를 했던 것뿐이었다. 그러다 저를 떠보는 듯한 판겸을 보고선 울컥, 성질이 났다. 판겸 때문에 기껏 기적적으로 만난 하진을 아는 척할 수 없다는 사실에, 판겸 때문에 하진이 더욱 위험해질 수 있다는 사실에 미친 듯이 분노가 끓어올랐다.

'너 때문이야. 너를 지키기 위해서라면 나는 이제 악귀라도 될 수 있어.'

하진이 모습을 감춘 부엌 쪽을 눈 한 번 깜짝이지 않고 노려보며 성우는 맹세하였다.

"여봐라."

이제 막 마당을 다 치운 주막의 계집종을 성우가 나지막한 목소리로 불렀다.

"예? 손님?"

"그 엎지른 상이 내게 올 술상이었던 것 같은데…… 나를 언제까지 계속 기다리게 할 참이냐?"

"아……예. 송구합니다요. 얼른, 얼른 다시 상을 내오겠습니다."

계집종이 허리를 숙여 몇 번이나 꾸벅꾸벅, 사죄의 인사를 한 다음 부리나케 부엌으로 뛰어갔다. 얼른 다시 술상을 내어달라 청하기 위해서였다.

"얼른 들고 나가거라. 내 함께 가서 사죄의 말씀을 드릴 터이니."

손님이 자신이 받을 술상을 엎질렀다고 기분이 많이 상한 것 같다는 계집종의 말에 하진이 막 부엌어멈이 새로 차린 술상을 건네주었다. 이어 술상을 들고 나가는 계집종의 뒤를 따라 나가려 하였다. 그때, 부뚜막 곁에 앉아 놀란 가슴을 추스르고 있던 서 씨 부인이 얼른 일어나 하진의 손목을 잡았다.

"가지 마십시오!"

"……?"

하진은 제 손목을 잡은 서 씨 부인의 손을 내려다보았다. 잡혀 있는 제 손까지 덜덜 떨릴 정도로 부들부들 떨고 있는 손이었다. 그 눈길에 서 씨 부인이 화들짝 놀라 얼른 손을 떼고선, 손만큼이나 떨리는 목소리로 하진에게 말했다.

"제가…… 술상을 엎지른 거는 저이니…… 제가 가서 사죄하겠습니다. 그러니 해, 행수께서는 나가지 마셔요."

"되었네. 내가 행수이니 직접 가 사죄를 하는 것이……"

하진이 제 앞을 가로막은 서 씨 부인을 비켜서서 밖으로 나가려 하였다.

"나가지 말라 하지 않았습니까!"

서 씨 부인의 안 그래도 갈라진 목소리가 마치 포대가 찢어지는 듯 거친 소리를 내었다.

"자네?"

예상치 못한 서 씨 부인의 태도에 하진이 우뚝, 걸음을 멈췄다.

"뭔가?"

"예? 아…… 아니."

"내가 밖에 나가면 아니 되는 이유가 무엇인가?"

"그, 그것이 저기……"

서 씨 부인은 자신이 흥분하여 막아선 이유를 생각해 내기 위해 열심히 머리를 굴렸다. 어떻게든 의심받지 않을 타당한 이유를 대야 했고, 또한 그러면서도 어떻게든 하진을 밖에 내보내지 말아야 했다.

밖에는 성우가 있었다. 감 진사의 오랜 벗인 임 참판의 아들이자 원래대로라면 하진과 혼인했어야 할 남자, 하진을 버리고 우의정의 딸과 혼인하고 그리하여 하진이 신행길에 죽은 것으로 위장해 도망칠 수밖에 없게끔 만든 남자였다.

비록 딸자식을 버리고 나온 죄로, 몰골이 흉하게 변한 탓으로 하진 앞에 드러내놓고 나서진 못했지만, 온갖 소문들이 흘러들어오는 주가에서 오래 일한 덕분에 자연히 알게 된 사실이었다. 물론 태서가 하진을 위해 움직인다는 걸 알게 된 이후로 훨씬 더 많은 걸 알게 됐지만. 그러기에 조금 전 송화의 주가에 자주 드나들던 판겸이란 작자의 입에서 "사자관"이니 "우의정의 사위"니 하는 소리를 들은 순간, 서 씨 부인은 알 수밖에 없었다. 판겸의 맞은편에 앉은, 유난히 허리가 꼿꼿한 청년이 바로 그 '성우'라는 것을.

그러니 지금 하진이 밖으로 나가면 성우와 만나게 된다. 비록 너울로 얼굴을 가렸다 하더라도 성우 역시 저처럼 하진이 하진임을 알아볼지도 모를 일이었다. 하진 역시 당황하여 무슨 실수라도 할지도 모를 일이었다. 그럴 수는 없었다.

'어쩐다, 어쩐다?…… 아!'

하진을 밖으로 나가지 못하게 할 핑계를 생각하기 위해 열심히 머리를 굴리던 서 씨 부인이 좋은 핑곗거리를 찾아냈다.

"저기…… 저 마당에 있는 손님 중에 이전 주가에 자주 오던 송 도령이란 자가 있습니다. 워낙 취태(醉態, 술에 취한 모양새, 태도)가 음란하고 난폭한 데다 사방에 시비를 걸기 좋아하는 자라 이전 주가에서도 눈살을 찌푸릴 일을 많이 만든 손님이지요."

서 씨 부인이 부엌 안을 두리번거리더니 안쪽에서 열심히 술국을 끓이고 있는 다른 부엌어멈에게 물었다.

"이보게. 돌이 어멈. 왜, 자네도 달포 전에 저쪽 주가에서 손님에게 행패를 당한 적이 있었지?"

"아, 그때요? 어휴, 말도 마셔요. 접시 하나가 살짝 이가 빠진 걸 모르고 그냥 내갔다고 상을 뒤집고 제 멱살까지 잡고 죽이려 하는 통에 크게 혼쭐났지 뭡니까!"

돌이 어멈이 혀를 내두르며 절레절레 고개까지 젓는 걸 본 서 씨 부인이 만족한 얼굴로 고개를 주억거리더니 하진에게 말했다.

"그뿐이 아닙니다. 일전에는 다른 주가에서 일하는 어린것들을 희롱해서 이런저런 불상사를 일으킨 손님이기도 합니다. 그러니 행수는 여기 그냥 계십시오. 괜한 봉변을 당할까, 걱정됩니다."

"그런……가?"

아직도 여전히 미심쩍어하는 얼굴로 하진이 슬쩍 부엌 밖을 내다보려고 하였다. 그 틈을 타, 서 씨 부인은 얼른 제가 먼저 마당으로 나섰다.

'저이가?'

하진이 그런 서 씨 부인의 뒤를 따라 부엌을 나서려 했지만, 막상 부엌 문지방을 넘으려 하자 어쩐지 별로 내키지 않았다. 저보다 아랫사람이긴 하지만 여인의 말을 거역하기가 부담스러웠다. 저를 생각해서 일부러 말린 건데 굳이 따라나서려니 여인을 무시하는 것 같아 찜찜하였다. 아직 저 여인이 제 어머니라고 확실해진 것도 아닌데, 어쩌면 그건 막연한 제 착각일지도 모른다는 걸 알면서도 자꾸만 마음에 걸렸다. 말 한마디 몸짓 하나가 그냥 넘겨지지 않았다.

"죄송합니다."

술상을 성우 앞에 내려놓은 뒤, 서 씨 부인이 몇 번이고 꾸벅꾸벅 허리를 굽혀 잘못을 빌었다. 평소의 저라면 그리 하라고 시켜도, 죽으면 죽었지 그리 안 했을 것이다. 하지만 하진을 위해서니 못 할 이유가 없었다.

"나리. 쇤네가 변변치 못하여 잘못을 저질렀습니다. 부디 너그러이 용서해 주십시오."

"…… 좀 전에 그이가 여기 행수던가?"

"뉘를 말씀하시는 건지요?"

"자네처럼 너울을 뒤집어쓰고 있던 이 말일세."

"예? 아…… 예. 저희 행수가 맞습니다만."

"행수를 불러오게. 내 이 집의 행수를 만나야겠네."

"죄송하지만 나리…… 그리는 아니 됩니다."

굽실대던 허리를 곧게 펴고서 서 씨 부인이 좀 전의 사정 조와는 전혀 다른 말투로 딱 잘라 거절했다.

"아니 된다?"

"예. 나리. 이곳은 저잣거리의 주막이 아닙니다. 또 저희 행수는 함부로 손님상에 얼굴을 비치는 이도 아니고요. 그러니 어찌 저잣거리 주모처럼 손님의 부름에 일일이 응하겠습니까?"

서 씨 부인의 말이 끝나기가 무섭게 성우에게서 그리 멀지 않은 자리에 앉아 술잔을 기울이던 취객들이 "그렇지!" 하며 말을 거들었다.

"거, 알 만하게 생긴 양반이 저잣거리 주막에서나 하던 짓을 여기서 하려 들면 쓰나. 쯧쯧쯧."

"젊은 선비가 아무래도 초행이다 보니 이곳의 법도를 잘 몰랐던 게지. 여보게 젊은이. 본디 이런 주가는 말일세. 풍광과 술과 음식의 어우러짐을 즐기고 운치를 즐기러 오는 것이지 여인을 취하러 오는 곳이 아니라네. 그러니 소란 떨지 말고 얌전히 술이나 즐기고 가시게."

저와 상관없는 취객들까지 나서 너울 쓴 여인의 말이 맞노라 편을 들었지만, 성우의 귀에 그 말이 들어올 리 없었다. 성우는 그대로 자리를 박차고 일어나 조금 전 하진임이 분명한 여인이 들어가 버린 부엌 쪽으로 급히 걸음을 옮겼다.

"저, 저기 손님!"

서 씨 부인이 당황하여 그런 성우를 막아보려 하였지만, 성우의 걸음은 금세 부엌 앞에 다다랐다.

"벌써 네 동이가 나갔으면 그만 슬슬 파해도 될 것 같네. 나가서 손님 더 안 받는다고 전하게."

부엌에 가까이 다가서자 문이 활짝 열린 부엌 안에서 누군가에게 이르는 목소리가 들려왔다.

'역시 하진이다, 진이 목소리야. 내가 잘못 들은 게 아니다.'

다시 한번 제 추측이 맞음을 확인한 성우가 그대로 부엌 안으로 들어가려 할 때였다.

"어딜 들어가시는 겝니까?"

언제 어느 틈에 온 건지 눈매가 날카로운 사내 둘이 불쑥 성우의 앞을 막아섰다.

"비켜라. 내가 찾는 이가 저 안에 있다. 내 그이를 만나야 하느니."

성우가 사내들의 어깨를 밀고 부엌으로 들어가려 하였다. 하지만 사내들은 가소롭다는 피식, 웃음을 흘릴 뿐 좀처럼 비켜서지 않았다.

"당장 비켜서라!"

"쯧쯧. 손님께서 많이 취하신 듯합니다."

"저희가 곱게 댁으로 모셔다드리지요."

말이 끝나기가 무섭게 사내들이 성우의 어깨를 양쪽에서 들쳐 메고 그대로 마당을 가로질렀다.

"이놈들!"

성우가 힘을 쓴다고 썼지만, 평생을 글만 읽고 산 성우가 평생을 힘만 쓰고 살아온 사내 둘을 한꺼번에 당해낼 리 없었다.

"윽!"

성우의 몸은 그대로 무양각 대문 밖으로 팽개쳐졌다. 일어나 다시 대문으로 달려들었지만, 그때마다 번번이 사내들에게 떠밀려 다시 팽개쳐지기를 반복하였다.

"이보시오! 양반 나리! 웬만하면 그냥 꺼지셔요. 아니면 정말 개망신 한번 당해 보시려오? 주가에서 계집 내놓으라 행패 부리다 내쫓긴 양반 사내로 도성 전체에 소문 한번 거하게 나 봐야 정신 차리겠소?"

몇 번이나 거듭하여 덤비는 성우에게 사내 중 한 명이 으름장을 놓았을 때에서야 비로소 성우가 달려들기를 그만두고 거친 숨을 몰아쉬었다.

"헉…… 헉……."

소문 따위는 무섭지 않았다. 혹시나 그 일로 하진에게 해를 끼칠까 두려웠을 뿐이었다. 그런 성우의 눈앞에서 대문이 거친 소리를 내며 굳게 닫혔다.

'너다. 더는 확인할 것도 없이 너야. 나를 이리 내쫓은 것도 네가 너라는 증좌.'

．

．

．

"그 뒤로도 계속 온다고?"

태서가 성우의 일을 보고하러 온 수하에게 물었다.

"예. 하루가 멀다고 매일같이 와서 초저녁부터 와서 한밤중이 되도록 말없이 술잔만 기울이다 돌아가기를 반복하고 있습니다."

"행수는? 그자를 보았느냐?"

"그것까지는 잘…… 행수는 여느 때와 달라진 점이 하나도 없습니다."

부하가 난감한 얼굴을 하고선 제가 아는 그대로의 일을 고했다.

"알았다. 그만 가봐. 지금까지처럼 그자가 함부로 접근하지 못하게 잘 지키고."

"안 가보실 겁니까?"

수하가 조심스레 물었다. 태서가 하진에게 각별히 신경 쓰고 있음을 잘 알고서 한 질문이었다.

"가 봐."

태서가 잠시 쓰게 웃고는 하진을 지키라고, 다시 수하를 돌려보냈다. 마음 같아선 당장이라도 하진에게 뛰어가, 하진을 데리고 성우의 눈에 띄지 않는 곳으로 도망가고 싶었다. 그러나 그것을 하진이 반기지 않을 것을 알기에 그럴 수 없었다.

거기다 때도 안 좋았다. 도승지네 집에 낯선 젊은 스님이 탁발하러 온 게 바로 어제 낮의 일이었다. 그자가 정말 우연히 들른 것인지, 아니면 다른 꿍꿍이가 있어 일부러 들른 것인지 알아봐야만 했다.

'그 중놈이 대군 측에서 보낸 자인지를 알아야만 해.'

우의정과 안수대군이 도승지 오성환을 눈엣가시로 여기고 있다는, 그자를 치기 위해 구체적인 일을 꾸미고 있음을 알아낸 것이 바로 얼마 전의 일이었다. 바로 그때, 전혀 생각지도 못한 사람에게서 뜻밖의 의뢰를 받게 되었다. 무양각에서 성우가 소란을 피운 그날이었다.

그날도 태서는 온종일 머릿속과 마음속에 하진을 담고서 태서로서의 본분을 다하기 위해 분주하게 움직이다 밤이 늦어서야 제 거처에서 늦은 저녁을 들었다. 그런 태서를 둘러싸고 수하들이 차례차례로 그날 도성에서 있었던 중요한 일들과 태서에게 들어온 의뢰들을 고하던 때였다. 제 차례가 된 수하 중 한 명의 입에서 "감 진사"란 말이 나왔다.

"감 진사란 이가 태서를 직접 만나 긴히 맡기고 싶은 일이 있다고 합니다."

"누구?"

연신 입안으로 뜨뜻한 국밥을 퍼다 나르던 숟가락이 허공에서 딱 멎었다.

"감 진사라고. 왜 예전에 만석꾼 집안이라고 소문이 자자했던……"

철퍽. 태서가 들고 있던 숟가락을 국밥 그릇 안에 처넣고선 이내 방금 입을 연 수하 외에 다른 이들에게 명을 내렸다.

"나가 있어."

"예, 태서."

모두가 나가고 감 진사의 이야기를 물어온 수하랑 단둘만이 남게 되자, 태서가 앉은 자리에서 번쩍 상을 들어 뒤로 물리고선 수하에게 다시 물었다.

"처음부터 하나도 빼놓지 말고 말해 봐. 그자가 어찌 나를 아는 건지, 도대체 무슨 일을 맡기려는 것인지."

"예."

무겁게 고개를 끄덕인 수하는 낮 동안 제게 있었던 이야기를 소상히 고했다.

"혹시 연전에 만났던 강 의원을 기억하십니까? 후처와 아들 때문에……"

"송파나루 근처 약방의?"

"기억하시는군요."

기억 못 할 리가 없었다. 여자와 아이에게는 손을 대지 않는다는 태서 나름의 철칙을 깼던 단 한 번의 일이었으니까. 물론. 그럴 수밖에 없었던 사연이 있었다.

본디 강 의원은 조강지처가 난산 끝에 아들을 낳고 죽은 뒤 혼자 그 아들 하나를 키우며 살던 홀아비였다. 아들이 열 살쯤 되어서야 뒤늦게 후처를 얻었다. 의원으로서의 평판이 높았던 까닭에 밤낮없이 바쁜 그를 대신하여 새로 얻은 아내는 그의 아들을 지극정성으로 돌봤다. 잔기침 몇 번만으로도 밤을 새워가며 아들의 곁을 지켰고, 한 달이 멀다 하고 직접 눈이 빠지게 바느질을 해가며 새 옷을 지어다 입히곤 하였다. 때마다 절에 가서 부자(父子)의 건강과 집안의 안녕함을 빌기도 수차례였다.

그 모습에 감동한 강 의원은 모든 집안 살림과 아들 건사를 후처에게 맡기고 본인은 약방 일에만 전념하였다. 그러던 어느 단옷날. 후처는 아들과 함께 절에 다녀오겠다고 집을 나갔다. 하지만 그날 집으로 살아서 돌아온 건 단 한 사람이었다. 멀쩡히 살아서 나간 아들은 시신이 되어 집으로 돌아왔다. 산에서 갑자기 튀어나온 멧돼지를 보고 놀라 도망치다 그만 절벽에서 발을 헛디뎌 떨어져 죽고 말았다고 했다. 어디까지나 후처가 전한 말이었지만, 강 의원도 처음엔 그런 아내의 말을 철석같이 믿었다. 허나 시간이 갈수록 자꾸만 마음에 걸리는 일이 있었다. 산중에서 멧돼지에게 쫓기다 떨어져 죽었다는 아들의 옷이 지나치게 깨끗했다는 점이었다. 거기다 그 자신도 멧돼지를 피해 다니느라 정신이 없었을 후처의 옷 또한 밑단에 조금 풀물이 든 걸 빼면 산중을 헤맨 사람의 옷 같지 않게 단정하기 그지없었다. 한번 깃든 의혹은 좀처럼 떨쳐버리기 어려웠고, 결국 강 의원은 각별한 친분이 있는 노 의원을 통해 태서에게 사건의 진상을 밝혀 달라 청을 하였다.

모든 진실이 밝혀진 건 일을 맡긴 지 채 이레도 지나지 않아서였다. 지극정성으로 아들을 아끼는 것처럼 보였던 후처가 그 산에서 일부러 아들을 절벽으로 유인해 밑으로 밀어 떨어뜨려 죽인 것이다. 태서가 그 산에 자주 다니는 약초꾼들과 포수들을 동원하여 산을 뒤진 결과 알아낸 사실이었다. 약초꾼들에 따르면 강 의원의 아들이 떨어져 죽은 절벽 근처에 도무지 멧돼지의 발자국이나 분뇨가 단 하나도 존재하지 않았다고 했다. 포수들은 말하길 몇 년에 걸친 가뭄 탓에 포수들은 물론이요, 일반 백성들까지 죽기를 각오하고 산에 올라 산짐승들을 잡아먹은 탓에 이미 그 산에 멧돼지가 남아 있을 리가 없을 것이라고도 하였다. 거기다 후처의 돈 씀씀이를 캐어 본 결과 몰래 바람을 피우고 있던 샛서방과 짜고 그동안 퍽 많은 집안 재산을 빼돌린 정황까지 드러났다.

"그때 그 계집이 자신이 한 짓이 들킨 걸 눈치채고 도망치는 바람에 태서와 저희가 직접 잡아다 주기까지 하지 않았습니까?"

"각설하고. 그래서 강 의원이랑 감 진사가 무슨 상관이라고?"

상관도 없는 강 의원의 얘기를 길게 늘어놓으려는 수하의 말을 자른 뒤, 태서가 본론만 빨리 말하라 수하를 재촉하였다.

"예. 어디서 강 의원의 소문을 들었는지 감 진사가 강 의원의 약방에 들이닥쳐 자기 처지가 강 의원이랑 비슷하다며 일을 맡기려면 어찌해야 하냐고 간곡히 물었답니다. 저는 허리에 침을 맞으러 갔다가 강 의원에게 그 일을 전해 들은 것이고요."

"흐음…… 그래서. 감 진사가 맡기려는 일이라는 게?"

"그것까지는…… 아무래도 태서를 뵙고 직접 말하려는 게 아닐까요?"

"꼭 없애줄 사람이 있소."

다음 날 저녁이었다.

감 진사는 제 맞은편에 앉아 검은 부채로 얼굴을 가리고 있는 '태서'에게 돈 꾸러미를 건넸다. 물론 '태서'는 진짜 태서가 아니었다. 태서는 이미 하진의 친척으로 위장해 감 진사를 만난 적이 있기에 지금 감 진사 앞에 있는 검은 부채의 '태서'는 태서가 저를 대신해 내세운 수하였다. 정작 진짜 태서는 가짜 태서의 등 뒤 병풍 속에 모습을 감추고 감 진사의 이야기에 귀를 기울이고 있었다.

"제게 살인을 하란 말씀입니까? 명색이 사대부 양반 되시는 분께서 어찌하여 그런 끔찍한 일을 시키십니까?"

"태서란 사람은 돈만 주면 못 하는 일이 없다 하였거늘 그게 다 허언이었소?"

여전히 몸이 많이 안 좋은 것인지 감 진사의 얼굴은 병색이 완연하였다. 낯빛은 검었고 입술 사이로 새어 나오는 숨은 가빴으며 흰자위도 혼탁하였다.

"정 죽일 수 없다면, 좋소. 대신 그놈이 다시는 이 조선 땅을 못 밟게 해 주면 그것만으로도 나는 족할 것이오. 그것은 가능하겠소?"

"그야, 그 정도는 어렵지 않을 것입니다. 한데 그 사람이 누굽니까?"

'태서'의 물음에 감 진사가 모멸감을 견디려 질끈 눈을 감고선 한참 동안 머뭇거렸다.

"아무리 저라도 어디에 사는 누구인지도 모르는 이를 없앨 능력은 없습니다."

그러니 빨리 누구인지 말해라. '태서'가 재촉하자 마침내 감 진사가 수치심에 떨리는 목소리로 입을 열었다.

"내 처의…… 내 아내의 간부(間夫, 남편이 있는 여자가 남편 몰래 관계하는 남자)요. 여일이라는 이름의 돌중 놈이요."

'그래서였어?'

병풍 뒤의 태서는 이제야 왜 감 진사가 강 의원을 찾아갔는지, 왜 강 의원이 감 진사에게 태서란 이름을 가르쳐 주었는지 알게 되었다. 아마도 십중팔구는 상대의 처지와 자신의 처지가 상당 부분 같다고 느꼈기 때문일 것이었다. 처에게 배신당한 남편끼리의 연대감이라고나 할까?

기실 감 진사가 자신의 처를 의심하기 시작한 건 벌써 여러 달이 되었다. 아내인 홍 씨 부인이 밤마다 제 손길을 피할 때가 많아진 바로 그 무렵부터였다.

"부인."

"요, 용서하세요. 제가 오늘은 몸이 편치 않아서……"

이부자리로 끌어들이려는 손길을 홍 씨가 애써 마다하였다. 평소에도 부부로서의 행위를 즐기는 여인은 아니었다. 워낙 태생이 얌전한 여인이다 보니 감 진사가 이부자리로 끌어들이면 그냥 마지못해 끌려올 뿐 자신이 먼저 나서서 잠자리를 청한 적은 단 한 번도 없었다. 그러다 하진의 일이 있기 그 얼마 전부터는 유난스러울 정도로 감 진사의 손길을 피하려 들었다. 감 진사의 손이 닿을 때마다 소스라치게 놀라는가 하면 몸이 아프다, 피곤하다, 달거리다, 하며 온갖 핑계를 대면서 감 진사와 닿기를 회피하였다. 하진의 일이 있고 난 다음에는 더했다. 처음에는 감 진사도 하진의 죽음에 놀라고 슬퍼하느라 정신을 못 차릴 정도였으니 밤의 부부 생활이란 게 제대로 있을 리가 없었다. 시신도 없이 치러진 장례가 끝난 뒤에는 갑자기 여기저기서 찾아오는 빚쟁이들의 빚을 막느라 더더욱 정신이 없어 딱히 홍 씨의 몸에 손을 댈 여력이 없었다. 연이은 충격들로 말미암아 감 진사 본인이 쓰러지기까지 했을 정도니 말해 무엇할까?

문제는 최근이었다. 집안 재산의 상당 부분을 내어주긴 했지만 어쨌건 빚을 갚고 나니 자연 부부의 생활도 조금씩 예전의 일상으로 되돌아가게 되었다. 그런데도 홍 씨 부인은 한사코 감 진사와의 합방을 마다하였다.

"부인! 내게 부인을 강제로 취하게 하지 마오!"

어느 밤. 거듭되는 거절에 무안해지고 화가 쌓인 감 진사가 버럭, 화를 내자 홍 씨 부인은 눈물로 하소연까지 하였다.

"진사 어른. 이러지 마십시오. 흑흑. 하진이가 그리 간 지 얼마나 되었다고 이러십니까? 무릇 상중에는 합방은커녕 내외가 한방에서 지내는 것 또한 법도가 아닌 것을요."

"딸자식을 잃은 슬픔이 어찌 부인보다 내가 작을 수 있겠소! 하진이는 내 친딸이오! 하지만 언제까지고 슬픔에 젖어있으면 오히려 그 아이의 혼이 승천치 못하고 구천을 떠돌게 됨을 왜 모르오!"

"하지만……"

"어허!"

감 진사가 사납게 눈을 부릅뜨며 더는 아무 말도 하지 말라는 위협과 함께 강제로 홍 씨 부인을 끌어안고선 다짜고짜 이불 위로 눕혔다.

"헉, 헉…… 부인, 아이를 가지시오. 부디 나를 닮은 떡두꺼비 같은 아들을……."

"싫습니다. 이러지 마십시오. 진사어른! 진사어른!!"

거세게 머리를 흔들며, 눈물을 흩뿌리며 홍 씨가 반항하였다. 마치 낯선 사내에게 억지로 겁간을 당하는 여인네이기라도 한 것처럼 온 힘을 다해 필사적으로 반항하였다.

"그래도!"

그 모습에 더욱 화가 치민 감 진사가 다짜고짜 홍 씨의 치마부터 걷어 올려 속곳들을 벗겨내려 할 때였다. 순간, 감 진사는 자신의 눈을 의심하였다.

"왜……?"

감 진사의 얼이 빠진 틈을 타, 홍 씨가 바들바들 떨리는 손으로 배를 감추며 옆으로 돌아누웠다. 그런 홍 씨의 배에는 두꺼운 광목천이 둘둘 말려 있었다. 마치 무언가를 감추고 있기라도 하듯.

"부인, 혹시……?"

"아닙니다!"

감 진사가 무엇을 묻는지 듣지도 않고 홍 씨가 대뜸 아니라고 부정부터 하였다.

"뭐가 아니란 거요?"

"그…… 그게 저기……"

홍 씨가 더욱 몸을 움츠리며 마땅한 변명거리를 생각해 내지 못하고 있을 때, 갑자기 감 진사가 홍 씨에게 덤벼들었다.

"진사어른!"

홍 씨가 울부짖으며 몸을 뒤틀어 반항하는 것을 간단히 제압한 감 진사는 이내 거칠고 분주한 손놀림으로 홍 씨의 몸에서 광목천을 걷어내 버렸다.

"이건……?"

광목천이 풀어진 후 드러난 홍 씨의 배는 누가 봐도 임신한 배라고밖에 볼 수 없을 정도로 둥글고 완만하게 부풀어있었다.

"아이를 가진 게요?"

무겁게 가라앉은 목소리로 감 진사가 물었다.

"흐흐흐흑. 아, 아니…… 그게…… 저기…… 흐흐흑……."

홍 씨가 눈물 바람인 채 대충 치마를 추스르고 일어나 앉았다.

"배를 보아하니 이미 대여섯 달은 된 것 같소만?"

마침 딱 그 정도 되었다. 사실 타고난 몸이 가는지라 아이를 가지고서도 서너 달 동안은 몸에 별다른 변화가 나타나지 않았다. 하여 어쩌다 한 번씩 홍 진사와 합방을 하게 되었을 때도 그다지 큰 의심 없이 지나갈 수 있었다. 하지만 달수가 점점 차오르면서 더는 그냥 있을 수 없을 정도로 배가 부풀어 올랐다. 그 바람에 고육지책으로 생각해 낸 게 광목천으로 부푼 배를 감싸 숨기는 것이었다.

"똑바로 말해. 아이를 가진 게 맞느냐?"

감 진사의 말투는 흡사 마치 아랫것에게 묻는 것 같은 말투였다.

"흑…… 마, 맞습니다."

"하면! 왜 숨긴 거지?"

"지, 집안이 어지러운지라…… 거기다 하, 하진이가 그리된 지 얼마 되지도 않았는데 아이를 가졌다고 하면 사람들이 어찌 볼까 남세스러워 그만……. 마, 말씀드리려 하였습니다. 곧 말씀드리려 하였습니다. 숨기려던 게 아닙니다. 정말이어요!"

홍 씨 부인이 눈물로 제 결백함을 주장하였다. 그 모습이 오히려 더 의심을 사는지도 모르고.

.

.

.

"하지만 믿을 수가 없어 내 은밀히 사람을 시켜 그것의 뒤를 밟게 하였소. 그러다 알게 되었고요."

감 진사가 벌겋게 핏발 선 눈을 하고 어금니를 꽉 깨문 채 제가 알게 된 사실을 눈앞의 '태서'에게 전했다.

"이전부터 뻔질나게 드나든 절에 그 계집의 간부(間夫, 샛서방)가 있었소. 그 절에 다니기 시작한 지 족히 일 년은 넘었으니 그 뱃속 아이도 그 중놈의 자식일 것이오."

이야기를 엿들으며 병풍 속의 진짜 태서는 묻고 싶어졌다. 그런데 왜 중놈만 없애달라고 하는 거냐고. 불륜을 저지른 처와 뱃속 아이는 어찌할 셈이냐고.

그 대답을 들려준 건 며칠 후에 만난 하진이었다. 그날 밤도 태서는 아무에게도 알리지 않고 잠든 하진의 방에 숨어 들어갔다. 가만히 하진의 곁에 동그랗게 몸을 말고 누워, 고이 잠든 하진의 옆모습을 가만히 훔쳐보았다.

"내가 비명이라도 지르면 어쩌려고?"

언제 잠에서 깬 건지, 하진이 눈도 뜨지 않고 물었다.

"이제껏 한 번도 안 그랬잖아."

이제야 비로소 손을 뻗어 하진의 반듯한 이마와 섬세한 뺨의 굴곡을 거쳐, 가는 턱선을 어루만지며 태서가 대답했다.

"그동안 나 안 보고 싶었어?"

"며칠이나 됐다고."

"난 그 며칠이 수십, 수백 년 같았어."

태서의 긴 손가락 끝이 말랑한 하진의 귓불을 스쳤다.

"넌?"

"희롱하지 마."

하진이 손을 들어 태서의 손을 제 얼굴에서 떼어놓으려 하였다. 그러자 태서가 그 손까지 잡고선 슬그머니 하진의 얼굴 위에 제 얼굴을 드리웠다.

"보고 싶어 죽는 줄 알았어. 넌?"

태서가 은근한 목소리로 다시 물었다.

"난 아냐."

얄미울 정도로 침착한 목소리로 하진이 답을 했다.

"정말?"

태서가 하진의 이마에 들러붙은 머리카락들을 괜히 만지작거리며 다시 물었다.

"내가 하나도 안 보고 싶었어? 내 생각이 하나도 안 났다고?"

숨소리 가득한 중얼거림과 함께 태서가 하진에게 입 맞추고자 얼굴을 가까이 가져가는데, 하진이 번쩍 눈을 뜨고선 태서의 가슴을 밀며 일어나 앉았다.

"무슨 일이야?"

방금 태서가 만지작거린 머리카락을 얌전히 이마 뒤로 넘기며 하진이 이 밤의 본론을 물었다.

"하아……."

아쉬움이 잔뜩 묻어나오는 한숨을 내쉰 태서가 하진을 찾아온 연유를 밝혔다.

"당신 아버지가 의뢰를 해왔어."

"의뢰라니?"

"당신 새어머니가 아이를 가졌나 봐. 샛서방이 있다며 그를 이 땅에서 없애달라고 했어."

"…… 그래?"

"별로 놀라지 않네? 알고 있었던 얘기야?"

"응."

"역시. 그럴 것 같더라니."

태서야말로 새삼 놀랍지 않다는 듯 지난 며칠간 자신이 알아온 것에 대해 하진에게 털어놓았다.

"그 절의 여일이라는 승려는 꽤 평판이 좋더군. 워낙 훤칠하게 잘 생긴 데다 법력(法力)도 좋아 그 사람 때문에 절을 찾고 시주하는 이들이 많아져 절이 많이 컸다는 거야. 그러다 보니 아직 나이가 많지 않은데도 벌써 그 절의 살림을 도맡고 있고."

"아버진 그것도 새어머니가 재산을 빼돌린 덕분이 아닐까 의심하시고 계실 거야."

"그러니 더 눈엣가시처럼 보였겠군. 한데…… 네 아버진 어쩔 생각인 걸까?"

태서가 물은 건 여일이라는 승려만 없애달라고 한 그 의뢰 내용이었다. 불륜을 저지른 처와 뱃속 아이는 어찌하려 할 것인지에 관해서였다.

"아마 모르는 척 그냥 넘어가시려 할 거야."

"네 아버지 성격에? 그 불같은 성격의 양반이?"

"내 아버지 성격이니까. 안 그래도 내 어머니와 내 일 때문에 집안의 위세가 땅에 떨어졌다고 생각하시는 분이니 여기서 수치를 더할 순 없다고 생각하신 거겠지."

"집안 수치 때문에 자기 아이도 아닌 아이를 제 아이로 받아들인다고?"

"응. 그런데 그 아이는 아버지 아이가 맞아."

"네 아버지…… 애라고?"

"응."

"네가 그걸 어떻게 알아?"

"본인에게서 직접 들었으니까. 새어머니가 그 여일이라는 자와 좋아 지 낸 건 맞지만, 그와 다시 인연을 맺게 되었을 때 이미 뱃속에는 아버지의 아이가 들어있었던 상태라고 했어."

"그런 말도 안 되는!"

태서가 저답지 않게 크게 흥분하였다.

"뱃속에 남편의 아이까지 가진 여자가 계속 샛서방을 만나고 돌아다녔 다는 거야? 네 새어머니라는 여잔, 얼마나 뻔뻔한 거야, 대체!"

'이 남자야말로 대체 뭘까?'

궁금한 건 오히려 하진이었다. 여태 숱한 사연의 여인들을 구해내면서 도 딱히 이렇다 저렇다 품행을 평가하는 말 따윈 한 적이 없었던 태서였 다. 그런 태서가 지금은 조금 지나치다 싶을 정도로 홍 씨 부인의 품행을 나무라고 있었다.

"얼마나 사내에게 굶주렸으면 아이를 가진 채 정을 통하러 다니는 거야. 이래서 사람은 겉만 보곤 모른다는 말이 딱 맞아. 생긴 건 거짓말 하나 못 할 것처럼 가냘프게 생겨서……"

"내 새어머니를 좋아했어?"

하진은 제 물음에 기가 막혀 입을 떡 벌린 태서에게 재차 물었다.

"내가 영 없는 말을 한 건가?"

"당연하지! 무슨, 그런 말도 안 되는 상상을…… 어떻게 그런 생각을 할 수가 있어?"

"그럼 왜 이렇게 내 새어머니 일에 흥분하는데?"

하진의 지적에 태서는 그제야 자신이 지나친 반응을 보였음을 깨닫고는 아랫입술을 깨물었다.

"난 그냥…… 누가 생각 나는 사람이 있어서 그래."

그게 누구냐고 묻는 대신 이번에도 하진은 속을 꿰뚫는 것만 까만 눈으로 빤히 보기만 했다. 말하면 들어주겠다. 하지만 네가 말하지 않겠다면 굳이 들려달라 조르진 않겠다. 그 눈빛은 그리 말하고 있었다. 하여, 태서는 태어나 처음으로 아무에게도 말한 적 없었던 제 출생에 관한 이야기를 들려주고 싶다는 생각이 들었다.

배 속에 남편의 아이를 지닌 채 샛서방과 도망쳐 살림을 차렸지만, 결국 아이를 낳다 죽어버린 제 어머니의 이야기를 들려주고 싶었다. 어머니가 죽은 뒤 친아버지에게 보내졌지만, 제 자식이 아니라고 친아버지에게 부정당하고 어머니의 정인에게서도 거부당해 갈 곳 없어진 처지로 거지 움막에서 자라날 수밖에 없었던 제 이야기를 하고 싶어졌다.

하지만, 하지 않았다. 그건 저조차도 잊기로 한, 없었던 일로 하기로 한, 아예 존재하지도 않았던 일이니까. 대신, 아까부터 계속 궁금했던 걸 물었다.

"……넌 괜찮아? 네 새어머니가 네 아버지 몰래 샛서방을 만나고 다녔다는데?"

"그분은 나쁜 게 아니야. 약할 뿐이지."

"응?"

"많은 여인네가 그렇듯이, 그분도 혼자 감내하기 어려운 생을 어떻게든 살아나가기 위해, 살아나가기 위한 이유가 필요했을 뿐이야. 그게 그분에게는 그 승려였던 것이고."

한때는 하진도 그런 적이 있었다. 그래서 알았다. 새어머니 홍 씨 부인 또한 저처럼 어쩔 수 없었던 것뿐이라고.

"내가 너를 통해 나라는 감옥에서 탈출했던 것처럼……"

하진이 가만히 저를 훔쳐내 준 도둑을 바라보았다. 어떤 땐 수백 년 묵은 도사처럼 굴다가 또 어떤 땐 철딱서니 하나 없는 어린 아우처럼 구는 순 제멋대로의 사내를 빤히 보았다.

"그분도 그렇게 자신의 감옥에서 탈출하려 한 것뿐이야."

"…… 세상 다 산 사람 같네. 부처가 따로 없다."

"훗. 부처님이 들으시면 노하시겠다. 이런 부도덕한 부처가 어디 있다고."

하진이 설핏, 자조적으로 웃었다. 농담이라도 이제는 하진을 정숙하다고 말할 수 없게 만든 눈앞의 사내야말로 하진의 동아줄이었다. 하진이 살아갈 수 있게, 하진의 감옥에서 하진을 탈출시켜준 은인이자, 정부였다. 그래서 더더욱 하진은 태서가 홍 씨 부인을 욕하길 바라지 않았다. 자신 또한 홍 씨 부인보다 하등 나을 것 없는, 아니 더하다면 더한 나쁜 계집이었으니까. 실제로 만약 하진의 일이 세상에 드러난다면 사람들은 누구도 하진을 두둔하지 못할 것이었다. 혼인날 죽은 것으로 위장하여 도망친 여인. 양반 계집 주제에 천한 사내랑 한 이불을 덮은 여인. 감히 제 아버지를 속여 집안의 재산을 들어먹은 악독한 계집. 이 세 가지 죄만으로도 사람들의 돌팔매질을 맞다, 죽을지도 몰랐다. 그러니 누가, 누구를 비난할 수 있단 말인가?

"널 욕하는 사람이 있다면 그 누구든 죽여버리겠어."

하진의 눈빛을 읽은 태서가 하진의 두 손을 잡아 그 손바닥에 맹세의 입맞춤을 하였다.

"천 명, 만 명 아니 그 이상이 될지도 모르는데?"

"만 명의 열 곱절, 스무 곱절이 될지라도."

태서는 진심이었다. 진심으로 하진을 위해서라면 피의 악귀가 되고도 남을 작정이었다.

새벽이 좀 더 무르익어갈 때, 태서는 들어올 때 그랬던 것처럼 소리 하나 내지 않고 하진의 방을 나와 바람처럼 소리도 없이 훌쩍 담을 뛰어넘었다. 그 모습을 마당 구석에 선 서 씨 부인이 경악에 찬 얼굴로 숨도 쉬지 못하고 보고 있었다.

'왜…… 왜 태서가 저 방에서!'

이 야밤에 하진의 방에서 태서가 나온 게 무슨 뜻인지는 너무도 분명했다. 그것을 알기에 지금 서 씨 부인은 머리가 어질어질하였다.

둘 사이를 완전히 몰랐던 건, 새카맣게 몰랐던 건 아니었다. 둘의 사이가 심상치 않다는 느낌은 있었다. 천하의 태서가 발 벗고 하진의 일을 도와주는 걸 보고서도 아무것도 몰랐다고 하면 거짓이고 기만이고 위선이다. 그런데도 막상 한밤에 하진의 방에서 나오는 태서를 보고 나니 서 씨 부인은 양다리가 후들거려 도저히 서 있을 수가 없었다. 마치 눈앞에서 둘의 야합을 보기라도 한 것처럼 제 온몸에서 피가 빠져나가는 느낌이었다.

'하진아! 너 지금 도대체 무슨 짓을 하는 거야!'

당장이라도 하진의 방에 뛰어들어가 보통의 어미들처럼 하진을 제 앞에 무릎 꿇려놓고 눈물이 쏙 빠지게 크게 나무라고 싶었다. 어디 사내가 없어

서 태서냐고! 하고 많은 세상의 사내 중에 왜 하필 태서냐고! 왜 다른 많
고 많은 것 중에서 꼭 이런 것만 어미인 나를 닮느냐고 다그치고 싶었다.
서 씨 부인이 연모했던 사내도, 제 평생을 걸었던 사내도 한때는 '태서'란
이름을 지니고 있었던 사내였다. 온전한 제 이름 하나 없이 그저 커다란
쥐라는 모욕적인 별칭을 이름처럼 물려받은 사내. 그런데 하필 하진이가,
제 딸이, 저처럼 태서란 별칭을 물려받은 사내와 연을 맺었다는 사실에 서
씨 부인은 피눈물이 날 것 같았다.

'이러려고…… 이러려고 내 꿈자리가 사나웠나 보다.'

그랬다. 이상하게 몸이 무겁고, 이상하게 잠이 들지 않은 밤이었다. 눈
은 감았는데, 몸은 잠이 들었는데 묘하게도 정신만이 잠들지 못하고 시퍼
렇게 살아있었다. 그것이 불길하여 하진의 방문 밖에서나마 하진을 지켜
보려 온 것이었는데……, 설마 이런 모습을 볼 줄은 꿈에도 몰랐다.

'태서는 안 돼. 하진아! 태서란 이름을 가진 사내는 안 돼.'

닫힌 딸아이의 방문을 보며 서 씨 부인은 몇 번이나 같은 말을 되뇌며
애간장을 태웠다.

한편 그날 새벽, 임 참판 집 별채에서는 한바탕 소란이 벌어지고 있었
다. 사방에서 새날을 알리는 수탉들의 울음소리가 우렁차게 울려 퍼지는
가운데, 신경이 바짝 곤두선 숙영이 아랫것들을 들들 볶아대고 있었다.

"당장 저놈의 닭 새끼들을 잡아 오라니까!"

마루에서 탕탕 발까지 굴러가며 숙영이 마당에 선 하인들에게 고함을

쳤다.

"내 말이 말 같지 않아? 당장 잡아 오래도! 뭘 멀뚱멀뚱 보고만 서 있는 거야!"

"어휴. 작은 마님. 첫새벽부터 남의 닭을 잡아 오라 하시면……"

벌벌 떨던 아랫것 중에서 나이가 좀 있는 계집종 하나가 숙영의 눈치를 보며 일의 어려움을 고했다. 자다 말고 불려 나와 들은 명령이 너무 황당무계했기 때문이었다. 새벽 수탉들의 우는 소리에 갓난쟁이가 잠을 깨 칭얼대니, 어서들 가서 사방에서 우는 닭들을 죄다 잡아 오라는 숙영의 명은 따르려고 해도 따를 방법이 없었다.

"네 이년! 감히 뉘의 말에 토를 다는 것이냐. 시키면 시키는 대로 하지 않고!"

"하지만 작은 마님……"

"그 입 못 닥쳐? 이렇게 투덜댈 시간 있으면 당장 온 동네를 샅샅이 뒤져서 저 닭 새끼들을 잡아 오라고! 악!"

온밤 내내 잠을 설친 짜증과 제 말을 거스르는 하인들에 대해 분을 참지 못한 숙영이 이젠 아예 두 발을 동동 구르며 비명을 질렀다.

"잡아 와! 당장 잡아 오라!"

"그만 좀 하시구려."

숙영의 비명 사이를 성우의 목소리가 비집고 들어왔다. 숙영의 방과 마루를 사이에 두고 마주 보고 있는 방에서 이제 막 성우가 나온 참이었다.

"어찌 무리한 얘기로 죄 없는 아랫사람들을 괴롭히시는 것이오. 그만 자중하고 물러서시오."

"서방님! 저는……"

성우가 뭐라 더 말하려는 숙영의 의견을 묵살하고 마당에 모여 깊이 고개를 숙이고 있는 종들에게 부드러이 명했다.

"모두 되었으니 그만 물러들 가 보거라."

성우가 그렇게 말했지만 모인 모두는 흘낏흘낏 숙영의 눈치만 볼뿐 자리에서 떠나질 못했다. 아무리 성우가 편들어준들, 성우는 온종일 집을 비우는 사람이고, 그 시간 동안 자신들을 부리는 건 어디까지나 숙영이기 때문이었다. 힐끔힐끔 숙영의 눈치를 보는 종들의 모습에 성우도 금세 그 사정을 눈치채고는 이번엔 숙영에게 말했다.

"그만 모두 물러가라 하오."

"싫습니다."

"부인!"

성우의 목소리가 조금 커지자 성우를 보는 숙영의 눈꼬리가 바짝, 하늘로 치솟았다.

"…… 아랫것들 앞에서 이렇게 제 위신을 깔고 뭉개면, 제가 앞으로 저들을 어찌 부리란 말씀입니까?"

숙영이 어금니를 꽉 깨물고선 성우에게 항의하였다.

"언제부터 집안일에 이리 관심을 두셨다고요. 시부모님께서도 별채의 일은 모두 제게 맡기셨으니, 서방님도 간섭하지 마시지요."

"집안의 위신을 깎는 일이니 이러는 게요. 아이 새벽잠 하나 깨웠다고 온 동네 닭 잡겠다고 나서면 동네 사람들이 우리 집안을 무엇으로 보겠소?"

"저희 친정 아버님께서는 그리 해주셨던걸요."

숙영이 뭐 그리 대수로운 일이냐는 듯한 얼굴로 의기양양하게 이야기했다.

"어린 시절부터 아침잠이 많은 저를 위해 인근 동네의 닭들을 모두 잡아 없애주신 것을요. 그러니 저도 제 아이를 위해 그쯤은 얼마든지 할 수 있지 않겠습니까."

"…… 그렇소?"

"예에. 자식을 사랑하는 어버이라면 의당 그만한 일은 해줄 수 있는 법이 아닙니까?"

"그럼 방법은 하나밖에 없겠구려."

질렸다는 얼굴로 성우가 숙영에게 명령에 가까운 권유를 하였다.

"당분간 진아와 유모를 데리고 친정엘 다녀오시는 게 낫겠소."

"서방님? 그, 그게 무슨……."

"장인어른께서도 외손녀가 얼마나 눈에 밟히시겠소? 부인께서도 매우 심신이 피곤해 보이시니 친정에 가 당분간 몸조리를 하고 오는 게 좋을 것 같소. 닭도 울지 않는 곳이라 하니 더더욱 좋지 않겠소. 아, 부모님께는 내가 말씀드려 허락을 받을 터이니, 크게 걱정하지 않아도 되오."

말을 마친 성우가 숙영의 이야기를 더 들을 생각도 없이 마루 아래로 내려가 그대로 성큼성큼 별채 마당을 가로질렀다. 정말로 지금 당장 제 부모에게 숙영의 친정 나들이를 허락받아 올 모양이었다. 당황한 숙영이 버선발 차림으로 마당으로 뛰어 내려가 얼른 성우의 뒤를 쫓았다.

"서셔요. 서십시오. 서방님!"

별채 중문 앞에서 간신히 성우의 뒤를 따라잡은 숙영이 성우의 옷소매를 붙들고 늘어졌다.

"왜 이러십니까? 누가 간다고요? 저는 아니 갑니다. 제가 어딜 갑니까? 전 이 집 귀신이 될 거라고 말씀드렸지 않습니까?"

"부인이야말로 왜 이러시오? 누가 보면 내가 부인을 내쫓는 것처럼 오해하겠소."

"내쫓는 게 아니면요! 겨우 하루에 두어 번 얼굴을 마주하는 것만으로도 신물이 난다는 얼굴을 하시면서 이게 내쫓는 게 아니라고요? 보기 싫은 얼굴 아예 눈앞에서 치워버릴 심산이시란 거 누가 모를 줄 알고요?"

숙영이 성우를 붙잡고 한바탕 바가지를 긁을 때였다. 갑자기 중문이 벌컥 열리더니 정애가 뛰어들어와 성우의 앞에 딱 버티고 섰다.

"오라버니시죠?"

정애의 얼굴은 밤새워 운 사람처럼 퉁퉁 부어 있었고, 목소리도 잔뜩 가라앉아 있었다.

"…… 뭐가?"

"도련님께 저와 헤어지라고 오라버니가 겁박하셨죠?"

"그자가 그러더냐? 내가 겁박했다고?"

설마 그만큼 일렀는데도 판겸이 다시 정애를 만나 함부로 입을 놀린 건가 싶어 성우의 얼굴에 노기가 떠올랐다.

"아뇨! 도련님은 아무 말씀도 하지 않으셨어요. 다만 저와는 혼인하실 수 없다며, 없었던 인연으로 치자 그리 전언을 보내오셨을 뿐이어요."

"그럼, 그리하면 그뿐."

성우가 아직도 제 옷소매를 잡고 있는 숙영의 손을 뿌리치고, 정애를 지나쳐 중문 밖으로 나가려 하였다. 하지만, 아직 할 말이 남은 정애가 얼른 쪼르르 쫓아와 다시 성우의 앞을 막아섰다.

"오라버니와 만난 이후예요. 도련님이 절 피하시기 시작한 게. 그러니 오라버니 탓이 분명하지요! 무어라 하셨습니까? 무얼 어쩌셨기에 도련님이 저랑 혼인할 수 없다고 하신 겁니까! 말씀하셔요. 안 가르쳐 주시면……"

어느새 다시 눈물이 차오르고 있는 눈으로 정애가 성우 등 뒤에 있는 숙영을 노려본 후 다시 성우를 보며 말했다.

"어머니께 제가 알고 있는 사실을 다 말씀드리겠습니다."

"너!"

"왜요. 그럼, 제 혼인은 깨시고 오라버니의 이 말도 안 되는 혼인 생활은 계속하실 생각이셨어요?"

"말도 안 되는 혼인 생활이라니요? 그게 무슨 말씀이세요?"

숙영이 정애의 말에 발끈하여 물었다. 그러자 정애가 분노와 경멸로 바들바들 입술을 떨며 숙영에게 되물었다.

"본인이 더 잘 아실 텐데요?"

"제가 무얼 안다고요?"

"하, 뻔뻔스럽게 시치미를 떼시려고요? 다 안다니까요? 그쪽이……"

"그만해!"

기어이 사실을 밝히려는 정애의 팔을 잡고 성우가 중문 밖으로 질질 끌고 나갔다.

"놓으셔요! 오라버니! 아픕니다!"

정애가 아픔을 호소하는데도 성우는 별채에서 제법 멀어질 때까지 정애의 팔을 놓아주지 않았다.

"이렇게 제 입을 두려워하실 거면 제 혼인을 막지 마셨어야죠!"

마침내 성우가 팔을 놓아주었을 때, 정애가 바드득 이를 갈며 성우에게 따졌다.

"내가 할 말이다! 정 그리 혼인하고 싶었으면 그자에게 함부로 떠벌리지 말았어야지! 아님, 그자가 나와 우리 집안을 협박하는데도 내가 순순히 당해줬어야 한다는 거야? 너, 그자가 내 장인어른을 찾아가 협박할 생각이었던 건 알아?"

"……거짓말 마셔요! 판결 도련님이 그럴 리가 없잖아요!"

"그럴싸한 비밀 하나 쥐었다고 옳다구나 싶어 당장 제 잇속 차리자고 협박이나 하는 그런 인간이야. 네가 혼인하고 싶어 한 사내가!"

"안 믿어요!"

정애가 두 손으로 양쪽 귀를 틀어막았다.

"내 지난번에도 일렀잖니. 자칫하면 이 일로 우리 집안에도 큰 화를 입을 수……"

"안 들립니다. 안 들어요. 이제부터 오라버니 말은 단 한 마디도 아니 듣고 아니 믿을 것입니다. 오라버니가 하는 말씀은 전부 다 거짓말이니까요!"

정애가 눈물과 함께 소리치며 성우의 말을 가로막은 후, 그대로 제 방이 있는 안채 쪽을 향해 달려가 버렸다.

"후우……"

점점 작아지는 누이동생의 뒷모습을 보며 성우가 긴 한숨을 쉬었다. 앞으로 평생 이 수라장을 살아낼 자신이 없었다. 그런데도 달리 원망할 사람도 없다는 사실이 성우를 더욱 피곤하게, 깊이 절망케 하였다.

'하진아.'

하진과 함께했던 모든 고요한 순간들이 말도 못 하게 몹시도 그리워졌다.

제 10 장

승지의 딸

젊은 스님의 집수리는 그다음 날도 또 그다음 날도 계속되었다. 처음엔 그저 시주를 얻으러 왔다가 후한 시주에 감사하다며 다 떨어져 나가려 하는 중문 하나 고쳐주겠다고 한 것이 떨어져 깨지려고 하는 기와 수리며 시원찮은 부엌 아궁이 손질까지 계속 이어졌다. 물론 그때마다 석주는 아랫것을 시켜 없는 살림에도 부지런히 쌀이며 콩이며 시주하는 것을 잊지 않았다. 이날도 마찬가지였다.

"금화 스님, 이거 가지고 가시래요."

석주가 불러 안채에 들어갔다 나온 어린 종놈이 평소 때보다 훨씬 불룩한 곡식 주머니를 가지고 나왔다.

"어휴. 웬걸 이리 많이 주오? 감사는 하오나, 너무 과하게 베풀어주신 듯하구려. 내 보답으로 내일은 사랑채 마루를 손봐 드려도 되겠는지 여쭤보겠소?"

"그러지 마시래요."

어린 종놈이 화들짝 놀라 손사래를 쳤다.

"살림이 곤궁하여 더는 넉넉히 시주 드릴 것이 없사오니 죄송스럽지만, 내일부터는 아니 오셨으면 좋겠다고 하셔요."

"그런……"

울컥해서 뭔가 한소리를 하려다 말고 금화가 꾸욱, 입을 다물었다.

"알겠소. 아가씨께 더는 폐를 끼치지 않겠노라, 그리 전해주시오. 나무 관세음보살."

금화는 어린 종놈에게까지 합장하여 인사를 한 후, 승지의 집을 나섰다. 그 모습을 중문 안쪽에서 석주가 문틈으로 내다보고 있었다. 떨리는 손으로 가슴께를 꼬옥 잡은 채였다.

"한 며칠 낯빛이 좋다 했더니, 오늘은 어찌 이리 안 좋누?"

그날 밤이었다. 여느 때처럼 공무에 바빠 밤이 깊어서야 집에 돌아온 도승지 오성환은 딸 석주의 파리한 낯빛을 걱정하였다.

"괜찮습니다. 그저 오늘은 좀 바느질을 오래 했더니 고단하여 그만……"

"미안하다. 가뜩이나 문중에서 석물(石物, 무덤 앞에 돌로 만들어 놓은 여러 가지 물건)을 교체한다 하여 큰돈이 들어가고 있거늘, 이번 달에는 감록(減祿, 녹봉을 줄임)까지 되어 너를 더욱 고단케 하는구나."

도승지가 면목이 없는 얼굴로 딸에게 사과의 말을 전했다. 본디 도승지인 그의 녹봉은 쌀 20두에 콩 17두로 두 부녀 살림살이로 치자면 그리 부족할 이유가 없었다. 그러나 그가 도승지의 자리에 오른 것을 조상의 돌봄이라 여긴 문중 측에서 조상들에게 그 은덕을 돌려주어야 한다며 노후한 조상 묘의 석물들을 교체하기로 하는 바람에 최근 도승지는 제 녹봉의 상당 부분을 석물 교체 비용으로 보내야만 했다. 엎친 데 덮친 격으로 최근 나라에 가뭄이 오래 든 까닭에 임금께서 대신들의 녹봉을 감록하라, 어명을 내리신 바람에 도승지는 본래 녹봉의 반에 그 반도 안 되는 부분만 집에 들여놓을 수 있었다. 그 때문에 석주는 성치 않은 몸임에도 불구하고 몇몇 부인들에게서 바느질감을 받아 집안 살림에 보태고 있는 처지였다.

"다행히 이번 달 중에 석물이 모두 다 교체된다 하니, 다음 달에는 훨씬 형편이 나아질 것이야."

"저는 괜찮습니다. 너무 신경 쓰지 마시어요. 제가 부족하여 나랏일을 하시는 아버님께 걱정을 끼쳐 드리는 것 같아 오히려 마음이 편치 않습니다."

오히려 제가 더 죄송하다고 민망해하는 딸을 보며, 도승지는 새삼 자신의 성정을 못내 원망하였다. 자신이 너무 대의만 따르며 꼿꼿이 사는 바람에 병약한 딸이 너무 고생하는 것 같아서였다. 그러면서 속으로 다짐했다. 다음 달에 녹봉을 받으면 제일 먼저 의원에게 가서 석주의 보약부터 한 채 지어오겠노라고. 그런 도승지에게 문득, 석주가 조심스레 말을 걸어왔다.

"저기, 실은 아버님께 드려야 할 말씀이 있습니다."

"응?"

"실은…… 요 며칠 전부터 제가 아버님의 허락도 없이 무단으로 집안일을 처리한 일이 있습니다."

"무엇이냐?"

"그게 저기……"

여러 번 주저주저한 끝에 석주는 조심스레 이야기를 꺼냈다. 금화라는 탁발 승려(경문을 외면서 집집마다 돌아다니며 시주를 받는 승려)를 집에 들이고 시주를 한 일, 그 보답으로 금화라는 승려가 집의 크고 작은 것들을 고치게 허락해 준 일 등이었다.

"흐음. 그런 일이 있었더냐?"

"아버님께 진작 허락을 구하지 못하여 송구스럽습니다."

"무얼. 그런 일까지 다 고할 필요가 있다고. 괜찮다. 그러니 너무 마음 쓰지 말고 그만 물러가거라."

"예. 그럼, 안녕히 주무셔요. 아버님."

저녁 인사를 마치고 물러가는 딸아이의 뒷모습을 도승지는 괜히 짠한 눈으로 보았다.

'지나치게 깔끔한 것은 꼭 제 어미를 닮았다니까? 탁발 승려한테 며칠 시주 좀 한 거 가지고 저리 두려워하다니.'

원래 탁발 승려는 경문을 외우고 시주를 받는 것이 일반적이었다. 하지만 몇 년 동안 가뭄이 계속되고 그에 따라 세상인심이 험악해져 감에 따라 단순히 경문을 외우는 것만으로는 시주를 받기가 어려워졌다. 이 때문에 탁발 승려들은 집마다 돌아다니며 스스로 누가 시키지도 않은 일을 찾아서 하고선 경문을 외우며 시주를 받곤 하였다. 그러니 석주가 금화라는 승려에게 일을 시키고 시주를 준 것쯤 따지고 보면 별일도 아니었다.

'아니. 아니지!'

어린 종놈이 이부자리를 까는 것을 지켜보고 있던 도승지는 문득 뇌리를 스치는 불안한 생각에 어린것에게 물었다.

"탁발을 왔던 승려를 너도 봤느냐?"

"예? 아…… 금화 스님이요. 예, 보았지요."

"어떤 이더냐?"

"정말 대단한 분입니다."

어린것이 이불을 깔다 말고 제 주인의 물음에 반짝반짝 눈을 빛내며 대답을 했다.

"손에 연장만 들었다 하면 못 고치는 게 하나도 없고요, 저 같은 아이한테도 꼬박꼬박 존댓말을 써주는 분이셔요. 인물도 훤칠한 것이 스님의 풍모라기엔 너무 아까울 정도인 데다, 경문을 외는 목소리는 또 어찌나 좋은지요! 그냥 곁에서 듣고만 있어도 솔솔 잠이 오는 것이…… 왜, 왜 그러셔요? 주인어른?"

어린것이 신이 나서 금화에 대한 칭찬을 늘어놓다 말고 놀란 얼굴로 제 주인어른의 눈치를 살폈다. 내내 무심하게 듣고만 있던 도승지의 얼굴에서 왠지 모를 노기가 느껴진 탓이었다. 실제로 아직 어린 데다 주인에 대한 두려운 마음에 아이가 자세히 보지는 못하였지만, 도승지의 입매는 딱딱하게 굳어있었고 이마 한쪽에는 굵은 실핏줄이 도드라져 있기도 했다.

그것은 분명한 노기(怒氣)였다.

"주, 주인어른?"

"그 중이 몇 살이나 되어 보였느냐?"

잠깐 사이에 금화를 일컫는 말이 승려에서 중으로 바뀌었다. 아직 그것의 정확한 의미를 알지 못하는 나이임에도 불구하고 어린것은 얼른 그 자리에 납작 엎드려 덜덜 떠는 목소리로 제가 본 대로 고했다.

"스물은 넘어 보였고 서른은 아니 되어 보였습니다. 장터에서 엿을 파는 아재가 스물여섯인가, 일곱인가 하였는데 그 아재하고 엇비슷한 나이로 보였으니까요."

중얼중얼, 최선을 다해 고하는 어린것의 작은 등을 도승지가 당장 불이라도 튀어나올 것 같은 눈으로 보았다.

'스물예닐곱? 스물예닐곱! 생각보다 훨씬 더 젊지 않은가, 거기다 인물까지 좋다고? 석주가…… 석주가 그런 젊은 사내를 집에 들였어?'

그것도 석주 제 말로는 몇 날 며칠을 연속해서 들이고 집안일을 시켰다고 했다.

'이게 정말…… 아무 일도 아닌 걸까? 내가 정말…… 괜한 걱정을 하는 걸까?'

의심하기에는 민망하고 아니 하기에는 찜찜한 일이었다. 하여 곰곰이 생각에 잠겨 있자니, 철없는 어린것이 도승지의 눈치를 보며 다시 입을 열었다.

"그런데 더는 걱정 안 하셔도 됩니다, 주인어른! 그 스님, 다시는 안 오실 겁니다!"

"그건 또 무슨 소리냐?"

"실은…… 오늘…… 아가씨께서 더는 시주할 것도 없으니 다시는 오지 마라, 그리 말씀을 전하고 내보내셨거든요."

어린것 딴에는 젊은 승려를 함부로 집에 들인 일로 석주가 혼날까 봐 석주를 보호하고자 한 말이었다. 그 말로 말미암아 도승지의 생각이 더욱 복잡해질 줄은 꿈에도 모르고 한 말이었다.

'차라리 제 먹을 것을 줄여서라도 시주를 하면 했지, 시주할 게 없다고 탁발승을 다시 오지 말라고 내쫓아? 석주 그 아이가?'

그건 전혀 석주답지 않은 태도였다. 도승지가 아는 제 딸 석주는 그런 아이가 아니었다. 타고난 성정이 지나치게 착해 어려운 사람을 보면 제 가진 걸 모두 털어주고도 남을 아이였다. 그런 석주가 집에 오는 탁발 승려에게 다시 오지 말라 하였다?

'설마…… 그 아이가?'

도승지의 머릿속에 떠올라서는 안 되는 한 가지 생각이 떠올랐다.

'아니, 아니다. 그럴 리가 없다. 석주는 내가 잘 알아. 사내라고는 모르는 아이야. 그런 아이가 한낱 중놈 따위에게……'

도승지는 거칠게 머리를 흔들어 말도 안 되는 생각을 쫓아버리려 했다. 하지만 제 생각이 정말 말도 안 되는 일은 아님을 알고 있었다. 사내에 대해서 아무것도 모르는 만큼, 오히려 그런 어디의 누구인지도 모르는 중놈 따위에게 혹해서 넘어갈 수도 있는 문제였다.

'아니. 그럴 순 없다. 하늘이 무너져도 저와 내가 함께 목을 매어 죽어도 그것만은 안 될 일!'

어린것을 물리고 밤새 생각에 생각을 거듭한 도승지는 아침이 되자마자 석주를 불러들였다.

"수일 내에 네가 문경에 가서 문중 어른들을 좀 뵙고 와야겠다."

"문경에요?"

"내 말했지 않았느냐. 이달 안에 문중에서 석물 교체를 끝낼 것 같다고. 아무리 내 나랏일에 바쁘다고는 하나, 어찌 달랑 금전만 보내고 모른 체할 수 있단 말이냐? 그러니 네가 나를 대신하여 이참에 문중 어른들을 찾아 뵙고 인사를 여쭙고 오너라."

"하지만…… 당장 문경까지 갈 가마와 가마꾼을 구하는 일도 여의치 않을 텐데요."

"그런 건 내가 알아서 할 터, 네가 걱정하지 않아도 된다."

도승지가 단호한 말로 석주의 걱정을 무마시켰다. 그 말 그대로, 채 이틀도 지나지 않아 도승지는 석주를 문경에까지 데려갈 계집종과 가마꾼들, 그리고 가마까지 준비해서 떡하니 석주 앞에 데려다 놓았다.

"소승에게 시간을 좀 더 주시지요."

도승지가 석주에게 문경에 다녀오라고 시킨, 바로 그날 밤이었다. 우의정 강헌영의 사랑채에서 삿갓을 옆에 벗어둔 채 우의정을 조르고 있는 사내가 있었다. 금화라는 법명을 가진 사내, 바로 그였다.

"아닌 척하여도, 이미 그 낭자는 소승에게 연심을 품었습니다. 저를 보는 눈빛만 보면 다 아는 것을요. 그러니 대감, 제게 조금의 말미만 주시면 곧……."

"흐음. 다시는 오지 말라 하였다면서? 네가 공연히 너무 서두르다, 밉보인 게 아니냐?"

"그런 게 아닙니다. 그저 겁이 나 그런 걸 겁니다."

"겁이 난다?"

"여태 사내의 손길은 물론이요, 변변한 사내의 눈길 한 번 받아보지 못한 순진무구한 규방의 여인이 아닙니까? 그런 여인의 눈앞에 마음을 흔드는 사내가 나타났는데 하필이면 그 상대가 탁발하러 온 젊은 중놈이라…… 어떤 낭자라도 겁을 먹고 당장은 멀리하기 마련이지요."

"누가 스물도 넘는 여염집 여인의 신세를 망친 놈 아니랄까 봐, 그놈 말한 번 청산유수구나."

우의정이 못마땅한 기색으로 사내를 면전에서 비웃은 후 옆으로 돌아앉았다. 그런 인간이랑 마주 앉아있는 것 자체가 썩 내키지 않아서였다. 그러자 금화가 그 훤칠한 얼굴과는 전혀 어울리지 않는 야비한 웃음과 함께 조금 고개를 숙여 보였다.

"대감마님의 칭찬에 몸 둘 바를 모르겠습니다. 하지만 제가 여인들의 신세를 망쳤다는 말씀은 천부당만부당하신 말씀이옵니다."

"아니다?"

"후훗. 그럼요. 저는 여태 누군가의 신세를 망친 일이 없습니다. 다만 이
놈 자체가 워낙 다정(多情)이 병인 놈인지라, 저를 연모하는 여인들을 냉정
히 뿌리치지 못한 잘못이 있을 뿐인 것을요."

"색을 멀리하고 부처님을 모셔야 하는 중놈이 하루가 멀다고 계집질을
한 것도 잘못이 아니다?"

"어느 여인도 저를 만나 불행하다 한 적이 없습니다. 저 역시 그 여인들
을 만나 단 한 번도 불행하다 여기지 않았으니 이것이 어찌 잘못이라 하겠
습니까?"

금화가 한 마디도 지지 않고 따박따박 말대답을 하였다.

"됐다. 다른 놈을 알아볼 터이니, 너는 그만 썩……."

그런 금화가 괘씸해 우의정이 금화를 내치려 한 그 순간, 사랑채 밖에서
조심스레 "대감마님." 하고 부르는 소리가 있었다.

"응?"

우의정 강헌영의 미간이 찌푸려졌다. 지금 밖에서 들려오는 목소리는 우
의정의 명령을 받고 도승지 집의 동태를 살피고 있는 부하의 목소리였기 때
문이었다. 그런 부하가 제게 온 것은 그 집에 무슨 일이 있다는 뜻일 터.

"들어오너라."

우의정의 말이 끝나자마자, 이내 방문이 열리고 깊게 허리를 숙인 채 젊
은 사내 하나가 걸음 소리도 내지 않고 다가와 우의정의 앞에 한쪽 무릎
을 꿇고 앉았다.

"무슨 일이냐?"

"…… 잠시 귀 좀."

우의정의 부하가 금화를 보더니 은밀한 목소리로 우의정에게 청했다. 그 즉시 우의정이 다가오란 손짓을 하자, 우의정의 바로 옆에 바싹 다가간 사내는 손으로 입을 막고선 우의정의 귀에 대고 무언가를 속삭였다.

"계집종과 가마꾼을 찾아?"

우의정이 슬쩍 금화를 보더니 제 부하에게만 들릴 목소리로 부하에게 물었다.

"예. 그 딸을 문경까지 데려다주고 와야 한다 했다 합니다."

"문경이라……"

우의정이 의미심장한 눈으로 제 앞에 앉아있는 젊은 승려를 바라보았다. 속이 얼마나 썩어빠졌건, 잘 생기긴 한 사내였다.

'바깥출입 한 번 제대로 한 적 없는 병약한 딸을 갑자기 예정에도 없는 먼 길을 보낸다? 소중한 딸에게 벌레가 꼬이는 걸 막아볼 속셈인가?'

저 또한 한때 비슷한 처지였기에 우의정은 도승지의 생각이 눈에 훤히 보이는 듯했다. 우의정 역시 딸 숙영에게 더러운 벌레가 꼬였을 때 숙영을 잠시 멀리 보낸 후, 벌레를 처단한 적이 있었기 때문이었다.

'하지만 그리 뜻대로 될까?'

가소롭다는 듯 키득, 웃음을 흘리며 우의정이 금화를 향해 말했다.

"자네, 좀 멀리까지 탁발을 갈 수 있겠는가?"

좀 전까지 이놈, 저놈, 중놈 하던 우의정이 갑자기 "자네" 운운하며 저를 부르자 금화가 반색하며 얼른 대답했다.

"말씀만 하시지요. 대감께서 소승의 생사여탈을 손에 쥐고 계시니, 저승 까지 가서 탁발을 해오라 하시면 그 또한 따를 수밖에요."

물론, 도승지가 은밀히 딸아이를 문경까지 데려다주고 올 가마꾼과 계집종을 구한다는 얘기는 그날 밤 태서를 통해 하진의 귀에까지 흘러 들어갔다.

"도승지의 하나밖에 없는 딸?"

"응. 날 때부터 병약하고 어려서 어머니까지 잃은지라 도승지가 혼자 몸으로 애면글면하며 키운 외동딸이래. 그런데도 그 멀리까지 보내는 걸 보면 역시 요즘 그 집에 드나드는 그 금화라는 젊은 중놈이 마음에 걸리는 모양이야."

"……중?"

하진의 눈빛이 번뜩하였다.

"이 조그만 머리통으로 또 무슨 생각을 하시기에 이렇게 눈을 반짝이실까?"

"…… 금화라는 그 사람 말이야. 우의정 쪽에서 붙인 자 같다고 하지 않았어?"

"그랬지."

"그럼, 그자도 당연히 도승지 딸을 따라가려고 하겠네?"

하진의 물음에 태서가 그럴 줄 알았다는 듯 의미심장한 미소로 하진을 보았다. 이럴 때는 정말 하진과 저는 천생연분이다 싶었다. 천생연분이 아니고서야 양반 여인과 천한 거리의 쥐새끼인 자신이 생각하는 바가 이리 통할 수가 없었다.

"우의정 쪽에서도 도승지 집안의 동태를 주시하고 있을 텐데 그럼 그 딸이 문경으로 가려 한다는 걸 모를 리 없잖아."

"알겠지."

태서가 하진의 추측에 장단을 맞췄다.

"도승지 집안을 망치려고 일부러 그 딸에게 붙이려 한 놈이니, 멀리 떠난다고 그냥 두고 보진 않을 테고."

"그렇겠지."

"그럼…… 긴 여정 동안 도승지의 딸을 바로 곁에서 지켜줄 아주 똑똑하고 날래고 믿음직스러운 계집종 하나가 필요하겠네?"

"뭐, 천거해 줄 만한 마땅한 사람이라도 있어?"

"여기."

하진이 길게 설명할 필요도 없이 손가락으로 저를 가리켰다.

"그래, 가만히 앉아서 지켜만 볼 네가 아니지."

그럴 줄 알았다는 듯 태서가 피식 웃음을 흘리더니 이내 정색을 하였다.

"근데 이번엔 너 말고 동행자가 한 명 더 있을 거야."

"…… 누구?"

"있어."

답을 얼버무린 태서가 가만히 하진을 제 품으로 끌어당겼다.

"왜 이래? 아직 얘기 중이잖아."

"아니, 얘기는 다 했어. 뭐든 다 네 뜻대로 될 테니까. 네가 원하는 건 뭐든 다 이뤄질 거야."

말을 마친 태서가 불만스럽다는 듯 조금 뾰족하게 앞으로 나온 하진의 입술에 성급하게 제 입술을 밀어붙였다.

"이러지 마."

하진이 손을 들어 태서의 입술을 막자, 태서가 그 하얀 손목을 잡아 이번엔 그 손목 안쪽, 팔딱팔딱 맥이 뛰는 곳에 깊게 입술을 눌렀다. 시선은 오로지 하진의 두 눈에 못 박혀있었다.

"아직도 날 연모 안 해?"

한참을 지분거리던 손목에서 입술을 뗀 태서가 은밀한 욕망에 젖은 목소리로 물었다.

"아니면 이젠 더는 궁금하지 않아? 나와 자면, 내게 안기면 어떤 기분이 될지? 알고 싶어지지 않아?"

"너는 참 별난 사내야. 아무 때나 이렇게 불쑥불쑥 그런 낯부끄러운 말을 해대고."

"그래서 싫어?"

말하는 하진의 입술을 지그시 쳐다보며 태서가 대답을 보챘다. 그렇다고도 아니라고도 말하는 대신, 하진은 지그시 눈을 감았다. 이어 하진은 기다렸다는 듯 덤벼든 사내의 입술을 받아들였다. 여느 때보다 훨씬 더 뜨겁고 무례한 입술이었다. 입술만이 아니었다. 하진의 입안을 탐해 침범해 온 혀는 허락을 받았다는 기쁨 때문인지 평소보다 훨씬 더 제멋대로 버릇없게 굴었다. 아랫니를 더듬고 윗니를 훑고 입술 안쪽 잇몸을 더듬고 목구멍 깊이 넘어갈 작정인 듯 깊이깊이 파고드는 그 움직임은, 이젠 제법 입맞춤에 익숙해졌다고 생각했던 하진이 당황스러울 정도로 음탕하였다.

"흐음……."

"하아."

"하아……."

두 사람의 숨소리가 어지러이 섞였다. 열린 입술과 입술 사이에서 연신 뜨겁고 축축한 한숨이 새어 나와 상대의 입속을 가득 채웠다. 어느새 방바닥에 눕혀진 여인은, 작고 하얀 여인의 손은 단단한 사내의 어깨를 부여잡고 좀 더 가까이, 가까이 제 안으로 잡아당기려 하였고, 커다란 사내의 두 손은 으스러뜨릴 듯 강한 힘으로 조그만 여인의 뒤통수를 감싸고는 제게로 끌어당겼다.

"······ 그, 그만."

뜨겁고 오랜 입맞춤 끝에 이번에도 황급히 몸을 물리고 먼저 끝을 낸 건 태서였다. 욕망에 눈이 먼 손이 제 허락도 없이 하진의 저고리 고름이 뜯어지지 않은 게 용할 정도로 거칠게 잡아당겼을 때였다. 그런데도 하진이 몸을 사리기는커녕 기다렸다는 듯 크게 숨을 들이마셔 가슴을 부풀린 그때였다.

'안 돼.'

태서는 지금이 멈춰야 할 순간임을 깨달았다. 여기에서 한 발 더 진전되고 나면 그때야말로 걷잡을 수 없음을 깨달았다. 한계였다. 그나마 이성을 차리고 하진을, 하진의 정조를 지켜낼 수 있는 마지막 선이자 경계였다.

"하아, 하아······"

고름이 풀어져 앞자락이 흐트러진 저고리를 정돈할 새도 없이 끈질긴 입맞춤 때문에 부족했던 숨을 보충하기 위해 밭게 숨을 내쉬는 하진을 보며 태서가 이 밤의 안녕을 고하려 했다.

"갈게."

민망할 정도로 감정이 드러나는 잔뜩 쉰 목소리였다. 가슴 안에서 들끓고 있는 격렬한 욕정이 잔뜩 묻어있는 목소리였다.

"문단속 잘 하고······"

할 필요도 없는 잔소리와 함께 태서가 애써 방문을 향해 돌아섰을 때였다.

"궁금해."

제 말 한 마디에 방을 나가지도 못하고 저를 돌아보지도 못한 채 굳어버린 태서의 등에 대고 하진이 말했다. 그게 무슨 말인지, 뭐가 궁금하다는 건지는 새삼 물을 필요도 없었다. 지난번에 태서 자신이 하진에게 말했으니까. 다음에 또 궁금해지거든 그땐 먼저 말하라고. 즉 하진은 지금 태서가 요구한 그대로를 말하고 있는 것이었다.

"궁금해."

좀처럼 움직일 기미를 보이지 않는 태서에게 하진이 다시 제 뜻을 밝혔을 때, 태서는 간신히 말 한마디만 입 밖으로 꺼낼 수 있었다.

"진심이야?"

"진심이야."

답하는 하진의 목소리에도 태서가 그랬듯이 정염의 흔적이 가득 묻어나왔다. 정말로 그랬다. 정말로 진심이었다. 지금 하진은 진심으로 태서를 안고, 태서에게 안기고 싶었다. 태서를 연모하지 않는다고 생각하는데도 자꾸만 태서의 도발에 가슴이 뛰는 이유가 무엇인지, 왜 태서가 주는 쾌락을 마다하지 못하고 자꾸만 말려들고 마는지 궁금해서 몸이 달았다. 단순한 욕정인지, 연모인지 해답을 내리려면 이 수밖에 없다 싶었다.

"지금 당장, 널 안고 싶어."

여인이 사내에게 속삭였다. 심장을 갉아낼 듯 지나치게 자극적인 속삭임에 태서의 머릿속이 새하얗게 변했다. 무슨 정신으로 하진을 향해 돌아섰는지 몰랐다. 다만, 돌아서자마자 하진을 향해, 여전히 제가 흐트러뜨려 놓은 그대로 저고리 앞섶이 조금 열려 있음을 확인한 태서는 말 그대로 이성을 놓아버렸다. 하진이 미처 감당하지 못해 뒤로 몸이 넘어갈 정도로 하진을 덮치고선 하진의 뺨과 목덜미를 감싼 채 조금 전 아쉽게 중단한 입맞춤을 이어나갔다. 반쯤 열린 입술을 찰싹 달라붙은 제 입술로 마저 열고선 제 것인 양 하진의 입안을 차지해 버렸다. 그 열정적인 입맞춤에 화답하느라 하진의 고개가 들어 올려지자, 뺨과 목덜미에 닿아있던 태서의 손이 그 매끈한 목선을 따라 내려가 빗장뼈의 오목한 부분에 잠시 머물렀다, 금세 완전히 여며지지 않은 저고리 안쪽으로 파고들었다.

"흐음……."

"……하아."

누가 먼저 입을 떼고 거친 숨을 터트렸는지는 몰랐다. 다만, 하진의 입술에서 떨어져 나온 태서의 입술이 조금 전 자신의 손이 훑고 지나간 길을 그대로 따라 내려갔다. 긴 목선을 더듬어 내려가 빗장뼈의 오목한 부분에 뜨겁게 입술 인장을 찍었고, 어느새 저고리 안쪽 야무지게 묶인 치마끈 위로 한껏 부풀어 오른 젖무덤까지 거침없이 내려갔다.

피차 말 따윈 한마디도 하지 않았다. 지금의 자신들에게 말이 얼마나 쓸데없는지 서로가 뼈저리게 느끼고 있었기 때문이었다. 대신 태서는 분주히 손을 놀려 치마끈을 풀었고 하진은 크게 등을 휘고 가슴을 부풀려 조급해진 마음을 표현하였다.

"흐웃……."

마침내 치마끈을 모두 풀고 태서가 섣부르고 거칠게 치마를 걷어냈다. 얇은 속치마도 단박에 하진의 몸에서 사라졌다. 이어 드러난 새하얀 나신은 밤의 어둠 속에서도 그 자체로 빛을 발하는 듯하였다. 하여, 태서는 정신없이 그 몸으로 달려들었다.

"하아……."

"……웃!"

두 개의 입에서 연거푸 신음이 터져 나왔다. 그러는 동안 하진의 온몸 곳곳은 태서의 손이 닿지 않은 곳이 없었고 입술이 지나치지 않은 곳이 없었다. 열에 들뜬 호기심과 궁금증을 해소하기 위한 하진의 몸짓도 부지런하였다. 태서의 손과 입술이 닿는 곳마다 기꺼이 활짝 반겨 맞았고, 다음 목적지로 스스로 유도하기도 하였다. 부끄럽지 않을 리 없었다. 여인이기에, 태어나 처음 겪는 일이기에, 그다음에 어떤 기분이 들는지 알 수 없었기에, 부끄럽고 떨리기도 하였다. 그런데도 스스로 원하고 선택한 일이기에 하진은 부러 더 적극적으로 태서를 안았다. 여인으로서 사내를 품고, 안았다. 먼저 스스로 손을 뻗어 태서의 저고리를 벗겼고, 저 역시 적극적으로 태서의 몸을 어루만지며 움직임에 따라 변화하는 단단한 사내의 근육들을 만끽하였다. 온몸을 배회하고 온 태서의 크고 굳센 손이 하진의 양쪽 허벅지를 조심스레 잡고 바깥쪽으로 벌렸을 때, 그때에야 지극히 본능적인 두려움에 조금 망설였을 뿐이다.

"괜찮아."

뭐가 괜찮다는 건지, 안 괜찮으면 어떻다는 건지, 자세히 말하는 대신 태서는 커다란 손등으로 바짝 긴장한 하얀 허벅지의 안쪽을 가볍게 쓸었다. 깊게 고개를 숙여 움찔하고 떨리는 납작한 배에, 우묵하게 깊이 팬 배꼽에 쪽, 소리 나게 입을 맞추기도 하였다. 이어 얇은 하진의 허리 양쪽을 손으로 잡아 단단히 고정한 후, 천천히, 일부러 애를 태우기라도 하는 것처럼 지나치게 천천히 하진의 허리에 저의 허리를 가져다 대었다. 흔히 속된 말로 이르듯, 서로 배가 맞았다.

'웃!'

지나치게 생생하게, 뜨겁게 느껴지는 낯선 존재의 접근에 하진의 허리가 저도 몰래 조금 뒤틀렸다. 이미 조금이라도 빨리 하진의 안으로 들어가고 싶은, 격렬한 욕정에 사로잡힌 가운데에도 그것을 눈치챈 태서가 허리를 잡고 있던 손을 들어 하진의 입술 아래 도톰한 부분을 쓸고선 다정히 눈을 맞췄다. 하진의 마지막 각오를 묻는 듯 잠시 눈썹을 들어 올리기도 하였다. 그에 대한 답인 양, 어느새 눈가가 발갛게 물이 든 하진이 가볍게 고개를 끄덕였다. 순간, 태서의 커다란 손이 여태 하진 자신을 제외하고선 아무도 닿은 적 없는 가장 비밀스러운 부분에 가 닿았다. 간지럽고 아프고 생경한 느낌을 전해주는 손의 움직임에, 배와 엉덩이 사이 그 안쪽 어딘가에서 뭔가가 피어나려고 뜨거워졌다. 저를 제가 아니게 만드는, 어딘가 아득한 먼 곳으로 데려가려는 그 느낌에 하진이 도통 정신을 차리지 못하는 순간, 여태 하진을 몰아붙이고 가볍게 희롱하던 손이 물러나고 그것을 대신하여 태서가, 태서라는 남자가 하진의 몸 안으로 천천히 파고 들어왔다.

"윽······."

하진과 태서가 똑같이 짧은 신음을 내었다. 서로의 몸이 주는 낯선 충격에 둘 다 똑같이 놀랐다. 미리 충분히 예상했다고 생각했건만 실제의 느낌은 머릿속에서만 그려온 느낌을 훨씬 능가하였다.

"읏, 으읏······."

하진의 입술이 바르르 떨리며 고통 섞인 신음을 터트렸다. 그 신음에 잠시 태서의 몸이 멈칫하긴 했지만, 이미 일은 저질러버린 후였다. 이미 멈출 수 없는, 멈춰도 소용없는 순간이었다. 대신 하진의 고통을, 첫 경험에 반드시 수반되고 마는 그 아련한 아픔을 덜어주기 위해 지극히 조심스레 움직였다. 혼자만 성급하게 탐하지 않았다. 처음 시작할 때 그러했듯, 어루만지고 핥고 입 맞추며 하진이 저를 안고 느끼고 탐할 수 있도록 부추겼다. 의지와는 달리 잔뜩 굳었던 하진의 허벅지에서 긴장이 풀리고, 스스로 태서의 허리에 낭창낭창한 긴 다리를 감아 오기 시작한 것은 그로부터 얼마 지나지 않아서였다. 태서는 그 탄력 있는 허벅지를 손으로 받친 후, 얼마

남지 않은 끝을 향해 저와 하진을 몰아갔다.

"…… 웃, 하…… 으흠"

"웃, 흐웃. 흐윽……"

순간순간 터져 나오는 신음들은 그 소리의 질감도 색도 사뭇 달랐다. 그 신음들 끝에 마침내 태서가 뻣뻣하게 몸을 굳힘과 동시에 태서의 어깨를 잡고 있던 하진이 바짝 손톱을 세우며 열 개의 올망졸망한 발가락들을 한껏 움츠렸다.

·

·

·

잠시 지친 몸이 기운을 되찾을 수 있도록 시간을 준 뒤, 태서는 이불을 끌어다 하진의 맨몸을 덮어주고는 마치 무엇에 쫓기는 사람처럼 급하게 부랴부랴 옷가지를 챙겨 입고는 방을 나갔다. 딱히 행위 뒤의 다정한 말을 기대하거나 다정한 행위를 기대한 건 아니었지만, 도망치는 그 뒷모습에 하진은 말로 표현 못 할 묘한 섭섭함을 느끼며 그대로 이불을 머리끝까지 뒤집어썼다. 아직도 흥분의 열기가 완전히 가시지 않은 몸에 와 닿는 차가운 이불의 느낌이 오싹오싹할 정도로 기분이 좋아, 섭섭함을 못내 달랠 수 있었다. 그렇게 얼마의 순간이 지났을까? 지치고 고단한 나머지 깜빡, 잠들었던 하진은 누군가 조심스레 방문을 여는 기척에 퍼뜩 잠에서 깨어났다.

"누구?"

이불 밖으로 고개만 빼서 물으면서도 이 밤에 제 허락 없이 함부로 방문을 열 사람은 한 사람밖에 없는 걸 알았다. 그 예상대로 방문 안으로 불쑥 들어와 말없이 물 대야와 면포를 내려놓고 간 것은 태서의 손이었다.

며칠 후 다시 얼굴을 마주하였을 때 태서와 하진은 둘 다 이날 밤의 일을 완전히 잊은 양, 없었던 일인 양 굴었다. 서로를 보자 순식간에 확, 그날 밤의 기억이 되살아 난 때문이었다. 어지럽게 오간 호흡과 신음들, 몸에 맺혀 있던 땀방울들, 어깨에 새겨진 손톱자국, 서로의 허리를 죄어오던 손과 허벅지의 느낌, 깊은 곳에서 이어지고 함께 절정을 맞이했던 그 찬란했던 순간의 기억들을 계속 떨칠 수 없을 것 같아서였다. 하여, 짐승처럼 서로를 보기만 해도 서로에게 발정할 것 같은 기분이 들어서였다. 그럴 수는 없으니까. 차마 그럴 수는 없는 노릇이니까.

한편, 하진이 무양각을 떠나기 전날의 밤이었다.

이날도 성우는 어스름한 달빛을 받으며 무양각 앞을 서성이고 있었다. 들어가 먼발치에서나마 하진을 보고 싶은 마음이 굴뚝같았다. 하진의 목소리라도 듣고 싶은 마음이 간절하였다. 그런데도 들어갈 용기가 나지 않았다. 하진을 보면, 하진의 목소리를 보면 무너지고 말 것 같았다. 비밀이고 자시고 간에, 누가 보든 말든 간에, 당장 하진을 끌어안고 대성통곡이라도 하고 싶은 심정이었다. 그럴 수는 없는 일이기에 성우는 그저 조금이라도 하진의 가까이에서, 하진이 있는 무양각 앞에 서서 제 그리움을 원통함을 달랠 뿐이었다.

'내가 무슨 짓을 한 걸까? 너는 무슨 짓을 한 거니? 진아, 하진아.'

얼마나 시간이 지났을까? 성우가 채워지지 않는 그리움에 풀릴 수 없는 원통함에 쉽게 움직이려 하지 않는 발길을 돌려 수라장과도 같은 제집으로 돌아가려 할 때였다.

"저기…… 사자관 나리."

전에 무양각 안에서 들은 적 있는, 목 안쪽에서 애써 쥐어 짜낸 목소리 하나가 성우를 불러 세웠다. 너울로 얼굴을 가린, 무양각에서 일하는 여인이었다.

"행수를 보러 오신 겁니까?"

"…… 아니다."

거짓을 말하고 선뜻 돌아서는 성우의 등에 대고 너울 쓴 여인이 급히 뒷말을 이었다.

"행수를!"

우뚝, 성우의 발이 멈췄다.

"내일은 무양각에 오셔도 행수를 만나시기 어려우실 것입니다."

여인이 묻지도 않은 말을 하였다. 성우가 내일 무양각으로 찾아가겠다고 한 것도 아닌데, 하진을 만나러 가겠다고 한 것도 아닌데. 그것이 성우를 울컥하게 만들었다.

"왜. 행수가 나더러 찾아오지 말라더냐?"

"아니요. 그런 게 아니오라……"

여인은 한참 뜸을 들이다가 주변에 아무도 없음을 확인하듯 두리번거리고는 성우에게 바짝 다가서서 가뜩이나 낮게 갈라진 목소리로 작게 소곤거렸다.

"실은 행수가 초저녁 무렵 저희를 불러다 놓고, 먼 길을 다녀오실 거라며, 내일 아침 일찍 길을 떠나 당분간 무양각을 비우겠다 말씀하셨습니다. 그러니 당분간은 오셔도 행수를 뵙지 못할 것이라 말씀 올린 것뿐입니다."

말을 마친 여인이 재빨리 물러나려 할 때였다. 성우가 긴 다리로 성큼성큼 여인의 앞으로 가서 부엌어멈을 막아섰다.

"이상하구나. 너는 그런 얘기를 왜 내게 전하는 것이냐?"

성우가 그리 물은 것은, 이 이상한 여인이 일부러 말한 것 같아서였다. 내일 하진이 무양각을 떠나 어딘가로 떠나니 따라가 보라고 넌지시 권하는 것 같아서였다.

"왜 내게 너희 행수의 일에 대해 고하는 것인지 묻지 않느냐."

"쇤네는 단지, 나리께서 저희 행수를 보기 위해 무양각을 자주 찾는 것을 아는지라 공연히 헛걸음하실까 걱정되어 말씀드린 것뿐입니다. 주제넘었다면 용서해 주십시오."

겁에 질린 듯 허리를 깊이 숙여 잘못을 빈 여인이 허둥지둥 성우에게서 멀어져갔다. 그 뒷모습을 성우는 꽤 오랫동안 보고 서 있었다. 무언가 미심쩍긴 했지만 그게 무엇인지를 정확히 가늠할 수 없어서였다. 그러나 제게 말해준 이유가 어쨌건, 만약 하진이 정말로 어딘가로 떠날 거라면 그 뒤를 쫓아야겠다는 생각이 들었다. 말도 안 되는 생각이란 건 알았다. 얼마나 무모한 짓인지도 알았다. 그래도, 그럼에도, 해서는 안 되는 수백 가지 이유를 알면서도 성우는 생애 처음으로 앞뒤 분간하지 않고 마음이 시키는 대로 하였다.

다음 날 아침이 될 때까지 무양각 근처의 나무 뒤에 몸을 숨기고 하진을 기다렸다. 날이 어슴푸레 밝아올 무렵 무양각의 문이 열리고 낡은 장옷을 뒤집어쓴 젊은 여인이 작은 보따리 하나를 안고서 나왔다. 그러자 언제부터 있었던 것인지 무양각의 처마 아래에서 웬 젊은 사내 하나가 튀어나와 그런 여인을 맞았다. 작은 소리로 은밀하게 이야기를 나누는 통에 두 사람이 무슨 얘기를 하는지는 듣지 못했다. 하지만 하진일 게 분명한 여인에게서 보따리를 받아들고 바로 곁에 딱 달라붙어 호롱으로 아직 어두운 여인의 발밑을 비추며 걸어가는 남자의 태도는 성우의 신경을 거슬리게 하기에 충분하였다.

'저자는 누구지?'

두 사람의 뒤를 소리 나지 않게 밟으며 성우는 질투심에 불타오르는 가슴을 진정시키려 죽을힘을 다해야 했다.

한참을 걸어간 그들이 당도한 곳은 가마꾼들이 모여 있는 어느 주막 앞이었다. 그곳에서 젊은 사내는 여인을 보고는 무어라 한참을 당부하더니, 이내 가마꾼 몇몇에게 여인을 부탁하는 것처럼 하고선 금세 그들 무리에서 혼자서 떨어져 나갔다. 그때만 해도 성우는 가마꾼들이 여인을 가마에 태워 가려는 줄만 알았다. 하지만 하진일 게 분명해 보이는 여인은 가마를 타지 않고 빈 가마를 든 가마꾼과 함께 또다시 어딘가로 향했다.

제법 한참을 걸어 그들이 도착한 곳은 어느 낡은 기와집 앞이었다. 그곳에서 대문을 열고 나와 그들 앞에 선 이는 성우도 먼발치에서 얼굴을 본 적이 있는 중년의 사내였다.

'저이는 도승지 영감이 아닌가? 그럼 이곳이 도승지 영감의 집이란 말이야?'

성우가 뜻밖의 얼굴에 놀라는 가운데 도승지는 연신 굽실굽실 허리를 숙이는 가마꾼들과 가만히 허리를 숙이고 선 여인에게 무엇인가를 이르는가 싶더니 금세 다시 대문 안으로 들어갔다. 그대로 남은 가마꾼들과 여인의 모습을 보면 안에서 누군가가 나올 것을 기다리고 있는 것 같았다.

'먼 길을 간다고 했으면서 도승지 집은 웬일이지? 지금 누굴 기다리고 있는 것이야?'

성우가 여인의 뒷모습에서 좀처럼 눈을 떼지 못하고 있을 때였다. 잠시 후, 몇몇 하인들의 배웅을 받으며 도승지와 도승지의 딸로 보이는 젊은 양반 규수가 대문 밖으로 나왔다. 순간, 가마 옆에 섰던 여인이 얼른 쓰고 있던 장옷을 벗어 팔에 걸치고선 양반 규수에게로 가 넙죽 허리를 숙여 인사를 하였다.

그 모습은, 낡은 장옷 아래 드러난 댕기머리 여인의 얼굴은, 성우가 꿈에서라도 한번 보고 싶어 애가 닳았던 바로 그 얼굴이었다. 떠올리는 것만으로도 사내답지 못하게 울컥 울컥 눈물이 나올 것 같은 바로 그 얼굴이었다.

'…… 하진아!'

아무리 초라한 계집종의 옷차림을 하고 있어도, 아무리 전에는 없었던 이상한 점 따위를 얼굴 여기저기에 그려 넣었어도, 여전히 곱고 어여쁜 성우 일생의 단 한 사람의 정인(情人)이었다.

'왜 네가 그런 차림으로, 왜 도승지의 집에…… 도대체 너 지금 뭘 하는 거야!'

차마 나서서 물을 수 없는 의문을 가득 안고서 성우는 피눈물이 날 것 같은 심정으로 하진이 도승지의 딸을 부축해 가마에 태우는 것을 지켜보았다.

하진과 가마꾼들이 도승지의 딸 석주가 탄 가마와 함께 도성을 빠져나간 직후였다. 이른 아침부터 우의정 강헌영의 집을 찾은 이가 있었다. 도승지의 딸이 도성을 나서는지 지켜보고 오라고 우의정이 보냈던 수하였다.

"대감마님. 지금 막 도성문을 나서는 것을 보고 왔습니다."

"그놈은?"

우의정이 묻는 건, 금화에 대한 것이었다.

"예. 조금 시간을 두고 뒤따라 보냈습니다. 아마, 오늘이나 내일 중에는 마주칠 것이옵니다."

"수고했다. 그만 나가 보거라."

우의정이 만족한 얼굴로 수하를 내보내려 할 때였다. 수하가 뭔가 할 말이 있는지 미적대며 좀처럼 방바닥에서 엉덩이를 뗄 생각을 하지 못하고 있었다.

"무엇이냐?"

"그것이 저기…… 대감마님. 제가 사람을 잘못 본지는 모르오나…… 그것이 저기……"

"어찌 이리 뜸을 들여. 무슨 말을 하려고."

"제가 은밀히 살피고 있자니, 도승지의 집 근처에서 임 사자관을 본 것 같아……"

"내 사위를?"

"예. 워낙 어둡고 몸을 숨기고 있어 확실히 보이진 않았으나, 임 사자관을 닮은 이가 한참 동안 도승지의 집을 훔…… 아니 그 집의 동태를 엿보더니 기어이 도승지의 딸이 탄 가마를 뒤를 쫓아 도성문 밖까지…… 따라나섰습니다."

수하가 연신 우의정의 눈치를 보며 어렵게 제가 본 것을 고하자, 우의정의 얼굴이 마치 종잇장을 구겨놓은 듯 잔뜩 일그러졌다.

그것은 이제 막 제 수하에게서 똑같은 얘기를 전해들은 태서도 마찬가

164

지였다.

"임 사자관? 그자가 분명해?"

"예. 그자가 확실합니다."

"그자가 거길 어떻게 알고!"

"글쎄요……. 그것까지는……"

불이 쏟아질 것 같은 태서의 눈을 피해 수하가 고개를 푹 숙이고는 긁적긁적 머리만 긁었다.

정보란 원래 더 많이 아는 자가 더 빨리 움직일 계기를 마련해준다. 태서와 우의정의 경우에도 그랬다. 두 사람 다 수하들에게 들은 이야기는 똑같았다. 성우가 도성을 떠나는 도승지의 딸을 뒤쫓았다는 것. 하지만 태서는 그 이유를 알고 있었고 우의정은 몰랐다. 그러기에 반응은 태서 쪽이 훨씬 빨랐다.

"넌 임 참판의 집에 가서 동태를 살펴. 넌 우의정의 집으로 가고. 특히 우의정의 집에서 임 참판의 집으로 사람을 보내진 않는지 잘 살펴봐."

수하에게 이른 뒤, 태서 자신은 재빨리 무양각으로 향했다. 성우가 어떻게 이른 아침부터 자신과 하진의 뒤를 밟게 된 건지 그 연유를 파악하기 위해서였다.

한편, 태서가 그렇게 분주하게 움직일 동안 우의정은 제 방에 앉아 돌아가는 사태를 이해하기 위해 열심히 머리를 굴리고 있었다.

'도대체 거길 왜?'

'뭘 알고서?'

'설마…… 도승지와 서로 친분이 있던 사이였던가?'

'아니지. 설사 친분이 있다고 해도 도승지의 딸을 뒤쫓을 이유가……'

"아니, 아니다."

복잡해진 머리를 정리하기 위해 우의정이 머리를 흔들어 잡생각들을 몰아내었다. 지금 제일 먼저 해야 할 일이 무엇인지 알기 때문이었다.

"너는 이대로 임 참관의 집에 가서 사자관이 집에 있는지, 없다면 어딜 갔는지 알아오너라. 아니, 만약 사자관이 집에 없는 것이 확인된다면 내 딸 숙영이를 데리고 오너라. 내가 긴히 물을 것이 있다. 전하고 네가 직접 데려와야 할 것이다."

"예, 대감마님."

우의정의 명을 받은 수하가 재빨리 몸을 일으켜 사랑채 밖으로 나갔다.

"네가 여긴 웬일이냐?"

숙영은 여느 때보다 훨씬 더 카랑카랑한 목소리로 제 앞에 엎드린 친정집 하인에게 물었다. 사실 숙영은 이날 부쩍 신경이 날카로운 상태였다. 또다시 새벽닭 소리에 잠을 깬 아기가 울어대는 통에 새벽부터 생고생한 때문이었다. 보통은 그리 울더라도 숙영이 달래다 안 되면 유모가 뛰어와 아이를 어르고 다독여 재우곤 했다. 그런데 이날은 유모도 없었다. 하필 전날 무얼 잘못 먹었는지 하루 내내 설사를 하는 바람에 며칠 요양을 하러 오라 집에 보낸 터였다. 딱히 유모를 가엾게 여겨서는 아니었다. 설사한답시고 계속 측간과 별채 사이를 부산스럽게 오가느라 애는 애대로 보지 못하고, 그런 몸으로 젖도 먹일 수 없으니 별채에 두어봤자 별 소용이 없어서였다. 그러니 밤에는 물론, 새벽부터 귀가 찢어질 듯 울어대는 아이를 달래고 보듬고 재우느라 숙영은 평소보다 훨씬 더 죽을 고생을 하였다.

그런 중에 갑자기 친정집 하인이 찾아오니, 혹시나 일전에 성우가 말한

대로 저와 아기를 친정집으로 데려가기 위해 온 것인가 싶어 말이 곱게 나
가지 않았다.

"무슨 일로 왔냐니까!"

"저기…… 대감마님께서 마님을 뵙자 하십니다."

날 선 숙영의 태도에 하인이 당황하여 얼른 본론을 꺼냈다.

"한시가 급한 일이오니 본가로 빨리 와주셨으면 한다고요."

"…… 아니 간다고 말씀드려."

숙영이 딱 잘라 거절했다. 혹시나 제 아버지가 성우의 말대로 저를 불러
들이는 게 아닌가 의심해서였다.

'왜요. 저를 불러서 어찌시려고요. 서방님이 무어라 하셨게요. 저를 데
려가라는 말씀이라도 들으신 겁니까?'

숙영은 무정한 아버지의 처사에 속에서 불이 끓어오르는 듯 했다.

'어찌, 아버지마저 어찌 제게 이러실 수 있어요? 이대로 저와 아이를 불
러들이면 어쩌자고요!'

새삼 아비에 대한 원망에 눈물까지 글썽이며 숙영이 하인에게 단호하게
말했다.

"나는 이미 이 집 사람이야. 어찌 한 집안의 며느리가 함부로 집을 비울
수가 있단 말이냐. 아버지께 가서 전하거라. 나는 절대, 이 집에서 움직이
지 않겠노라고."

"저기…… 참판 어른께서도 마님의 친정 나들이를 허락해주셨습니다.
대감마님께서 마님께 긴히 물을 것이 있다 하시니 그러지 마시고 어서 준
비를 하시는 게……"

"아니 간다고 했잖아!"

숙영이 짜증스레 소리칠 때였다. 쾅, 소리를 내며 방문이 거칠게 좌우로 활짝 열렸다.

"어찌 아녀자의 목소리가 이리 크십니까? 진정하시어요. 아랫것들이 흉을 보지 않겠습니까?"

잔뜩 비꼬며 방안으로 들어선 이는 낯빛이 조금 초췌해진 시누이 정애였다.

"남의 방문을 기척도 없이 그리 활짝 열어젖히는 일은 참으로 규중 규수다운 행동이군요."

갑작스러운 정애의 등장에 조금 놀라긴 했지만, 숙영이 만만히 당하고 있을 사람은 아니었다.

"며칠 방안에 틀어박혀 두문불출하더니 이 방엔 웬일입니까?"

"계속 두문불출하고 싶어도 어느 분의 사나운 목소리가 제 방문까지 뚫고 들어오니 도대체 참고 있을 수가 있어야지요."

실컷 숙영을 비꼬며 다가온 정애가 고개를 숙이고 있는 우의정 집 하인을 흘낏 보더니 입가에 고약한 미소를 띠웠다.

"흥. 오라버니도 아니 계신데 아침 댓바람부터 방에 외간 사내를 들이다니요. 간이 크신 줄은 진작 알고 있었으나 이처럼 대담하실 줄은 미처 몰랐네요."

"무슨 망측한 말씀을 하시는 겁니까? 이 자는 제 친정에서 보낸 사람입니다. 아버님 어머님께서도 들여도 좋다, 허락을 하신 자이고요."

"아…… 친정에서?"

친정이란 말을 들은 정애가 의미심장한 눈으로 여전히 고개를 들지 못하고 있는 하인을 내려다보았다.

"그럼 새언니가 우리 집에 시집을 오기 전부터 아는 사이였겠네요?"

"무슨…… 뜻입니까?"

보료 위에 얹힌 숙영의 두 주먹이 부들부들 떨렸다. 지금 정애가 무슨 말을 하려는 것인지, 말 속에 무슨 뜻을 품고 있는지 알아차린 때문이었다.

"애써…… 빙빙 돌리지 말고, 하고 싶은 말이 있다면 똑바로 하세요."

어금니를 꽉 깨물고서 부들부들 떨리는 목소리로 숙영이 정애에게 따져 물었다.

"내게 무얼 묻고자 함입니까?"

"그건 새언니가 더 잘 아실 텐데요? 뭐, 정 아무것도 모른다, 끝까지 시침을 떼신다면 할 수 없고요. 언제고 제 입으로 말씀드릴 날이 오겠지요. 지금 이 자리에서 얘기하자고 들면 새언니가 크게 곤란해지시지 않겠어요? 훗."

한껏 약을 올려주기 위해 고개까지 기울여, 싱긋 웃은 뒤 정애가 더는 볼 일이 없다는 듯 후련한 걸음으로 방을 나갔다. 숙영의 친정집에서 하인이 왔다는 소리에 일부러 숙영의 속을 시끄럽게 해 줄 생각으로 왔다가 목표를 완수하였으니 걸음이 그리 가벼울 수 없었다.

정애가 왔다 간 후 더욱 부아가 난 숙영이 결국 친정으로 가기로 마음을 바꾼 것은 순전히 하인 때문이었다. 좀처럼 숙영이 고집을 꺾지 않자, 하는 수 없이 하인이 성우에 대한 일임을 귀띔해주어서였다.

"사자관께서 지금 도성에 아니 계신 것을 알고 계십니까? 그 일로 대감마님께서 긴히 물어야 할 것이 있다고 꼭 모셔오라고 하셨습니다."

요즘 성우는 계속 귀가가 늦었다. 거의 한밤중이 되어서야 집에 돌아와서는 잠을 제대로 자는 둥 마는 둥 하고선 새벽이 되기가 무섭게 집을 나섰다. 어떤 땐 영 잠이 오지 않는지 밤새 마당을 서성이다가 불쑥 집을 나가는 경우도 많았다. 지난밤도 마찬가지였다. 그래서 대수롭지 않게 여겼다.

그런데 도성에 없다고? 나라의 녹봉을 받는 사람이 아무런 말도 없이 허락도 없이 도성을 비웠다고? 말도 안 되는 소리였다. 도무지 이해가 되지 않는 일이었다. 아버지라면 그걸 제게 이해시켜 줄 수 있을지도 몰랐다.

"채비할 테니, 밖에서 기다려라."

숙영은 친정 하인을 내보낸 뒤 황급히 계집종을 불러들였다.

"진아를 데리고 친정에 다녀올 것이다. 진아 새 배내옷도 내오고 강보도 새것으로 다시……"

계집종에게 진아를 위한 차비를 시키려던 숙영이 갑자기 말을 멈췄다.

"작은 마님?"

숙영이 생각을 방해하지 말라는 듯, 스윽 손을 올려 종이 제게 말을 붙이지 못하게 하였다. 그러고선 제법 오랫동안 강보에 싸인 제 딸아이를 말 없이 내려다보았다.

'만약 서방님이 도성을 떠난 게 아니라, 아버지와 짜고 나를 친정으로 불러내는 것이면?'

상식적으로 생각하면 숙영의 아버지가 숙영 편이 아닌 성우 편을 들 이유가 없었다. 성우의 말대로 숙영을 친정으로 불러들이려 일부러 거짓말을 할 이유 같은 건 더더욱 없었다. 오히려 성우를 찍어 눌렀으면 눌렀지 성우 때문에 숙영을 곤란하게 할 이가 아니었다. 하지만 친정에 갔다 무슨 일이 일어날지는 모르는 일이었다. 일전에도 그랬고, 오늘도 그랬고, 정애의 눈치나 태도를 보면 이미 숙영 저와 딸아이에 대한 비밀을 다 아는 성싶었다. 만약 자신이 집을 비운 동안 정애가 제 부모에게 홧김에 사실을 다 말하기라도 한다면, 자칫 숙영과 아이는 친정에서 다시 이 집으로 돌아오지 못할지도 몰랐다.

'그리되면 세상 사람들이 나를, 우리 진아를 어떻게 볼 것이야? 가뜩이나 칠삭둥이라고 수군거리는 걸 내 다 아는데.'

거기까지 생각이 미치자, 도저히 진아를 함께 데려갈 순 없었다.

"너는 지금 당장 보모에게 가서 얼른 다시 들어와 진아를 돌보라고 해."

"자, 작은 마님? 따님은 안 데려가시려고요?"

"삼칠일이 지났다고는 해도, 아직 진아가 바깥바람을 쐬기에는 너무 이르지 않느냐."

계집종에게만이 아니었다. 숙영은 친정 나들이를 고하러 시어머니가 있는 안채에 가서도 똑같은 뜻을 전했다.

"진아는 두고 갈까 합니다. 아직 찬바람을 쐬기에는 너무 이른 듯싶어서요."

"왜에. 데려가지 않고. 우의정 대감께서도 외손이 얼마나 보고 싶으시겠니?"

임 참판의 처 민 씨 부인이 좋은 뜻으로 아이를 데려가라 권했지만, 숙영은 제 뜻을 굽히지 않았다.

"아버지께서 서방님의 전정(前程, 앞길)에 대해 하실 말씀이 있어 부르시는 것 같으니, 잠시 뵙기만 하고 다시 올 것이옵니다. 서방님께 허락을 구하지도 않고 제 마음대로 아이와 함께 친정 나들이라니요. 당치도 않습니다."

"성우의 전정이라니? 그게 무슨 말이냐?"

민 씨 부인이 솔깃해서 물었다. 안 그래도 명색이 아들이 우의정의 사위가 되었는데, 여전히 규장각에 처박혀두는 것이 내심 못마땅했던 터였다.

"정확한 건 들어봐야 알겠지만, 전부터 아버지께서 서방님이 능력에 비교해 너무 말직에 머무르고 있다며 안타까워하셨거든요. 아마 그 일로 상의할 게 있어 저를 보자 하시는 것 같습니다."

숙영의 거짓말에 민 씨 부인은 좋은 기색을 감추지 못하고 연신 벙싯벙싯 웃는 얼굴로 직접 숙영을 대문 앞에 배웅까지 나갔다.

"진아 일은 걱정 말거라. 보모가 못 오면 나라도 봐주면 되는 것을. 집에 사람이 몇인데 아이 하나 못 돌볼까 봐? 그러니 너는 괜히 애면글면 빨리 오려고 마음 졸이지 말고 천천히, 묵혀두었던 부녀간의 이야기를 모두 나누고 오려무나. 우의정 대감께서도 그간 네가 얼마나 보고 싶었겠니?"

그렇게 민 씨 부인은 세상에 다시없을 인자한 시어머니로서 숙영이 가마에 올라타 친정으로 향하는 모습을 지켜보았다.

잠시 후였다.

숙영의 방인 별채 안방에서는 숙영의 명을 받은 계집종이 이제 막 기저귀를 간 아기를 다시 조심조심 강보에 싸고 있었다.

"아이구. 푸짐하게도 싸셨어요. 장하기도 하시지. 이리 보채지 않고 순히만 주무시고 계셔요. 그럼 어머님이 돌아오셔서 크게 칭찬해주실 거……"

"이젠 나한테 맡기고, 넌 나가봐."

어떤 인기척도 없다 갑자기 들려온 정애의 말소리에 아기를 보던 계집종이 놀라 고개를 들었다.

"아가씨께서 보시게요?"

"어머니가 시키셨어. 곧 오실 테니 그동안은 나더러 보고 있으라고. 그러니 너는 나가서 네 일 봐. 부엌어멈이 찾더라."

"아…… 예에."

아이를 본다는 핑계로 좀 쉴 수 있으려나 싶었다가 다시 나가서 고된 집안일이나 하라는 소리에 실망한 계집종이 어깨를 축 늘어뜨리고 방을 나섰다. 이제 방안에는 어딘가 멍한 얼굴을 한 정애와 정애와는 피 한 방울 섞이지 않은 어린 조카만이 남았다. 쌔액쌔액 고운 숨소리를 내며 잠든 어린것을 내려다보며 정애는 조금 전 제 어머니의 말을 떠올렸다.

"오늘은 네가 진아를 보도록 해."

"제가 왜요? 싫어요!"

"너 정말 요즘 왜 그러니? 참 유난도 해라. 얼마 전까지는 좋아서 물고 빨고 어쩔 줄을 몰라 하더니, 어찌 그리 한순간에 정을 뚝 끊을 수가 있어?"

"몰라요. 아무튼, 저는 그 아이 안 봐요!"

"너 요즘 네 새언니랑 사이 안 좋은 거 다 알아. 근데 그러지 마. 어떻게든 잘 보여야 너도, 나중에 네 신랑 될 사람도 우의정 대감 덕을 볼 게 아니겠니?"

민 씨 부인은 숙영이 급히 친정에 간 것도 우의정 대감이 성우에 대해 의논할 게 있다며 불러서 가는 것이라고 했다. 그러면서 판결에 대한 이야기를 덧붙이는 것도 잊지 않았다.

"네가 송 도령 일로 네 오라버니 원망하는 거 알아. 근데 그럴 거 없어. 네가 워낙 좋아하니 나도 여태 내색 못했다만 이 어미도 송 도령이 영 마뜩치 않아. 집안도 인물 됨됨이도 뭐 하나 볼 거 있다고."

"도련님 얘기는 그만 하세요."

"이것아. 괜한 억심 품지 말고 국으로 얌전히 있어. 명색이 네 오라버니가 우의정의 사위인데 앞으로 어련히 좋은 혼처가 들어오려고."

'우의정의 사위 따위가 뭐 대단하다고요.'

물론 어머니 앞에선 대놓고 그리 말하지 못했다. 대신 숙영은 지금 제 눈앞에 있는 아이를 원망스레 내려다보았다.

"피 한 방울 섞이지 않은 생판 남. 어디의 어떤 놈의 씨인지도 모르는 천한 것. 이딴 것까지 품어야 가질 수 있는 우의정 사위 자리라니, 참 그 자리, 비싸기도 하지."

반쯤 넋이 나간 듯 중얼거리던 정애의 눈빛에 점점 분노가 스며들었다.

"따지고 보면 전부 네가 화근이야. 너만 아니었으면 내 오라버니가 우의정의 사위가 되었을까? 너만 아니었으면 도련님이 내 오라버니에게 그렇게 내쳐질 이유가 있었을까?"

별로 의미가 있어, 애초에 품은 원한이 있어 나온 말이 아니었다. 그저 푸념일 뿐이었다. 속상한 마음에 털어놓은 애꿎은 원망일 뿐이었다. 하지만, 입에서 나온 말이 귀로 들어오면서 말은 본래의 그것보다 훨씬 더 강한 생명력을 가지기 시작했다. 신기하게도 말을 하면 할수록 정말로 딱 그런 것만 같았다.

그런 정애의 눈에 새하얀 베갯잇으로 감싸진 자그마한 아기용 베개가 눈에 들어왔다. 노란 꽃송이 수가 놓아진 그 베갯잇은 지난 번 보았을 때 정애의 어머니가 직접 한 땀 한 땀 바느질을 했던 바로 그 베갯잇이었다.

"이까짓 거! 이까짓 게 다 무슨 소용이라고!"

울컥해서 홧김에 거칠게 베개를 들어 올린 순간, 정애의 머릿속에 해서는 안 될 생각이 스치고 지나갔다. 아주 오래전, 동네에서 이불 무게에 눌려 죽은 가엾은 어린것에 대해 들었던 기억이 떠올랐다.

"그래……, 너만 아니면……"

충동적으로 정애는 베개를 들어, 강보에 싸인 아이의 얼굴을 겨누었다. 잠깐이면 이 화근 덩어리인 작은 생명은 금세 이 세상에서 사라질 것이었다.

그렇게 되면 우의정도, 우의정의 딸도 얼마나 가슴 아파할지 눈에 선했다.

"네 어미를 원망하여라."

어금니를 깨물며 중얼거린 정애가 마침내 들고 있던 베개를 천천히 아이의 얼굴 위로 가져갈 때였다.

"진아 기저귀 갈 때 아니 되었니?" 하는 어머니 민 씨 부인의 목소리가 들림과 동시에 방문이 열렸다. 동시에 "아아악!" 하고 찢어질 듯한 비명이 울려 퍼졌고, 금세라도 구를 듯 정신없이 달려든 정애의 어머니가 정애를 밀쳐버리고선 화급히 강보를 들어 품에 안았다.

"저, 정애야! 너, 너…… 무슨 짓을 하려 한 게야!"

반쯤 몸을 틀어 아이를 보호하며 민 씨 부인이 정애에게 소리쳤다.

"조카를, 피가 섞인 제 조카를 죽이려 들다니 네가 미치지 않고서야……!"

"누가 제 조칸데요? 누가 피가 섞였는데요!"

피를 토하는 심정으로 정애가 바락바락 악을 썼다. 자신이 방금 막 천인공노할 짓을 저지르려고 한 건 맞긴 하지만, 저와 핏줄이 섞인 아기를 죽이려 했다는 누명은 쓸 수 없었다. 그것만은 억울하였다.

"어머니 품에 있는 그 아이는 어머니 손녀도 제 조카도 아니란 말예요!"

"무, 무슨 말을 하는 거야? 이 아이가 내 손녀가 아니라니?"

되묻다 말고, 민 씨 부인이 퍼뜩, 강보 안의 아이를 들여다보았다.

"아냐, 이 아이는 진아가 맞아. 네가 뭘 잘못 안게 아니니?"

"지금 무슨 소릴 하시는 거예요?"

"너야말로 무슨 소릴 하는 거야!"

두 모녀가 서로 마주 보며 상대에게 악을 썼다. 서로가 서로의 말을 이해할 수 없어서였다.

"이 아이는 진아가 맞다니까! 와서 보라고! 얘는 진아가 맞아!"

"하! 하하…… 하하하하……"

마침내 정애는 뭐가 잘못됐는지 깨닫고 헛웃음을 흘렸다. 지금 제 어머니는 자신의 말뜻을 잘못 알아들은 것이었다. 어머니가 안고 있는 아이가 정애 저의 조카이자 성우의 딸이 아니라고 한 말을, 민 씨 부인은 누군가에 의해 아이가 바뀌치기 되었다는 것으로 곡해한 것이었다.

"어머니…… 어머니…… 하하…… 어머니…… 흐흐흐흑!"

헛웃음 끝에 후드득 눈물을 흩뿌리며 정애가 가엾다는 듯 제 어머니를 보았다.

"왜 이렇게 말귀를 못 알아들으세요. 그 아이는, 새언니가 낳은 그 아이는 말입니다. 오라버니의 자식이 아니란 말이에요."

"진아가…… 성우 자식이 아니라니? 그게 무슨 소리야?"

아무리 말해도 제대로 알아먹지 못하자, 답답해진 정애가 와락 엄마에게 달려들어 어깨를 흔들며 소리쳤다.

"잘 들으세요. 이 아이는 그 잘난 어머니의 며느리가, 우의정의 딸년이 오라버니와의 혼인 전에 다른 사내놈과 통정하여 배어 온 아이란 말입니다! 오라버니 자식이 아니라고요!"

"네가…… 네가 뭘 잘못 안 거지? 진……아가 좀 빨리 나오긴 했지만 그래도…… 에이, 어떻게 새아기가 그런…… 아, 아니야. 그, 그럴 리가 없……"

몇 번이나 거듭된 정애의 설명을 듣고서도 민 씨 부인은 끝까지 믿으려 하지 않았다. 있을 수도 없는, 있어서도 안 되는 이야기였기 때문이었다.

"거짓말…… 맞지? 맞지?"

믿고 싶지 않은 마음에 거듭해서 묻던 민 씨 부인은 거짓말이라고 말해 주지 않는 정애를 원망스레 쳐다보았다.

"정애야!"

"오라버니가 직접 말한 사실이에요. 제게 비밀을 지키라고 신신당부했고요!"

마침내 정애는 어머니가 이 사실을 받아들일 수밖에 없는 가장 확실한 이야기를 내어놓았다.

"오라버니 스스로가 그 아일, 자신의 아이가 아니라고 인정했다고요!"

"그……런, 그런……!"

민 씨 부인의 눈이 더는 더 크게 뜰 수 없을 정도로 커다래졌다. 이어 그 눈은 이내 안고 있는 강보의 아이에게 향했다.

"내 손녀가 아니……야?"

힘없이 중얼거리는가 싶더니, 어느새 민 씨 부인의 얼굴이 혐오스러운 무언가를 보기라도 한 것처럼 크게 일그러졌다.

"성우가 아닌 다른 놈의 씨라고?"

민 씨 부인이 풀썩, 제자리에 주저앉았다. 도무지 감당할 수 없는 사실에 다리에서 힘이 풀린 탓이었다.

"으애, 으애, 으애!"

민 씨 부인이 정애를 피해 갑자기 안아 들었을 때도, 정애가 제 어머니를 향해 큰 소리로 계속 바락바락 악을 쓰는데도 순히 잠들어 있던 아이가 갑자기 칭얼대기 시작했다. 지금 제 앞에 닥친 운명이 무엇인지 알기라도 한 것처럼.

"으애! 으애! 으애애애!"

다정히 보듬어주지도 흔들지도 달래주지도 않으니, 어린것의 울음소리는 더욱 성가시게 커져만 갔다.

"으히히힉!"

힘없이 주저앉은 채 일그러진 얼굴로 그런 아기를 보고 있던 민 씨 부인이 안고 있던 강보를 방바닥 저편으로 밀쳐버렸다.

"으애애애애! 으애애앵!"

푹신한 강보에 싸여 있어 크게 다치진 않았겠지만, 다정한 할머니의 품에서 갑자기 밀쳐진 충격에 놀란 탓인지 아이의 울음소리는 갓난쟁이답지 않은 날카로움을 뿜내며 온 방 안에 울려 퍼졌다. 얼마나 용을 쓰고 우는지 아이의 얼굴은 빨갛다 못해 시퍼렇게, 아니 시커멓게 변해갈 정도였다.

"나…… 나 좀 일으켜다오."

하늘이 무너진 것 같은 충격과 갓난쟁이의 귀를 찢을 듯한 울음소리에 터질 것 같은 머리를 부여안은 채, 민 씨 부인이 아직도 원망스레 저를 보고 있는 딸아이에게 손을 내밀었다. 그러는 중에도 아이의 울음소리는 점점 더 신경질적으로 커져만 갔다.

"으애, 으애, 으애애애애!"

민 씨 부인을 부축하고서 정애가 방에서 나올 때까지도 울음소리는 계속되었다.

"마, 마님? 아가씨…… 제, 제가 들어가서 달랠까요?"

똑같이 안색이 허옇게 질려 방에서 나오는 두 모녀를 보고, 불안한 기색으로 마당에 섰던 나이 든 계집종이 조심스레 물었다.

"내버려 둬. 울다 지치면 그치겠지."

정애가 매정하게 쏘아붙인 후, 자신들만큼은 아니겠지만 역시 놀란 기색으로 어쩐지 허둥거리고 있는 다른 노비들을 노려보며 단단히 일렀다.

"허튼소리가 밖으로 새어나가기만 해봐. 그 소문을 퍼트린 사람이 누구건 간에 너희 모두를 소금밭 노비로 팔아버리고 말 테니!"

안에서 저와 어미가 나누는 이야기를 다 들었겠다 싶어 미리 엄포를 놓은 것이었다.

"명심해. 너희는 오늘 아무것도 못 듣고, 아무것도 못 본 거야!"

"예? 아. 예에…… 그럼요. 그렇고 말굽쇼. 절대로, 절대로 입도 뻥긋 안 할 겁니다요."

마당에 있던 노비들이 모두 일제히 고개를 주억거리며 아무에게도 발설치 않겠다고 맹세를 했다.

하지만.

원래 세상의 모든 비밀은 "비밀이니, 아무에게도 발설해선 안 된다."는 단서가 붙으면 더 빨리 그리고 더 널리 퍼지는 법이다. 하물며 집안 하인들을 제 손톱 끝의 때만큼으로도 여기지 않고 매일같이 괴롭혀 온 숙영에 대한 추문이 제대로 지켜질 리가 없었다. 하여, 정애가 입단속을 시킨 보람도 없이 그로부터 채 반 시진(한 시간)도 안 되어 임 참판 댁 며느리가 어찌 어찌했다더라 하는 소문들이 온 동네 노비들의 입에서 입으로 옮겨지기 시작했다.

"서방님이 도성을 떠나다니요?"

그때, 임 참판의 집에서 무슨 일이 일어나고 있는지는 꿈에도 모른 채 숙영은 저를 부른 아비에게서 뜻밖의 이야기를 듣고 있었다.

"혹시 임 사자관에게서 오늘 어디 간다는 얘기는 없었느냐?"

"…… 없었어요. 하물며 도성을 떠나다니요? 규장각은 어쩌고요."

"알아보니 아무 전갈도 없었다고 하더구나. 하여 내가 대신 몸이 편치 않아 며칠 동안은 나가지 못할 것이라 전해두었다."

우의정은 자신이 알아온 이야기를 전한 후, 명색이 처라는 것이 남편의 행방도 모르는 것을 한심해 하며 쯧쯧, 혀를 찼다.

"어찌 그리 아는 게 하나도 없어. 아직도 네 서방과는 아직도 데면데면 한 것이냐?"

"…… 그런 거 아닙니다. 며칠 전, 서방님과 잠시 언쟁을 하여 요 며칠 말을 섞지 않은 것뿐인지라……"

"쯧쯧쯧."

우의정이 다시 혀를 차는 것을 듣는 둥 마는 둥, 숙영은 제 생각에만 빠져있었다.

'도성을 나가? 왜? 뭘 어쩌려고?'

거기까지 생각이 미쳤을 때, 숙영은 자신이 가장 궁금해 해야 할 게 그것들이 아님을 알아차렸다.

"서방님이 누구랑 함께 도성을 나가셨습니까?"

딸의 물음에 우의정은 잠시 망설였다. 단순히 도승지의 딸을 뒤쫓아 갔다는 얘기를 할 수는 없어서였다. 그럼 숙영은 당연히 도승지의 딸과 성우가 무슨 사이인지 물을 것이었고, 오늘 성우가 도승지의 딸을 뒤쫓아 도성을 나간 것을 우의정 자신은 어찌 알게 된 것인지 캐물을 것이기 때문이었다.

"아버지!"

대답을 망설이는 우의정의 앞에 바짝 다가앉으며 숙영이 졸랐다.

"말씀해 주세요. 서방님이 누구랑 같이 가신 것입니까?"

"…… 그것이……"

아직도 딸에게 대답을 해야 할지 말지 망설이는 우의정에게 숙영이 정색하고 물었다.

"혹시 용주골의 주막 계집입니까?"

"용주골이라니? 주막 계집은 또 무슨 소리야?"

"실은……"

숙영이 입술을 한 번 질끈 깨물고선 어렵게 이야기를 꺼냈다. 웬만하면 아무에게도 하려 하지 않았던 말이었다. 자존심이 상해서 죽으면 죽었지 제 입으로 발설하지 않을 생각이었다. 아니, 가능하다면 자신이 알고 있다는 사실도 평생 숨기고 싶었다. 그 사실을 밝히려면 자신이 제 서방의 뒤를 밟게 했다는 것부터 밝혀야 했으니까. 또한 그로 인해 알게 된 사실이 제게는 너무나 수치스러웠으니까.

"사실…… 얼마 전에 사람을 사서 서방님의 뒤를 밟은 적이 있었습니다."

치밀어 오르는 수치심을 참고 숙영이 제 아비에게 자세한 전후사정을 고했다.

숙영이 사람을 시켜 성우의 뒤를 밟게 한 건, 부쩍 성우의 새벽 귀가가 잦던 어느 날이었다. 감 진사의 딸이 처참한 죽음을 맞은 이후부터 성우는 부쩍 매사에 의욕이 없어지고, 늘 몸과 마음이 어딘가 공중을 부유하는 듯하였다. 그런데 어느 날부터 성우가 미묘하게 변했다. 뭔가 낌새가 달라졌다. 마치 집 밖의 무언가에 정신이 팔린 사람마냥 하루가 멀다 하고 새벽 귀가를 하였다. 처음엔 마음 붙일 곳이 없으니 갑갑한 마음에 동무들이랑 밤늦게까지 술 마시러 다니는구나, 생각했었다. 하지만 아침결에 성우가 벗어둔 옷가지들에선 당연히 나야 할 술 냄새가 나지 않았다. 밤새 술을 마셨으면 의당 옷가지들엔 술 냄새, 안주 냄새, 혹은 기방의 계집들이 바르는 분 냄새가 덕지덕지 묻어있어야 할 터였다. 그러나 하루, 이틀, 사흘 연 며칠을 유심히 살펴도 성우가 벗어둔 옷자락에선 그런 냄새들이 나지 않았다. 술 냄새보다 흙냄새 풀냄새가 더 강하게 났다. 술이나 안주의 흔적이 묻어있어야 할 바짓단이나 도포 자락엔 어디 산길에서 묻혀온 듯한 먼지들이 뽀얗게 앉아있을 뿐이었다.

'밤마다 어딜 다녀오시기에 이리 흙먼지를 묻히고 다니시는 게지?'

그것이 수상하여 일부러 집안 하인이 아닌 바깥에 사람을 사서 성우의 뒤를 밟게 하였다. 작자는 단 사흘 만에 모든 것을 알아내어 숙영에게 알려왔다.

"일이 파하신 뒤에는 늘 용주골로 가십니다. 그곳에 요즘 장안 취객들의 호평을 받는 무양각이라는 주가가 있는데, 그 앞을 새벽녘이 될 때까지 서성이다 귀가하시더군요."

작자의 보고는 뜻밖이었다.

"술을 마시는 것도 아니고, 주가의 앞을 서성이기만 한다고?"

"예. 아마 거기 있는 주가의 어느 계집을 만나고 싶어 하시는 것 같은데 통 만나주질 않으니 밤새 그 앞을 서성이는 듯싶으셨습니다."

성우가 하루가 멀다고 새벽 귀가를 하는 것이 고작 주막의 어느 계집 때문이라는 말에 숙영은 온몸의 피가 거꾸로 치솟는 듯했다. 밤마다 집을 비우는 이유가 고작 주막 계집 때문이라는 것도 화가 나 견딜 수가 없는데, 심지어 천한 주막 계집 따위에게 목을 매고 밤새 주막 앞을 서성인다는 얘기를 들으니 그런 성우에게 매달리는 자신이 너무 치욕스러울 정도였다. 차라리 어느 양반집 규수나 여염집 과수댁이었다면 좀 나았을지도 몰랐다. 하필 고르고 골라 사내들에게 술 팔고 웃음 파는 천한 주막집 계집 따위라니. 숙영이 차마 아는 척 나설 수 없는 이유였다. 평생 모른 체하고 살려 한 이유가 바로 그래서였다. 성우가 진아의 일을 평생 숨겨주겠다 약속했듯이 저 역시 그리 살려 하였다. 하지만, 성우가 정말 그 계집이랑 도성을 떠난 것이 분명하다면 더는 모른 척하고 있을 수만은 없었다.

"말씀해주세요. 정말 서방님이 용주골 주막 계집과 함께 떠난 것입니까?"

그간의 사정을 모두 전한 숙영이 아버지에게 물었다.

"아니다."

"정말 확실한 겁니까? 아버진 용주골 계집에 대해 여태 모르고 계셨잖아요. 그런데 이렇게 확신하시는 이유가 뭐죠?"

숙영이 우의정을 한 번 더 채근하였다.

"그 계집이 아니면 서방님이 갑자기 도성을 떠날 이유가 없잖아요!"

"글쎄 아니래도! 네 서방이 뒤를 쫓은 것은……"

도승지의 딸을 따라갔다는 말을 하려다 말고 우의정이 "잠깐만……" 하고 잠시 말을 멈췄다. 한 번 확인해 볼 필요는 있을 것 같다는 생각이 들었다.

'정말로 사자관이 주막의 천한 계집 따위에게 홀려 밤새 주막을 서성였을까? 감 진사 집 여식이 그리 비명횡사한 지 얼마나 되었다고?'

뭔가가 이치에 맞지 않았다. 적어도 우의정이 지켜봐 온 성우는 그런 가벼운 남정네가 아니었으니까. 숙영이야 어디까지나 질투에 눈이 멀어 그리 속단할 수 있지만, 우의정 자신까지 그럴 수는 없었다. 어쩌면 주막집 계집은 핑계일 뿐, 도승지 일파와 만나서 무슨 일을 꾸민 건 아닌지, 확인해 봐야만 했다.

감 진사의 딸이 비명횡사한 일로 성우가 제게 원한을 품고 도승지 쪽과 손을 잡고 저를 치려고 한다면? 다른 사람이라면 몰라도 지금의 상황에서 성우가 다른 사람도 아닌 도승지의 딸을 뒤따라 간 것이라면 자신들이 세운 계획이 다 틀어질지도 모르는 일이었다.

"밖에 게 아무도 없느냐!"

우의정이 바깥에 있을 아랫것을 부른 후, 숙영에게 재차 확인하였다.

"무양각이라고 했더냐?"

"오셨습니까요?"

"그래. 그간 잘 있었더냐?"

하진이 없는 주가를 반짝반짝 윤이 나게 걸레질하고 있던 서 씨 부인은 대문간에서 들려오는 목소리에 흠칫, 몸을 굳혔다. 어린 계집종의 말에 대답한 목소리가 바로 태서의 것이었기 때문이었다.

'태서가 왜? 하진이랑 같이 간 거 아니었어?'

대문 쪽을 돌아보는 서 씨 부인의 눈에 어느새 마당을 가로질러 제게로 다가오는 태서가 보였다.

"잠시 안으로 드시지요."

말을 마친 뒤, 태서가 먼저 성큼성큼 살림채 방 안으로 들어갔다. 그 뒷모습을 서 씨 부인이 잔뜩 경계하는 눈으로 살폈다.

'왜 혼자 온 걸까? 같이 갔으니 돌아오려면 마땅히 같이 왔어야 할 게 아닌가? 설마……?'

서 씨 부인의 눈이 순식간에 기대로 반짝였다.

드디어 성우가 하진을 만난 게 아닐까? 하여 하진이 성우를 따라나선 건 아닐까? 그래서 태서가 길을 되돌려 저를 만나러 온 게 아닐까?

애초에 그것을 바라고 한 일이었다. 성우에게 하진이 살아있음을 알리면, 하진이 어떤 꼴로 살고 있음을 알리면 분명 하진을 택할 것을 서 씨 부인은 믿어 의심치 않았다. 하진을 못 잊어 하진인 줄 확실치도 않으면서 하루가 멀다고 무양각을 찾아왔던 성우이니 두 번 생각할 것도 없었다. 실은 하진이 죽지 않고 살아있다는 걸, 성우가 의심하던 무양각의 행수가 진짜 하진이라는 걸 알리면 무슨 짓을 해서든 하진을 되찾으려 할 게 틀림 없었다. 하진도 마찬가지였다. 성우를 다시 만나게 되면 예전 성우를 은애 하던 그때의 마음으로 되돌아갈 것이 틀림없었다. 도대체 어떤 여인네가 성우처럼 옥 같은 선비를 두고 태서 같은 거친 사내를 선택할 것인가? 신 분도 미천한, 이름 그대로 '태서'인 작자를, 성우 같은 귀공자 대신 선택할 이유가 없었다.

"임 사자관이 다시 따님에게 돌아오길 바라신 겁니까?"

방안으로 들어와 비워둔 상석에 앉는 서 씨 부인을 보며 태서가 무겁게 입을 열었다. 너울로 얼굴을 가리고 있느라 서 씨 부인의 표정은 읽지도 못 했으면서, 서 씨 부인의 생각을 꿰뚫어 보기라도 한 것 같은 질문이었다.

"그걸 바라고 임 사자관에게 저와 따님의 행방을 알리신 겁니까?"

"…… 나는 태서가 무슨 말을 하는지 모르겠소만."

"지난밤 부인께서 임 사자관과 무언가 도란도란 이야기를 나누시는 걸 본 사람이 있습니다."

"나를 감시하라 시킨 게요?"

불쾌함에 서 씨 부인의 목소리가 곤두섰다.

"참 한가하기도 합니다. 나 같은 사람을 감시해서 무얼 어쩌려고요!"

"…… 무얼 어쩔 생각이 아니었습니다. 따님과 부인을 지키기 위해 주변을 살펴보라 한 것뿐이었으니까요. 그러니 괜한 오해는 마시고 제 말에 대답해 주셨으면 합니다. 부인께서는 정녕 따님이 임 사자관과 맺어지길 바라시는 겁니까?"

"……"

태서의 물음에 서 씨 부인은 선뜻 답하지 않았다. 굳이 그대로 말하고 싶지도, 그렇다고 거짓을 말하고 싶지도 않았다.

"임 사자관에게는 이미 처와 아이까지 있습니다. 그리고 따님은 이미 세상에 죽은 것으로 알려졌고요. 이제 와 둘이 맺어질 가능성은 쌀 한 톨만큼도……"

태서가 말하는 중에 서 씨 부인이 단호한 태도로 고개를 반쯤 외로 꼬았다. 그 모습에 태서는 서 씨 부인의 뜻을 깨달았다.

"그래도 상관없다는 거군요. 이제껏 따님이 한 일들이 세상에 드러나면 목숨을 잃을지도 모르는……"

"하진이가 뭘 했게요! 콜록콜록콜록!"

울컥하여 외치다, 상한 목에 무리가 간 서 씨 부인이 목을 잡고 거친 기침을 토해냈다.

"콜록, 콜록! 하, 하진이는 콜록콜록! 나나 그쪽처럼 이렇게 비참하게 어두운 바닥을 살 애가 아니요! 하진이는! 하진이…… 콜록콜록콜록!"

"그래서 그자한테 하진이를 다시 만나라고 부추겼습니까? 둘이서 도망이라도 가서 살라고요? 그자가 그럴 수 있을 것 같아서요?"

"쿨럭쿨럭…… 하진이를 보호해 줄 수 있는 사람은, 다시 되돌릴 수 있는 사람은 임 사자관뿐이오!"

"무슨 수로요? 이제 와 무슨 수로 따님을 양반으로 되돌릴 수 있단 말입니까?"

막무가내로 고집을 피우는 어리석은 이를 대하듯 딱하다는 얼굴로 태서가 물었다.

"콜록, 방법이라면 있소."

사실 무양각의 행수가 하진이라는 걸 알게 된 뒤부터 서 씨 부인은 밤잠을 제대로 이루지 못했다. 마음에 없는 혼인을 피하려 도망치느라 그리되었다는 걸 알게 된 뒤에도 마찬가지였다. 자신은 이렇게 살아도 하진이만은 다시 양반으로 곱게 귀하게 살아줬으면 했다. 그러기 위해서는 어떻게든 하진이가 본래의 자신으로 되돌아가야 했다. 이대로 주가의 계집으로, 태서의 여인으로 살게 둘 수는 없었다. 어떻게 하면 좋을까? 어떻게 해야 좋을까? 몇 날 며칠을 고민하던 끝에 서 씨 부인은 문득 예전에 읽었던 패설 책을 떠올렸다. 흉한의 손에 어미와 아비를 잃고 도망치다 절벽에서 떨어져 기억을 잃은 어떤 낭자에 대한 패설 책이었다.

"…… 들개 떼에게 뜯어 먹힌 건 다른 사람이고, 하진인 그냥 절벽에서 떨어져 기억을 잃은 것으로 하면 되오. 기억을 잃고 자신이 누군지를 모르고 살던 하진이를 성우가 우연히 만나 구해준 것으로 하면…… 하진인 다시 집으로, 본래의 양반 신분으로 되돌아갈 수……"

"양반으로 사는 게 그렇게 중요합니까?"

마치 돌을 긁는 것 같은 목소리로 순진한 제 바람을 이야기하는 서 씨 부인의 말을 태서의 고함이 가로막았다.

"그깟 양반이 뭐라고요! 가문을 위해서 자기 자신의 영달을 위해서 처고 자식이고 이용할 수 있는 것은 모두 이용해 먹는 그깟 양반이 뭐가 대단하다고요. 이리 말씀하시는 부인께서도 은애하는 사내를 위해 양반의 지위를 모두 버리……"

철썩, 조금 전까지 괴로운 듯 제 목을 쥐고 있던 서 씨 부인의 손이 태서의 뺨을 있는 힘껏 갈겼다.

"그런 나니까…… 한때의 감정을 못 이겨 양반 부인으로 사는 걸 버리고 이리 살고 있는 나니까……! 하진이는 돌려보내고 싶은 거요. 평생을 나처럼 이렇게 숨어서, 비참하게 살게 놔둘 수는 없으니까!"

"그분을 은애하셨잖습니까. 지금도 그분을 은애하시잖아요! 그분을 따라 죽으려고까지 하셨던 분이 어떻게!"

태서가 말하는 '그분'은 서 씨 부인이 제 모든 걸 걸고 은애한 전대의 태서를 말했다. 서 씨 부인이 아직 그를 연모하고 은애하고 있음을 너무도 잘 아는 태서였기에, 지금 그녀가 하는 말은 태서에게 여간 큰 충격이 아니었다.

"설마…… 후회하시는 겁니까? 그분을 따라나섰던 것을?"

충격으로 가라앉은 태서의 목소리는 가늘게 떨리고 있었다. 혹시나, 만약에, 정말 만에 하나라도 하진이도 언젠가 서 씨 부인처럼 지금의 자신이 하는 행동에 대해 후회하게 될까 두려워서였다.

"정말로…… 따라나서지 말았어야 한다고…… 생각하십니까?"

그 떨리는 목소리에 담긴 두려움은 그대로 듣는 이에게 전달되었다. 당연히 서 씨 부인은 지금 태서가 무얼 묻는 건지 그 질문 안에 담긴 숨은 뜻을 알아차렸다. 하여, 대답해 주었다.

"후회하오. 죽을 만큼 후회하오. 만약 다시 그날 밤으로 되돌아갈 수만 있다면 얼마나 좋을까, 그분을 만나지 않았던 날의 나로 되돌아갈 수만 있다면 얼마나 좋을까. 지난 평생 밤마다 후회하고 또 후회하였소."

"……!"

"양반이 아닌 사람은, 양반으로 태어나 보지 못한 사람은 절대 모른다오. 평생 남한테 머리 한 번 숙여보지 않고 살아온 이가 졸지에 양반이 아니게 되어 머리를 숙이고 사는 그 비참함을. 매일 숨 쉬듯이 당하는 사람 취급을 받지 못하는 그 치욕에 얼마나 피가 끓어오르고 얼마나 숨통이 죄여오는지를."

잔인한 말로 태서의 가슴을 후벼 파며, 그 때문에 이젠 완연한 고통의 빛이 떠오른 태서의 얼굴을 보면서, 자꾸만 약해지려는 마음을 다잡고, 서 씨 부인이 말을 이어나갔다.

"설령 지금은 아니더라도 하진이도 나처럼 후회하게 될 날이 올 것이오. 다시 돌아가고 싶다, 그리 간절히 생각할 때가 올 것이오. 그때가 되면 어찌할 셈이오?"

서 씨 부인의 물음은 이미 태서가 자신에게 수천, 수만 번을 물었던 것과 같은 질문이었다. 세상 모든 질문에 답할 준비가 되어있어도, 딱 하나 자신 있게 답할 수 없었던 질문.

"훗날…… 언제고…… 따님이 돌아가길 원한다면 나는 무슨 수를 쓰더라도……"

"너무 늦지 않겠소? 양반 여인이 양반이 아닌 사내와 정분을 통했다는 죄로 극형을 당하게 될지도 모를 텐데요?"

태서의 자신 없는 대답은 확신에 가득 찬 서 씨 부인의 말에 허망하게 공중으로 흩어져 버렸다.

"나는…… 그 여자를 위해서라면……"

"부탁하오."

서 씨 부인이 제 너울을 걷고선 흉측한 얼굴을 드러냈다.

"부디 그 아이를 나처럼 비참하게 살게 마시오. 그 아이를 조금이라도 생각하고 있다면 제발…… 이따위 너울 없이 햇살 아래에서 환히 당당히 웃으며 살게 해 주오. 태서라면 능히 그럴 수 있지 않소?"

화기로 일그러진 뺨 위에 눈물이 흘러내렸다. 순간, 태서의 눈에 그 일그러진 서 씨 부인의 얼굴이 하진의 것과 겹쳐 보였다. 저 역시도 세상 천지에 원한을 사고 있는 처지이니, 언제 어느 때고 저 때문에 하진이 서 씨 부인과 같은 꼴을 당하지 말란 법이 없었다. 만약 그리 되면, 저가 하진을 지킬 수 없게 되면, 하진은…… 하진도 분명…….

"읏."

복잡한 심정에 태서의 뺨이 작게 경련을 일으켰다. 당장에라도 입을 열어 서 씨 부인의 말이 틀리다 주장하고 싶었지만, 그 소리가 목구멍 한가운데 끼어 나올 생각을 하지 않았다.

"태서."

때마침 수하가 방문 밖에서 태서를 불렀다. 지옥의 불구덩이에 빠진 태서를 구해줄 구명줄처럼 느껴지는 목소리였다.

"…… 무슨 일이야?"

여전히 눈물을 철철 흘리는 서 씨 부인을 홀로 두고 나온 태서가 무거운 얼굴로 수하에게 용건을 물었다.

"잠시만 귀 좀."

마당에 섰던 수하가 태서에게 바짝 다가서더니 귀엣말로 우의정 집의 동태를 알려왔다. 딸을 불러들인 우의정이 무엇을 들었는지 이곳 용주골로 사람을 보냈다는 이야기였다.

"한 식경 후면 당도할 것 같습니다."

수하의 말에 태서는 당장 무양각을 나왔다. 무양각의 대문을 닫아걸고 개미 한 마리 드나들지 못하도록 하고, 동리에서 그들이 무엇을 묻고 다니는지 잘 살펴보라는 명령까지 내렸다.

"갔던 일은?"

자신의 거처인 안가로 돌아오자마자 태서는 임 참판의 집에 보냈던 수하를 불러들여 동태를 물었다.

"그쪽은, 별다른 일이 없었어?"

"그것이 꽤…… 재미있는 이야기를 하나 들었습니다."

수하가 빙글빙글 엉큼하게 웃으며 눈을 빛냈다.

"재미있는 이야기라니?"

"지금 그 동네 아랫것들 사이에 파다하게 퍼지고 있는 소문인데요. 실은 사자관의 아내가 얼마 전에 딸아이를 낳았는데, 그 딸아이가 임 사자관의 씨가 아니라고 합니다. 그래서 임 사자관의 누이가 그 아이를……"

방 안엔 저와 태서, 그리고 다른 태서의 수하 두어 명 밖에 없는데도 수하가 목소리를 한껏 낮추어서 말을 전했다.

"그 갓난쟁이를 죽이려까지 했다더군요."

"뭐야? 그럼 우의정의 딸이 샛서방과 통정해서 아이를 낳았다는 것이야? 참판 딸이 그걸 알고 눈이 돈거고?"

듣고 있던 다른 수하가 방금 소문을 물어온 수하에게 눈을 동그랗게 뜨고 물었다.

"호호호. 아니. 제일 재미있는 점이 바로 그 점인데 말이야. 우의정의 딸이 혼인 후에 샛서방을 만든 게 아니라, 아예 다른 사내의 아이를 밴 채 참판 집에 시집을 왔다지 뭐야?"

"우, 우와!"

이야기를 듣는 수하들의 입이 일제히 떡 벌어졌다. 하지만, 태서의 표정은 조금도 변하지 않았다.

"…… 별로 놀라지 않으시네요?"

제가 물어 온 이야기에 별다른 반응을 보이지 않는 태서의 모습이 은근히 섭섭한지 수하가 태서의 눈치를 살피며 물었다.

"혹시 처음부터 아시고 계셨던 겁니까?"

"응."

태서는 보일락 말락 살짝 고개를 움직이며 짧은 대답을 내놓았다. 물론 태서는 알고 있었다. 숙영 아이의 아비가 누구인지도. 그가 지금 어디에 어떤 꼴로 죽지 못해 살아가고 있는지도.

"시원한 약수를 좀 떠 왔습니다. 마셔보세요."

하진이 가마 문을 열고 기진맥진해서 늘어져 있는 석주에게 수통을 내밀었다.

"하아…… 고맙구나……."

떨리는 손으로 수통을 받아든 석주가 몇 모금 마시는가 싶더니, 한 뺨

정도 크기밖에 되지 않는 수통도 무거운지 금세 손을 축 늘어뜨렸다.

"제가 받쳐드릴게요. 한 모금 더 드셔요. 아직 안색이 많이 안 좋으세요."

하진이 수통을 받쳐 석주가 몇 모금을 더 마시게 하였다.

"이제 되었다……."

물을 다 마신 석주가 고개를 조금 돌리자, 하진이 금세 수통을 거둬 소매에서 꺼낸 면포 위에 물을 들이부었다. 그것으로 찬 수건을 만든 하진이 석주의 얼굴에 맺힌 식은땀을 군데군데 닦아주었다.

"개울 하나만 건너면 약방이 있다고 합니다. 그곳에 들러 진맥을 좀 받으시고 환약이라도 받아오시면 어떨까요? 문경까지 가려면 아직 길이 멉니다."

"하아, 하아…… 원래 어느 댁에 있었다고?"

살뜰하게 저를 살피는 하진의 모습에 석주가 풀기 하나 없는 목소리로 물었다.

"어이하여 물으십니까?"

"네가 참 단정하여 그런다. 어느 댁에서 일을 배웠는지는 모르나, 네 원래 주인은 너를 팔기가 참으로 아까웠을 성싶다."

"일머리가 없어서 둔하다 꾸짖음도 많이 들은 것을요. 그보다…… 좀 나와서 걸으실 수 있겠습니까? 가마꾼들이 하는 이야길 듣자하니 가마 째로 개울을 건너기가 꽤 여의치 않다 하는데요."

"그래? 그럼…… 바람도 쐴 겸 좀 걸어볼까? 네가 나를 좀 부축해 주련?"

안 그래도 내내 가마 안에서 시달렸던 터라 석주는 하진의 제의에 기다렸다는 듯, 응했다. 하진이 석주의 손을 잡고, 가마에서 내리는 걸 돕다가 가마 구석에 놓여있는 작은 천 뭉치 하나를 보았다.

"수를 놓고 계셨습니까?"

가마꾼 두엇의 호위를 받으며 개울 위를 건너던 하진이 살그머니 물었다.

"보았느냐?"

"가마에 흔들리시면서 수를 놓으시니까 더 어지러워지신 겁니다."

하진이 조금 나무라듯 말하자, 하진의 부축을 받으며 걷고 있던 석주의 볼이 조금 붉어졌다.

"그거라도 하지 않으면 괜히 생각만 더 복잡해지는 것 같아서……"

"그럼 가마꾼들에게는 앞으론 좀 더 천천히 걸으라고 말해두겠습니다."

가마를 조금이라도 덜 흔들리게 하려는 게 하진의 의도였다. 하지만 석주가 펄쩍 뛰며 그런 하진을 말렸다.

"그러지 마. 괜히 시간이 지체되면 그 사람들도 더 힘들지 않겠느냐. 거기다 시일이 더 걸리게 되면 아버님께도 부담이 될 것이다."

집안에서 부리는 가마꾼이 아니라 돈을 주고 빌려온 가마꾼들의 삯은 얼마나 시간이 걸렸느냐에 달려 있었다. 가뜩이나 도성에서 문경까지의 먼 거리를 다녀올 가마꾼과 가마 삯을 내느라, 안 그래도 빈곤한 가정형편에 제 아비가 꽤나 무리를 했음을 석주는 알고 있었다. 그래서 가마에 시달리느라 힘들면서도 혹시나 저 때문에 더 시간이 지체될까, 그 때문에 가마를 빌린 값과 가마꾼들 삯이 더 많이 늘어나면 어쩌나 걱정해서 좀처럼 쉬어가자는 말도 꺼내지 못했던 터였다.

"이리 편찮으신 분을 먼 길 떠나보내셨으니, 시간이 좀 지체되는 것쯤은 아가씨 아버님께도 감안하고 계실……"

괜한 걱정할 것 없다고 석주를 달래던 하진의 말문이 막혔다. 개울을 거의 다 건넌 그들의 눈앞에 나타난 한 무리의 사람들 때문이었다.

"동네 망신이야! 저 추잡한 잡것이 온 동네 망신을 다 시키고 있질 않아!"

"저 뻔뻔한 낯짝을 좀 보라지? 세상에. 나 같으면 창피해서 얼굴도 못 들 겠구먼, 뭐가 저리 잘 났는지 눈 하나 깜짝 않고 저리 빳빳이 고갤 쳐들고 있는 건지. 쯧쯧?"

그 동네 사람인 듯 보이는 십 수 명의 사람들이 포졸에게 끌려가고 있 는 한 여자를 둘러싸고는, 삿대질에 빈 주먹질까지 하며 욕을 퍼붓고 있었 다. 포승줄에 꽁꽁 묶여 끌려가고 있는 여자는 홑저고리에 홑치마 차림에 맨발이었다. 누군가에게 흠씬 얻어맞았는지 얼굴 여기저기엔 피멍이 들어 있었고, 머리도 쥐어뜯긴 그대로 온통 산발이었다.

"저게…… 다…… 뭐야?"

생전 처음 보는 광경에 놀라 안 그래도 하얀 석주의 얼굴이 더 하얗게 질렸다.

"왜…… 왜 여인을 저런 참담한 모습으로 끌고 가는 거야?"

"글쎄요."

짐작 가는 게 있었지만, 하진은 그저 착잡한 얼굴로 입술만 깨물었다. 자신들의 귀에까지 들려오는 욕설과 여인의 차림새만 보면 짐작이 가는 게 있었지만, 딱히 석주에게 들려주고 싶진 않았다. 석주의 그 궁금증을 풀어준 건, 환약을 지으러 찾은 약방에서 저들끼리 수다를 떨고 있던 약 초꾼 무리였다.

"그 집 시어미가 좀 독했어야지. 어쩌다 그 집 앞을 지날 때 보면 허구한 날 며느리 머리채를 잡고 누구랑 붙어먹었는지 대라고 그렇게 닦달을 해 대더군."

"그래도 결과적으로 보면 그 시어미가 없는 소릴 한 건 아니구먼? 아무리 아파서 사내구실 제대로 못 한다고 해도 명색이 제 서방이 눈을 시퍼렇게 뜨고 살아있는데 이놈 저놈 가리지 않고, 끌어들여서…… 어이구, 망측하기도 해라."

"그 얘기는 들었나? 글쎄, 그 계집이 포졸에게 잡히면서 고래고래 고함을 질렀다질 뭔가? 어차피 해도 잡년, 안 해도 잡년 소릴 듣는 거 차라리 억울하지나 않게…… 흠, 흠……."

약초꾼들이 떠벌리다 말고 이제 막 약방 안으로 들어서는 석주와 하진을 보고는 얼른 입을 다물었다.

"아가씨, 안으로 드시지요."

충격을 받은 듯 돌처럼 굳어 선 석주를 하진이 얼른 약방 안으로 이끌었다.

.

.

.

"무슨 생각을 그리 골똘히 하십니까?"

하진이 걱정스레 물었다.

그도 그럴 게 약방을 나온 후 방에 든 지금까지 석주가 입 한 번 떼지 않고 있어서였다. 사실, 벌써 묵을 곳에 들기에는 조금 이른 시간이었다. 그런데도 석주를 진맥한 의원이 석주의 기가 많이 약하고 흐트러져 있다고 오늘은 더 이상 움직이지 말고 좀 쉬어서 안정하는 게 좋다고 권하기에 의원의 소개를 받아 약방 인근의 민가에서 방 하나를 빌렸다.

좁긴 했지만 나름 깔끔하고 군불도 잘 들어오는 방이었다. 하진이 들어오자마자 집주인이 내어준 이불을 펴고 석주를 좀 눕게 하려고 했는데도 석주는 하얗게 굳은 얼굴로 벽에 기대고 앉은 채 움직일 생각을 하지 않았다.

"배는 안 고프십니까? 괜찮으시면 제가 잠깐 나가 요깃거리라도 마련해오겠습니다."

자신이 있어서 석주가 편히 쉬질 못하나 싶어서 하진이 석주를 위해 자리를 피해주려고 할 때였다.

"어쩌지?"

간신히 입을 뗀 석주가 혼잣말인 듯 작게 중얼거렸다.

"예?"

"나 이제 어쩌지?"

석주가 앙상한 손목이 도드라지는 두 손을 잡고는 불안스레 손가락들을 비틀었다.

"왜 그러셔요?"

아무래도 심상치 않아 보이는 그 모습에 하진이 얼른 석주에게 다가앉고서 석주의 안부를 살폈다.

"어디가 더 편찮으셔요? 얼른 가서 의원을 불러올까요?"

"아냐……, 그런 게 아니야……"

고개를 젓는 석주의 눈에 서서히 눈물이 차올랐다.

"아가씨?"

"나…… 나…… 나 있잖아……"

좀처럼 말을 잇질 못하고 계속 같은 말만 되풀이하는 석주를 하진은 보채지 않고 끈질기게 기다려 주었다. 덜덜, 몸을 떠는 석주의 어깨를 다정하게 문질러 주면서 석주가 안정되기를 기다렸다. 그렇게 잠시의 시간의 지난 후, 석주가 마침내 입안에 고여 있기만 하던 말들을 토해냈다.

"나…… 나…… 그분을 봤어. 그분이 나를 따라온 것 같아. 그것이 못 견디게 반가우면서도 그만 덜컥 겁이 나서. 나, 나도 아까 그 여인처럼 되면 어떡해? 나는 어떡하고, 아버지는 또 어떡해? 흑…… 흑흑."

질끈 두 눈을 감은 석주의 뺨 위로 뜨거운 눈물들이 쉴 새 없이 흘러내렸다.

"…… 왜 묻지 않니?"

한참 동안 눈물을 쏟아낸 후 마침내 간신히 눈물을 그친 석주는 제가 눈물을 그칠 때까지 아무 말 없이 제 등을 쓸어준 하녀에게 물었다. 갑작스러운 제 울음이 당황스러울 법도 하건만, 영문 모를 소리를 털어놓은 제 이야기가 궁금할 법도 하건만, 아무 내색도 없이 가만가만 등만 쓸어주다니, 이상스럽기만 했다.

"하시고 싶은 말씀이 있으면 하세요. 아무에게도 말하지 않고 들어드리겠습니다. 하지만 말씀하신 걸 언제라도 후회할 것 같으면 아무 말 하지 않으셔도 돼요."

그리 말하는 하진의 말과 눈에는 호기심이 없었다. 동정의 빛도 없었다. 그저 담담, 그 자체였다.

"가뜩이나 기력이 없으신데 한참을 우셨으니 많이 힘드실 겁니다. 간단하게 요기하실 것을 가져올 터이니 잠시 누워 계셔요."

석주의 방에서 나온 하진은 그대로 부엌으로 향했다. 간단히 죽이라도 끓일 생각이었다. 부엌으로 향하던 중, 여염집답게 낮은 토담 너머에서 이쪽을 보고 있는 그림자를 보았다.

'그자인가?'

금화인가 싶어, 바짝 경계를 하면서도 하진은 딱히 아는 척하지 않았다.

그자가 무엇을 하려 하기 전에 섣불리 움직여 그자를 더욱 조심스럽게 만들고 싶지 않아서였다. 그로부터 몇 발자국 채 떼지 않았을 때였다. 하진은 소스라치게 놀라, 바짝 굳어버리고 말았다. 낮은 토담 너머의 그림자 사내가 제 이름을 부른 때문이었다.

"진아⋯⋯."

마치 발이 땅에 붙어버린 것처럼 꼼짝도 못하고 있자니, 사내가 다시 하진의 이름을 불렀다. 기쁘면서도 서럽고, 놀라우면서도 원망스러운 목소리로 하진의 이름을 불렀다.

"하진아⋯⋯. 나다, 성우."

성우가 토담에 바짝 더 다가섰다. 하진이 고개만 돌리면 제 얼굴을 쉽게 확인할 수 있을 만큼, 가까이. 하지만 잠시 굳어만 있던 하진은 고집스럽게 턱을 치켜들고선 그대로 부엌 쪽으로 향했다. 한 번 돌아봐 주기를 간절히 바라며 저를 보고 있는 성우에게는 눈길 한 번 주지 않았다.

"하진아!"

원망을 담아 더 크게 하진의 이름을 부른 성우가 하는 수 없이 훌쩍, 낮은 담을 뛰어넘었다. 순간, 있는지도 몰랐던 누군가가 어둠 속에서 확 튀어나와 성우의 등 뒤에서 성우의 입을 가로막았다.

"읍! 으으읍!"

갑작스러운 습격에 놀란 성우가, 저를 옭매고 있는 손에서 벗어나기 위해 크게 몸부림쳤다. 그러자 낮고 거친 목소리가 성우의 귀에 대고 은밀히 속삭였다.

"조용히 하십시오. 아니면 혼인까지 하신 사자관 나리께서 이 야밤에 여염집 담을 넘을 수밖에 없었던 이유를 만천하에 밝혀야 할 테니까요!"

"읍! 으으읍! 으으으읍! (놔! 넌, 누구냐! 당장 이거 놓지 못해!)"

"쯧쯧. 말귀가 어두우신 양반이구려. 그럼 하는 수 없지."

성우의 입을 틀어막았던 손이 성우의 입에서 떨어졌다. 그 참에 성우의 입에서 소리가 터져 나오려 하였다.

"이놈 네.…… 윽!"

몇 마디 뱉지도 못한 성우가 외마디 비명과 함께 앞으로 고꾸라지려 하는 걸, 성우의 뒷목을 후려 갈려 기절시킨 사내가 얼른 받쳐 안았다.

"웃차!"

축 늘어진 성우를 힘겹게 어깨에 들쳐 맨 사내가 걱정스러운 눈길로 부엌 쪽에서 저를 보고 서 있는 하진에게로 다가가 가볍게 고개를 끄덕여 인사하였다. 하진도 몇 번 본 적 있는 태서의 수하 포야(包夜) 중 한 명이었다.

"그분을 어찌하려고 그러오?"

"해치진 않을 것입니다. 길을 방해하지 못하도록 당분간 어딘가에 가둬둘 생각입니다."

"…… 내가 같이 가도 되겠소?"

사내가 방금 하진이 나왔던 석주의 방을 가리켰다.

"저기는 어쩌시고요? 그 중놈이 오늘 밤에라도 덮치면……"

중놈이란 소리에 하진은 사내가 태서에게서 다 듣고 온 것을 알았다. 또한 사내의 말대로 자기가 쉽게 자리를 비울 수 없는 처지임도 깨달았다.

"그럼 이렇게 하시지요."

곤혹스러워하는 하진의 얼굴을 본 사내가 대안을 제시했다.

"제가 먼저 이 자를 옮겨두고 모시러 오겠습니다. 그때 행수 대신 이곳을 지켜줄 이도 데려오겠습니다."

"그리 해주시겠소?"

하진의 물음에 사내가 가볍게 고개를 숙여 인사한 뒤, 재빨리 어둠 속으로 숨어 들어가 발걸음 소리도 내지 않고 집을 나섰다. 성인 사내 하나를 어깨에 짊어졌는데도 무게가 조금도 느껴지지 않는 날렵한 걸음이었다.

'어쩌자고 여기까지 따라오셔요? 뭘 확인하고 싶어서요?'

착잡한 심정에 입술을 질끈 깨문 하진은 그대로 부엌으로 향했다. 석주가 많이 지치고 배가 고플 터였다.

그 밤, 하진이 권하는 대로 따뜻한 죽 한 그릇을 천천히 다 비운 석주는 탕약까지 마시고 난 뒤에는 거의 기절하듯이 잠에 빠져들었다. 온종일 가마 안에서 시달린 데다 예상치도 못한 금화를 본 충격, 거기다 긴 울음 끝인지라 기력이 쇠진한 때문이었다. 그렇게 잠든 석주를 홀로 두고 하진이 살며시 방을 나왔을 땐, 좀 전에 보았던 포야가 어느새 마당에서 하진을 기다리고 있었다.

"벌써 다녀왔소?"

"멀지 않은 곳이어서요. 가시겠습니까?"

끄덕, 하진이 간단한 고갯짓으로 제 의사를 전했다.

.

.

.

"으흠……"

급소를 가격당해 순간, 정신을 잃었던 성우가 온몸에 스며드는 한기에 부르르, 몸을 떨며 정신을 차렸다.

'뭐, 뭐지? 내가 왜 여기에……'

차가운 흙바닥 위에 쓰러져 있던 성우는 몸을 일으키려 하였지만, 곧 쓸모없는 노력임을 깨달아야 했다. 입에는 재갈이 물린 채, 두 발과 두 손은 꽁꽁 포박당해 있었다.

'도대체 여기가 어디야?'

자신이 있는 곳이 어딘지 알아내기 위해 성우는 그나마 조금 움직일 수 있는 고개를 이리저리 움직여보았지만, 도무지 알 수 없었다. 사방은 온통 새카만 어둠이었다. 등불은커녕, 달빛 하나 존재하지 않았다. 단지 축축한 흙냄새와 젖은 풀냄새, 그리고 정확히 무언지 알 수 없는 쾌쾌한 누린내가 코끝을 괴롭히고 있었다. 후엉, 후엉. 멀리서 희미하게 들려오는 밤새 소리만이 이곳이 산중임을 알려주는 듯했다.

'동굴? 동굴인 건가?'

성우가 간신히 제가 있는 곳이 어딘지 알아차렸을 무렵이었다. 풀썩, 풀썩 짚단 같은 것이 나자빠지는 소리가 들리더니 이내 흐릿한 달빛이 조금 동굴 안에 스며들었다. 그러더니 등을 든 웬 사내와 여인의 형체가 동굴 입구에 그 모습을 드러냈다.

"밖에서 기다려주시겠소?"

그리운 목소리도 들려왔다.

'하진아!'

성우가 남은 힘을 모아 더 거칠게 몸을 뒤틀었다. 그러는 동안 등불 빛이 조금씩 성우에게 가까이 다가왔다.

"오랜만이어요."

마침내 저를 향해 들려준 하진의 목소리에 성우의 얼굴이 급격히 일그러졌다. 그러고선 양반 된 체면이고 사내 된 체면이고 뭐고 다 잊어버리고 울기 시작하였다.

"흐으어어!"

신언서판(身言書判)이 완벽하여, 한때 뭇 여인들의 마음을 설레게 했던 남자가 더러운 흙바닥에 뺨을 부비며 짐승처럼 울기 시작하였다.

"끅, 끄윽!"

얼마나 울었을까? 성우가 간신히 울음을 그칠 기미를 보이자 하진이 가만히 성우의 앞에 쪼그리고 앉았다.

"일어나 앉으시겠어요?"

하진이 묻자 성우가 가만히 고개를 끄덕였다. 그러자 하진이 성우의 어깨를 잡고 힘을 써서는 성우가 일어나 앉는 것을 도왔다. 소매 안에서 흰 면포를 꺼내 흙먼지며 눈물 자국으로 엉망이 된 성우의 얼굴도 닦아주었다.

"재갈을 풀어드릴 터이니, 소란 피우지 마셔요?"

하진의 물음에 성우가 크게 고개를 끄덕였다.

"다친 데는 없으시죠?"

직접 재갈을 풀어주며 하진이 물었다.

"…… 보고 싶었다. 흑, 하진아."

"불편하시더라도 당분간은 여기 계셔주셔요. 오래지 않아 사람을 보내 풀어드리겠습니다."

"진아……."

"더는 쫓아오지 마셔요."

성우의 얼굴을 닦던 면포를 거둔 뒤, 하진이 조금 성우에게서 물러나 앉았다.

"혹여 다른 어디에서 다시 만난다 하더라도 아는 척도 하지 말아 주세요. 그 부탁을 드리려고 온 것입니다."

"나는…… 여태 나는 네가 죽은 줄 알았다. 영락없이 네가 죽은 줄만 알았어."

"부러 그리 꾸몄으니까요."

"왜? 왜 그랬니, 왜 죽은 척을 한 거야!"

원망과 서러움에 성우의 목소리가 거칠어졌다. 그에 반해 대답하는 하진의 목소리는 나직하고 담담하였다.

"도망쳐야 했으니까요."

"무엇에게서!"

"제 아버지와 가문에게서요. 그리고 원치 않은 혼인에서요."

원치 않은 혼인이란 얘기에 성우는 잠시 말을 잇지 못했다. 하진의 말은 결국 감 진사와 저 때문에 죽은 것으로 위장하여 도망쳤다는 얘기나 다름없었으니까. 이미 짐작하고 알고 있던 얘기였지만 그걸 하진의 입으로 직접 듣는 건 예상보다 더 충격이 컸다.

"그, 그렇다고 꼭 그렇게까지 할 필요는 없었어. 정 그 혼인이 싫었으면 네 쪽에서 마다했으면……"

"제 아버질 아시잖아요. 그리고 그 혼인을 제의해 온 사람도 잘 아시고요. 저는 죽지 않으면 도망칠 수 없는 몸이었어요."

"그래서…… 기껏, 기껏 그렇게 도망쳐서 한다는 짓이 천한 주모 노릇이야?"

울컥한 성우가 제 뜻과 다르게 막말을 쏟아내었다.

"뭇 사내들에게 술을 팔고 웃음을 팔며 그렇게 살고 싶어 도망쳤던 것이었어?”

　한마디, 한마디 내뱉은 말이 고스란히 비수가 되어 성우의 제 가슴을 찢었다. 그렇게 심하게 말할 생각은 없었다. 하고픈 말은 따로 있었다.

　네가 죽었다는 얘기를 들었을 때, 심장이 도려내 진 듯 아팠다. 할 수만 있다면 따라 죽어 너를 저승에서라도 다시 만나고 싶었다. 그럴 용기가 없었다. 아들 된 도리를 마치지 못하고 죽을 용기가 없었다. 하여 비겁하게 그냥 살아 있는 목숨을 이어갈 수밖에 없었다. 비겁한 매일, 매 순간 속에서도 나는 네가 보고 싶었다. 차라리 이 두 눈을 후벼 파내면 그리움이 덜해질까 생각한 적도 있었다. 그러지 않기를 얼마나 다행인지. 지금 내 눈앞에서 이렇게 말하고 움직이는 너를 볼 수 있다는 것만으로도 나는 행복해 죽을 것만 같구나.

　그리 말해주고 싶었다. 하지만…… 못난 마음이 자꾸 밉살맞은 말만 내어놓았다. 못생긴 마음이 자꾸 하진만 원망하였다.

　“주모 노릇도 성에 안 차 계집종 노릇까지 하며 네가 얻고자 하는 게 뭔데? 이 사실이 들키면 당장 네 목이 달아날 일인 걸 왜 몰라!”

　“언성 낮추셔요. 자꾸만 목소리를 높이시면 바깥에 있는 이가 들어와 다시 재갈을 물리려 할지도 모릅니다.”

　“바깥에 있는 작자는 또 뭐야? 또 무얼 꾸미고 있는 건데!”

　“알려드릴 수 없습니다.”

　하진이 딱 부러지게 대답하고선 자리에서 무릎을 펴고 일어났다.

　“다시는 만나지 않으면 좋겠습니다. 무양각의 일도 모두 잊어주세요. 다시는 찾아오지도 마시고요. 아니면 전 또다시 도망칠 수밖에 없습니다.”

　“…… 가지마.”

　말을 마치고서 제게서 등을 돌리는 하진을 성우가 애절하게 불렀다.

"가지마. 하진아, 제발……."

"절 붙잡아 어쩌시려고요?"

돌아선 채 하진이 물었다.

"저와 오라버니는 이미 아무것도 함께 할 수 없는 사이임을 아셔야지요. 저는 이미 죽은 사람입니다."

"내가, 내가 너와 함께 도망을 칠게! 같이 도망치면 되잖아!"

"…… 싫습니다."

안 된다는 말이 아닌, 싫다는 말로 하진이 딱 잘라 거절하였다.

"내 걱정이라면 할 것 없다. 너를 위해서라면 나는 이제 다 버릴 수가……."

"이미."

하진이 성우의 말을 중간에서 잘라버렸다.

"제겐 이미 몸과 마음을 허락한 정인이 있습니다."

"거…… 거짓말. 정인이라니…… 네가 몸을, 몸을 허락한 정인이 있다니…… 말이 안 되잖아. 네가 어떻게……."

"오라버니가 믿든 안 믿든 저와는 아무 상관없습니다."

동굴 입구에 가 선 하진이 마지막으로 성우를 뒤돌아보았다.

"오라버니가 제게 연연할수록 저는 더 위험해질 것입니다. 저를 죽이고픈 게 아니라면 이대로 저를 잊어주세요. 그럼."

얌전히 고개를 숙여 옛 정인에게 인사를 마친 하진이 산뜻한 걸음새로 동굴 밖으로 나갔다.

"진아!"

"하진아!"

목이 찢어져라, 애타게 부르는 성우의 목소리가 동굴 안에 서럽게 메아리쳤다.

　　　🪭

"어쩌려고 그러십니까? 지금 도성을 비우시면 어쩌려고요!"

그때, 도성에서는 수하들이 놀라 태서를 만류하고 있었다. 이 야밤에 태서가 급히 길을 떠나겠다고 한 때문이었다.

"괜찮아. 하루 이틀쯤은 나 없어도 잘 돌아갈 테니."

태서가 대수롭지 않다는 듯 말했지만, 전혀 대수롭지 않은 일이 아님은 태서도 수하들도 잘 알고 있었다. 가뜩이나 근래 들어 은근히 여기저기서 태서에 대한 불만들이 터져 나오고 있었다. 태서가 예전의 태서답지 않다는 게 불만의 요지들이었다. 사실 본디 돈 있는 자, 힘 있는 자들과 태서는 서로 주고받는 관계였다. 돈 있는 자, 힘 있는 자들은 태서에게 태서만이 할 수 있는 일을, 보통 사람은 좀처럼 하기 힘든 일을 시켰고 그에 합당한 대가를 치렀다. 태서는 그 과정에서 알게 된 돈 있는 자, 힘 있는 자들의 약점을 잡고 그들의 명줄을 틀어쥐었다. 해서 돈을 주고 태서를 부린다고 해서 아무도 태서를 만만히 여기지 못했고, 돈을 받고 일을 한다고 해도 태서는 그들의 머리 꼭대기 위에 앉아있는 경우가 태반이었다. 하지만 하진을 도와 양반 여인들을 빼돌리기 시작하면서 태서 스스로가 약점을 만들게 된 것이 화근이었다. 하진에게는 여태 비밀로 하였지만, 일을 도와준 이들 중에 간혹 비밀을 누설하겠다며 태서를 협박해 온 자들도 있었다. 당연히 그 일이 발각되면 태서는 양반들을 능멸하고 양반 여인과 통정하였다는 죄로 사지가 찢겨 죽을 것이었다. 그러니 비밀을 빌미로 태서를 협박하여 자신들이 원하는 것을 가지려 한 자들이 없을 리 만무하였다. 물론, 지금까지는 그때마다 적절한 '방법'으로 모두의 입을 막을 수는 있었지만 그게 언제까지 계속될 수 있을는지는 몰랐다. 더 큰 위험도 존재했다.

"가뜩이나 요즘 몇몇 대방들의 낌새가 좋지 않은데, 하필 이럴 때 도성을 비우신 걸 그자들이 알게 되면 무슨 짓을 벌일지 알 수 없습니다."

수하가 걱정하는 건 너무나 당연하였다. 전부터 각 상단의 우두머리인 대방들은 호시탐탐 태서를 노려오곤 하였다. 지금이야 태서가 가진 정보이자 힘 때문에 다들 겉으로야 허허실실 웃으며 태서와 가깝지도 멀지도 않은 관계를 유지해 왔지만, 지금의 '태서'를 없앨 수만 있다면 좀 더 자신들의 입맛에 맞는 '태서'를 앉힐 수 있음을 알기에 모두 은근히 태서의 움직임을 주시해 온 터였다. 때때로 어디 출신인지도 모르는 자객이나 왈짜패를 보내 태서를 없애려 한 자들의 뒷배에 그들이 있음은 태서도 잘 알고 있었다. 그때마다 그들은 적지 않은 보복을 당해야 했지만, 그 때문에 원한이 더 깊어진 것도 부인할 수 없는 사실이었다. 그러니 그들이 태서가 도성을 떠났다는 걸 알게 되면 또 무슨 짓을 꾸미려 할지 몰랐다. 누구보다 태서가 제일 잘 알고 있었다. 그런데도 이 밤, 태서는 도성을 벗어나는 게 무리한 일인 줄을 누구보다 잘 알면서도 위험을 감수하려 하고 있었다.

'우의정보다 먼저 그를 데려와야 해. 망설일 시간이 없어.'

제11장

음모가
도사리는 밤

"윽!"

동굴 안에 들어서자마자 태서의 얼굴이 일그러졌다. 소맷자락 안을 더
듬어 준비해 온 면포를 꺼낸 태서가 얼른 그것으로 코와 입을 막았다. 알
싸한 연기와 향기로 가득 찬 동굴 안 여기저기에선 벌거벗은 사내와 여인
들이 반쯤 정신이 나간 채 교합을 하느라, 낯선 자가 들어온 것도 모르고
있었다.

"그자는?"

인상을 쓴 태서가 저를 여기까지 데리고 온 사내에게 물었다. 태서처럼
면포로 입과 코를 막은 사내가 동굴 안쪽을 향해 손가락질하였다.

"제일 안쪽에 있을 겁니다. 거기가 항시 그자의 자리이니까요."

"알았다. 밖에서 기다려."

태서의 말이 끝나자마자 사내가 얼른 동굴 밖으로 뛰쳐나갔다. 이어 태
서가 동굴 안쪽으로 걸음을 옮겼다. 한걸음, 한걸음 내딛을 때마다 면포를

뚫고 스며드는 향의 기운이 더욱 진해져 갔다. 그건 사람의 정신을 갉아먹는 향이었다. 사람의 영혼을 타락시키는 향이었다. 나약하고 나태한 자가 수치심을 감당하지 못할 때, 패배감을 인정하고 싶지 않을 때, 지독한 현실에서 도망가고 싶을 때 은밀히 손을 내밀어 유혹하는 독이었다.

"아아아아……"

"하아! 하아!"

동굴 한쪽에서 마치 짐승처럼 몸을 얽은 사람들의 입에서 연신 열락과 환희에 들뜬 신음과 비명이 터져 나왔다. 바로 그 곁에선 거적때기를 두른 채 무기력하게 누워 텅 빈 눈을 감지도 뜨지도 못하고 있는 자들도 있었다. 누군가는 동굴 안쪽을 향해 걸어가는 태서의 바짓가랑이를 잡으려 휘휘 손을 내젓기도 했다. 그런 자들과 조금이라도 닿기가 싫어 태서가 성큼성큼 걸음을 내딛자, 이내 동굴 제일 안쪽에 다다랐다. 그곳엔 다 해진 낡은 저고리 차림에 거적때기를 배까지 덮은 사내가 벽에 기대어 앉아 작은 화로 위에서 연신 무언가를 태워내고 있었다.

"동 서방?"

태서가 확인코자 물었지만, 면포로 입을 가린 탓에 소리가 제대로 나오지 않았다. 하여 얼굴을 일그러뜨린 채 면포를 떼고 다시 사내에게 물었다.

"동 서방이요?"

"동 서방인지 동서 남방인지 뭔지 알 게 뭐야. 콜록콜록. 가지고 온 거나 내놔."

태서가 누군지 얼굴도 보려 하지 않고 사내가 펄럭펄럭 손바닥을 내저었다.

"왜. 은전이 없어?"

사내가 흐린 눈을 들어 얼핏 태서가 입고 있는, 이 동굴 안에서는 보기 드문 멀쩡한 옷을 보더니 마른 나뭇잎에 무엇인가를 둘둘 말아 태서에게 내밀었다.

"자. 저기 구석 아무 데나 가서 자리 잡고 피시게. 콜록콜록 이 정도면 한나절 신선놀음은 문제없을 테니."

"왜? 내가 앵속(양귀비)에 취해 나자빠지면 이 옷을 벗겨 갈려고? 근데 미안해서 어쩌지? 난 한나절 신선놀음에 별로 관심이 없는데."

"흥. 신선놀음에 관심이 없는 사람이 신선굴은 왜 들어왔대?"

어디선지 갑자기 불쑥 튀어나온 여인네 하나가 흐물흐물한 몸짓으로 태서에게 달라붙었다. 동 서방이라 불린 사내와 마찬가지로 그나마 굴 안의 다른 사람들에 비교해선 조금이나마 제정신이 붙어있는 여인네 같았다.

"서방도 소문 듣고 온 거 아냐? 돈 몇 푼이면 극락 놀음에 신선놀음이 가능한 곳이 여기라고. 그럼…… 체면 차릴 거 뭐 있어. 얼른 저쪽으로 가자, 응?"

여인네의 손이 서슴없이 태서의 가슴팍 안으로 파고들었다. 노골적으로 색욕을 드러내는 손놀림이었다.

"치워."

여인의 손을 털어버리려 한 그 순간, 갑자기 날카로운 무언가가 태서의 목에 와 닿았다. 보지 않아도 칼임이 분명하였다.

"너 뭐야? 누가 보냈니? 말 안 하면 찌를 거야?"

한 손으론 여전히 태서의 가슴팍을 더듬으며, 여인이 태서의 목에 꾸욱 칼날을 대고 눌렀다. 조금만 더 깊게 누르면 정말로 목을 찌르고도 남을 정도의 힘이었다.

"관에서 보냈어?"

이번엔 사내가 물었다. 여전히 시선은 멍하니 화로에만 향해져 있었다.

"왜, 보내 준 게 성에 안 차대? 콜록콜록 새끼, 더럽게 욕심은 많아서. 그래서…… 이번엔 또 얼마나 달래?"

"동 서방 자넬 데리러 왔어. 얼른 나랑 급히……"

"웃기시네. 누굴 데려가? 갈려면 너 혼자 가던가!"

여인네가 칼을 더 들이밀며 태서의 말 중간에 끼어든 순간이었다.

"윽!"

여인의 얼굴에서 핏기가 가시더니 금세 여인네의 칼이 태서의 목에서 떨어지고 말았다. 눈 깜짝할 사이에 태서의 손이 길게 뻗어 여인의 목을 쥔 탓이었다.

"너…… 너 이 새끼!"

여인이 칼날을 휘두르려 악을 썼지만, 태서가 길게 여인네의 목을 죄고 있는 손을 길게 뻗은지라, 칼날은 그저 허공만 몇 번 맴돌고 뿐이었다.

"걱정 마. 난 절대 여인네는 죽이지 않으니. 하지만 혼절은 좀 해줘야겠어."

빙그르르, 마치 춤을 추듯 잽싸게 몸을 돌린 태서가 순식간에 여인의 몸 뒤로 돌아가 뒤통수 아랫부분을 손등으로 쳤다. 그러자 지지대를 잃은 허수아비가 넘어지듯 풀썩, 여인이 바닥으로 쓰러졌다.

"이 계집은 그쪽을 위한답시고 달려들었는데, 그쪽은 내가 이 여인을 쓰러트리는데도 눈 하나 깜짝하지 않네."

태서가 조금 놀랍다는 투로 얘기했다. 그도 그럴 게 여인이 바로 제 앞에서 태서에게 역습당해 혼절하였는데도 사내는 보이지 않고 들리지 않는 일인 양 계속 철저히 무시하고 있었기 때문이었다.

"하. 그 계집이 내게 무슨 의리나 신의가 있어 그런 줄 알아? 내가 아니면 지가 아쉬워 그러는 게지."

투덜대던 사내가 고개를 벽에 기대고선 비로소 태서를 올려다보았다.

"관이 아니라면 나 같은 걸 데려다 무엇 하려고? 입성을 보아하니 살림이 궁한 처지도 아닌 것 같은데?"

"그쪽 목숨을 살려주려는 거야. 그러니 일어서."

"풋……"

태서의 말에 사내가 입술을 삐죽이더니, 도저히 참지 못하겠다는 듯 "푸하하!" 하고 배까지 움켜쥐고선 웃음을 터트렸다.

"흐흐흐하하하하하하! 날 살려주겠다고? 일어서라고? 하하하하하하!"

"뭐가 그렇게 웃기는 거지?"

"잘 봐! 이 멍청한 작자야!"

사내가 자신이 덮고 있던 거적때기를 휙 들춰보였다.

"웃!"

미처 예상치 못했던 모습에 태서가 잠시 숨을 들이켰다. 거적때기 밑에서 드러난 사내의 두 발 때문이었다. 무언가에 의해 짓이겨진 발은 도저히 발의 형상을 하고 있지 않았다. 그건 그저 썩어서 매달려 있는 고깃덩이일 뿐이었다.

"크크크큭. 자네가 누군지 몰라도 미안해서 어쩌지? 이 모양으로는 일어설 수가 없으니 말일세. 거기다……"

한참을 웃어대느라 저도 몰래 눈물까지 글썽인 사내가 젖은 눈가를 훔치며 한껏 이죽거렸다.

"이미 죽은 놈을 살려 무엇 하겠다고."

생애 딱 한 번 진심으로 연모한 여인이 그저 저와는 다른, 감히 제가 넘볼 수 없는 양반 여인이었다는 죄로 두 발을 잃은 사내가 다시 맥없이 벽에 고개를 기댔다.

"괜히 용뺄 거 없어."

흐릿한 눈으로 태서를 보며 동 서방이 중얼거렸다.

"살리겠다는 건 순 거짓말이고, 이번에야말로 완전히 이 목숨 줄을 끊어놓고 싶어 그런 거라면 멀리 갈 것도 없이 이 자리에서 베어내면 그뿐. 대신 알려주게. 그 여잔가? 그 여자가 나를 죽이라고 하던가?"

동 서방이 제일 먼저 의심한 건 그 여자, 숙영이었다. 아직도 이 세상에서 저를 없애고 싶을 정도로 저를 원망하고 미워할 사람은 그 여자밖에 없었다.

"왜 그 여자라고 생각하지?"

"그 여자 아버지와는 이미 계산이 끝났으니까."

피식, 웃음을 흘리며 동 서방이 저의 썩어 가는 살덩이를 내려다보았다.

.

.

.

"네놈이 죽어 마땅한 짓을 저질렀구나."

몇 달 전 어느 날, 동 서방은 제집에서 자다 말고 누군가에게 보쌈을 당해 먼 길을 끌려갔다. 꽁꽁 싸매고 있던 보쌈의 주둥이가 풀린 건 어느 산중이었다. 새카만 어둠 속에서 불쑥 나타나, 다른 사내들을 멀찌감치 물린 후 이를 악문 채 말을 걸어온 건 우의정이었다.

"감히 천한 전팽(조선시대 편지 심부름꾼)이놈 따위가 누구를……"

부들부들 턱을 떨며 말을 잇지 못한 건, 필경 그 자신의 입으로 제 딸의 부정함을 입에 담기 싫어서였을 것이었다.

"사, 살려만 주십시오. 어리석고 천한 놈…… 사, 살려만 주십시오, 흐흐흑."

여전히 손발에 묶인 채 동 서방은 흙바닥에 얼굴을 비비며 용서를 구했다. 그러면서도 제가 살아날 가능성은 조금도 없다 생각하였다. 아마 자신은 이 밤에 보는 사람 하나 없는 이 깊은 산중에서 그대로 목숨을 잃고 계곡 밑바닥에 던져질 것이었다.

그러나 우의정의 생각은 달랐다.

"네놈을 죽이진 않을 것이다."

"예, 예?"

"고이 죽는 건 네놈에게 너무나 관대한 처벌이 아니겠느냐? 사지를 찢어 죽인다 한들 고통이 느껴지는 순간은 겨우 반 시진(한 시간) 남짓. 그 정도 고통으로 네 죄를 갚을 수 있을 성 싶으냐?"

"무, 무슨 말씀이시온지?"

"네게 선택권을 주겠다는 것이다. 혓바닥과 아랫도리 그리고 두 발. 어느 것을 망쳐줄까?"

우의정은 긴말도 하지 않고 그저 선택하라고만 종용했다. 셋 중 하나를 택하면 그것으로 동 서방의 죄를 갈음할 것이라고 하였다.

"머뭇거릴 틈이 없다. 어서 선택해!"

"혀, 혓바닥? 아, 아니…… 아, 아랫도리? 아니, 아니, 아닙니다. 아닙니다. 차라리…… 차라리…… 발을……"

몇 번이나 망설인 끝에 동 서방은 결국 발을 선택하고야 말았다. 혓바닥이나 아랫도리를 잘린다면 그야말로 그 자리에서 죽을 수도 있었다. 하지만 발은 달랐다. 발이 없어도 살 수는 있었다. 살아남을 수 있을 것이었다. 오로지 살아남는 것 하나만을 생각하고 선택하였다. 물론, 그 선택을 이후 두고두고 후회하고 또 후회하게 될 줄은 모르고 한 선택이었다.

"발이라? 알았다."

동 서방의 선택이 끝나자, 우의정이 손가락을 튕겨 어둠 속에서 제 수하를 불러냈다.

"예, 대감마님."

"다시는 걷지 못하게 저 놈의 발을 짓이겨주어라."

"…… 예."

수하의 대답이 떨어지자마자 우의정은 먼저 자리를 떠났다. 그리고 동 서방은 허리 뒤춤에서 커다란 돌망치를 꺼내는 낯선 사내의 얼굴을 두려움에 젖어 바라볼 수밖에 없었다.

"으, 으악! 으아아아아아아악!"

산 전체가 들썩일 정도의 비명을 내지른 것도 잠시, 동 서방은 이내 저를 급습한 끔찍한 고통을 이기지 못해 까무룩 그대로 정신을 놓고 말았다.

.

.

.

'나는 이미 대가를 치렀어. 그러니 이제 와 나를 죽일 이유가 없잖아! 그 자는 내가 살아 두고두고 고통 받는 것을 바라고 있는데!'

생각을 곱씹다말고 문득 아직도 제 앞에 우뚝 선 사내가 제게 아무 대답을 하지 않았음을 깨달은 동 서방이 다시 다그쳐 물었다.

"그 여자가 보냈는지 묻잖아!"

"난 누가 보낸다고 보내지는 사람이 아니야."

"그럼 왜! 왜 날 찾아온 건데!"

"그쪽을 살리려고. 그쪽이 살아 있어야 내가 지키고 싶은 사람을 지킬 수 있거든."

말을 마친 태서가 그대로 몸을 굽혀 동 서방의 허리를 움켜잡고는 끙, 하고 가볍게 힘을 쓴 뒤 어깨에 들러 메었다.

"이…… 이 놈! 놔! 이거 안 놔? 네가 누구를 지키든 나랑 무슨 상관이라고! 놔! 안 놔?"

태서의 어깨에 거꾸로 매달린 동 서방이 조금 전 쓰러진 여인이 그러했듯 눈 깜짝할 새에 제 가슴팍 안에서 날카로운 단도를 꺼내 그대로 제 눈 앞에 있는 태서의 허리에 들이밀었다.

"좋은 말 할 때 내려놔. 아니면 이대로 네 놈을 찌를 것이다!"

"네 자식을 살리고 싶지 않아?"

"무슨 개소리야! 나한테 자식이 어디……"

말도 안 되는 소리에 다시 한번 단도를 더 깊이 찔러 넣으려다 말고 흠 칫, 동 서방이 몸을 굳혔다.

"자식이라니? 무슨 소리야? 나한테 무슨 자식이 있어?"

"……"

태서는 침묵으로 대답을 대신하였다. 그런데도 동 서방은 금세 답을 읽 어냈다.

"설마…… 서, 설마…… 그 여자가, 그 여자가 내 아이를 낳았어?"

덜덜 떨리는 목소리로 묻는 동 서방의 눈에 순식간에 핏발이 가득 찼다.

다음날 이른 아침이었다.

"얘, 아가."

뒤숭숭하여 밤잠을 설친 숙영이 아직 채 이부자리도 걷지 않았을 때였다. 방문 밖에서 숙영을 부르는 시어머니 민 씨 부인의 목소리가 들려왔다.

"예, 어머님."

숙영이 이부자리를 걷고 몸을 일으키려는데 "내 좀 들어가마." 하는 소리와 함께 벌컥, 방문이 열렸다.

"이렇게 이른 아침부터 웬일이십니까?"

아침 댓바람부터 쳐들어온 시어미가 몹시도 못마땅했지만 숙영은 내색하지 않으려 얌전히 고개를 숙이며 시어미를 맞았다.

"너 혹시 성우와 무슨 일이라도 있었니?"

"무슨 일이라니요? 무슨 말씀이신지요?"

묻는 이유를 알면서도 숙영은 내색하지 않고 되물었다.

"…… 날이 밝았는데도 성우가 아직까지 집에 오지 않아 하는 말이다. 여태 이런 적은 한 번도 없었던 아이인데 이상스럽지 않니? 안사람이니 혹여 너는 따로 아는 일이 있는가 싶어서 말이야. 혹시…… 둘이 다투기라도 한 거니?"

"다투다니요"

은근히 저를 책망하는 것 같은 시어미의 말에 숙영이 발끈하여 대들었다.

"예. 지어미로서 지아비를 제대로 보필하지 못한 잘못을 물으신다면, 제가 반성해야겠지요. 하지만 어머님도 아시지 않습니까? 서방님께서 집 바깥으로만 나돌기 시작하신 게 하루 이틀 일이 아닌 것을요. 또한 그 연유까지도요."

예전 정인(情人)의 죽음 이후 성우가 계속 방황한 걸 어머니도 아시지 않느냐. 그런데 이제와 성우의 부재를 내 탓으로 돌리는 건 어불성설이다. 에둘러 말했지만 숙영의 말뜻은 한 치도 어김없이 민 씨 부인에게 전해졌다.

"그, 그렇긴 하지만! 그, 그렇다 하여도 네가 지어미로서 지아비의 허한 마음까지 감싸줬어야 될 일이 아니더냐."

"서방님이 밤마다 어딜 가 계셨는지는 아십니까? 지금은 또……"

울컥해서 도성까지 떠난 걸 아느냐, 말하려다 말고 숙영이 쌜쭉하여 입을 다물었다. 자존심이 상해 더는 제 입으로 얘기하고 싶지 않았다.

"하여간 서방님의 일에 대해서는 저를 책망하지 말아주십시오."

"…… 알았다! 내가 괜한 말을 하였구나!"

제 잘못은 하나도 없는 양 빳빳하게 고개를 들고 따지고 드는 숙영을 본 민 씨 부인이 질렸다는 얼굴로 치마를 떨치고 일어났다. 그러다 거칠게 방문을 열고 나가려다말고 문득 생각난 듯 "아, 참" 하며 다시 숙영을 돌아보았다.

"일간 청주에 새아가 너와 진아를 데리고 갈까 하는데."

"청주라면…… 서방님의 외가댁 말씀이십니까?"

"그래. 내 친정 어머님께서 돌아가시기 전에 진아를 한 번 보고자 하신다. 워낙 연세가 드신 분이라 이번에 보여드리지 못하면 영영 보여드릴 기회가 없을 것 같아서."

"······ 알겠습니다. 그리 알고 있겠습니다."

숙영의 말이 끝나기가 무섭게 민 씨 부인이 더는 이 방에 머무르고 싶지 않다는 듯 급한 걸음으로 방을 나갔다. 얼른 일어서 방문 밖까지 나가서 시어미가 중문을 나가는 걸 보고 다시 방 안으로 들어가려던 숙영은 묘한 느낌에 우뚝, 걸음을 멈췄다.

'뭐지?'

숙영이 분주히 마당을 오가는 계집종들과 하녀들을 둘러보았다. 모두 아까부터 계속 흘깃흘깃 제 눈치를 보고 있었다. 어제, 친정에서 돌아온 저를 봤을 때도 저들끼리 눈을 마주치고 꿈쩍꿈쩍 눈짓을 하였는데, 이 아침에도 조심스럽게 저를 살피는 눈으로 보는 게 참으로 이상하였다.

"너!"

때마침 눈이 마주친 제일 심약해 보이는 어린 계집종에게 숙영이 명을 내렸다.

"오늘은 네가 소세 물을 떠오너라."

아이가 물을 떠오면, 그땐 아이를 족쳐 왜 아랫것들이 자꾸만 저를 이상하게 보는지 알아내면 될 터였다.

그때, 하진은 석주가 든 방 앞에 서 있었다.

"아가씨, 소세 물 떠왔습니다."

"들어오너라."

석주의 허락이 떨어지자 방문을 열고 하진이 물 대야와 면포를 들고 들어섰다.

"응? 찬물이 아니네?"

제 앞에 놓인 물 대야에서 모락모락 김이 올라오는 걸 보고서 석주가 하진을 보았다.

"주무실 때 땀을 많이 흘리신 것 같기에, 더운물을 준비하였습니다. 간단히 땀이라도 씻어내면 한결 몸이 개운해지실 겁니다."

하진이 소매 안에서 작게 싼 손바닥만 한 보자기를 꺼내, 대야 옆에 펼쳐놓았다. 보자기 안에는 몸을 씻을 때 쓰는 팥과 녹두를 곱게 빻은 가루가 들어있었다. 안 그래도 잠을 자고 일어났는데도 몸이 영 가볍지 못하고 찌뿌듯하여 못내 불쾌함을 느끼고 있던 석주는 하진의 엽렵한 판단에 내심 감탄을 금치 못했다.

"고맙구나……."

"씻으시는 걸 도와드릴까요?"

방금 석주가 자고 일어난 이부자리를 잰 손놀림으로 착착 개키며 하진이 물었다.

"아, 아니!"

석주가 놀라 고개를 저었다. 아무리 아랫것의 시중을 받는 일에 익숙해져 있다고는 하나, 아직은 낯선 하녀 앞에서 그것도 아무리 봐도 저보다 어여쁘고 생기 넘치는 하녀 앞에서 제 몸을 드러내는 건 다른 문제였다. 허옇고 말라빠지기만 한, 그래서 제 눈으로 봐도 참 초라한 몸을 보이고 싶지 않았다.

"나, 나는…… 그냥…… 조금 쑥스러워서."

기껏 저를 생각해 권한 것을, 제 못난 마음 때문에 거절하는 게 창피해진 석주가 기어 들어가는 목소리로 변명을 하였다.

"지, 집에서도 몸은 줄곧 혼자 씻었어."

"예. 그러서요. 그럼, 저는 물을 좀 더 끓여 올 테니, 천천히 씻으서요."

어느새 이부자리 정리를 끝낸 하진이 석주의 볼이 발갛게 달아오른 것을 보고선 괜찮다는 듯 작게 웃어 보이고는 얼른 일어나 얌전히 방문을 닫아주고 나갔다.

'저 아이를 집에 들이려면 얼마나 필요할까?'

방문을 닫고 나가는 하진의 뒷모습을 보며 석주는 생각했다. 도성에 돌아가면 아버지에게 부탁해서 저 하녀를 집에 들여 제 곁에 두고 싶다고. 집안의 다른 하인들과 달리 저와 비슷한 또래인 것도 좋았지만 입은 무겁고 행동은 음전하며 눈빛은 따스한 것이 무엇보다 마음에 들었다.

'저 아이라면 동무삼아 곁에 두어도 좋을 것 같아.'

생각만 해도 괜히 흐뭇해졌다. 하지만 쉽게 이루어질 수 없는 일임을 알았다.

'나도 참, 집에 그만한 여윳돈이 없는 걸 잘 알면서 무슨 헛된 꿈이람. 저 아이도 우리 같은 가난한 집에 와봐야 괜히 고생만 할 뿐인데. 내가 괜한 생각을⋯⋯.'

제 욕심을 나무라며 석주가 쓴웃음과 함께 고개를 젓고서는 천천히 입고 있는 저고리의 짧은 고름 위에 손을 가져갔다. 목이랑 겨드랑이 안쪽을, 땀들이 말라 버석거리는 소금기를 좀 씻어낼 요량이었다.

그때, 어떤 사전 기척도 없이 벌컥 문이 열리는 바람에 석주는 기절할 듯 놀라 미처 비명도 지르지 못한 채 입만 떡 벌리고 말았다.

"누, 누⋯⋯ 누⋯⋯!"

누구냐는 말도 온전히 내뱉지 못하고 석주가 가슴께를 더듬거리며 은장
도를 찾으려 할 때였다. 낡은 패랭이로 얼굴을 가린 채, 다 떨어진 짚신을
신은 채로 방안에 든 상대가 가만히 석주를 불렀다.

"석주 낭자."

"왜……, 왜?"

경악한 나머지 석주의 눈이 이맛살을 밀어 올리며 한껏 커졌다. 석주의
이름을 부르며 그리운 눈으로 석주를 향해, 무릎걸음으로 다가서고 있는
금화 때문이었다.

"왜…… 왜…… 여길! 어, 어째서 여길!"

저에게로 다가오는 젊은 승려 금화를 본 석주가 황망하여 얼른 돌아앉
았다. 잔뜩 고개를 숙이고 조가비처럼 스스로를 지키기 위한 본능으로 몸
을 동그랗게 웅크렸다.

"낭자."

"가셔요! 여기가 어디라고 온 겁니까? 어떻게 알고 온 겁니까!"

"쉿! 밖에서 들으면 어쩌려고요."

금화의 경고에 석주가 얼른 목소리를 낮춰 다시 물었다.

"무얼…… 뭘 어쩌려고 이럽니까? 이런 황망한 경우가…… 어디 있단 말
입니까? 불가의 스님께서 어찌 여인의 방을 침범하여……"

"소승, 부처님의 뜻을 가슴에 새기고 이날 이때껏 단 한 번도 부처님의
뜻에 어긋나는 생각조차 한 적이 없었나이다."

금화가 석주의 말을 가로막고선 제 거짓을 읊어대기 시작했다.

"하지만 시주를 하시는 낭자를 본 그 순간부터 이 어리석은 중의 마음
과 머리에는 부처님보다 낭자의 생각이 더 깊어졌소이다."

"그, 그런…… 그런 말씀을 하셔도……"

"압니다. 낭자께 저의 이런 연심이 얼마나 무도하고 망측하고 어리석은 짓으로 보일지……"

'연심? 연심이라고?'

금화의 입에서 나온 연심이란 말 하나에 석주가 두 손으로 꼭 쥐고 있는 가슴이 갑자기 몇 배나 더 빨리 미친 듯이 뛰기 시작했다.

"하아……, 하아……"

가뜩이나 상태가 안 좋았던 터라 금세 숨이 가빠오기 시작했다. 하지만 석주가 웅크리고 있었던지라 금화는 석주의 상태를 알지 못한 채 여전히 제 이야기를 늘어놓기에만 정신이 없었다.

"안 된다는 거 알았습니다. 알면서도 어리석은 연심은 기어이 저를 광증에 이르게 하더군요. 하여 죽을 것 같았습니다. 먼발치에서나마 낭자의 얼굴 한 번 뵈면 숨이 트일 것 같았습니다."

"하아…… 하…… 헉……"

'알아요. 알아요! 저도요! 저도 그런 것을요!'

제게는 평생, 꿈에서라도, 일어날 리 없다고 생각한, 마치 패설 속에서나 일어날 것 같은 일이 현실에 닥친 것에 놀라 석주의 숨은 더욱 거칠어지기만 했다.

"하여 새벽 일찍 낭자의 집 앞을 서성였습니다. 그때, 낭자가 집을 떠나는 걸 보고 그만 이 어리석은 놈의 눈이 돌아버리고 말았습니다. 그냥 있다가는 영영 낭자를 놓치고 말 것만 같아……"

"그만…… 그만요!"

더는 견딜 수 없어진 석주가 가슴께를 잡고 있던 손을 들어 제 두 귀를 틀어막았다.

"몰라요. 저는 아무것도 모릅니다. 그리 말하지 마셔요. 저는 아무것도 못 들었습니다. 그러니 얼른 나가…… 헉!"

얼른 나가라고 말하려던 석주가 숨을 급히 들이마셨다. 금화가 귀를 틀어막고 있는 자신의 손을 덥석 잡았기 때문이었다.

"무, 무, 무, 무슨 짓을……"

"낭자는 아니십니까? 정녕 낭자는 소승에게 하실 말씀이 없으신 겁니까?"

어느새 울음기가 가득한 목소리로 금화가 물었다.

"소승만, 저만! 이리 죽을 것같이 속이 갈기갈기 찢어지는 것입니까?"

'어…… 어떡해.'

자기로 빚은 듯 매끈한 금화의 볼을 타고 눈물이 흘러내리는 걸 본 석주의 얼굴이 일그러졌다. 사내가 우는 모습은 난생처음 보았다. 그것도 저 때문에, 저를 향한 연심 때문에 우는 사내는 처음이었다. 하여, 석주가 무심결에 금화에게 잡히지 않은 손을 뻗어 그의 눈물을 닦아 주려 할 때였다.

"아가씨. 더운물을 가져왔습니다."

새로 물을 갈아주러 온 하진의 목소리가 방문 밖에서 들려왔다.

'어, 어쩌죠?'

당황한 석주가 입 모양으로 금화에게 물었다. 그러자 금화가 얼른 일어나 살그머니 방문 옆에 가서 서더니 고갯짓으로 이제 거의 물이 식어가고 있는 대야를 가리켰다. 다행히 석주가 그런 금화의 뜻을 알아차리고선 얼른 손으로 대야의 물을 희롱하며 찰박찰박, 물소리를 내었다.

"아가씨?"

"들어오지 말거라."

좀 더 방문 가까이 들려온 말소리에 석주가 황급히 외쳤다.

"아, 아직 씻는 중이라 민망하구나. 더운물은 방문 앞에 내려놓고 너는 가서 물을 더 데워 오너라. 더운물이 많이 부족할 듯싶구나."

"……예. 그럼."

어쩐 일인지 잠시 망설이는 것 같더니 하진이 이내 얌전히 대답하였다. 이어 방문 앞에 물 대야를 내려놓는 소리까지 들려왔다. 금화가 방문에 귀를 대고선 하진의 발자국이 멀어지는 소리를 확인하더니, 살그머니 방문을 열고선 손만 뻗어 방문 앞에 놓인 대야를 들고선 방안으로 들여놓았다.

"갔습니다."

금화가 작은 소리로 이르자, 석주가 가슴께를 짚으며 "휴우" 하고 길게 안도의 한숨을 쉬려 하였다.

"낭자."

금화가 석주의 희고 앙상한 손목을 잡고선 느릿하게 잡아당겼다. 병약한 석주의 힘으로도 떨쳐내려면 얼마든지 떨쳐낼 수 있을 정도의 힘이었다. 하지만 석주는 마치 태산이 이끌기라도 한 것처럼 속수무책, 금화의 품 안으로 무너지고 말았다.

"석주 낭자!"

금화가 제 품에 쓰러지듯 안긴 석주의 몸을 강하게 끌어안았다.

"스님……!"

금화와 마주 안은 석주의 하얗고 가는 두 손이 금화의 어깨를 움켜잡았다. 붙잡지 아니하면 이대로 아슬아슬한 천 길 낭떠러지 아래로 떨어질 것 같이 어질어질해서였다.

"나를 스님이라 부르지 마시오. 나는 낭자 때문에 이미 부처님을 버렸다오."

제 품 안에서 바들바들 떨고 있는 석주의 뒤통수를 어루만지는 금화의 목소리는 다정하기 그지없었다.

"그럼…… 어찌 부를까요?"

"이름을…… 이젠 아무도 불러주지 않는 내 가여운 속명(俗名, 승려가 되기 전의 이름)을 불러주지 않겠소?"

끄덕, 석주가 금화의 어깨에 묻은 고개를 가볍게 움직였다.

"이름이 어찌 되십니까?"

"경이라고 하오. 아비를 모르는 몸이니 따로 성을 얻지 못하였소. 그냥 어렸을 때 돌아가신 어머니가 날 경이라 불렀소."

"경이. 경이……님."

석주가 가만히 금화가 가르쳐 준 이름을 되뇌었다. 이 세상에서 오직 저만 아는, 저만 부를 수 있는 이름을, 조금 감격에 차서 약간 목이 메어서는 몇 번이고 중얼거렸다. 그러느라 석주는 알지 못했다. 자신이 소중히 되뇌고 있는 그 이름의 소유자가 지금 무슨 생각을 하며 눈을 번들대고 있는지를…….

"그 계집을 훔쳐 달아나되, 성공하진 말게나. 도승지의 딸은 어디까지나 천한 중놈과 눈이 맞아 도망을 치다 관군에 붙잡혀야만 하네."

석주를 품에 안은 금화가 떠올리고 있던 것은 우의정과의 약속이었다.

"하오면 소승은 어찌 되옵니까?"

"티끌 하나 다치지 않을 걸세. 대신 도승지의 딸은 옥에서 듣게 되겠지.

228

자신이 함께 도망을 치려했던 정인이 관군에 쫓겨 절벽에서 떨어져 죽었다는 소식을. 시체는 미리 준비해둘 것이니 그것에 대한 걱정도 할 거 없고."

"후훗. 대감께서도 꽤나 잔인한 분이시네요. 뭐, 그래도 상관없습니다. 오히려 그편이 그 낭자에겐 마음의 위로가 될지도 모르니까요. 하오나……"

이전부터 수차례 기꺼이 명을 받들겠다고 해 놓고서는 금화는 괜히 말을 질질 끌더니 은근히 하지만 뻔뻔스레 물었다.

"저는 은애하는 낭자를 잃고 어떤 마음의 위로를 받을 수 있을는지요?"

"하."

우의정이 가소롭다는 듯 코웃음을 치니 서탁 앞으로 금화를 가까이 다가오게 하였다. 그러고선 연적을 집어 들고는 벼루가 아닌 서탁 위에 연적 물을 쪼르르 따랐다.

'무얼 하려는 거지?'

금화가 지켜보는 가운데 우의정 강헌영이 손가락을 뻗어 물로 서탁 위에 글자 세 개를 그려냈다. 물로 적힌 글자들은 차례대로 도읍 도(都)자에 모두 총(摠)자, 그리고 당길 섭(攝)자였다.

'…… 도총섭!'

글자들을 본 금화가 저도 몰래 꿀꺽, 침을 삼키고 말았다.

도총섭이라니. 제가 방금 본 글자를 도저히 믿을 수가 없었다. 도총섭은 나라에서 임명하는 승려의 직책이었다. 온 나라에 고작 십여 명 안팎에 존재하지 않는, 요직 중의 요직이었다. 나라에 전란이 일어나면 관할 지역의 승군을 지휘하고, 전란이 없을 땐 해당 지역의 사찰을 관리하는 것이 도총섭의 일이었다. 자신의 관할지역 산성을 수호하는 한편, 각종 공사에 동원되는 승려들을 관리하고 감독하는 일을 하는 직이었다. 그 권한이 워낙 막중하기에 누구나 함부로 얻을 수 있는 자리가 아니었다. 나라에서 인정한, 명망 있는 스님들이나 가질 수 있는 지위였다. 우의정이 그 자리를 약조하였으니 금화의 눈이 휘둥그레지지 않을 수가 없었다.

"제…… 제가 감히 가…… 가능하겠습니까?"

오죽하면 우의정에게 되물었을 정도였다.

"얼마 전 내금강에 있는 유점사의 해남이 입적이 멀지 않았다 전갈을 보내왔더군. 아직 총섭 자리를 물려줄 이를 정하지 못해 꽤나 고심 중이라나? 내게 좋은 방안이 없을지 의논을 구해왔다네."

우의정은 딱 거기까지만 말했다. 뭘 어떻게 해서 널 도총섭으로 만들어 주마, 하는 상세한 약속 따윈 하지도 않았다. 그런데도 금화가 선뜻 그 약속을 저를 위한 것이라 믿어버린 건, 우의정이 직접 해남 스님에게 금화를 천거하는 추천서를 써 주었기 때문이었다. 우의정의 인장이 찍힌 문서였다. 만약 우의정이 나중에라도 약속과 다른 말을 한다면 그 추천서가 우의정 자신의 목을 죌 줄 알면서 써준 것이었다.

'저는 이미 약조를 지킬 준비가 다 되었으니, 이제 남은 것은 대감 차례입니다.'

석주를 안은 채 금화가 한창 제 생각에 잠겨 있자니, 석주가 조심스레 입을 열었다.

"이제 그만 가보셔야 합니다. 밖의 아이가 언제 다시 돌아올지……"

그러면서도 금화의 어깨를 부둥켜 잡고 있는 손에선 조금도 힘이 빠지지 않았다. 금화가 그런 석주의 어깨를 잡아, 조금 제 몸에서 떨어뜨렸다.

"왜…… 왜 그러셔요?"

금방이라도 일어서 나가리라 생각했던 금화가 일어서기는커녕, 조금 고개를 기울여 제 얼굴 쪽을 향해 다가오는 걸 본 석주의 얼굴에 홧, 순식간에 열이 올랐다. 점점 제게로 가까이 다가오는 사내의 얼굴을 보다 못해, 눈을 둘 곳을 찾으려 당황하다 어쩔 수 없이 고개를 푹 숙였다.

'훗. 이렇게 보니 뭐 조금 귀엽기는 하잖아?'

새하얀 얼굴뿐 아니라 고개를 숙인 바람에 조금 들여다보이는 목덜미까지 온통 새빨개진 석주의 모습에 금화는 자꾸만 웃음이 나오려는 걸 참아야만 했다.

"바…… 바깥의 아이가 언제 다시 올지 모릅니다."

"그럼 저를 떠미시면 됩니다."

은근하게 속삭이며 금화가 더 가까이 얼굴을 들이밀었다.

"이러시면…… 이러시면 안 됩니다."

석주는 이제 바들바들 떨며 간청을 하였다. 괜히 사내의 마음을 흔들려고 해보는 소리가 아님은 사시나무처럼 부들부들 떨리는 몸이 증명해 주고 있었다.

"아직도 제가 그렇게 겁이 나십니까? 낭자를 사모하는 제가, 낭자를 해칠 수 있다고 생각하십니까?"

짐짓, 고통스러운 목소리로 금화가 서운한 기색을 내보였다.

"그, 그런 것이 아니라…… 이대로는 제, 제가 숨이 막혀…… 지금은 너무 숨이 막혀…… 혼절을 할 것만 같아……"

"그래요. 그래서는 안 되지요. 그럼 여기까지만……"

금화가 고개를 푹 숙이고 있는 석주를 아까와는 달리 아주 조심스레 살며시 품에 안았다.

"경이……님."

"오늘은 길을 떠나지 마셨으면 좋겠습니다."

석주의 귀에 입술을 가져간 금화가 녹아내릴 듯 달콤한 목소리로 속삭였다.

"오늘 밤, 저랑 달구경을 하지 않으시겠습니까?"

아니 된다 해야만 했다. 빨리 길을 가야 한다고. 문경에 빨리 당도하지 않으면 아버지도 문중 어르신들도 걱정하고 화를 낼 거라고 말하며 단호히 거절해야만 했다. 하지만 이어진 금화의 말에 석주는 그만 저도 모르게 고개를 끄덕이고 말았다.

"밤에 모시러 와도 되겠습니까?"

잠시 후였다.

소리나지 않게 조심스레 석주의 방문을 닫고 나오던 금화가 흠칫 놀라 제 자리에 굳어 섰다. 방 앞마당에 더운 김이 모락모락 나는 물 대야를 든 젊은 하녀가 눈썹을 찡그린 채 저를 보고 서 있었다.

"후훗."

어차피 누군가에게는 제 모습을 들켜야 하는 것이 이번 일의 목적이었던 만큼 금화는 금세 평정을 되찾고 가볍게 고개를 끄덕여 보인 뒤, 부러 더 우유 작작한 걸음으로 보란 듯이 마당을 가로질러 나갔다. 부디 저를 목격한, 제법 얼굴이 반반하여 보통 때의 저라면 절대 그냥 지나치지 않았을, 하녀가 필요한 때 필요한 만큼 입을 털어주기를 기대하면서.

"무슨 일이 있었더냐? 내가 어제 이 집안을 비웠을 때, 무슨 일인가 있었지?"

그때, 숙영은 소세 물을 떠 온 죄 없는 어린 계집종을 조용히, 그리고 무섭게 윽박지르고 있었다.

"무, 무슨 일이라니요? 자, 작은 마님. 저는 아무것도 모르는 뎁쇼?"

어린것이 죽을힘을 다해 시치미를 떼었지만, 숙영은 그 말을 믿지 않았다.

"아니. 분명 무슨 일인가가 있었다. 무엇이냐?"

"저, 정말 저는 아무 것도 모르옵니다!"

"그래? 그럼 내가 기억이 나게 도와줘야겠구나."

숙영이 조금 몸을 돌려, 하얀 면포 위에 저를 위해 가지런히 놓여있는 비녀와 머리꽂이들을 보았다. 소세를 마친 뒤의 단장을 위해 준비된 것들이었다.

"어느 것으로 할까?"

그것들 위를 가볍게 쓸며 배회하던 손이 마침내 집어든 건 유난히 끝이 날카롭게 세공된 은 뒤꽂이였다.

"이리 가까이 오련?"

숙영의 명에 어린것은 머리를 만져달라고 하시는 건가, 싶어서 내심 드디어 추궁에서 벗어났다는 안도감에 얼른 숙영에게 가까이 다가갔다. 그때, 숙영이 제 곁에 다가온 어린것을 덮쳐 그 가는 목을 제 팔뚝으로 휘어 감았다.

"헉…… 자, 작은 마님? 어, 목소리로 어린것이 두려움을 호소하였다. 어찌 이러십니까?"

목이 졸려 잘 새어 나오지 않는

"사, 살려주십시오. 살려주세요."

"너를 죽이진 않을 것이다. 하지만 네가 사실대로 고하지 않는다면……"

숙영이 어린것의 눈 위로 스윽, 날카로운 뒤꽂이를 치켜들었다.

"나는 네가 내 은비녀를 훔치려는 것을 막으려다 그만 네 눈을 찌르고 말 것 같구나."

"히, 히익!"

당장이라도 눈이 찔리고 말 것 같은 두려움에 계집종의 입에서 기묘한 소리가 새어 나왔다.

원래 어린 계집종은 숙영의 소세 물을 길으러 갔을 때부터 다른 여종들에게 엄히 주의를 받은 터였다.

"작은 마님이 뭐든 물으시면 넌 무조건 모른다 하거라."

"괜히 잘못 입 놀렸다간 너 죽고 우리 모두 죽는 거야."

"에, 에이. 작은 마님께서 저 같은 거한테 뭘 물으시겠어요?"

어린것은 그럴 리 없다고 했지만, 오랜 종살이로 눈치가 빠른 나이든 여종들은 달랐다.

"아냐. 아까 휙 돌아보는 눈초리가 심상치 않더라. 너도 알지? 작은 마님의 그 불같은 성정. 괜히 뭐라 한다고 나불나불 입을 놀리면 넌 그 길로 죽는 거야!"

"명심해. 뭘 물으시건 넌 아무것도 모르는 게다. 응? 응?"

여종들이 몇 번이나 신신당부하며 어린것의 입을 조심시켰지만, 막상 우려했던 일이 현실로 닥쳤을 때는 아무 소용없었다.

어린 계집종의 눈엔 당장이라도 제 눈알을 후벼 파낼 듯한 날카로운 머리 뒤꽂이밖에 보이지 않았다. 제 가는 목을 옥죄는 작은 마님의 목소리밖에 들리지 않았다.

"말할 테냐? 아님, 이대로 눈을 뚫어주랴?"

"…… 마, 마, 말씀 드리겠습니다요."

"무엇을?"

"제, 제가 보고 들은 거, 아는 거라면 뭐든 다 말씀드리겠습니다요. 흐흐흐흐흑."

눈물 콧물을 줄줄 흘려가며 어린것이 울음을 터트리자, 그제야 숙영이 계집종의 목을 놓아주었다. 그러자 펄쩍 뛰어 뒤로 물러난 계집종이 방바닥에 쿵 소리가 나도록 머리를 박은 뒤 두려움에 오들오들 떨며 숙영에게 물었다.

"무, 무얼 말씀 드리올까요? 흐흐흐흑."

"…… 어제 내가 집을 비우고 난 뒤 무슨 일이 있었더냐?"

"그것이…… 그것이…… 저기……."

"어서 말하지 못해?"

숙영이 은 뒤꽂이를 들고 다시 달려들 듯 캐물었다. 그제야 계집종은 질끈 두 눈을 감고 정신없이 제가 보고 들은 바를 고하기 시작했다.

"처, 처음엔 저, 정애 아가씨께서 아기씨를 직접 돌보시겠다고 방에 드셨습니다요. 그 뒤에 큰 마님이 오셨는데 갑자기 비명을 지르시더니……."

어린것의 입에서 어제, 숙영이 부재했을 때의 일들이 하나씩 하나씩 흘러나왔다. 그동안 숙영은 입에서 비명이 새어 나오는 것을 막기 위해 죽을 힘을 다해 손등으로 입을 틀어막고 있었다.

'뭐? 진아를…… 진아를 죽이려 해? 감히 내 딸을 죽이려고 했어?'

'네년이…… 네년이 정말 다 알고 있었다, 이 말이지? 하!'

온몸의 피가 싸늘하게 식는 기분이었다. 누군가의 보이지 않는 손이 철썩 뒤통수를 후려친 것만 같았다. 머리끝부터 발끝까지 두려움과 공포가 질주하였다.

"잘 들어."

간신히 이야기를 마친 어린것을 내보내기 전, 숙영은 어린것의 손모가지를 거칠게 틀어잡고선 이를 악문 채 무섭게 윽박질렀다.

"너는 내게 아무런 말도 하지 않았어. 나는 네게서 아무런 이야기도 듣지 않았어. 알겠니? 만약 네가 내게 입을 놀린 사실을 누구라도 알게 된다면 네 입을 찢어 죽일 테다."

계집종은 전날에도 이미 정애에게서 비슷한 협박을 받았다. 하지만 어린것이 전날의 정애보다 지금의 숙영에게 더 큰 겁을 집어먹은 것은 제 여린 살갗을 파고드는 날카로운 손톱 때문만이 아니었다. 뻘겋게 핏발이 서서 저를 노려보는 숙영의 눈길에서 협박이 단순한 협박으로 그치지 않을 것을 생생히 보았기 때문이었다. 평소의 포악한 성정으로 보면 이 젊은 마님의 위협은 단순히 위협으로 그치지 않을 것이었다.

"아, 아, 아무에게도 말하지 않을 겁니다. 미, 믿어주세요. 작은 마님."

어린것이 몇 번이나 고개를 조아리며 맹세의 말을 읊은 다음에야 숙영은 어린것을 내보냈다. 그런 후 한참 동안 떨리는 제 어깨를 감싸고 애써 진정하려 노력했다.

'침착해. 침착해야만 해. 정신 차려, 숙영아!'

상황을 냉정히 되돌아봐야만 했다. 정애가 사실을 알았고, 진아를 죽이려 했고, 그것을 시어머니가 보았다. 시어머니는 분명 정애에게서 진아의 출생 비밀을 들었다.

'그런데 왜?'

왜 당장 자신을 쫓아내지 않았을까? 왜 이 일로 제 아버지를 불러들여 따지지 않았을까?

설마……

'훗. 뭐야. 그런 건가?'

마침내 생각이 정리된 숙영의 몸에서 떨림이 가셨다. 왜 시어머니랑 정애가 제 일을 알면서도 저를 드러내놓고 박대하지 못하는 이유를 알 것 같아서였다.

이 일이 바깥으로 새어나가면 집안 망신이 될 것을 알아서일 것이었다. 그렇다는 건 당장 이 일로 저를 쫓아내려 하지도 않을 것이란 얘기였다.

'그렇겠지. 나 하나 망신주어 쫓아내자고 차마 집안과 아들 얼굴에 먹칠하실 순 없는 거겠지.'

거기다 이 일이 발각되면 우의정인 숙영 아버지에게도 문제가 생길 것이고, 그렇게 되면 기껏 우의정 집안과 사돈을 맺은 의의가 사라져버린다.

'서방님의 전정을 위해서라도 더더욱.'

숙영의 행실을 문제 삼아 내쫓아버리면 우의정의 사위가 된 아들 성우의 전정까지 망치게 된다. 결국 두 집안의 안녕을 위해서라도 절대로 이 집안에서는 숙영의 행실이며 진아의 출생을 문제 삼지 못할 것이란 얘기였다.

'내 괜한 걱정을 한 것이었나?'

드러내놓고 박대하지 못하고 쫓아내지 못할 것이라면 사실이 들킨들 뭐 대수인가 싶었다.

하지만……

'근데 청주는 왜 가자고 하신 거지? 그것도 진아까지 데리고?'

숙영의 일에 대해서 다 알아놓고선 제일 먼저 하는 일이 청주를 가자는 일이었다. 분명 무슨 꿍꿍이가 있지 않고선 그럴 리 없었다.

'뭐야. 혹시……?'

숙영의 입안이 바싹 메말라졌다. 마른 혓바닥이 입천장에 떠억 달라붙는 것만 같았다.

'진아를…… 죽일 셈이야? 나까지?'

심한 생각일지 몰랐다. 하지만 숙영 저라면, 자신이 시어미라면 그러고도 남을 성싶었다. 집안의 망신이 되는 존재인데 드러내놓고 없애지 못하면 그 수밖에 없지 않은가?

"가엾은 아드님을 홀아비로 만드시려고요?"

어금니를 꽉 깨문 채 숙영이 혼잣말을 하였다. 그러더니 벌떡 일어나서는 얼른 벽장으로 다가가 쓰개치마를 꺼내 들었다.

·

·

·

그로부터 한 시진 후였다. 청주에 가기 전에 친척 어른들에게 드릴 옷감이라도 끊고 싶다고, 시어머니에게 바깥출입을 허락받은 숙영은 그대로 저자로 향했다.

"대국에서 새로 들어온 천이 좀 있던가?"

오랜 단골인 비단가게로 들어선 숙영은 저를 따라온 계집종을 밖에 두고, 혼자서 골방 안으로 들어갔다. 귀한 손님 몇몇에게만 허락되는 은밀한 장소였다. 나라에서 거래를 엄금하는 타국의 비단들을 직접 보고 살 수 있는 장소였다. 그런 한편 아주 특별한 '거래'가 이뤄지는 곳이기도 했다.

"…… 오늘 밤 해시(亥時, 밤 9시부터 11시)"

낮은 속삭임으로 무언가를 긴히 이른 후, 숙영이 결행할 시간을 알려주었다. 그러고선 미리 준비해 온 은자 주머니를 건넸다.

'특별히 좋은 거라도 사셨나?'

골방에서 천감을 한 아름 안고 나오는 숙영을 보며 계집종이 고개를 갸웃거렸다. 그도 그럴 게 숙영의 얼굴이 요 며칠 본 얼굴 중에서 가장 흡족하게 웃고 있었기 때문이었다.

"의원이라도 불러올까요?"

하진이 조금 근심스러운 낯으로 석주를 보살피고 있었다. 아침밥을 대강 뜨는 둥 마는 둥 하더니, 아침상을 물리기도 전에 웩웩 하고 토악질을 해댄 석주는 그 후로 좀처럼 기력을 회복하지 못한 채 힘없이 벽에 기대어 앉아 있었다.

"아냐. 속이 좀 안 좋은 것뿐이다. 이러고 쉬고 있으면 금방 나을 거야."

석주가 팔을 채 들어 올리지도 못하고 흐느적흐느적 손을 저었다.

"잠시만요."

매우 붉어진 석주의 뺨에 손을 가져다 대 본 하진이 얼른 다시 이마며 귀밑까지 손을 대어보았다.

"신열(身熱)이 많이 납니다. 안되겠어요. 의원을 불러오겠습니다."

손으로 느낀 열 기운에 놀란 하진이 벌떡 일어서려는데 석주가 하진의 치맛자락을 부여잡았다.

"안 돼……"

"아가씨?"

"사실은…… 지금 의원을 부를 만한 형편이……"

아파서 나는 열 때문이 아니라 저의 빈곤한 사정을 말해야 하는 수치심에 석주의 뺨은 한층 더 빨개졌다. 사실 도성에서 문경까지 가는 노잣돈을 준비해 오긴 했으나 지금은 그야말로 꽤 간당간당한 수준이었다. 가는 길이 하루가 지체되면 될수록 그만큼 하진이나 가마꾼에게 드는 비용도 늘어나기 마련이었다. 그들이 모두 자고 먹고 하는 돈이 석주의 노잣돈에서 치러지는데, 금화 말대로 오늘 밤 여기서 하루를 더 지체하려면 그만큼의 비용이 더 들게 된다. 그런 상황에 의원을 부르고 진맥을 하고 약이라도 지어 받으려면 또 얼마나 더 돈이 축나야 하는지 몰랐다.

"하아, 하아…… 그냥 날 좀 눕혀다오. 이대로 한나절만 누워있으면 신열 같은 건 금세 떨어질 거야."

석주의 말에 하는 수 없이 하진은 이부자리를 펴고 석주가 눕는 걸 도왔다.

"잠시만 누워계셔요. 밥물이라도 좀 끓여오겠습니다."

파르르, 눈꺼풀까지 떨며 혼절 직전에 간 석주를 보며 하진이 자그맣게 속삭였다. 이어 하진이, 제 계집종이 방문을 닫고 나가는 소리를 어렴풋하게 들으며 석주는 의식을 잃었다.

·

·

·

그로부터 얼마나 지났을까? 꿈결인 듯 아닌 듯 석주는 누군가가 제 손목을 잡고 들어 올리는 걸 느꼈다. 누군가가 제 눈꺼풀을 슬며시 들추는 것 같은 느낌도 들었다.

"…… 습니까?"

"…… 걱정 마시고…… 약재를…… 최고로 좋은 것으로……"

"값은 얼마든지……"

웅얼웅얼 대는 누군가의 목소리들이 들려오는 것도 같았지만 그 또한 꿈이겠거니 여겼다. 석주가 희미하게 의식을 되찾았을 때는 진한 탕약 냄새가 코끝을 간질일 즈음이었다.

"으흠?"

"깨셨습니까? 마침 잘 되었네요. 조금 일어나서 이것 좀 마셔보세요."

석주가 뭐라 마다할 겨를도 주지 않고 하진이 아직도 잠이 깰락 말락 하는 석주의 몸을 반쯤 일으켜 그 입안으로 적당히 식어 뜨뜻한 탕약을 흘려 넣었다.

"이건 뭐…… 음……"

잠시 탕약 그릇이 입에서 떼어진 틈을 타서 석주가 무엇이냐 물으려 입을 열었지만, 하진이 다시 탕약 그릇을 가져가 반은 억지로 다시 탕약을 마시게 하였다.

"약초꾼에게 거저나 마찬가지로 얻어온 찌꺼기 약재들을 끓인 겁니다. 크게 효험은 없어도 몸의 기력을 회복하시는 데는 도움이 될 거라고 하더라고요. 이거 마시고 한잠 푹 더 주무세요."

실상은 의원을 부르는 값이며 최고급 약재 값까지 모두 제가 치렀지만, 하진이 거짓말로 석주를 안심시키고는 얼른 다시 석주를 이부자리에 눕혔다.

"탕약에 몸을 진정시키고 깊게 잠들게 하는 효과가 있으니 탕약을 마시고 나면 다음 날 아침까지는 좀처럼 깨지 못하실 거요."

하는 의원의 말을 떠올리면서.

"여기?"

태서가 턱짓으로 동굴을 가리키며 수하에게 물었다. 그곳은 성우가 감금되어있는 동굴이었다.

"예. 들어가 보시겠습니까?"

수하의 물음에 태서는 당장이라도 그러마 하고 싶었지만 애써 욕심을 꾹 눌렀다. 뭐, 그 잘난 양반의 몰골을 보고 비웃어주고 싶은 심정은 이루 말할 수 없을 정도였지만 고작 그런 만족감이나 느끼려고 지난밤부터 지금까지 잠 한숨 안 자고 달려온 게 아니었다. 동 서방은 노 의원의 약방으로 옮겨놓은 상태였다. 처음엔 가지 않겠노라고 몸부림을 치던 동 서방도, 여태 존재하는지도 몰랐던 제 자식을 살리려 하는 일이란 말에 금세 제 뜻을 꺾었다. 제 딸아이를 살릴 수만 있다면, 하여 제 품으로 단 한 번만이라도 그 아이를 안을 수 있게만 해준다면 뭐든 시키는 대로 따르겠다는 맹세까지 해 준 터였다. 태서는 그런 동 서방에게 몸에 약기운부터 씻어내라며 노 의원의 처방에 따르고 있으란 말을 해두고 그대로 하진과 도승지의 딸을 따라잡기 위해 온 종일 말을 달렸다. 하여 보통이라면 넉넉히 이틀은 달려야 올 거리를 단 하루 만에 당도한 태서였다.

"잘 지키고 있어. 며칠 굶는다고 죽지는 않을 테니 밥도 물도 주지 말고."

그건 성우를 향한 엄연한 심술이었다. 자신이 생각해도 좀 유치하고 옹졸하다 싶었지만, 한편으로는 뭐 어떠랴 싶기도 하였다. 하진을 고통 속에 빠트린 작자이니 이만한 복수쯤은 해도 되겠다, 싶었다.

잠시 후, 하진과 승지의 딸이 묵고 있는 거처를 향해 걸음을 옮기며 태서가 수하에게 물었다.

"오늘 올 거라고 했다고?"

"예. 뭘 어찌 아는 진 모르겠지만 오늘 밤에 반드시 올 거라고 장담하였습니다."

태서의 수하인 포야 중에서도 태서가 가장 아끼는 심복 중의 심복이 하진의 말을 전하였다.

"그이가 올 것이라 하였다면 반드시 올 것이다."

태서의 말에는 하진에 대한 신뢰 그 이상의 무언가가 담겨 있었다. 하여 수하는 이번에도 어찌 그리 믿고 계시냐, 과연 그 여자 분 때문에 도성을 이렇게 비울만한 가치가 있는 것이냐 묻지도 못하고 그대로 입을 다물 수밖에 없었다.

"저 집입니다."

수하의 안내에 따라 하진과 석주가 묵고 있는 집과 골목 하나를 사이에 둔 집으로 들어섰을 땐, 이미 다른 수하들이 담 아래 바짝 몸을 낮춘 채 석주의 거처 쪽에서 들려올 기척을 기다리고 있었다. 그러기에 태서가 왔는데도 다들 가볍게 고개만 끄덕이고 눈만 마주쳤을 뿐, 따로 인사를 챙기지 않았다.

"아직 별다른 낌새는 없……"

태서를 데리고 오느라 잠시 자리를 비운 수하가 그동안 아무 일도 없었는지 물으려 할 때였다.

"쉿."

태서가 급하게 손가락을 입술 위에 세웠다. 그 손짓 하나에 마당에 있는 모든 사람의 얼굴에 순식간에 서늘한 긴장감이 감돌기 시작했다. 한껏 귀를 쫑긋 세웠는데도 들릴락 말락 조심스러운 발걸음 소리가 들려온 건 그 직후였다. 조금씩 가깝게 다가오기 시작한 그 소리의 임자는 건너편 담벼락 아래에서 멈추더니 "웃챠!" 하는 가벼운 탄성을 내었다. 이어, 조금 둔탁한 털썩 하는 소리가 들려왔다. 발소리의 주인장이 필경 담을 넘은 것이리라.

"덮치러 갈까요?"

수하가 거의 입 모양만으로 물었다.

'으응.'

태서가 가볍게 고개를 저었다. 그러고선 가만히 손짓으로 제 가슴을 가리켰다가 건너편의 집을 가리키고선 손가락을 모아 아랫입술을 쥐었다가 놓으며 휘파람을 부는 모양새를 취했다.

혼자 들어가 볼 터이니 휘파람으로 신호를 주거든 그때 들어오라는 뜻이었다.

끄덕끄덕. 태서의 말뜻을 알아들은 수하들이 일제히 고개를 주억거렸다. 그것을 보고선 태서가 허리춤에서 검은 복면을 꺼내어 머리 위로 뒤집어쓴 후, 담을 향해 가볍게 몸을 날렸다. 눈 깜짝할 사이에 담 하나를 넘은 태서의 몸이 다시 탄력 있게 공중으로 치솟았다 사라졌다. 그새 석주의 방을 둘러싸고 있는 객주 담까지 넘은 것이었다. 벌써 질리도록 본 모습이었기에 새삼스러울 것도 없으련만 그 모습에 태서의 수하들은 모두 반쯤 혀를 내놓고선 고개를 절레절레 저었다. 몇 번을 봐도, 몇 십 번을 봐도 놀라움이 가시지 않을 정도로 귀신같은 몸짓이기 때문이었다.

한편, 그때 석주의 방 앞에서는 금화가 낮은 목소리로 석주의 이름을 부르고 있었다.

"낭자?…… 낭자 계시오?"

자신이 아침결에 밤에 다시 오마 약속을 하고 갔으니 원래대로라면 석주는 저를 기다리고 있었어야 할 터였다. 한데, 석주의 방에는 불이 꺼져있었고 몇 번이나 소리를 억누른 채 이름을 불러도 대답이 돌아오지 않았다.

'설마? 날 피해 도망간 것이야?'

마음이 조급해진 금화가 신발도 벗지 않고 그대로 툇마루 위에 뛰어올라가 벌컥 방문을 열었다.

"휴우……"

금화의 입에서 안도의 한숨이 새어 나왔다. 비록 불이 꺼져 있어 잘 보이진 않았으나 이불이 불룩한 걸 보고서 석주가 잠들어 있음을 알게 되었기 때문이었다.

'아니. 괜히 무섭고 떨려서 자는 척할 수도 있지.'

아직은 들켜야 할 때가 아니기에 금화는 얼른 방 안으로 들어가, 소리를 내지 않도록 조심하며 살그머니 방문을 닫았다.

"낭자. 낭자를 데리러 소승이 왔소."

방문 앞에 선 금화가 제가 왔음을 알렸다. 그런데도 이불 속 상대는 미동도 하지 않았다.

'뭐지?'

이 정도면 잠에 빠졌더라도 도저히 안 깨어날 수 없을 텐데 무슨 일일까, 궁금하여 이불 쪽으로 조금 가까이 다가갔다.

'응? 이 냄새는?'

방에 익숙해진 금화의 코에 진한 탕약 냄새가 흘러들어왔다.

그러고 보니 코오, 코오오 하고 얕게 코를 고는 소리가 이불 쪽에서 들려오기도 했다.

'탕약을 먹고 자는 건가? 그래서 못 깨어나는 거야?'

조심스레 이불 쪽으로 가까이 다가간 금화가 살그머니 이불 위로 가냘픈 몸을 흔들었다.

"낭자. 내가 왔소. 낭자?"

하지만 흔들면 흔드는 대로 몸이 흔들릴 뿐, 좀처럼 석주는 깨어날 생각을 하지 않았다.

"어쩐다?"

본디의 계획대로라면 어떻게든 석주를 꼬셔 밤도망을 칠 생각이었다. 거짓 눈물과 입바른 소리 몇 마디면 이 철없는 양반 계집이 홀라당 제 말을 믿고 따라올 것은 자명한 일이었으니까. 이제껏 금화 제가 그런 식으로 후리지 못한 양반 여인네는 없었으니까.

'한데 이걸 어쩐다?'

갑자기 눈앞에 닥친 돌발 상황에 금화는 잠시 당황하였다. 탕약을 먹고 잠이 들었으니 깨운다 한들, 제대로 정신을 차릴 리 만무하였다. 그렇다고 포기하고 갈 순 없었다. 이미 모든 준비가 끝나있었으니까.

    원래의 계획대로라면, 석주를 데리고 밤도망을 치면 산으로 이어지는 동네 어귀에서 이 밤의 목격자가 나타나 고함을 지르기로 하였다. 하면, 놀란 금화가 석주를 데리고 뛰어가다 저를 쫓아오는 관아의 나졸들을 피해 먼저 산으로 도망치고 석주는 그 길로 나졸들에게 붙잡혀야만 했다. 물론 비명을 지를 사람이며, 석주를 붙잡을 나졸들이며, 산속까지 저를 쫓아올 나졸들까지 모두 준비된 상태였다. 우의정이 미리 인근 관아의 현감에게 손을 써 둔 것이다.

    "만약 도승지의 딸이 그 근방에서 묵지 아니하면 어찌 됩니까? 준비한 것이 모두 허사가 되지 않겠습니까?"

    금화가 물었을 때, 우의정은 그 근방에 묵게 하는 것도 금화의 능력이라며, 모든 걸 밥숟가락에 떠서 일일이 먹여줘야 하느냐고 도발했다. 하여, 금화는 석주의 가마를 쫓던 중 잠시 가마꾼들이 휴식을 취할 때 넌지시 두어 명에게 접근해 두둑한 돈주머니를 찔러주었더랬다. 그저 어디 골 어드메쯤에서 힘들어하는 기색을 보여주기만 하면 된다는 단서를 달고서. 넌지시 저와 석주가 도성에서부터 아는 사이라고 슬쩍 흘리기도 하였다. 그러고선 일부러 석주의 가마가 가는 길을 배회하며 석주의 눈에 뜨이기 위해 어슬렁거렸더랬다.

    그렇게 만든 기회였는데, 어렵게 만든 판인데, 하필 이 밤의 주인공이 약에 곯아져 떨어져 자다니, 낭패도 이런 낭패가 없었다.

    '젠장! 다 왔는데! 이제 다 됐는데, 우씨!'

    동네 어귀까지만 가면, 만사가 형통일 일이었다. 도승지 딸은 천한 중놈이랑 밤도망을 치다 동네 사람과 나졸들에게 들켜 관아에 체포되고, 이내 도성의 의금부로 압송될 것이었다. 이전부터 도승지 딸과 천한 중놈이 심상치 않은 사이였던 것은 그 딸을 수발들던 계집종과 가마꾼들이 증명해 줄 터였다. 물론 그 중놈은 나졸들에게 쫓겨 낯선 한밤의 산길을 배회하다 그만 천 길 낭떠러지 아래로 떨어져 시신조차 수습하지 못한다는 결론까지 준비되어 있었다. 근데 석주가 잠들어 있으니 이 예정된 모든 계획이 모두 어그러질 판이었다.

'이를 어쩐다?…… 하는 수 없지.'

금화는 잠시 망설이다, 작심한 듯 이불 속의 석주를 끌어내 거칠게 등에 업었다. 전부터 눈도 맞고, 배도 맞은 양반 규수를 연모하다 못해 보쌈을 하는 중놈이 되기로 한 것이다. 그것만으로도 충분히 석주의 인생은 나락으로 떨어질 것이었으니까. 석주의 아비 도승지 오승환은 부덕한 딸을 둔 아비로서 도저히 수치스러워 얼굴을 들고 살 수 없게 될 것이었으니까. 제 아무리 꼬장꼬장한 우의정이라고 해도 그만한 결과면 충분히 만족하고도 남을 것이었다.

.

.

.

'으…… 왜 이리 무거워.'

약에 취해 잠든 석주를 둘러업고서 밤거리를 뛰어가던 금화가 잠시 뛰던 걸음을 멈추고 숨을 골랐다.

"하아."

소매로 이마를 닦아보니 소맷자락이 땀으로 흥건히 젖었다.

"보기에는 그리도 가냘파 보이더니."

으그그그, 앓는 소리를 내며 석주의 몸을 추켜 올린 금화가 다시 발걸음을 빨리 하였다. 저 멀리 아름드리나무가 서 있는 동네 어귀까지만 가면 이제 곧 저희의 모습을 보고 소리를 지를 목격자가 나타날 것이었다. 이어 그 비명을 기다렸다는 듯 관졸들이 나타나기만 하면 모든 일이 끝난다.

"헉, 허억, 헉!"

밤공기 속에 녹아들지 못한 거친 금화의 숨소리가 사방으로 튀었다. 마침내 약속한 동네 어귀에 당도한 금화는 길게 고개를 빼고 사방을 둘러보았다.

'어라? 왜 조용하지?'

여전히 거친 숨을 내쉬며 금화는 고개를 갸웃거렸다. 거기 누구냐며, 이 야밤에 여인네를 데리고 거기서 뭐하는 거냐며 당장이라도 소리를 지르고 뛰쳐나와야 할 목격자가 나오지 않고 있었다.

"어이! 어어이!"

기다리다 못한 금화가 답답한 마음에 조심스레 얼굴도 모르는 누군가를 불러댔다.

"저기! 저기요? 어어이!"

소리를 치기로 한 목격자가 없으면 이쪽에서 관졸이라도 튀어나왔으면 좋으련만, 무슨 까닭인지 사방은 그 흔한 동네 개 짖는 소리 하나 나지 않고 조용하기만 했다.

'다들 어디로 간 게야!'

당황하여 사방을 두리번거리자니 갑자기 조금 떨어진 곳에서 빠직, 하고 뭔가 나무 가지 같은 게 밟혀 부러지는 소리가 났다.

"누구요?"

약속된 사람들이 온 것일까 반색하면서도 혹시나 하는 마음에 금화가 조심스레 어둠을 향해 물었다. 하지만 돌아오는 대답은 없었다. 그 대신 그 소리에 잠이 깬 것인지 갑자기 등에 업힌 석주가 갑자기 거칠게 몸을 비틀며 소란을 떨기 시작했다.

"누, 누구요? 여기가 어딥니까? 나, 날 어디로 데려……"

"나, 낭자! 진정하시오! 나요, 금화요."

제 등 위에서 소란을 피우는 석주에게 얼른 제 이름을 대며 어르던 금화가 문득, 표정이 변했다.

"낭……자?"

뭔가 미심쩍은 생각이 들어 석주를 등에서 내려놓기 위해 금화가 슬쩍, 허리를 굽혔다.

"거기 누구요!"

하는 날카롭게 외치는 소리와 함께 등롱을 든 한 무리의 관졸들이 어둠 속 저편에서 후다닥 뛰쳐나온 것은 바로 그때였다.

'이제야 왔구나!'

기다리던 자들이 뛰쳐나온 것에 반색하며 금화는 희미한 의구심을 떨치고선 등에 업고 있던 석주를 거칠게 땅바닥으로 내팽개쳤다.

"으윽!"

갑작스레 땅바닥으로 떨어진 충격에 석주가 고통스러운 신음을 흘렸다.

"미안하오. 낭자. 내가 살 수 있는 길은 이 길밖에 없구려. 부디, 죽을 때까지 소승을 원망하시구려."

비열한 웃음과 함께 제멋대로 작별인사를 늘어놓은 석주가 그대로 눈앞에 보이는 산길을 향해 냅다 달음박질쳤다.

"뭐하는 자냐! 당장 거기 서라!!"

방금 막 어둠 속에서 뛰쳐나온 관졸 중 한 명만이 이제 막 놈이 버려두고 간 여인에게로 향했고 나머지 관졸들은 일제히 도망치는 금화의 뒤를 쫓았다.

"괜찮아?"

혼자 남은 관졸이 바닥에 넘어진 여인을 잡아 일으키며 다정히 물었다.

"…… 언제 온 거야?"

석주 노릇을 하고 있던 하진이 관졸 옷을 입고 있는 태서를 보며 눈을 커다랗게 떴다.

"온단 소리 없었잖아."

"안 오면. 혼자 또 이런 짓 벌일 게 뻔한데, 누가 막으라고."

"…… 어떻게 알았어?"

"알고 말고 할 게 없던데 뭐. 애들한테 물어보니까 그 낭자는 아예 다른 방으로 옮겨 눕혀놨다며. 그럼 그 방에 가서 대신 누워있을 게 누가 있겠어. 겁대가리라곤 먹고 죽으려고 해도 없는 어떤 고약한 여인네밖에 없지."

하진이 묻는 말에 길게 답하던 태서가 금세 눈살을 찌푸렸다.

얼굴엔 별다른 내색이 없었지만, 하진이 손으로 살짝 통통, 허리를 두들기는 걸 본 때문이었다.

"다쳤어?"

순식간에 태서의 목소리가 사나워졌다.

"조용히 해. 진짜 관졸들이라도 나타나면 어쩌려고."

하진이 기겁을 하고 태서를 말리려 했지만, 이미 반쯤 화가 난 태서는 그대로 하진의 손을 잡고는 제가 먼저 앞서서 어딘가를 향해 걷기 시작했다.

"어디로 가? 그자는 안 쫓아도 돼?"

"내 수하들이 알아서 할 거야."

툴툴대며 태서가 답했다. 태서의 말대로 그때 관졸로 위장한 태서의 수하들은 어느새 산속으로 접어든 금화의 뒤를 바짝 쫓고 있었다. 아니, 정확히 말하면 쫓고 있는 게 아니라 거의 몰아가고 있는 수준이었다.

"헉…… 헉…… 이젠 다른 보는 사람은 없겠죠?"

한참을 도망치다 말고 금화가 바위 위에 털퍼덕 주저앉고는 입고 있는 옷자락을 펄럭대며 땀을 식혔다.

"하아. 힘들다. 자, 자. 다들 좀 앉아서 쉽시다. 아직 시간은 많으니, 좀 쉬었다가……"

절벽 위에 가면 옷을 벗어줄 테니 미리 마련해 둔 시체한테 옷을 입히면 될 것이라고 말하려던 금화가 불안한 눈으로 두리번거렸다. 쉬자고 하는데 제 말은 듣는 둥 마는 둥 하며 관졸들이 점점 더 저에게로 다가오고 있었기 때문이었다.

"왜들…… 이러시오?"

"감히 양반집 부녀자를 보쌈 해? 천한 것이 양반 부녀자를 보쌈하다 들키면 어찌 되는지 잘 알 터인데? 그런 무서운 죄를 지은 놈이 어찌 이리 태평하실까?"

"뭔가 단단히 믿는 뒷배라도 있는 모양이지 크큭. 그래도 결국 황천길은 혼자 가야 할 텐데 말일세."

놀리듯 겁박하듯 지금부터 금화가 당할 일을 읊조리며 관졸들이 금화의 주변을 에워싸듯 하면서 점점 더 가까이 다가왔다.

"왜, 왜들 이러시오?"

뭔가 애초의 계획하고는 달리 돌아가는 사태에 놀라, 금화가 주춤 뒤로 물러나 앉았다.

"왜 이러긴! 감히 양반 부녀자를 겁간하려 한 중놈을 포박하려는 게지!"

"저, 저기요. 대감마님, 우의정 대감마님께 아무 말씀도 못 들으셨소?"

"우의정은 무슨 우의정! 자다가 남의 다리 긁는다더니 천하의 잡놈이 여기서 우상 대감 소리는 왜 꺼내는 거야!"

"아, 아니. 대감께서 분명 여기 관아에 말씀해 두신다고 하, 하셨는데?"

"이 미친놈이! 어디서 감히 하늘같은 정승 양반을 팔아서 죄를 모면하려는 게야! 여보게들, 안 되겠네. 어서 이놈을 잡아 관아로 끌고 가세!"

에워싸고 있는 관졸 중에 제일 성질 사납게 생긴 사내가 우락부락한 얼굴로 들고 있는 방망이를 흔들며 금화에게 다가왔다.

"저, 정말 아무 말도 못 들으셨단 말이오? 그럴 리가 없을 텐데요! 분명히 우의정 대감께서……"

"어허! 이놈이 그래도! 안 되겠다! 네놈을 가만뒀다가는 괜히 죄 없는 우의정 대감에게까지 누를 끼칠 것 같으니, 지금 여기서 네놈 아가리부터 찢어놓아야겠구나!"

말만이 아니었다. 정말로 당장 금화의 입을 찢을 기세로 관졸 중 누군가가 금화에게로 무섭게 달려들었다.

"저, 저리 가시오!"

금화가 얼른 제게로 제일 먼저 달려드는 사내의 가슴팍을 밀고는, 이번에야말로 죽기 살기로 그 자리를 도망쳤다.

"뭣들 하는가! 당장, 저놈을 잡읍세! 아니면 우리가 모두 큰일이 난다는 걸 알아야지!"

"알겠는가? 저놈은 이 산에서 절대 살아나가서는 안 되는 놈이네! 그분의 명일세!"

허둥지둥 산 위를 향해 맹렬히 달려가는 금화의 뒤에서 사내들이 소리쳤다. 전부 다 금화가 들으라고, 하여 실컷 제멋대로 오해하라고 하는 소리였다.

아니나 다를까. 등롱 하나 없이, 달빛 한 조각 닿지 않는 어두운 산길을 구르며 넘어지며 도망치는 금화의 머릿속은 어지럽게 돌아가고 있었다.

'뭐, 뭐야. 저놈들 왜 저래?'

'대감이 아무 말도 아니 전했다고?'

'그럼 저들은 어찌 알고 나타난 건가? 정말로 우연히 나를 발견한 거라고?'

'아니, 아니야. 이런 작은 동리에서 저리 많은 수의 관졸들이 함께 순찰을 돈다고?'

'그럼? 그럼?'

'잠깐! 아까 뭐라고 그랬지?'

금화는 조금 전 저를 위협하던 관졸의 말을 떠올렸다.

"이 산에서 절대 살아나가서는 안 되는 놈이네. 그분의 명일세!"

마지막으로 들린 말을 더듬어보던 금화의 등줄기에 소름이 쫙 끼쳤다.

'그분의 명이라니. 그럼 뭐야? 우의정이 나를 죽이라고 한 거야? 그렇다면 미리 준비시켜 놓겠다는 시체는? 아냐. 아냐. 그럴 리가 없잖아! 나를 죽여서 우의정이 무슨 득이 있······.'

급박하게 도망치던 금화가 문득, 스무 걸음쯤 뒤에서 저를 쫓아 뛰어오고 있는 관졸들을 돌아보았다. 등롱을 들고 눈을 희번덕거리며 저를 쫓는 그 모습들은 흡사 마치 정해진 곳으로 사냥감을 모는 포수들의 모습처럼 보이기도 했다.

'나를 이대로 벼랑으로 몰아 떨어뜨려 죽일 셈이다.'

조금 전까지 뜨겁게 달아올랐던 피가 순식간에 차갑게 얼어붙는 기분이었다. 이 밤, 제게 닥칠 운명을 예감한 때문이다.

'도승지 딸은 딸대로 함정에 빠트려놓고 나는 죽여 증좌와 증인을 함께 없앨 셈이군.'

사태를 파악하니 더더욱 붙잡힐 수도, 그들의 손에 순순히 제 목숨을 내어줄 수도 없었다. 어떻게 연명해 온 목숨인데, 무슨 짓을 하며 연명해 온 목숨인데 이대로 멍청한 속임수에 당해 죽어줄 수는 없었다.

하지만, 결의는 허무하게도 아무런 결과를 맺지 못했다.

"헉, 헉……!"

무조건 살아 도망치고야 말겠다는 굳은 결심과는 달리 금화는 결국 너무나 쉽게 벼랑까지 내몰릴 처지에 놓이고 말았다. 어찌어찌 관졸들을 피해 숲으로 난 작은 오솔길로 달려오긴 했지만 아뿔싸, 그 끝은 그야말로 막다른 길이었다. 그리 높지 않은 산인데도 까마득하게만 보이는 절벽이 그 길의 끝에 도사리고 있었다.

"안 돼. 안 돼에에!"

절망에 찬 금화의 외침은 흡사 상처 입은 짐승의 포효처럼 고요한 밤의 산에 울려 퍼졌다. 순간, 그 외침에 대한 응답인 양 낯선 목소리 하나가 금화의 등 뒤에서 들려왔다.

"살고 싶소?"

"누구요?"

소스라치게 놀라 돌아본 금화의 앞엔 금화가 일부러 이날 밤을 위해 입은 탁한 빛의 승복과 비슷한 승복을 입고 삿갓을 쓴 남자가 서 있었다.

"도와주리까?"

승복을 입은 사내가 금화에게 물었다.

"뉘, 뉘시오?"

"지금 그걸 물을 상황이 아닐 텐데요?"

승복을 입은 사내가 삿갓을 조금 들어 얼굴을 드러내보였다. 맑게 생긴 사내였다. 고요하고 침착한 눈을 가진 사내였다. 그 얼굴과 눈빛만으로도 금화는 알았다. 눈앞의 사내가 저와 같은 승려라는 것을.

"살고 싶소?"

"…… 그걸 말이라고 하오?"

얼굴도 보고 또한 같은 승려라는 걸 알자 금화의 목소리에서 조금 가시가 빠졌다.

"그쪽이 나를…… 살려주실 수 있겠소?"

"그럼, 잠깐만 눈을 감으시오."

"뭐요?"

갑자기 나타난 이 사내는 누구일까, 도대체 무슨 꿍꿍일까, 제게 왜 이러는 걸까 금화는 도무지 이해가 가지 않았다. 그래도 망설일 틈은 없었다.

"어디로 갔지?"

"저쪽, 아까 저쪽 샛길로 가는 걸 봤습니다!"

"저기로 가세!"

하는 수군거림이 바로 등 뒤, 얼마 떨어지지 않은 지척에서 들려오고 있었다. 눈앞에는 절벽, 등 뒤에는 관졸들. 달리 도망칠 길도 살 방법도 없었다.

"정말 살려주시는 게요?"

금화의 다급한 물음에 승복의 사내가 가만히 고개를 끄덕였다. 금화 저와는 달리 참으로 신실해 보이는 얼굴을 한 승려였다. 설마하니 승복을 입은 이 자가 저를 죽이려 들지는 않을 것 같았다.

'승복을 입고 있다고 이리 안심하다니. 결국은 나도 어쩔 수 없는 중놈이 아닌가?'

자신의 허술하고 안이한 생각을 비웃으면서도 달리 하는 수 없어, 금화는 결국 눈앞의 승려가 시키는 대로 눈을 감았다.

"뭘 어쩌려는지 모르겠지만 빨리……"

눈을 감은 금화가 재촉하는 걸 끝까지 듣지도 않고, 승복을 입은 사내가 손바닥을 세워, 그대로 힘을 주어 금화의 목덜미를 가격하였다.

급소를 맞은 금화가 "윽!" 하는 짧은 신음과 함께 짚단이 넘어지듯 풀썩 앞으로 고꾸라졌다.

"웃차!"

사내가 재빨리 금화의 몸을 잡고는 입술을 모아 재빨리 "휫!" 하고 휘파람 소리를 냈다.

"끝나셨소?"

조금 전까지 수군거리던 목소리 중 하나가 어둠 속에서 물어왔다.

"혼절하였소이다."

승복의 사내, 여일이 나지막하게 답하자 금세 관졸 차림의 서너 명이 숲 안쪽에서 뛰쳐나왔다. 그러고선 처음부터 작정한 일인 것처럼 재빨리 쓰러진 금화의 몸에서 승복을 벗겨냈다. 속속곳 차림의 알몸이 된 금화는 이내 커다란 보자기에 담겨 개중 제일 덩치가 큰 사내의 어깨에 떠메어 산을 내려갔다. 당연히 여일이 그 곁을 따랐다. 산에 남은 나머지 사람들은 미리 잘라 온 멧돼지의 발톱을 이용하여 금화의 옷을 갈가리 찢고는 그 위에 가죽 주머니에 담아온 돼지 피를 군데군데 쏟아 부은 뒤, 그대로 깊고 깊은 절벽 밑으로 훌쩍 던져버렸다.

"어서 감세. 기다리시겠네."

태서의 수하 둘이 눈을 맞추어 일이 끝났음을 서로에게서 확인받은 뒤, 조금 전 먼저 산을 내려간 동무의 뒤를 따라 내려가기 시작하였다.

"어쩔 생각이었어? 네가 그 낭자가 아닌 걸 그놈이 알아차리면 사람 잘못 봤소이다하고 곱게 놔줄 줄 알았어? 거기가 어디라고 따라나서! 따라나서길!"

수하들은 태서가 자신들을 이제나저제나 하고 기다리고 있을 줄만 알았지만, 정작 그때 태서는 자신이 일을 시킨 부하들에 대한 생각은 요만큼도 하지 않고 있었다. 두 사람은 지금 수하들이 머물던, 석주가 든 객주와 골목 하나를 사이에 둔 집에 들어있었다.

"내가 없는 데선 함부로 움직이지 말라고 몇 번이나 말했잖아!"

"진짜 관졸들은 어떻게 했어?"

태서가 나무라는 소리를 귓등으로도 듣지 않고 하진은 태서와 태서의 수하들이 어떻게 이 일에 끼어들었는지를 알고 싶어만 했다.

"만약 그자들이 우의정에게 이번 일이 틀어진 걸 알리기라도 한다면……"

"이 여자야!"

답답한 마음을 이기지 못하고 태서가 하진의 말을 중간에서 끊으며 와락, 끌어안았다.

"왜! 늘! 넌 늘!"

태서가 하진의 어깨에 깊게 고개를 묻고는 있는 대로 짜증을 내며 따졌다.

"왜 이렇게 겁이 없어! 너 때문에 내가 얼마나 겁이 났는지 알기나 해!"

"낭자를 지키려고……"

"지키긴 뭘 지켜! 지키려면 너 스스로나 지켜! 그깟 낭자보다 난 네가 백배 천배 더 소중하니까!"

태서가 하진의 어깨를 잡고서 몸을 떼어놓고 다그쳤다.

"전에도 말했지? 다른 여인들을 도와주는 거 다 좋다고. 하지만 너한테 함부로 굴고 널 위험에 빠트리는 건 용서 못 해! 설령 그게 너 자신이라고 해도!"

"낭자가 그자들의 계략에 빠지고 나면……"

마치 칭얼대는 아이를 달래듯, 하진이 제 걱정 때문에 얼굴을 붉히고 있는 태서의 뺨을 어루만졌다.

"도승지는 실각하게 될 것이고, 우의정과 안수대군 일파를 막을 세력이 없어져. 그게 얼마나 끔찍한 일인지는 너도 잘 알잖아."

물론, 알고 있었다. 우의정과 안수대군은 앞으로도 자신들의 권세 확장 및 유지를 위해 갖은 수단 방법을 써서 정적들을 제거해 나갈 것이고, 자녀안은 그런 그들에게 가장 막강한 무기가 되어 줄 것이었다. 그 말인즉, 앞으로 얼마나 더 많은 여인이 피눈물을 흘리게 될지 모른다는 뜻이었다.

생각해보면 예전 언젠가도 태서는 이날 밤처럼 자꾸만 무리하게 일을 벌이는 하진을 닦달한 적이 있었다.

"네가 이 땅의 모든 억울한 여인들을 다 구해줄 순 없어! 뭐든 참견하지 않고는 못 배기는 그 성질머리를 도대체 어쩌면 좋을까?"

"그렇다고 내 눈앞에서 죽어가는 여인을, 죽을 게 분명한 여인을 못 본 척 외면할 순 없잖아. 나까지 모른 척하면 정말로 아무도 손 내밀 사람이 없는데, 내가 유일한 구명줄인지도 모르는데 어떻게 해!"

그때 처음으로 하진은 태서에게 무섭게 화를 냈다.

자신이 하는 일이, 제 뜻이 마음에 들지 않는다면 돕지 말고 그냥 두라고. 언제든지 떠나라고. 붙잡지 않겠노라고. 그리해도 아무 원망 없이 그저 지금까지 해 준 일에 감사만 할 거라고. 마음에 없는 말로, 또 한바탕 태서의 속을 뒤집어놨더랬다.

"차라리 그 두 인간의 목을 따 올까? 그럼 오히려 더 간편하게 일을 끝낼 수 있을 거 아냐."

언젠가의 그때도 했던 말을 태서가 이번에도 똑같이 했다.

"네가 원한다면 쥐도 새도 모르게 그자들의 목을 따 올게. 긴 시간도 필요 없어. 내 솜씨 알지?"

"그럼 그자들의 뒤에 서 있는 자들이 그자들의 자리를 차지해서 또 똑같은 짓을 저지르겠지. 한 번 배운 방법을 포기할 인간들이 아닐 테니까."

"그럼 넌 언제까지 이 짓을 할 거냐고! 나는 언제까지!"

바락바락 외치던 태서가 온몸에 퍼지는 무력감을 느끼며 거의 속삭이듯이 애원하였다.

"언제까지 네가 위험해질까 봐 걱정해야 하느냐고. 이 여자야…… 나 좀 살자. 응? 제발 나 좀 살자아."

하진도 답을 주고 싶었다. 언제까지라고 답을 할 수 있었으면 좋겠다고 생각했다. 그러나 약속할 수 없었다. 약속이란 건 내일이 있는 사람이 하는 것이니까. 하진에겐 특별히 기약할 수 있는 내일이 없었으니까.

"…… 금화는 문경의 인척이 보내는 하례 선물로 함에 담겨 도성으로 옮겨질 거야."

제 말에 아무 답을 주지 못하는 하진에게 태서가 오늘 밤의 계획을 이야기했다.

"당신과 석주 낭자는 내일 아침, 내가 직접 도성으로 데려갈게. 도성에 당도하는 대로 은밀히 도승지를 만나, 우의정이 한 짓을 밝히자. 금화 그자도 제가 한 짓을 부인하지는 못할 거야."

"우의정의 명을 받은 관졸들은? 어떻게 한 건데?"

"오늘 밤, 순찰하기 전 습관처럼 들른 주막에서 그들은 낯선 장사꾼들에게서 나라님도 함부로 맛보지 못할 귀한 담금주가 있다는 얘기를 들었어."

관졸 된 처지이니 장사꾼들을 겁박해 술 한 잔 얻어먹는 것이 무어 그리 대수일까? 오늘이 어제인 양, 내일이 오늘인 양 매양 똑같은 일상의 반복 속에서 모처럼 도성의 높으신 양반네가 시킨 일을 수행하기 직전이니 당연히 목도 탔을 법했다. 하여, 그들은 딱 한 잔으로 목을 축인다는 생각만 하고선, 정작 그 술에 무엇이 섞였는지도 모르고 단숨에 벌컥벌컥 마셔 버리고 말았다.

"내일 늦은 아침이 되어서야 간신히 정신을 차릴 수 있을 것이야. 한동안은 숙취로 머리가 깨어져 나갈 듯 아프겠지. 그리고 자신들이 마신 술에 수면약이 섞여 있었음을 뒤늦게 알게 될 테고."

"설마 이번 일로 그들에게 해가 가지는……"

"귀히 자라신 양반 따님답지 않게 오지랖은. 하긴 당신의 그 조선 팔도만 한 오지랖이야말로 지금 이 모든 일의 원흉이니 무어라 하겠어."

아직도 화가 다 안 풀려 괜히 툴툴댄 태서가 조금 전 하진이 아프다고 한 허리께를 스멀스멀 주무르며 마저 이야기하였다.

"어차피 저쪽에서도 드러내놓고 시킨 일이 아닌지라, 딱히 그 일을 완수하지 못하였다고 대놓고 핍박하진 못할 거야. 뭐 아무래도 단체로 술을 마시고 뻗었으니 그 일로 혼은 좀 나겠지만, 오히려 여기 관아에선 그 일 자체를 쉬쉬하고 덮고 넘어갈 공산이 크지."

뭐, 일이 말처럼 그렇게 순조롭게 처리되지 않을 가능성도 크지만, 하진이 굳이 알 필요는 없다고 생각하였다. 어쨌건 이번 일이 틀어진 게 누구 때문인지 밝혀지는 일은 당분간 없을 것이고 자신들은 내일 아침 일찍, 도승지의 딸을 데리고 무사히 도성으로 올라갈 것이었다.

나머지는 그 외의 문제일 뿐이었다. 무슨 일이 벌어지건.

하필 그날 밤, 도성의 임 참판 집 정애의 처소에서는 미처 아무도 예상 못 하고 있던 '무슨 일'이 벌어지고 있었다. 의기양양한 얼굴로 방 한가운데 우뚝 선 숙영 앞에 정애와 정애의 어머니이자 숙영의 시어머니인 민 씨 부인이 무릎을 꿇고 있었다. 두 모녀 다 딱 죽을 얼굴을 하고선.

사실 그날 저녁, 임 참판의 집 계집종들은 모두 분주하게 움직이고 있었다. 저녁상을 물린 후부터 숙영이 아랫것들을 제 거처로 불러들여 일을 시킨 때문이었다. 숙영의 거처엔 옷감이며 이불감은 물론이요, 버선 감들이 산더미처럼 쌓여있었다.

"모두 바삐 움직이거라. 이 밤 안으로 한 사람 당 버선 열 켤레는 만들어야 하느니!"

예외를 허락하지 않는 숙영의 엄명에 바느질에 영 소질이 없는 어린것들조차 바늘에 실을 꿰는 것을 돕거나 천이며 실이 부족하지 않도록 바느질하는 계집종들 사이를 부지런히 움직여야 했다.

"저…… 작은 마님, 이렇게 산더미처럼 많은 버선을 만들어 어디에 쓰시려는 건지……"

누군가 없는 용기를 쥐어짜 물었을 때, 숙영이 말하기를 청주에 가져갈 선물들이라고 했다.

"명색이 이 집 며느리로서 서방님의 외가댁에 처음 인사하러 가는 길이다. 어찌 빈손으로 갈 수 있단 말이냐. 옷감과 이불감들은 외가 어르신들에게, 그리고 버선들은 인근 이웃 어른들에게 인사치레로 드릴 선물이니 가벼이 생각지 말고 한 땀, 한 땀 공들여 만들거라!"

말만 그리한 게 아니라 숙영은 저답지 않게 직접 바느질하는 계집종들 사이를 누비며 바느질을 허투루 하지 않는지, 누군가 몰래 자리를 뜨지 않는지 엄히 감시하였다. 그 때문에 계집종들은 애써 불만 가득한 표정을 숨기며 부지런히 손만 놀릴 수밖에 없었다.

'아니 무슨 인사를 하러 가면서, 거기 온 동네 사람들 버선을 다 만들어 간대?'

'이게 돈이 다 얼마야? 하긴 우의정 댁 따님이시니 돈 걱정은 없으시겠지.'

'우리만 죽어 나가지, 그쪽 어르신들한테는 톡톡히 이쁨받아 좋으시겠네.'

다들 겉으로 내어놓지 못한 불만을 안으로 삭히며 바느질에 열중하던 중이었다.

"유모는 그만 되었네. 밤이 늦었으니 이만 돌아가 보게."

유모에게 은근한 눈짓을 준 숙영이 모두가 보는 앞에서 유모를 집으로 가라며 돌려보냈다. 해도 해도 줄어들지 않는 바느질감을 앞에 둔 계집종들의 부러움에 찬 시선을 받으며 숙영의 거처인 별채를 나간 유모는 무슨 일인지, 나간 지 얼마 되지 않아 급한 걸음으로 다시 처소 안으로 돌아왔다.

"가라는데 어찌 돌아온 것인가?"

숙영이 부러 놀란 척을 하며 묻자, 유모가 숙영에게 다가와 무언가 귀엣말을 하였다.

"그래?…… 알았느니. 그럼 자네는 여기서 나대신 자리를 지켜주게."

말만 자리를 지켜달라는 것이지, 실제로는 한눈파는 사람 없는지 잘 감시하고 있으라는 명을 내린 후 숙영이 기다렸다는 듯 총총히 자리를 떴다.

'무슨 일이시지?'

'어딜 저렇게 급히 가시나?'

바삐 손을 놀리던 계집종들이 어딘가 다급해 보이는 것 같기도 하고, 한편으로는 신이 난 것 같아 보이기도 하는 숙영의 뒷모습에 고개들을 갸웃거렸다.

"어허! 뭣들 하는 건가? 빨리 빨리하시게. 작은 마님 성격 다 알면서 이리 능장을 피우면 어떡하나?"

호랑이 없는 굴에 여우가 왕 노릇한다더니, 숙영이 자리를 비우자마자 유모는 자신이 뭐라도 된 사람인 양 아랫것들 사이를 누비며 바느질을 재촉하였다.

·
·
·

"어머님."

한편, 그때 막 잠자리에 들려고 하던 민 씨 부인은 방문 밖에서 들려오는 긴한 부름에 부스스 일어나 앉았다.

"무슨 일이냐?"

민 씨 부인을 대신해 임 참판이 며느리에게 물었다.

"주무시는데 죄송합니다, 아버님. 어머님께 잠시 여쭐 말씀이 있어서요."

"들어오너라."

임 참판도 자리에서 일어나 방문에 대고 말했다.

"아닙니다. 괜찮으시다면 어머님을 잠깐 밖으로……"

"나갔다 오겠습니다."

민 씨 부인이 흐트러지지도 않은 머리를 쓸어 올리며 옷가지를 챙기러 일어섰다.

그로부터 잠시 후.

"뭐야? 지금 그게 사실이더냐?"

옷을 챙겨 입고 숙영이 기다리고 선 안채 마당으로 나온 민 씨 부인은 막 며느리가 전한 말에 얼굴이 창백해졌다.

"예. 하여 먼저 어머님께 여쭈려 한 것입니다. 어찌할까요? 지금이라도 아버님께도……"

"아니다!"

민 씨 부인은 정말로 안에 고할 것처럼 한 발자국 나서는 숙영의 앞을 황급히 막아섰다.

"마, 말도 안 되는 일로 아버님을 귀, 귀찮게 해서는……"

"정말입니다. 유모가 집을 나섰다가 보고선 황급히 제게 고하였습니다. 지금 유모가 별채에 있으니 당장이라도 불러 물어 보시면⋯⋯."

"아니, 됐다. 됐어!"

숙영의 말을 가로막은 민 씨 부인이 얼른 딸 정애의 거처 쪽으로 걸음을 옮기려다 말고 잠깐 휘청하였다. 무릎에 힘이 풀려, 그만 앞으로 꼬꾸라질 뻔한 것이었다.

"어머님!"

놀라 소리를 지르며 제게 달려든 며느리를 보며 민 씨 부인이 "쉿!" 하고 주의를 주었다.

"조용히 하거라. 네 아버님이 아시면 어쩌려고!"

"괜찮으십니까?"

"그냥⋯⋯ 돌부리에 채인 것뿐이다. 너는 그만 네 처소에 돌아가 있으려무나. 저, 정애에게는 내가 가볼 것이니."

"저도 함께⋯⋯."

"되었대도!"

민 씨 부인이 함께 따라나서겠다는 숙영의 제의를 단칼에 물리치고선 얼른 안채와 담 하나를 사이에 둔 정애의 처소 쪽으로 걸음을 서둘렀다. 그 등 뒤에서 숙영은 자신도 모르게 고소해 죽겠다는 얼굴로 사악한 미소를 띠고 있었다.

그 밤. 민 씨 부인이 조심스럽게 중문을 열고 들어섰을 때 잠이 들었는지, 정애의 처소는 온통 어둠에 휩싸여있었다.

별달리 의심스러운 소리나 기척도 느껴지지 않았다.

'휴우. 그럼 그렇지.'

안도한 나머지 민 씨 부인은 울컥 눈물이라도 나올 것만 같았다. 동시에 제게 쓸데없는 말을 전한 며느리 숙영에 대한 원망도 들었다.

'뭐가 어쩌고 어째? 어디서 그런 끔찍한 허언을! 내 이 요망한 것을!'

민 씨 부인의 원망은 지극히 정당한 것이었다. 조금 전, 민 씨 부인을 불러낸 숙영은 온몸이 덜덜 떨릴 만한 끔찍하고도 무서운 말을 전했었다.

"큰일 났습니다. 어머님. 지금 정애 아가씨의 방에 웬 남정네가 숨어들어 갔다고 합니다."

"무, 무슨 말도 안 되는. 누가 그런 소리를!"

"집으로 돌아가려고 나섰던 유모가 대문 밖에서 그 모습을 보고 놀라 제게 황망히 알려온 것을요."

새삼 숙영이 제게 전한 말을 떠올리며 그 고약한 거짓말에 치를 떨고서 민 씨 부인이 다시 중문을 나서려 할 때였다.

"읏! …… 으읏!"

주 가느다랗게, 들릴락 말락 가냘픈 소리가 정애의 방 쪽에서 새어나왔다.

'뭐지?'

온몸에 소름이 돋은 민 씨 부인이 홱, 몸을 돌렸다. 그때!

"읏……."

일부러 소리를 죽인 신음 같기도 하고, 무언가에 입이 틀어 막힌 사람의 비명 같기도 한 소리가 다시 들려왔다.

"정애야!"

혹시나 누가 들을까 이를 악문 채 나지막이 정애의 이름을 부르며 민 씨 부인이 정애의 방문 앞으로 뛰어갔다. 무섭고 자시고가 없었다. 어미였으니까.

"정애야!"

민 씨 부인이 방문을 잡아 확 열어젖혔을 때였다.

후다닥! 커다란 그림자가 방문 안에서 뛰쳐나와 나는 것 같은 걸음으로 마당을 가로지른 뒤 금세 바깥으로 이어지는 담을 훌쩍 뛰어넘었다.

"어! 어…… 어 으읍!"

방에서 뛰쳐나오는 그림자 때문에 마루에 철퍼덕 주저앉은 민 씨 부인이 너무 놀라 자신도 모르게 비명을 지르려다가 얼른 제 손으로 제 입을 틀어막은 후, 정애의 방으로 향했다. 마음 같아선 당장이라도 정애의 방안으로 뛰어 들어가려 했지만 발이 움직이지 않아 엉금엉금 기어 문지방을 넘었다.

"저, 정애야."

"어머니!"

어두운 방 안에서 정애가 답했다.

"무, 무사하니?"

"예…… 괜찮아요."

괜찮다고 하는 목소리는 확연히 겁에 질려 있어 괜찮지 않음을 여실히 드러내고 있었다.

"부, 부, 불을 좀……"

민 씨 부인이 말을 더듬으며 방의 불을 켤 것을 요구했다. 하지만 정애가 채 불을 밝히기도 전에 방문 앞이 환해지기 시작했다. 어느새 따라온 것인지 등롱을 든 숙영이 방문 안으로 들어서려 하고 있었던 것이다.

"어머님, 이게 다 무슨 소란입니까? 방금 아가씨 방에서 뛰쳐나간 사내가 대체 뉘란 말입니까?"

조금 전, 안채 마당에서 민 씨 부인에게 말하던 걱정스러운 말투와 달리 지금 숙영의 말투에선 걱정이나 근심은 조금도 느껴지지 않았다.

"사, 사내라니 무슨 소리를 하는 거예요?"

정애가 펄쩍 뛰면서 부인을 하였다. 그 목소리가 조금 큰 것에 신경이 쓰여 민 씨 부인이 정애를 보는 순간, 탁 하는 소리를 내며 방문이 닫혔다. 방에 들어선 숙영이 손을 등 뒤로 하여 방문을 닫은 것이었다.

"불부터 켜시죠. 불도 켜지 않고 셋이서 수군거리고 있으면 그 역시 의심스러운 일이 아니겠습니까?"

느낌 탓인지 어쩐지 조금 거만하게 들리는 숙영의 명령 아닌 명령에 하는 수없이 정애가 주춤거리는 손길로 방의 불을 밝혔다.

"저, 정애야?"

방에 불이 환하게 밝아지자마자 민 씨 부인이 작은 소리로 정애의 이름을 부르짖었다. 정애는 이미 제 어머니가 왜 그러는지를 알기에 두 눈을 질끈 감고선 고름이 뜯긴 저고리를 여미기 위해 떨리는 손으로 앞섶을 눌렀다.

"너…… 너…… 이게……"

"아무 일도 없었어요!"

놀란 어머니가 아니라 방 한가운데 우뚝 선 숙영을 노려보며 정애가 외쳤다.

"정말 아무 일도 없었어요. 웬…… 괴한이 들어오긴 했지만, 그자는 내 몸에 손 하나 대지 않았어요."

정애가 이번엔 두 손으로 입을 가리고 눈물을 쏟아내기 시작한 제 어머니를 보고 말했다.

"정말이어요, 어머니! 그자가 내 옷고름을 뜯긴 했지만, 이 몸엔 손가락 하나 닿지 않았다고요!"

"흑흑. 천만다행이다. 실로 천만다행……"

"그걸 누가 믿어주겠습니까?"

민 씨 부인이 정애를 부둥켜안고 달래려 하는데, 숙영의 싸늘한 목소리가 두 사람의 목덜미를 서늘하게 하였다.

"세상 사람들이 아가씨의 변명을 믿어주겠습니까? 한밤중에 아녀자의 방에 침범한 괴한이 옷고름 하나 뜯어 갔다 하면 지나가던 개도 웃을 일인 것을요."

"새언니는! 내가 꼭…… 무슨 일이라도 당했기를 바라시는 사람 같습니다?"

악에 받쳐 부들부들 떨며 정애가 숙영을 노려보는데, 갑자기 민 씨 부인이 숙영을 향해 무릎을 꿇었다.

"어, 어머니!"

놀란 정애가 제 어머니를 일으키려고 달려드는데, 민 씨 부인은 오히려 그런 딸의 손을 끌어당겨 제 옆으로 당겼다. 다시 발딱 일어서려는 정애의 어깨를 눌러 주저앉히고선 강제로 정애의 머리를 방바닥을 향해 누르기까지 하였다.

"새아가. 내가 잘못했다. 우리가 잘못했어. 그러니 제발, 제발 한번만 용서해다오!"

의기양양한 얼굴로 방 한가운데 우뚝 선 숙영에게 머리를 조아리며 민씨 부인이 눈물로 온 얼굴을 가득 적셨다.

"새아가. 제발 우리를 용서해다오! 부탁이야. 흑흑"

"말씀이 좀 이상하십니다, 어머님. 어찌하여 이 일로 제게 용서를 비십니까?"

"그건……"

민 씨 부인은 차마 드러내놓고 말할 수 없었지만 내심 짚이는 구석이 있었다. 아마도 이번 일은 필시 숙영이 꾸민 짓일 것이었다. 이유도 알 것 같았다. 혼인 전 숙영 저의 부정한 행실과 진아의 출생에 관한 일을 들먹이지 못하도록 저와 제 딸 정애의 입을 틀어막기 위해서였다. 어쩌면 아랫것들의 입을 통해 정애가 숙영의 아이 진아를 죽이려 한 걸 들어 알고 있는지도 몰랐다. 그러지 않고서는 이만한 일을 꾸몄을 리가 없었다. 숙영이 한 짓이 아니라면 너무도 때마침 이런 기괴한 일이 벌어졌을 리가 없었다.

"그러니까 어머님은 제가 이번 일을 꾸몄다, 그리 생각하시는거네요?"

하! 하고 숙영이 짧게 코웃음을 쳤다. 그 모습은 도저히 시어머니를 대하는 며느리의 모습이라고는 생각할 수 없을 정도의 오만방자한 모습이었다. 코웃음도 코웃음이었지만 제 앞에 무릎을 꿇고 있는 시어머니와 시누이를 빈말로라도 일어서라고 권하지 않는 모습도 그러하였다.

"아니, 아니다. 아니야. 내가 어찌 감히 그런 무서운 생각을 하겠니?"

"그럼 어찌하여 제게 용서를 비십니까?"

숙영이 다시 물었다.

"제게 무얼 그리 잘못하셨는데요?"

팔짱까지 끼고 어디 당신 입으로 직접 토설해 봐라, 하는 듯한 숙영의 물음에도 민 씨 부인은 무조건 잘못했다, 용서해 달라고 빌기만 하였다.

"그냥, 전부 다…… 전부 다 내 잘못이다. 전부 정애와 내가 잘못했다. 그러니 더는 아무것도 묻지 말고 그저 우릴 용서해다오. 아가, 새아가. 흐흐호흑.”

민 씨 부인도 자신이 얼마나 말이 안 되는 소리를 하는지 잘 알고 있었다. 하지만 이 방법밖에 생각나지 않았다. 어떻게든, 얼마나 수치스럽게 빌든 간에 숙영의 마음을 누그러뜨리고 입을 막아야만 했다. 정애가 숙영의 아기에게 한 짓에 숙영이 앙심을 품고 이 일을 소문내기라도 하면 그 길로 정애의 인생은 끝장이었다. 몸을 망치지 않았다는 말은 세상 누구도 믿어주지 않을 것이었다. 임 참판도 마찬가지였다. 가문의 명예를 지키기 위해서라면, 임 참판은 정애를 자녀굴에 가둬버릴 수도 있는 사람이었다. 어쩌면 스스로 자결을 해, 가문의 위신을 세우라 강요할지도 몰랐다. 그때에 가서 모든 게 숙영이 꾸민 짓이다, 숙영 저의 부정한 행실을 감추기 위해 정애와 저를 겁박하기 위해 저지른 짓이다, 다 토설한다 하여도 바뀔 것은 없었다. 오늘 밤의 일이 바깥에 알려지면, 숙영이 발설하면 그 길로 정애와 저의 인생은 끝장이었다. 숙영도 그것을 다 알고 꾸민 짓일 게 분명하였다.

“아가…… 아가…… 용서해다오. 내 앞으로는 뭐든 네가 시키는 대로 할 것이다. 네가 하자는 대로 할 것이야. 그러니 용서해다오. 용서해다오.…… 흐흐흐흑.”

눈물 콧물을 다 흘리며 민 씨 부인이 무릎으로 엉금엉금 기어 숙영의 발밑에 가서 숙영의 버선발을 잡고 그 앞에 다시 머리를 조아렸다.

‘어머니!’

슬쩍 고개를 든 정애가 발 앞에 꿇어앉아 눈물로 통사정을 하는 제 어미와 그런 어머니를 거만한 얼굴로 마치 벌레라도 보듯 경멸 어린 시선으로 눈 아래로 내려다보는 숙영을 보았다. 정애는 아직도 완전히 다 이해하지 못했다. 오늘 밤 일어난 이상한 일도 물론이요, 왜 그 일로 제 어머니가 숙영에게 저리 죽어라 비는지 도무지 하나도 이해되지 않았다. 다만, 온몸의 피가 거꾸로 흐르는 것만 같은 치욕감을 참아내며 계속 방바닥에 머리를 조아리고 있을 뿐이었다.

왜? 어머니가 그리하라 시켰으니까. 행실이 더러운 며느리 앞에서 스스로 치욕을 감내하고 계신 어머니가 시킨 일이니까, 그런 어머니를 봐서라도 지금 여기서 제 성질을 드러낼 순 없었으니까. 그러니 지금은 참고 또 참을 뿐이었다. 언젠가 이날의 원수를 갚을 날이 오기를 기대하면서.

"아휴, 참. 이상도 하셔라. 제가 뭘 어쨌게 이러십니까?"

"아가…… 새아가! 성우를 봐서라도 오늘의 일은 불문에 부쳐다오. 이 일이 밖으로 드러나면 성우의 전정에도 문제가 생길 거라는 걸, 너도 잘 알지 않니? 응? 아가아……"

"…… 그렇지요. 집안 여인들의 행실이 사람들의 입에 오르내리면 가문의 체면이 땅에 떨어지는 것도 문제겠지만 무엇보다 서방님이 가장 큰 곤란에 처하지 않겠습니까?"

집안 여인들의 행실. 그게 비단 정애만을 뜻하는 게 아니라, 숙영 제 일도 포함하고 있다는 것은, 민 씨 부인도 잘 알아들었다.

"그럼, 그럼! 네 말이 다 옳다. 옳구 말구! 그러니까…… 응?"

민 씨 부인이 눈물 콧물이 범벅된 얼굴을 들어 위에서 저를 내려다보는 며느리에게 용서를 갈구하였다.

"아가……"

"하아. 하는 수 없지요. 어머님이 이리 눈물로 하소연하시는데, 며느리 된 입장으로 어찌 모른 척만 하겠습니까? 에에. 저는 오늘 밤 아무것도 듣지도 보지도 못하였습니다. 유모를 불러들여서 단단히 입막음도 해두지요. 유모가 잘못 보았노라고요."

"아가!"

드디어 얻어낸 용서의 말에 민 씨 부인이 감격하며 눈앞에 있는 숙영의 발을 끌어안으려는 데 숙영이 "참!" 하고 뒷말을 이었다.

"그래도 만약의 일을 대비해, 아가씨의 혼인을 빨리 서둘러야 하겠지요? 제 아버님께 일가친척 중에 괜찮은 홀아비 하나 없는지 알아봐 주십사 청을 드려야겠습니다."

"혼……인이라니? 갑자기 그건 또 무슨……"

"어머님, 왜 이리 답답하십니까?"

갑작스레 정애의 혼인 이야기를 꺼낸 숙영의 뜻을 이해하지 못해 묻는 민 씨 부인에게 숙영이 부러 더 과장되게 눈을 동그랗게 떴다.

"만약 오늘 밤 일로 정애 아가씨 배 속에 아이라도 들어섰으면 어쩌려고요?"

"결단코 오늘 나는 아무 일도!"

당치도 않은 말에 정애가 고개를 들어 반박하려 했지만, 숙영이 비릿한 웃음과 함께 고개를 끄덕끄덕하였다.

"예에. 아무 일도 없었지요. 그리 믿는다니까요? 하지만, 운이 나쁘면 바람결에 치마 한 번 날린 걸로도 애가 들어선다 하지 않습니까? 그저 만약을 위해서예요. 괜히 나중에 헛소문이라도 나서 혼삿길이 막히면 그 또한 아주 곤란한 일일 테니까요."

"무슨 그런 말도……"

"정애야!"

정애가 말도 안 된다며 다시 따지려고 들었지만 민 씨 부인이 서둘러 딸아이를 불러 입을 다물게 했다.

"새아가 네 말도 완전히 틀린 말은 아니니, 내 아버님과 상의해서 빨리 정애의 혼처를 찾도록 하마."

"예에. 저도 저희 아버지께 알아봐 주십사 청을 드려놓겠습니다. 그럼, 아가씨도 많이 놀라셨을 테니 편히 쉴 수 있도록 저는 그만 물러나지요."

드디어 제가 얻을 것을 모두 얻은 숙영이 들어올 때나 마찬가지인 의기양양한 얼굴로 정애의 방을 나갔다.

"어머니! 왜 그러셨어요! 저는 아무 일도 없었다니까요!"

바깥에서 숙영의 걸음 소리가 들리지 않게 되었을 때, 미치고 팔짝 뛸 것 같은 심정으로 정애가 민 씨 부인에게 따져 물었다.

"어머니도 의심하시는 거예요? 제가 무슨 일이라도 당했다고요?"

정애가 제 속치마를 활짝 걷어 올렸다.

"보셔요! 전 아무 일도 없었다니까요!"

"알아!"

질겁해서 정애가 걷어 올린 속치마를 내리며 민 씨 부인이 이를 악물고 정애를 다그쳤다.

"다 저 아이가 꾸민 짓이야! 그렇지 않으면 왜 하필 오늘 밤에 아랫것들을 불러다 제 처소에서 일을 시켰겠니? 여기 그 괴한 놈이 숨어들어오기 쉽도록 한 짓이지!"

민 씨 부인은 자신의 추측이 맞노라, 확신하고 있었다.

"일부러 유모를 시켜 사내놈이 담을 넘는 걸 목격시킨 것만 봐도 틀림없어! 만약 이 일을 저나 우리 두 사람만 아는 일이면 우리가 아무 일도 없었다고 시치미를 뗄까 봐 유모에게 일부러 보인 걸 거야."

"그런…… 어떻게 그런 무서운 일을……"

"다른 놈의 애를 배고 성우에게 시집을 올 정도로 간이 큰 아이다. 그 사실을 알고 있는 우리 입을 막으려면 무슨 짓인들 못 하겠어!"

분노와 경악으로 입을 떡 벌린 채 사시나무 떨 듯 바들바들 떠는 정애의 어깨를 민 씨 부인이 강하게 움켜쥐었다.

"그러니까 저 아이에게 앞으로 대들지 말거라. 뭐든 저 아이가 시키는 대로 해."

"싫어요, 어머니! 어머니도 다 아시잖아요. 저 여자가……!"

"싫어도 하는 수가 없어!"

단호한 얼굴로 민 씨 부인이 정애의 말을 가로막았다.

"저 아이는 우의정의 딸이야! 저 아이가 오늘 밤의 일을 우의정에게 입만 벙긋하면, 네 이름이 자녀안에 오를 수도 있단 말이다!"

자녀안 소리에 새파랗게 독이 올랐던 정애의 얼굴에서 힘이 빠졌다.

"자……녀안이요?"

"그래! 자녀안!"

"서, 설마요. 아버지가, 사정을 다 말씀드리면 아버지께서 저를 구해 주실……"

"네 아버지가 무슨 수로! 여태 네 아버지보다 지위가 높고 재산이 많았던 사람들도 자녀안으로 인해 집안이 풍비박산이 난 것을!"

"그, 그럼 우리도 진아의 일로 그 여자의 이름을 자녀안에 올리겠다고 겁박을 하면……"

"이 답답한 것아! 자녀안에 올릴 여인들을 정하는 것이 바로 우의정의 일인 것을 네가 몰라서 하는 소리야?"

"그럼…… 그럼 어떡해요? 저더러 정말로 이 말도 안 되는 누명을 쓰고 아무 데나 시집을 가란 소리에요, 저보고?"

"그러게 왜 그런 짓을 했어! 왜 괜히 갓난것을 건드려서 이 사달을 만들어!"

"어머니!"

속상한 마음에 저를 탓하는 걸 알면서도 정애가 원망에 가득 찬 눈으로 어머니를 불렀다.

"제가 누굴 위해서 그런 건지 다 아시면서 어떻게…… 모두가, 모두가 오라버니를 생각해서 그런 것을……"

울컥, 다시 눈물이 치민 정애가 두 손으로 얼굴을 가렸다. 그 모습에 민 씨 부인은 저 역시 통곡이라도 하고 싶은 심정이 됐지만 애써 꾹 눈물을 참고선 가만히 딸아이를 다독였다.

"…… 하는 수 없어. 저 아이가 저 죽고 우리 죽자고 이런 일까지 꾸민 이상 우리에겐 이길 방도가 없는 것을. 그러니 되도록 빨리 시집을 가려무나. 가서 이쪽 일에는 신경도 쓰지 말고 살아. 그게 너도 살고 우리 집안도 사는 길이야!"

민 씨 부인이 잡고 있는 정애의 어깨를 흔들며 정애에게 대답을 강요했다.

"응?"

"알았…… 흐윽! 알았…… 흐흐흐흑…… 어요. 그리…… 그리하겠습니다. 흐흐흐흑."

싫었지만, 정말 죽기보다도 싫었지만 결국 정애는 울음과 함께 그리하겠노라 답을 해줄 수밖에 없었다. 민 씨 부인은 가슴이 생살 그대로 갈가리 찢기는 아픔을 느끼며 그런 딸아이의 등을 쓸어줄 수밖에 없었다.

"잘 생각했어. 아주 잘 생각했어……."

그렇게 한참 동안 정애를 달래준 후, 울다 지쳐 설핏 잠이 든 정애를 뒤로하고 민 씨 부인은 제 처소로 돌아갔다. 남편 임 참판에게 한참 만에 방으로 돌아온 이유를 뭐라고 해야 할까 고민하면서.

하지만 다음 날 아침, 민 씨 부인은 그 밤에 정애를 홀로 둔 것을 죽을 만큼 후회했다. 아니, 다음 날 아침만이 아니었다. 남은 인생 내내 계속 그 밤에 딸아이를 홀로 두고 나온 것을 후회하고 또 후회했다.

그날 밤, 정애를 혼자 두지 않았더라면, 정애 곁에 어미인 자신이 붙어서 계속 다독여주기만 했더라면, 그날 새벽 정애가 숙영을 찾아가 칼로 찌르는 일 따윈 일어나지 않았을 테니까.

제 12 장

잔혹한 결심

다음날 아주 늦은 오후였다.

"좀 괜찮으십니까? 이제 도성 안에 들어왔으니 넉넉히 한 시진이면 곧 댁에 당도하실 겁니다."

이제 막 도성 문을 지나쳐 온 하진이 가마 안의 석주 안부를 챙겼다

"……"

석주는 아무 대답도 하지 않았지만 그것이 몸의 상태가 나빠서가 아니라 단지 마음이 편치 않아서임을 알기에 재차 묻지는 않았다. 조금 전 도성의 문을 지키고 있는 관졸들이 신원 확인을 할 때만 해도 본인이 아무개의 딸이요, 어딜 갔다 오는 길이요하고 잘만 대답했기 때문이었다.

석주는 지금 제게 일어난 모든 일에 대해 알고 있었다. 하진과 태서가 알아듣게 잘 말하기도 했거니와 석주 자체가 그리 아둔한 편은 아니기에 갑작스레 제게 일어난 일들에 대해 금세 이해하고 자신이 사내의 꼬임에 넘어갔음을 순순히 인정하고 받아들였다. 그 과정에서 얼마나 마음이 참

담히 상처받았을지는 하진도, 태서도 짐작할 수 없었다. 겉으로만 보면 너무도 담담하고 의연하게 받아들였지만, 간간이 숨이 막힌 지 길게 토해내는 한숨이 여인의 깊은 시름을 말해주는 듯했다.

"태서……"

가마의 바로 뒤를 일행이 아닌 양 따라나선 태서가 도성 문을 통과하자마자 태서의 수하들인 포야 중 한 명이 은밀히 다가와 태서에게 인사를 하였다.

"그자들은?"

태서가 묻는 건 여일과 금화가 무사히 도성 문을 통과했냐는 거였다.

"예. 안가에서 보호 중입니다. 그런데…… 아직 도승지에게 연통을 넣지 못하였습니다."

예상과는 다른 진행 상황에 태서의 미간에 살짝 주름이 졌다. 그 모습을 본 수하가 얼른 사정을 이야기하였다.

"실은 지금 도성에 큰 사달이 생겨 지금 의정부가 난리가 났습니다. 승정원도 마찬가지고요."

"무슨 일이야! 변란이라도 생긴 것이야?"

"그게 아니라……"

수하가 다른 사람들의 귀를 조심하며 태서의 귓가에 은밀히 속삭였다.

"지난밤 참판의 여식 임 아무개가 올케인 우의정의 강 아무개를 칼로 찔러 큰 사달이 났습니다. 그 일로 지금 의금부에서 참판의 여식을 잡아 가두었고, 주상 전하께서도 그 사건을 접하시고는 의정부와 승정원의 모든 이들을 불러 들여……"

"잠깐, 누구? 누가 누구를 찔러?"

원래 한 번만 들으면 뭐든 쉽게 잊는 법 없는 태서가 자신의 귀를 의심하며 다시 물었다.

"형조 참판 임경직의 딸 임 아무개가 올케인 우의정 딸 강 아무개를……"

수하가 태서의 명에 찬찬히 사건에 연루된 이들을 읊어주자, 태서의 얼굴이 급격히 일그러졌다. 시누이올케 사이인 임 아무개와 강 아무개라니. 두 번 세 번 생각할 것도 없이 그건 바로 정애와 숙영의 이야기가 아닌가?

"무슨 일이야? 도대체 지난밤에 무슨 일이 있었던 거야?"

"그게…… 워낙 임 참판 집 하인들이 입을 꿰매고 있는지라. 거기다 그 댁 낭자를 잡아간 의금부의 관원들도 모두 하나같이 쉬쉬하고 있는지라 일의 전후를 알기가 어렵습니다."

어쩌면 당연한 일일 것이었다.

다른 사람도 아니고 천하의 우의정 딸이 그것도 자신의 시누이에게 칼로 찔렸으니, 누구 하나라도 입을 함부로 놀리면 무슨 화를 당할 지도 모르는 일이었다. 특하나 구린 구석이 많은 우의정으로선 무슨 수를 써서라도 이 일을 임 참판의 딸이 잘못한 일로 몰아가려고 혈안이 되어 있을 게 분명했다.

"그래서? 우의정의 딸은 지금 상태가 어떠한대?"

"얼핏 소문에 듣기로는 빈사의 상태라고 합니다."

빈사(瀕死), 아직 죽지는 않았으나 거의 죽을 지경에 이르렀다는 말이었다.

'으흠. 이를 어쩐다……'

몇 발자국 앞을 걸어가는 하진의 뒷모습을 보며 태서는 잠시 숨을 골랐다. 하진과도 완전히 무관하다고는 할 수 없는 일이었다. 애초에 하진과 성우의 혼인이 깨어진 것부터가 우의정의 딸 숙영이 동 서방의 아이를 가진 채 성우와 혼인하려 꾀했기 때문에 벌어진 일이었다. 정애 역시 하진과 사이가 별로 안 좋았던 시절도 있다고는 하나, 어릴 적부터의 동무요, 성우의 아우였다. 두 사람 다 직간접적으로 하진과 관계가 있었다. 거기다 성우가 하진의 뒤를 쫓아 도성을 비운 동안 일어난 일이 아닌가? 어쩌면…… 어쩌면 이번 일로 하진이 크게 위험해질 수도 있었다. 지난 십수 년, 단 한 번도 틀린 적 없었던 태서의 직감과 본능이 그리 경고하고 있었다.

.

.

.

"무양각으로 가지 말고 당분간 이 댁에 있어."

도승지가 없는 도승지 집에 석주의 가마가 당도하고 난 후였다. 심신이 고단하여 거의 늘어지다시피 한 석주를 안으로 들여보낸 후, 태서는 하진에게 도승지의 집에 잠시 기거해 있으라고 일렀다.

"무슨 일이 벌어졌어?"

"…… 일이 정리되고 나면 알려줄게. 일단은 무양각도 안전하지 않을 수가 있어. 그러니 석주 낭자에게 말을 해서 며칠만이라도 이곳에 있어. 되도록 바깥출입은 하지 말고. 어쩌면 이곳도 지켜보는 눈들이 있을지도 모르니."

지금의 무양각으로 하진이 돌아가기엔 너무 위험천만했다. 아무리 그래도 성우가 이번 일에 하진을 끌어들일 리는 없겠지만, 성우가 알게 된 사실을 다른 사람이 알지 못하리란 법이 없었다. 그렇다고 따로 안가를 마련해 숨겨두자니 하진이 걱정돼 태서가 마음껏 움직일 수가 없었다. 지금 최선의 방법은 석주와 함께 도승지의 안채에 머무르는 길뿐이었다. 여인네가 몸을 숨기기에 사대부 여인네의 안채보다 더 알맞은 곳이 없을 테니까.

"그렇게 해."

다행히 석주도 두말하지 않고 하진을 데리고 있어 주기로 했다.

"아랫사람들에게 듣자 하니 아버님도 며칠은 못 들어오실 것 같다고 하셨다고 하니, 크게 신경 쓰일 일은 없을 거야. 나도 지금은 그쪽이 같이 있어 주는 편이 마음 놓일 것 같고."

"감사합니다."

하여, 하진은 당분간 석주의 말동무 겸 계집종으로 도승지의 집에 머무르게 되었다.

"도대체 뭐가 어떻게 된 일이오?"

하진을 석주의 집에 맡겨놓은 후, 태서는 직접 의금부로 가기 전부터 안면이 있는 관원으로부터 정애의 상황을 전해 들었다.

"우리도 잘은 모르오. 다만 새벽 일찍 임 참판의 집에 임 참판의 며느리, 그러니까 우의정의 여식이 칼에 찔려 생사를 다툰다며 의원이 불려가면서 알게 된 사실이라오."

임 참판의 집에서는 어떻게든 비밀로 하고 싶었던 모양이지만 일단 그 집의 하인들은 물론이요, 급하게 불려간 의원과 의원의 조수들까지 모두 알게 된 상황이라 일의 연유는 차치하고서라도 큰일이 일어났다는 사실은 숨기지 못했다고 했다.

"근데 그 집이 아니라 동리의 아랫것들 중에 묘한 이야기를 하는 자가 있었소. 무슨 까닭인지는 모르나 임 참판의 딸이 이전 날 갓난쟁이 조카딸 목을 졸라 죽이려 했다나? 하여, 지금 의금부에서는 그 일까지 함께 추궁하려 하고 있소. 만약 그런 일이 있었던 게 사실이라면 이유가 어찌 됐든 임 참판의 딸은 결국 죽음을 면치 못하게 될 것이오.”

'큰일 났군.'

이야기를 듣는 태서의 얼굴은 점점 더 굳어져만 갔다. 알고만 있던 것보다 사안이 훨씬 더 심각하였기 때문이었다. 다른 무엇보다 친조카를, 그것도 갓난쟁이를 죽이려 한 것이 사실로 밝혀지면 정애는 목숨을 부지하지 못할 것이었다. 웬만한 사유가 아니고선 극형을 면할 방법이 없을 것이었다.

“극형이라니요! 정애가…… 정애가 극형을 당할 수도 있다니요!”

그때, 임 참판의 집에서는 민 씨 부인이 참담한 얼굴로 남편에게 울부짖고 있었다.

“살려주셔요! 살려주셔야 합니다! 영감! 정애를 살려주셔요!”

“나라고! 나라고 무슨 뾰족한 수가 있겠소! 이렇게 꼼짝없이 근신까지 당하였는데 내가 뭘 어쩔 수 있단 말이오!”

이제까지 제게는 감쪽같이 사정을 숨겨온 아내가 원망스러운 듯, 임 참판이 목소리를 높였다.

“이럴 때 성우 이놈은 도대체 어딜 간 게요!”

“모릅니다! 몰라요! 흐흐흐흑. 정애야! 정애야아아. 흐흐흑!”

눈물 바람으로 민 씨 부인이 정신없이 방을 뛰쳐나가려 하였다. 임 참판이 황급히 그런 부인의 앞을 막아섰다.

“어딜 가려는 게요?”

“의금부에 가야지요! 지금 정애가 무슨 꼴을 당하고 있을지도 모르는데 어미인 내가 가서 정애 곁에 있어 줘야지요!”

“정신 차리시오! 의금부에서는 이제 곧 부인과 나도 부를 것이오. 비록 정애처럼 문초를 당하진 않는다 하여도……"

"문초요? 정애가 지금 문초를 당하고 있다는 말씀이십니까?"

당연한 사실인데도 불구하고 막상 남편의 입에서 딸이 문초를 당하고 있을지도 모른다는 이야기가 나오자 흥분한 민 씨 부인의 눈이 허옇게 뒤집히려 한 순간이었다.

"오셨습니다! 서방님이 돌아오셨습니다!"

마당에서 늙은 아랫것이 목이 터져라, 외치는 소리가 들려왔다.

전날, 동굴에 갇혀 있던 성우가 혼자 힘으로 탈출할 수 있었던 것은 말 그대로 살을 깎는 피나는 노력이 있었기 때문이었다. 손목에 묶인 밧줄을 자르기 위해 거친 동굴 벽에 손목을 비비느라 밧줄보다 살갗이 먼저 갈려 나갔다. 오죽하면 밧줄보다 손목이 먼저 끊어져 나갈지도 모르겠다는 말도 안 되는 생각까지 했을 정도였다. 동굴 밖에서 저를 지키고 있는 사내들의 발소리들이 멀어지는 걸 확인한 후에는 마음이 더 급해졌다.

빨리 저를 옥죄고 있는 밧줄들을 풀지 않으면 정말 그대로 영영 하진을 놓쳐버릴 지도 모른다는 생각이 들어서였다. 그럴 수는 없었다. 또다시 바보 등신처럼 눈앞에서 하진을 놓치고 살수는 없었다. 정인이 있다는, 그러니 더는 자신을 쫓지 말라는 하진의 말 따위 믿지도 않았다. 저를 벌하기 위한, 잔인한 형벌일 뿐이라고만 여겼다. 그걸 확인하기 위해서라도 어떻게든 빨리 하진의 뒤를 쫓아야만 했다.

하여, 마침내 어렵사리 동굴에서 맨몸으로 빠져나온 성우는 산 아래 관아를 찾아가 제 정체를 밝히고 옷가지와 노잣돈을 빌렸다. 물론 처음에는 아무도 성우가 밝히는 정체 따위 믿어주지 않았다. 왜 아니 그렇겠는가? 제 입으로 도성에서 내려온 사자관입네, 흉한 자들에게 몹쓸 꼴을 당했노라 떠벌였지만, 그것을 증명할 것은 아무것도 없었으니 말이다.

"이런 곤란한 작자를 보았나! 호패 하나 내놓지 못하고 말로만 누구입네 하면 우리가 그걸 어찌 믿는단 말이요!"

"아침부터 괜히 성가시게 하지 말고 썩 꺼지시오!"

"정 내 말을 못 믿겠으면 도성의 내 집에 연통하여 옷가지와 돈을 가지고 사람을 보내 달라, 청해주시게!"

"아니이! 그러니까 우리가 댁의 무얼 믿고 그 먼 도성까지 사람을 보내냐고요오! 그만 좀 성가시게 굴고 썩 꺼지시오!"

계속되는 성우의 요청에도 관아의 관졸이며 관속들은 귓등으로 들어먹지 않고 그저 미친 사람이겠거니, 하고 강제로 성우의 어깨를 잡고 내치려 하였다. 하지만, 어서 옷가지를 빌려 이 고을 근방 어딘가에 있을 하진을 찾겠다는 일념에 성우는 관아 마당에서 버티고 서서 고래고래 소리를 질러댔다.

"현감 나리를 뵙게 해 달라. 내 직접 현감 나리께 내 상황을 말씀드리겠으니!"

다행히 소란에 이끌려 내다 본 현감은 관졸이나 관속들과는 달리 귀도 마음도 열려 있는 이였다.

"그러니까 그쪽이 정말 임경직 참판의 아드님인 임 사자관이라는 게요?"

"그렇습니다. 현감께서 원하시는 어떤 방식으로든 제가 저임을 증명하겠으니, 일단은 옷가지와 말을 내어주시면!"

"…… 그럼 증명은 아주 간단하지 않겠소?"

현감은 바로 지필묵을 내어오라고 하고선 성우의 앞에 펼쳐놓게 하였다.

"내 일찍부터 임 참판 댁 아드님이 당의 안진경 못지않은 명필가라는 소문을 듣고 있었소. 그 명성대로 사자관으로서 맹활약하고 있다는 이야기도 들은 적이 있고 말이요. 그러니 그쪽이 정말 임 사자관이 맞다면 일필휘지로 능히 증명할 수 있을 것이오."

현감의 말이 끝나기가 무섭게, 성우가 붓을 집어 들었다. 따지고 자시고 할 겨를이 없었다. 의관을 정제하지 않았다는 핑계도 댈 생각이 없었다. 속곳 하나 간신히 걸친, 동네 비렁뱅이만도 못한 차림이라 하더라도, 비록 오래 묶여있었고 손목에 상처까지 난 바람에 손에 힘이 제대로 들어가지 않는 형편이라 하더라도, 이렇게라도 자신을 증명해 낼 방법이 있음에 감사할 뿐이었다. 하여, 망설일 것도 없이 현감이 말한 그대로, 춤사위와도 같은 우아한 손놀림으로 일필휘지로 네 글자를 종이 위에 그려냈다. 설건순초(舌乾脣焦), 혀가 마르고 입술이 탄다는 뜻의 네 글자였다.

"흐음. 안진경 못지않은 명필이라기엔 일견 자(字)가 너무 급하고 경박해 보이긴 하나, 달리 생각하면 그 또한 지금의 초조한 심경을 나타내는 것으로 볼 수 있을지니……"

성우가 내어놓은 종이 속 한 글자 한 글자를 눈으로 훑던 현감의 입가에 이내 흡족한 미소가 걸렸다.

"좋소. 내 옷가지와 말을 빌려드리리다. 그리고 도성까지 갈 수 있는 소개장도 써 드리리다. 준비할 동안에 우선 간단히 몸을 씻는 게 좋겠소."

현감의 너그러운 결정에는 관아의 관속들이 모두 놀랐다. 당연한 처사라는 듯 성우가 관졸의 안내를 받아 몸을 씻으러 간 동안, 관속의 제일 우두머리라 할 수 있는 이방이 걱정스러운 얼굴로 조심스럽게 현감에게 아뤘을 정도였다.

"어찌하여 이리 후한 결정을 내리셨습니까? 정말로 참판 댁 아드님인지도 확실치 않은데……"

"저자가 정말 임 사자관이 아니라 해도 상관이 없다."

"예?"

"이만한 정도의 서예라면 당장에라도 수백 냥의 값이 아깝지 않으니. 저자가 정말 우의정의 사위인 그 임 사자관이 맞다면 내 그런 자에게 은혜를 베풀어 좋은 것이 될 터이고, 설사 아니라 해도 나는 거저나 다름없이 이런 귀한 작품을 수중에 넣게 되었으니 그 또한 좋은 일이 아니겠느냐."

결국, 운 좋게 자신의 서예 솜씨를 알아보는 현감 덕분에 성우는 하진의 뒤를 쫓아 도성까지 무사히 돌아올 수 있게 된 것이었다.

'도승지 딸이 탄 가마가 도성 문안을 통과했다고 하니, 어쩌면 하진이도 같이 돌아왔을지 모른다. 아니, 어쩌면 아니야. 분명 같이 움직였을 것이야.'

확신을 가진 성우는 사실 도성에 당도하자마자 바로 도승지의 집으로 향하려 했다. 도승지의 집에 하진이 없으면 무양각으로 찾아가려 하였다.

하지만, 도성 문을 지나 다시 말을 타려 할 그때에 임 참판의 명을 받고 혹시나 성우가 오지 않나 목을 길게 빼고 있던 집의 늙은 노비가 곡소리를 내며 달려와 성우의 바지춤에 매달렸다.

"아이고오, 서방님 어딜 갔다 오시는 겁니까?"

"자네는, 행랑아범 아닌가? 내 이쪽으로 올지 어찌 알고 기다리고 있었는가?"

"알기는요? 지금 아랫것들이 죄다 사대문에 흩어져서 서방님을 찾는 중이었는걸요. 흐흐흑."

"아버님이 날 찾으라 보내신 건가?"

"아흐흑. 일단, 일단 댁으로 빨리 가셔야 합니다. 지금 큰일이 났습니다."

"큰일이라니?"

"그것이…… 그것이…… 흐흐흐흑!"

머리가 허연 노인네가 누런 콧물까지 질질 흘러가며 눈물로 하소연하는 내용을 듣고 있자니, 성우는 기가 찼다.

요 근래 자신에게 일어난 일만 해도 쉽게 감당이 되지 않을 정도의 충격이건만, 지금 제 앞에 닥친 일은 그보다 훨씬 더했다. 결국 하진의 뒤를 쫓아야 한다는 생각 따위는 온데간데없이 성우는 늙은 하인도 뒤로 하고 미친 듯 말을 몰아 집으로 향했다.

"서방님!"

"도련님!"

집의 대문을 들어서자마자 집안의 모든 아랫것이 우르르 몰려와 눈물로 성우를 반겼다.

"오셨습니다! 서방님이 오셨습니다!"

아랫것 중 한 명이 미친놈처럼 두 손 두 발을 다 펄럭이며 고래고래 고함을 쳤고, 그로부터 얼마 되지 않아 성우의 어머니 민 씨 부인이 버선발로 달려 나와 와락 성우의 품에 안겼다.

"성우야! 성우야아! 어딜 갔다 왔누? 어디를 갔다가 이제야…… 흐흐흑."

"고정하시고, 안으로 드시지요."

온 얼굴을 눈물로 물들인 민 씨 부인과 달리 성우의 얼굴은 차갑기 그지없었다. 팔에 어머니를 매단 채 방에 든 후에도 마찬가지였다. 임 참판에게 간단히 인사를 아뢴 후, 성우는 감정이 느껴지지 않는 무뚝뚝한 표정으로 아버지에게 말했다.

"장인어른은 무어라 하십니까?"

"뭐라 하기는! 우리 얼굴은 아주 보려고도!"

임 참판에게 묻는 말에 민 씨 부인이 성급히 대답하려다 말고 "스읏" 하고 못마땅하게 숨을 들이마시는 임 참판을 보고는 찔끔해서 물러났다.

"장인어른께서도 이 일이 시끄럽게 되는 걸 원치 않으실 텐데, 아직 아무 말씀이 없으셨습니까?"

"…… 방금 네 어머니가 말한 대로다. 아직 만나주질 않고 있어. 달리 다른 연락도 온 것이 없고."

"안사람의 상태는 어느 정도입니까?"

"…… 그 또한 다 죽어간다는 소리만 들어 알고 있을 뿐, 정확히 어느 정도인지는…… 아무도 알려주지 않으니, 원."

임 참판에 따르면, 숙영이 칼에 찔렸음이 소문나고 의금부에서 정애를 잡아가자마자 우의정이 득달같이 찾아와 의원에게서 치료를 받던 중인 숙영을 데리고 가 버렸다고 했다.

"의식을 찾은 건지, 위중하다면 얼마나 위중한지라도 알려줬으면 좋으련만 우리도 알 수 없으니 갑갑할 뿐이다."

임 참판의 말을 듣자마자 성우가 벌떡, 자리에서 일어섰다.

"어, 어딜 가려고?"

겁먹은 얼굴을 한 민 씨 부인이 성우를 올려다보았다.

"제가 장인어른을 찾아뵙겠습니다. 그 사람의 상황이 어느 정도인지 알아야 정애를 구명할 방도를 찾아볼 수 있지 않겠습니까?"

"대감이 널 보려 하겠느냐?"

정애를 구명할 방법을 찾겠다는 소리에 민 씨 부인의 얼굴에 일말의 기대감이 떠오른 것과 달리 임 참판은 여전히 침통한 얼굴로 물었다.

"여러 인맥을 동원해 몇 번이고 만나자고, 만나달라고 청을 넣었다. 그런데도 꿈쩍도 안 한 양반이야. 기어이 정애가 죽고, 우리 집안이 망하는 꼴을 보려고 작정한 것이래도."

"만나주실 겁니다. 제게도 다 생각이 있으니, 두 분은 너무 걱정하지 마시고 기다리고 계셔요."

성우가 워낙 확신을 가지고 말하니, 임 참판도 달리 할 말이 없었다. 방을 나가는 성우의 등을 마지막 한 가닥 실낱같은 희망을 걸고서 쳐다보았다. 이제껏 어딜 갔다 온 것인지, 숙영과 아이의 일에 대해선 어찌하여 여태 함구하고 있었던 것인지 묻지 못했다는 것도 깨닫지 못하고서.

"그 사람의 상태는 좀…… 어떠합니까?"

성우가 우의정의 집 안에 들었을 땐 온 집안에 메케한 탕약 냄새가 진동하고 있었다.

"산송장."

퉁명스레 말을 내뱉는 우의정의 얼굴은 근심으로 시커멓게 변해있었다.

"운 좋게 살아난다 해도 다시는 제 힘으로 걸어 다닐 순 없을 거라 하더군. 아무리 두 발과 두 다리를 세차게 꼬집어도 아무 반응이 없다는 게야."

아비의 눈은 어느새 새빨갛게 충혈 되어 있었다.

"하여 차라리 이대로 죽어버려라, 그리 혼자 축원(祝願, 신이나 부처에게 자신의 소원이 이루어지게 해주기를 빎)을 드리고 있던 참이네."

분노와 복수심에 가득 찬 얼굴로 우의정이 중얼거렸다.

"그때가 되면 너도, 네 아우도, 네 집안도 단박에 아작 낼 수 있겠지."

"…… 제 탓이라고 생각하십니까?"

"아니면!"

우의정이 서탁 위에 놓여있는 벼루를 들어 성우를 향해 집어 던졌다. 벼루는 다행히 성우의 이마 옆을 아슬아슬하게 스치고 지나, 방문 옆 벽에 부딪쳐 떨어졌다. 그 바람에 성우의 망건이 찢어지고, 살갗도 조금 베여 피가 흘러내리기는 했지만, 성우는 눈꺼풀 한번 꿈쩍이지 않고 그대로 우의정과 눈을 맞췄다.

"애초에 따지고 보면 장인어른께서 저와 그 사람의 혼인을 주선한 것이 잘못 아니겠습니까?"

"너!"

"제 누이가 그 사람을 칼로 찌른 것은 물론 벌 받아 마땅한 짓입니다만, 그 아이는 그 사람이 다른 사람의 아이를 가진 채 저와 혼인한 것에……"

"이놈아!"

우의정이 이번엔 제 앞의 서탁을 발로 내질렀다. 우당탕 소리와 함께 방바닥을 뒹구는 서탁을 보며 성우는 잠깐 눈을 감았다가 다시 가만히 눈을 들어 우의정을 마주 보았다.

"네놈의 누이를 구명하기 위해 정녕 그 일을 입 밖으로 내겠다는 뜻이냐?"

"제 누이와 저희 집안을 구명하기 위해서라면 못할 일이 무엇이 있겠습니까? 잊으셨습니까? 저는 이미 제 집안을 구명하기 위해 제가 목숨처럼 은애하던 여인도 버린 놈인 것을요."

어금니를 악문 채 성우가 한 마디 한 마디를 씹어 내뱉었다. 그제야 우의정은 성우의 말이 공연한 협박이 아님을 깨달았다.

"그럼 어찌하자고? 이미 의금부에 붙잡혀 간 네 누이를 무사히 방면이라도 시켜 달라, 이거냐? 이미 주상께서도 아시는 일을 내 어찌……!"

"아직 제 누이는 의금부에서 그 어떤 자백도 하지 않은 것으로 알고 있습니다. 그렇다는 건 의금부에서도 이번 사건의 정황에 대해 확실히 알고 있는 것이 없다는 뜻이겠지요. 그저 몇몇 흉한 소문들만 들어 알고 있을 뿐……"

뭘 어쩌자는 건지. 우의정이 의심스럽다는 듯 미간에 주름을 세우고 성우의 하는 양을 지켜보았다.

"그날 밤, 불행히도 제 집에 재물을 노린 도적이 하나 들었습니다. 저도 없는 별채에 안사람과 갓난아이만 있는 것이 불안해 자기 전 안부를 물으러 왔던 제 여동생이 마루에서 그 도적을 발견하고는 그만 놀라 어린 마음에 소리를 치고 난동을 피우니, 도적이 제 아우를 해치려 덤벼들었지요."

있지도 않았던 사실이기에 당연히 본 적도 없는 일이건만, 성우는 마치 그날 밤에 있었던 일을 제가 바로 눈앞에서 목도하기라도 한 것처럼 차분하게 말을 이어나갔다.

"그 소란에 잠에서 깬 안사람이 방을 뛰쳐나와 그걸 보고는 제 여동생을 구하기 위해 몸을 날렸다가 그만 도적이 휘두른 칼에 찔리고 만 것입니다."

"…… 제법 그럴듯하게 들리기는 하다만, 내 딸을 찌른 칼은 네 누이의 것이었어. 그리고 내 딸이 피를 흘린 곳도 별채의 안방이었고!"

우의정이 성우가 꾸며낸 말의 허점을 지적하였다.

"그렇군요. 제가 잘못 알았습니다."

성우가 금세 말을 바꾸었다.

"도적은 재물을 훔치기 위해 제 안사람이 든 방에 침범하였고, 그것을 본 정애가 놀라 은장도를 꺼내 들고 섣부르게 덤벼들었다가 그만 도적에게 칼을 빼앗기고 도리어 그 칼에 목이 베일 뻔했지요. 그때 제 안사람이 끼어들어 정애를 구하고 본인이 대신 찔리고 만 것이고요."

"…… 그렇다면, 자네의 누이가 왜 의금부에 잡혀 올 때 진작 그 말을 하지 않았을까? 왜 자네의 부모 역시 억울하다, 말하지 않은 거고?"

"정애는…… 그래요. 자신 때문에 제 아내가 그리 칼에 찔려 쓰러진 것에 놀라 반쯤 넋이 나간 상태이니 아무 말을 못 한 게지요. 자신이 설쳐 그리되었다는 자책감 때문에 제정신이 아니기도 하고요. 그러니 정애에게서 아무런 말을 듣지 못한 저희 부모님 역시 그날 밤, 무슨 일이 있었던 것인지 아시지 못하는 거고요."

우의정의 눈이 가늘어졌다.

"집에 들어왔던 도적은?"

"도성 안에 남의 집에 침범하는 도적이 한두 명이고, 잡아내지 못한 도적이 또 한 둘입니까? 아무리 찾아도 나타나질 않을 도적이니 이번 일의 비밀을 발설할 위험도 없을 거고요."

확신에 찬 성우의 말에 우의정도 조금은 솔깃했다. 성우가 한 말대로만 일이 처리되기만 하면 성우의 여동생도 무사 방면될 것이 분명하고, 정애에게 칼에 찔린 것으로 이런저런 안 좋은 소문에 시달리고 있는 숙영에 대한 세간의 시선들도 달라질 게 확실했다. 오히려 숙영은 시누이를 대신해서 칼에 찔린 여인으로 칭송을 받게 될지도 몰랐다.

문제는, 자신이었다. 성우의 협박에 그대로 따르는 것도 자존심도 상하거니와, 제 딸을 이 지경으로 만든 성우의 여동생이 아무 벌도 받지 못하게 된다는 것이 우의정의 속을 뒤집어놓고 있었다. 그걸 성우도 알아차렸다.

"복수는 하고 나면 시원하시겠지만, 그 뒤에 감당해야 할 일을 생각하셔야지요."

내 누이가 기어이 당신 딸을 해친 죄로 벌을 받는다면, 당신 딸의 부도덕함과 그런 딸을 내게 시집보낸 당신 역시 무사치 못하리라는 경고였다. 우의정의 생각에도 그 말이 맞았다. 정말 성우가 숙영과 성우가 혼인한 연유에 대해, 숙영의 아이에 대해 떠들어대기 시작한다면 졸지에 저와 숙영은 사지로 내몰릴 게 뻔했다. 특히나 이제껏 자녀안을 이용해 경쟁세력들을 축출해 온 자신인 만큼, 그 피해는 더 클 것이었다.

"…… 내 조만간 의금부에 은밀히 사람을 보내, 앞으로 네 누이가 해야 할 말을 전해주마."

"감사합니다."

성우가 깊이 고개를 숙였다.

"단, 내가 내 할 일을 하는 것처럼 너 역시 네가 할 일을 해야 할 것이다."

"…… 무엇을 하오리까?"

어차피 성우도 조금은 각오한 터였다. 우의정이 아무 대가 없이 순순히 제 말에 따라줄 것이란 기대는 처음부터 없었으니까.

"제가 뭘 하면 장인어른께서 만족하시겠습니까?"

천천히 고개를 들며 성우가 물었다.

.

.

.

"훗. 흐흐흐훗"

집으로 돌아가는 길이었다. 성우는 자꾸만 헛헛한 웃음소리를 내며 눈을 깜박였다. 먼지나 터럭이 눈에 들어간 것도 아니면서 자꾸만 깜빡깜빡, 눈꺼풀을 움직여댔다.

우의정이 제게 한 말 때문이었다.

"도승지의 딸을 쫓아 도성 밖으로 나간 이유가 무엇이냐? 도승지와 그 딸에 대해 무엇을 알고 있는 것이야?"

"설사 의금부가 네 누이의 말을 그대로 믿어준다 하여도 세상은 끊임없이 네 누이와 내 딸 사이에 무슨 일이 있었는지, 떠도는 소문대로 정말로 네 누이가 갓난쟁이 조카를 죽이려 하였는지, 하면 왜 그랬는지 의심하고 추측하고 자기들 마음대로 떠들어댈 것이다."

"그러니 이번 일을 제대로 덮으려면 대신하여 그만한 이야깃거리가 될 일이 필요하다는 것쯤은 알고 있겠지?"

아마 우의정은 자신이 묻고 있는 게, 요구하고 있는 게 정확히 무엇인지 알지 못했을 것이었다. 그 질문들이 성우에게 무엇을 토해내라 강요하고 있는지도.

"훗, 흐흐흐훗"

성우가 몸을 휘청대며 웃었다. 속없이 빈 쭉정이가 작은 바람에 흔들리듯, 그리 온몸을 흔들며 웃고 또 웃었다. 저라도 저를 비웃지 않으면 성에 차지 않을 것 같아, 집으로 가는 길 내내 미친놈처럼 실실대며 웃어댔다. 그리 온몸을 휘청대며 걸어가는 성우의 뒷모습을, 그림자가 유심히 지켜보고 있었다.

'얼른 가서 알려드려야겠군. 우의정과 저 얌전한 선비가 무슨 일을 꾸미고 있는지.'

"태서는? 태서는 어디 가셨어?"

태서의 명에 따라 우의정의 집을 살피고 온 부하가 서남다리 근처 안가에서 태서의 향방을 물었다. 이삼일은 계속 이곳에 머물 테니 우의정의 집을 살피고 있다가 수상쩍은 일이 생기거든 고하러 오라고 시킨 건 태서였다. 근데 있어야 할 태서는 보이지 않고, 안가를 지키고 있는 수하 중 몇몇에게선 묘한 기류가 감지되고 있었다.

"무슨 일이야?"

"불려갔어."

"불려가다니, 어디로?"

수하의 물음에 다른 한 명이 엄지를 세우더니 그 엄지를 다른 쪽 손바닥으로 덮었다. 상단의 우두머리인 대방들을 뜻하는 그들만의 표시였다.

"왜?"

"왜긴 왜야. 이번에 도성을 비운 것 때문에 그렇지. 가뜩이나 이번 태서에 불만이 많은 작자들인…… 어! 너희들 뭐야!"

작은 소리로 대방들에 대해 떠들어대던 수하 중 하나가 갑자기 날카로운 소리를 질렀다. 마치 작정이라도 하듯 한꺼번에 안가 마당으로 뛰어든 낯선 사내들 때문이었다. 손에는 무기를, 눈빛에는 살기를 장착한 이들이었다.

"모두 죽여라!"

단 한 마디의 명령과 함께 칼날들이 사정없이 안가를 지키는 자들에게로 달려들었다.

"튀어!"

안가를 지키던 자들은 누군가의 한 마디에 일제히 담 밖으로 몸을 날렸다.

태서가 있을 땐, 태서를 지키는 것. 태서가 없을 땐, 스스로를 지키는 것. 그것이 그들에게 주어진 명이었기 때문이었다. 재물이라든지, 안가라든지, 아니면 다른 무엇도 태서와 자기 목숨 이상의 값어치는 없었다. 그러니 자신들의 목숨을 노리고 온 자들과 괜히 섣불리 맞서 싸울 필요가 없었다. 살아야 후일이 있고, 살아야 목적이나 의지가 있는 거니까. 다만, 그런 와중에도 수하들의 머릿속을 사로잡은 생각은 다 똑같았다.

'태서! 태서는 지금 괜찮은 거요?'

도망치는 제 목과 등을 노리고 덤벼드는 칼날을 쳐내며 연신 도망치기 바쁜 와중에도 다들 그 생각만 하였다.

"어서 오게."

방 안에 태서가 들어서자마자 도성의 상권을 한 손에 틀어쥐고 있는 대방 중에서도 가장 우두머리 격인 공 대방이 앉은 자리에서 눈만 들어 태서를 맞았다.

"찾으셨다고?"

태서는 방문 앞에 서서 저를 올려다보는 대방을 내려다보았다.

"다들 모여 있는 줄 알았더니 혼자시네?"

"앉게. 우선 차 한 잔 들면서 천천히 이야기를 나눔세."

공 대방이 손을 들어 미리 펼쳐져 있는 찻상 앞을 가리켰다.

"본론."

태서가 방문 앞에 선 그대로 저를 부른 용건을 요구했다.

"차부터 한 잔 마시래도. 지난번 중국 상인이 선물로 주고 간 철관음(鐵觀音, 중국 우롱차 중 하나)이야. 차에서 달콤한 과실 맛이 나는 것이 제법 별미라네."

말만이 아니었다. 공 대방은 직접 찻주전자를 들어, 찻상 위의 찻잔에 조르륵 황금빛 찻물을 따랐다. 그러자 조금 어두컴컴한 방 안에 순식간에 달콤한 차 향기가 은은히 번져나갔다.

"됐어. 고상하게 차는 무슨. 우리 같은 것들이 양반 흉내를 내서 뭐하려고. 그보다 본론부터 말해. 내가 한가한 걸 제일 두고 못 보는 사람이잖아?"

"서서 들을 얘기가 아니니, 와서 앉으라는 게야."

공 대방이 이번엔 제 찻잔에 쪼르륵, 차를 따른 후 제가 먼저 찻잔을 들어 코 가까이에 대고 가만히 그 향을 음미하였다.

"흐으음."

지그시 눈을 감고 차 맛을 음미하던 공 대방이 천천히 한 모금을 머금었다. 그 다음도 마찬가지였다. 차를 입안에 머금고 삼킨 다음, 다시 한 모금 머금고 삼키기를 반복하였다. 차 한 잔을 다 비우도록 눈 한번 들지 않고 마치 경건한 의식이라도 되듯 차를 마셨다. 그 모습을 태서는 방문 앞에서 한 발자국도 꿈쩍하지 않고 내내 그대로 지켜만 보았다.

"고집하고는."

마침내 찻잔을 다 비운 공 대방이 제 빈 찻잔을 내려놓더니 가만히 눈을 들어 태서와 눈을 맞췄다.

"왜, 내가 차에 독이라도 탔을 성싶던가?"

"찻잔에 독을 발라놨을 수도 있지."

"흥. 그쯤 못 알아챌 태서일까봐?"

"나는 아니겠지만, 그쪽에는 좀 머리가 안 돌아가는 이들도 있으니까."

서로를 빈정대는 말끝에 공 대방이 인사말처럼 지나가는 말로 물었다.

"요즘 제법 많이 바쁘다고?"

"하루라도 안 바쁜 적이 있던가, 내가?"

"그리 바쁜 거치고는 요즘 하는 일은 별로 없다, 들었는데?"

"누가 뭐랬는지 모르지만, 불만이 있으면 와서 직접 말하라고 해. 내가 언제든 영감들 원하는 걸 안 들어준 적이 있던가?"

"…… 도성을 비웠다고."

"볼일이 있어 잠깐 나갔다 온 것뿐이야. 도성 사대문 안에 줄로 묶여있는 놈도 아닌데 하루 이틀 콧바람도 못 쐴까?"

"우리한텐 한마디 언급도 없이?"

슬쩍 눈을 들어 태서를 보는 공 대방의 눈빛에는 그런 태서를 나무라는 기색이 역력하였다. 목소리를 높이지도 않았고, 말투도 뾰족하지 않았지만, 그 눈빛만으로 태서는 지금 공 대방이 제게 무시무시하게 화를 내고 있음을 알아차렸다.

"특별히 알릴 정도로 대단한 일이 아니었거든."

간단히 변명 아닌 변명으로 공 대방의 물음에 답한 후 태서가 공 대방의 맞은편에 가서 앉았다. 그러고선 이젠 많이 식었을 찻잔에 손을 뻗는데, 공 대방이 철썩, 태서의 손을 쳐냈다.

"네 말이 옳아. 차 맛도 모르는 네가 이리 귀한 차를 마실 자격은 없지."

공 대방이 태서의 찻잔을 집어 들고선 다시 찻주전자로 가져가는가 싶더니, 그대로 휙! 태서의 얼굴에 끼얹었다.

"……!"

태서의 얼굴에 아직도 조금은 뜨거운 찻물이 주르륵, 흘러내렸다.

"계집에게 눈이 돌더니, 이젠 이 정도도 피할 줄 모르게 되었나?"

계집이란 말에 소매로 얼굴을 닦아내던 태서의 눈썹이 움찔하고 떨렸다. 공 대방은 미처 그것을 보지 못하고 여전히 못마땅한 기색으로 말을 이어나갔다.

"이러니 다른 대방들이 모두 태서를 바꾸자고 난리인 게야. 이렇게 둔해진 너를 어찌 믿고 장사를 하누?"

"…… 그 여인에 대해 또 누가 알지?"

"쯧쯧. 역시 이번 일도 그 계집과 관련된 일이 맞구먼."

"또 누가 아냐고."

"아직은 나만이야. 하지만 그 비밀이 언제까지고 지켜지겠어? 내가 아는 일이라면 다른 대방들도 곧 알게 될 것을."

"…… 지금의 내게 정 불만이라면 마음대로 해. 태서 자리를 원한다면 언제든 원하면 내어줄게. 단, 내 이름을 가져가려면 그만한 적임자가 나서야 할 거야."

어금니를 꽉 깨문 채 태서가 소매로 마저 얼굴의 물기를 닦아낸 뒤 자리를 떨치고 일어났다.

"이건 영감이 그간 내 뒷배를 봐 준 은혜를 생각해서 맞아준 거야. 다음번에도 내가 참아줄 거란 생각은 하지 마."

한 마디 경고를 남긴 채 방문을 향해 돌아선 태서의 등에 대고 공 대방이 물었다.

"정말 그 여인 때문에 나와, 우리와 척이라도 질 생각인가?"

"영감이야말로 잘 생각해. 나를, 감히 이 태서를 적으로 두고 영감네들이 이 도성 땅에서 무사히 장사를 자알 해먹을 수 있을까?"

"그리 자신할 일이 아니야. 우리를 적으로 돌리면 너 역시도 무너지게 되어있음을 알아야지!"

"그럴 테지. 하지만, 오늘 밤엔 아니야."

의미심장하게 눈을 번쩍이는 태서의 말에 공 대방의 눈빛이 미세하게 떨렸다.

"…… 무슨 소리야?"

"글쎄 무슨 소리일까?"

느긋하게 질문에 질문으로 답하는 태서의 말에 공 대방이 얼른 찻상을 짚고 반쯤 허리를 일으켰다.

"…… 설마!"

바깥에서 사환 놈 하나가 소리를 지르며, 방안으로 뛰어 들어온 것은 그 직후였다.

"대방 어르신! 대방 어르신! 불입니다! 객주 창고에 불이 났습니다!"

"불이라니! 어디, 어디 객주에 불이 난 것이냐?"

공 대방이 당장이라도 박차고 나설 기세로 물었다. 그러자 흥분하고 당황해서 얼굴이 벌겋게 된 사환 놈이 두 손을 휘휘 저으며 말을 더듬었다.

"하, 한두 곳이 아닙니다. 지금 송파나루 창고들이 온통 불타고 있는 뎁쇼! 나 대방 어른의 객주에서부터 지금 대방 어른 객주 창고까지 온통 불이 옮겨 붙고 있는지라 난리입니다! 듣기로는 쥐새끼가 창고의 등롱을 잘못 건드려 불이 난 것 같다고오!"

사환 놈의 말에 공 대방이 얼른 아직도 방을 나서지 않고, 등을 돌리고 선 태서를 보았다. 굳이 쥐새끼란 말이 없어도 이 밤의 불장난이 누구 짓인지는 두 번 생각할 것도 없었다.

"네, 네가 한 일이냐?"

"어디 나 없이도 자알 해먹을 수 있나, 한 번 영감들 실력을 보자고."

대수롭지 않은 일인 양 가볍게 말한 후 태서가 방을 나가려 하였다. 순간, 공 대방이 늙은 몸에 어울리지 않는 재빠른 몸짓으로 몸을 날려 얼른 태서의 바짓가랑이를 붙잡고 늘어졌다.

"이번이 끝인 거지? 경고는 이걸로 다 한 거지? 응? 그렇다고 말해주게. 태서!"

애원은 공 대방의 진심이었다. 아직도 공 대방에게는 몇 개의 창고가 더 남아있었고, 만약 태서가 마음만 먹는다면 오늘처럼 또 불을 내는 건 손가락 하나 까딱이는 것만큼 쉬운 일이라는 걸 새삼 깨달았기 때문이었다.

"내 오, 오늘 밤 다른 자들이 무슨 짓을 하려 했는지 죄다……"

"영감."

혼비백산해서 저를 붙들고 있는 대방을 태서가 측은하게 내려다보았다.

"이 도성 땅에서 왈짜패와 살수들을 움직이면 그 소식이 제일 먼저 누구 귀로 들어갈 것 같아?"

"그, 그럼 처음부터 다…… 다 알고?"

"나를 불러다 시간을 끈 다음, 내 수하들부터 죽이려던 일? 당연히 알고 있었지. 영감들, 정말 내가 누구란 걸 잊은 거야?"

자신만만하게 히죽이는 태서를 보며 공 대방의 등줄기에는 새삼 식은땀이 흘러내렸다.

"그러니 자알 생각해. 다 늙어서 돈 한 푼 없는 거지 신세로 길거리에 나앉고 싶지 않으면 어찌 처신해야 하는지. 특히 그 입을 어찌하고 살아야 하는지."

늙은 대방에게 친절히 마지막 경고를 마치고 태서가 가뿐한 걸음으로 방을 나섰다.

"많지요."

한편, 하진은 몸져누운 석주의 등허리를 다정하게 쓸어주면서 방금 석주가 제게 물은 것에 대한 답을 해 주고 있었다. 방금 석주는 사내의 작심한 유혹에 마음이 흔들리고 만 저를 책망하면서, 하진에게 너는 나처럼 이리 후회하는 일이 없느냐고 물었던 참이었다.

"과연 내 선택이 옳았을까, 다른 방법은 없었던 것일까? 저 역시 되돌아보면 후회할 만한 일이 머리카락 수만큼 많습니다. 허나 이미 지나간 일을 후회란 이름으로 되돌아본다고 해서 바뀌는 것이 무에 있겠습니까? 하여, 저는 이제껏 한 일에 대해, 제가 내린 결단에 대해 평생을 걸고 책임지려 합니다."

"…… 책임을 진다?"

"예. 후회만 하며 아쉬워하기보다 책임을 질 생각입니다."

하진이 그리 제 군건한 각오를 말하고 있을 때, 정작 성우는 제 부모 앞에서 언제고 후회하고야 말 것이 분명한 말을 하고 있었다.

"정애는 곧 무사 방면될 것입니다."

"성우야? 그게…… 사, 사실이니? 정말 우의정께서 정애를 용서해 주신다고 하셨니?"

어머니 민 씨 부인이 초췌해진 얼굴로 눈물을 흩뿌리며 성우의 도포 자락에 매달렸다.

"예. 정애를…… 용서해 주실 것입니다."

또다시, 또 한 번, 제 가족과 가문을 위해 하진을 배신할 각오를 굳힌 성우가 어머니의 작은 어깨를 감쌌다. 이미 오래전에 인간이 아니기를 선택한 제가, 이제 와 다시 망설일 이유가 없었다. 하진을 팔고, 정애를 구할 것이었다. 정애를 구하고 어미를 구하고 아비를 구하고 제 집안을 구하고, 그리하여 저 자신을 구할 것이었다. 그것이 긴 시간 집까지 걸어오며 성우가 내리고 만 결론이었다. 바로 두어 시진 전까지만 해도 하진을 되찾고야 말겠다는 각오를 다진 것이 참으로 무색한 결정이었다.

그로부터 며칠 후였다.

이제나저제나 하진이 돌아오는 건 아닐까 불안한 마음에 주가 마당을 서성이고 있던 서 씨 부인은 갑자기 대문이 떨어져 나갈 듯 흔들리는 소리에 심장이 떨어져 나가는 듯 놀랐다.

"문 열어라! 당장 이 문 열지 못할까?"

"누, 누구십니까? 여긴 당분간 장사를 안 하는데요?"

서 씨 부인의 눈짓을 받은 하인이 대신 묻자, 밖에서 누군가가 재차 대문을 거칠게 흔들었다.

"의금부에서 나왔다! 당장 이 문을 열지 못할까?"

의금부라는 소리에 화들짝 놀란 하인이 서 씨 부인이 채 말릴 새도 없이 대문을 활짝 열었다.

"의금부 나리들께서 이런 누추한 곳에는 어쩐 일이십니까요?"

"행수는 어디 있느냐!"

사나운 인상의 의금부 나장이 외침과 함께 의금부의 관졸들이 주가 안으로 뛰어들어와 며칠째 서 씨 부인과 계집종들이 윤이 나게 반들반들 닦아 놓은 마루 위로 흙발 채로 뛰어 올라가 방들을 뒤졌다.

"무양각의 행수는 지금 어디 있느냐?"

나장의 말이 끝나기가 무섭게, 나장의 등에 가려져 있던 사내가 앞으로 나서 두려움에 오들오들 떨고 있는 서 씨 부인 앞으로 성큼성큼 걸어왔다.

"너는 알 테지? 행수가 지금 어디 있느냐?"

서 씨 부인에게 하진의 행방을 물은 건 바로 성우였다.

'성우야?'

서 씨 부인은 제 눈을 의심하였다. 성우가, 다른 사람도 아닌, 자신의 입으로 직접 하진의 행방을 가르쳐주었던, 하진을 구해줄 줄 알았던 성우가, 의금부의 관원들과 와서 하진의 행방을 찾다니.

"그 사람은 어디 갔냐고!"

대답 없는 서 씨 부인의 어깨를 움켜잡고 성우가 거세게 흔들었다.

"너는 알 것 아냐? 애초에 내게 와서 그 사람의 행방을 알려준 게 바로 너였지 않느냐! 말해! 그 사람은 어딜 갔어? 어디에 숨어있냐고!"

서 씨 부인은 뭐라고 말을 하려고 하였지만, 그저 입만 벙긋거릴 뿐 어떤 소리도 목으로 나오지 않았다.

"혹시⋯⋯"

잠시 말없는 서 씨 부인을 수상쩍게 보던 성우가 그대로 손을 뻗어 서 씨 부인의 너울을 확, 걷어챘다. 혹시나 너울 뒤에 숨은 게 주가의 하인이 아닌 하진인 건 아닐까 말도 안 되는 의심을 해서였다. 하지만, 너울을 뺏기고 드러난 그 흉측한 얼굴에 성우는 못 볼 것을 보았다는 듯 낯을 찌푸리고 고개를 돌렸다. 무슨 일인지 이쪽을 주시하고 있던 의금부의 관원들도 일제히 낯을 일그러뜨렸다. 개중 누군가는 동정을 가득 담아 쯧쯧, 혀를 차기도 했다.

"왜에…… 왜 이러십니까? 행수는 며칠 전에 잠시 어디 다녀오신다고 하신 후에 아직 돌아오지 않으셨습니다."

드러난 흉측한 얼굴을 손으로 가린 채 서 씨 부인을 보다 못해 다른 하인이 나서서 대답하였다. 그 말을 듣자마자 성우가 함께 온 의금부의 나장과 눈을 마주친 뒤 얼른 다시 주가를 나서려고 뒤를 돌았다.

"왜…… 왜에…… 당신이 행수를……?"

서 씨 부인이 간신히 목소리를 내어 왜 하진을 잡으러 온 건지 물으려 하였지만, 워낙 목소리가 작았던 것인지, 아니면 일부러 들은 척도 아니 한 것인지, 성우는 아무 말도 없이 그대로 관원들과 함께 주가를 빠져나가고 말았다.

'왜 성우가? 하진이를 찾아 무얼 어쩌려고?'

잠시 다리에 힘이 풀려 멍하니 서 있기만 하던 서 씨 부인은 퍼뜩, 정신을 추슬렀다.

'아냐. 내가 지금 뭘 하는 거야. 이러고 넋을 뺄 새가 어디 있다고. 얼른, 얼른 태서에게 알려서 하진이를!'

태서와 하진이를 떨어트려 놓으려고 성우에게 하진의 행방을 알린 저였지만, 태서에게 직접 하진을 놓아달라고 눈물로 간청했던 저였지만, 하여 이러는 게 얼마나 뻔뻔하고 이기적인 일인지 알면서도 서 씨 부인은 태서를 찾을 수밖에 없었다. 하여 황급히 용주골 인근 어딘가에 있을 태서의 부하를 찾아 말을 전하려고 서 씨 부인이 서둘러 무양각 밖으로 나가려고 할 때였다.

"멈춰라!"

문 앞을 지키고 있던 관졸 중 하나가 방망이를 썩 내보이며 서 씨 부인의 앞을 가로막고 나섰다.

"당분간 명이 내릴 때까지 누구도 이 주가를 드나들지 못할 것이다. 그러니 얌전히 주가 안에 처박혀 있거라!"

"아, 아니 그게⋯⋯제가 몸이 아니 좋아⋯⋯약방에를 좀⋯⋯."

"어허! 이 천한 것이 기어이 매질을 당해 봐야 말을 알아들을까!"

정말 당장이라도 후려칠 듯 방망이를 휘두르며 관졸이 마치 짐승을 몰듯 서 씨 부인을 무양각 안으로 다시 들여보냈다.

'하진아!'

"그동안에 들고 난 사람은?"

약 한 시진 후였다. 미리 도승지의 집 앞을 지키고 있으라 명을 내렸던 관졸에게 성우와 동행중인 금부도사가 심각한 얼굴로 물었다.

"아무도 없습니다. 하인 하나, 계집종 한 명 대문 밖을 나서지 않았습니다."

관졸의 말에 금부도사가 이번엔 성우에게 물었다.

"정말, 그 여인이 저 집에 있는 게 확실하오?"

"그 주가에 없었으니, 아직은 저 집에 있을 것이 확실합니다. 적어도 저 집의 규수는 그 여인의 행방을 알 것입니다."

"흐음⋯⋯."

성우의 말에도 불구하고, 금부도사는 무양각에서처럼 선뜻 앞으로 나설 생각을 못 하였다. 상대는 도승지의 딸이었다. 아무리 우의정과 의금부의 제일 우두머리인 판의금부사가 용인하고 사주한 일이라 하여도 도승지의 집안에 함부로 발을 디딜 수는 없는 노릇이었다.

"그럼, 제가 나서겠습니다. 제가 책임지지요."

성우가 금부도사를 뒤로하고 제가 먼저 성큼성큼, 도승지의 집을 향해 걸음을 옮겼다. 마음이 급했다. 자신이 무슨 짓을 하고 있는지 제일 잘 아는 만큼, 한시라도 빨리 이 모든 일을 끝내고 싶어 몸이 달았다. 자신이 얼마나 후회하게 될지, 하진에게 무슨 일이 닥치게 될지 뻔히 알면서도 만사가 다 귀찮았다.

한시라도 빨리 정애를 의금부의 옥에서 꺼내어 제 부모님의 품으로 돌려준 다음, 이 모든 일에서 발을 빼고 싶을 뿐이었다. 술독에라도 빠져서 이 모든 일을 잊고 싶을 뿐이었다.

"의금부에서 나왔다! 당장 이 문을 열어라!"

미친 사람처럼 성우가 직접 목이 터질세라 크게 소리친 직후였다. 대문 안쪽에서 불안하고 겁에 질린 늙은 하인의 목소리가 들려왔다.

"밖에 뉘시옵니까?"

"의금부에서 나왔다. 당장 문을 열어라!"

"예에? 자, 잠시만 기다려주십시오."

갑자기 의금부에서 사람이 나왔다는 소리에 하인은 마당을 구를 새라 허겁지겁 안채로 뛰어 들어가 석주의 방 앞에 섰다.

"아가씨. 아가씨이이……."

"왜 그러오?"

방문을 열고 내다본 이는 석주의 말동무를 겸해서 함께 바느질을 하고 있던 하진이었다.

"무슨 소란이오?"

하진이 묻자, 늙은 하인이 허옇게 질린 얼굴로 말을 더듬었다.

"대, 대문 밖에 의금부에서 온 이들이 문을 여, 열라고……."

하인의 말에 하진 또한 조금 얼굴빛이 변해서는 얼른 석주를 돌아보았다.

"의금부라니? 어, 어찌 의금부에서?"

갑작스러운 소식에 놀란 석주가 겁에 질린 얼굴로 하진을 보더니 엉거주춤 자리에서 일어나려 하였다. 하진은 얼른 그런 석주의 치마를 잡고는 끌어 앉히고서 작은 소리로 석주에게 일렀다.

"아버님께 급히 사람을 보내셔요. 얼른 집으로 와주십사하고, 아주 긴급한 일이라고. 또한 절대 도승지 어른이 오시기 전에는 대문을 열어서는 아니 될 것입니다."

하진이 단단한 얼굴로 충고를 하자 석주가 겁에 질려, 그런 하진의 팔뚝을 붙잡았다.

"의금부에서 나, 나를 잡으러 온 것인가? 그, 그 사람과의 일 때문에?"

"아직은 모릅니다. 아가씨를 잡으러 온 것인지 아니면, 저를 잡으러 온 것인지……"

"그, 그쪽을 왜? 그쪽이 무슨 죄가 있다고?"

"이야기가 너무 깁니다. 다만…… 문제는 저들이 만약 저를 잡으러 왔다 하여도, 저를 데리고 있었다는 것만으로 아가씨와 아가씨의 집안에 누가 될 수 있습니다."

"그건 또 왜?"

"나중에…… 기회가 되면 다 말씀드릴 것입니다. 우선은 저들에게 어찌하여 이 댁에 온 것인지, 누구를 잡으러 온 것인지 물어보셔요. 만약 아가씨라고 하면, 제가 나서서 도와드릴 것이지만 만약 저라고 하면, 아가씨는 한사코 모르는 일이라고 하셔야 합니다. 아시겠습니까?"

아니, 몰랐다. 지금 석주는 하진이 무슨 말을 하는지 도통 아무것도 알 수 없었다. 자신이라면 의금부에 잡혀가고도 남을, 죄를 짓긴 하였다. 감히, 아주 잠시 잠깐이긴 해도, 양반이 아닌 사내를 마음에 품었고, 그에 의해 보쌈도 당할 뻔했으니까. 양반 부녀자로서 해서는 안 될 짓을 한 건 틀림없기에 의금부에서 와서 저를 잡아가려 하는 것도 능히 이해가 갔다. 하지만 하진은 왜? 무얼 어찌했다고?

"우선, 나가시지요. 저들이 혹여 대문이라도 뜯고 들어오려 하기 전에."

물음이 가득한 석주의 눈과 마주한 하진이 침착한 표정과 말로 석주의 불안을 조금이나마 가라앉혀주었다.

그 후, 하진과 함께 안채를 나서 대문 가로 다가선 석주가 집의 하인 귀에 작은 소리로 무언가를 속삭였다. 그러자, 하인이 목소리를 키워 바깥의 사내들에게 석주의 말을 전하였다.

"저희 아가씨께서 어쩐 일로 오셨는지 여쭈어보라고 하십니다."

"찾는 이가 있어 의금부에서 나왔노라, 그리 전해 드리거라."

밖에서 들려온 목소리에 가만히 집중해 듣고 있던 하진이 흠칫, 몸을 굳혔다. 성우의 목소리임을 단박에 알아들었기 때문이었다.

'오라버니가…… 저를 잡으러 오신 겁니까?'

"태서는? 어디 가셨어?"

도승지의 집을 지켜보고 있던 태서의 수하는 방금 막 헐레벌떡 뛰어온 동료에게 태서의 행방을 물었다. 조금 전 의금부의 무리들이 도승지의 집으로 향하는 걸 보자마자 태서를 찾으라고 보냈던 참이었다.

"없어. 일단 보는 대로 이리로 오라 전해놨으니, 금세 오시긴 할 거야. 그나저나, 상황은 좀 어때?"

"이쪽도 아직이야. 아직, 대문 안으론 한 발자국도 들이지 못한 상태야."

그의 말 대로였다. 벌써 한참 전에 도승지의 집에 당도한 의금부 무리들은 아직도 굳게 닫힌 대문에 가로막혀 서 있는 상태였다.

"아가씨께 어서 이 문을 열어달라고 전하라! 급히 찾고자 하는 이가 있으니, 잠시만 실례를 하면 된다고 여쭈어라."

성우는 벌써 몇 번째인지 모를 똑같은 말을 대문 안쪽의 하인에게 전했다. 잠시 뜸을 두고 또다시 하인의 목소리가 대문 안쪽에서 흘러나왔다.

"주인어른이 오시기 전에는 절대로 문을 열 수 없다고 전하시랍니다. 어찌하여 어명도 없이 반가의 여인 혼자 있는 집을 함부로 들어오려고 하시냐며, 이리 반가의 부녀자를 욕보여서 그 후환을 어찌 감당하려 하시는지도 여쭈라고 하십니다."

"안 되겠소."

귀에 딱지가 앉지 않은 게 용할 정도로 벌써 몇 번째 반복된 간접 대화에 질린 금부도사가 참다못해 성우의 앞으로 나섰다.

"나는 의금부의 도사 송가라고 한다. 네 아가씨께 전하라. 의금부에서 중죄인을 찾고 있는 중이니 당장 이 대문을 여시라고. 만약 대문을 열지 않으면 죄인을 숨기고 도망치게 하는데 도움을 주고 있노라, 그리 여길 것이라고! 아가씨 때문에 나라의 중죄인을 놓치게 되면 그 후환은 어찌 감당하려 하실지 여쭈어라!"

도사의 호령이 끝난 후였다. 지금까지 대로라면 금세 또 아니 된다는 답이 돌아올 차례건만 무슨 까닭인지 이번에는 대문 안이 조용하기만 했다.

하여, 제 말이 먹혀들어간 것인가 싶어 의기양양해진 도사가 성우 보란 듯이 괜히 어깨를 으쓱하더니 다시 한번 버럭 소리를 질렀다.

"당장 이 문을 열지 못할까!"

"…… 밖에 계신 도사 어르신께 대문을 열기 전에 한 말씀 여쭈어도 되겠냐고 여쭈어라."

이번에 대문 안에서 들려온 말소리는 젊은 여인의 것이었다. 좀 전까지 하인에게 대신 말을 시키던 석주가 직접 목소리를 낸 것이었다.

"아가씨께 뭐든 묻는 대로 답할 터이니, 이 대문을 당장 여시라고 전하라."

이제 석주와 금부도사는 말만 하인에게 전하라는 형식을 띠고 있을 뿐 직접 서로를 향해 말을 하기 시작했다.

"도대체 내 집에서 누구를 찾고 계시는지 여쭈어라. 그이가 왜 내 집에 있다고 생각하고 계시는지, 어이하여 내 집을 뒤지려 하시는지도 여쭈어라."

석주가 물었다.

"아가씨께 강상죄를 범하고 감히 세상의 윤리와 질서를 어지럽힌 악독한 계집을 찾고 있노라, 전하여라. 그 계집이 이 집을 드나드는 것을 본 사람이 있노라 전하여라."

금부도사가 답했다. 그 곁에서 성우는 참혹한 얼굴로 어금니를 깨물었다. 당장이라도 이 모든 게 다 헛짓거리라고, 자기가 잘못 안 거라고, 헛소리를 한 거라고 외치고 말 것 같아서였다.

"…… 강상죄를 범한 죄인이라니, 도대체 누가 무슨 죄를 지었다는 것인지 소상히 알고 싶다고 전하라."

다시 대문 안쪽에서 들려온 목소리는 감정의 동요를 나타내듯 많이 떨리고 있었다.

"아가씨께, 도성의 모 진사 여식이 혼인하러 가던 중에 죽은 것으로 위장하여 도망친 후 천한 주막의 계집이 되어 숨어 살았다고 전하라. 첫째 부모를 속였으니 중죄인이요, 둘째 남편 될 이 또한 속였으니 그 또한 중죄인이요, 셋째 반가의 아녀자로서 반상을 구분치 않고 뭇 사내들과 놀아나며 음행을 저질렀으니 이보다 더한 중죄가 어디 있겠냐고 전하라."

.

.

.

밖에서 들려온 이야기에 석주가 충격을 받은 듯, 지금까지 잡고 있던 하진의 팔뚝을 놓고선 주춤 뒤로 물러섰다. 사실 안채에서 나와 대문간에 서서 계속 대문을 열 수 없다고 말하는 동안, 석주는 내내 하진의 팔을 잡고, 하진에게 기대어 서 있던 참이었다.

"아가씨……!"

제 팔을 놓고 물러설 때 반쯤 무릎이 꺾여 휘청거리는 석주를 하진이 얼른 붙잡아 부축하려 들었다. 하지만, 선의를 가지고 내민 하진의 손을 석주가 매정하게 뿌리쳤다.

"너…… 누구야?"

마치 처음 보는 사람에게 묻듯 잔뜩 경계하는 얼굴로 석주가 새삼스레 물었다.

"누구냐고, 너. 금부도사가 말한 여자가 네가 맞아? 네가 정말 의금부에서 찾는 그 여자야?"

"…… 자세한 내용은 틀리지만, 밖의 사람들이 찾고 있는 건 제가 맞습니다."

하진의 말이 끝나자마자 석주가 스르륵, 마당에 주저앉았다.

"아이고, 아가씨!"

조금 물러나 있던 계집종과 하인들이 기겁하고 뛰어와 눈을 까뒤집는 석주를 부축하였다.

"아가씨이이!"

"안에서 무슨 일이 벌어진 것이야?"

갑자기 들려온 안쪽의 비명에 놀란 금부도사와 성우가 영문을 몰라 마주 보고 있을 때, 끼이익 거친 소리를 내며 석주의 집 대문이 열렸다.

"얼른! 넌 얼른 가서 약방 의원을 불러오너라. 어서!"

늙은 하인이 치마가 깡동하니 짧은 장옷을 뒤집어쓴 계집종을 대문 밖으로 내보냈다.

"뛰어! 뭐하는 거야. 어서 뛰지 않고!"

주춤하는 어린것의 등을 치며 달음박질시킨 후, 늙은 하인이 다시 대문을 닫고 들어가려는 것을 금부도사가 붙잡아 세웠다.

"무슨 일이냐? 아가씨께 무슨 일이라도 생긴 것이냐?"

"저, 저희 아가씨가 혼절하셨습니다요. 지금 막 약방의 의원을 부르러 보낸 참이니, 그래도 볼일이 있으시거든 저희 주인어른이 돌아오신 후에 다시 오시지요!"

말을 끝내자마자 제 소매를 붙잡고 있는 도사의 손을 뿌리친 뒤 하인이 다시 대문 안으로 들어가 굳게 문을 닫아걸었다.

"이걸…… 어쩐다?"

혼잣말처럼 중얼거리며 금부도사가 곤란해 죽겠다는 얼굴로 성우를 보았다. 죄인을 찾으러 온 금부도사로서는 뭐가 어찌 됐건 당장 대문 안으로 뛰어 들어가 집안을 이 잡듯이 뒤지는 게 맞았다. 만에 하나를 걱정하여 다 모까지 데려왔으니, 그들을 시켜서 당장 안채건 별채건 샅샅이 뒤지게 하는 게 맞았다. 하지만 도승지의 집, 그것도 혼자 집을 지키고 있던 도승지의 딸이 제 말에 놀라 혼절까지 하였다 하니 함부로 움직일 수가 없었다.

"임 사자관은 어찌하면 좋……"

난처한 얼굴로 묻는 도사를 뒤로 하고 갑자기 성우가 방금 계집종이 달려간 쪽을 향해 급하게 걸음을 옮겼다. 본디 양반은 절대 뛰지 않는 것이 법도이거늘, 도포 자락을 휘날리며 갓이 목 뒤로 넘어갈 정도로 급하게 달려 나갔다.

"임 사자관! 어디 가시는 게요? 임 사자…… 핫!"

멍하니 성우의 등 뒤에 대고 외치던 도사가 금세 성우가 뛰는 연유를 눈치채고선 얼른 옆의 관졸들에게 외쳤다.

"그 계집이다! 그 계집이 종년으로 위장하여 도망친 것이 분명하다. 뭣들 해! 얼른 따라가지 않고!"

"옙!"

금부도사의 명을 받은 관졸들이 우르르, 성우의 뒤를 쫓는 것을 본 태서의 수하 둘은 조금 난감한 얼굴로 서로를 마주 보았다. 자신들도 쫓아가야 하는 건 아닌지, 만약 아까 그 낡은 장옷을 뒤집어쓴 게 하진이라면 가서 구해내야 하는 건 아닌지, 확실치도 않은데 괜히 의금부 관졸들에게 스스로들을 노출하는 게 옳은 일인지 망설이는 눈빛들이 오갔다.

"일단 너는 쫓아가 봐. 나는 여기를 지키고 있을게."

한 명이 그리 말했을 때였다.

"안 쫓아가도 돼."

반쯤 잠긴 태서의 목소리가 그들의 뒤통수로 날아들었다.

"태서!"

"오셨습니까!"

반갑게 맞이하는 수하들에게 가벼운 눈짓으로 인사한 뒤, 태서가 짧은 명을 내렸다.

"따라와."

말을 마친 태서가 검은 두건을 뒤집어쓰더니 수하들보다 앞서 골목 그림자에 몸을 가렸다.

소리도 내지 않고 걸음을 재촉한 태서가 향한 곳은 도승지 집의 측간과 이어지는 낡은 담벼락 쪽이었다.

.

.

.

도승지의 집 뒤편은 한낮에도 햇빛이 들어차지 않을 정도로 엉망진창으로 수풀이 우거져 있는, 이제는 아무도 쓰지 않는 오래된 폐 우물터였다. 그 으스스한 기운의 공터에서 스스로를 보호하기라도 하듯 우람하게 솟아오른 도승지 집의 담벼락 위에는 이제 막, 패랭이를 쓴 어린 사내아이가 올라선 참이었다.

"후우."

잠시 아래를 내려다보고 길게 한숨을 쉰 사내아이는 질끈 두 눈을 감고 뛰어내리려 하였다.

"눈 감고 뛰어내렸다가 발목이라도 부러뜨리면 어쩌려고? 자알 하는 짓이다."

언제 나타난 것인지 담벼락 아래에 그 모습을 드러낸 태서가 패랭이를 쓰고 사내아이로 위장한 하진을 올려다보며 퉁명스레 중얼거렸다.

"어떻게 왔어?"

뛰어내리려다 말고 갑작스러운 말소리에 하진이 눈을 뜨고선, 저를 올려다보는 태서와 눈을 맞추고선 갑자기 눈꺼풀을 깜박 깜빡하더니, 담벼락 위에서 엉거주춤 주저앉았다.

"왜 그래?"

"몰라. 그냥…… 널 보니까 갑자기 다리에 힘이 풀려서……"

사실이었다. 지금 사내의 복색인, 바지를 입고 있는 하진의 다리는 밑에서 보고 있는 태서의 눈에도 확 띌 만큼 부들부들 떨리고 있었다. 온몸에 바짝 힘이 들어갈 정도로 긴장했다가, 태서를 보고 안도한 바람에 그리된 것이었지만, 그것을 알 리 없는 태서는 걱정스레 얼굴을 굳히더니 단박에 훌쩍, 담벼락 위로 뛰어올랐다.

"괜찮아? 내가 갑자기 말을 걸어서 놀라 그런 거야?"

물어놓고선 대답을 들을 생각도 없이 태서가 그대로 한 줌밖에 안 되는 하진의 얇은 허리에 손을 둘러, 제게로 바짝 당겨 안았다.

"꽉 잡아."

태서는 하진의 허리를 두르지 않은 다른 쪽 손으로 직접 하진의 두 손을 잡아, 제 목을 감싸게 하였다.

"좀 더 꽉 잡으라고. 잘못하다간 떨어진다?"

괜히 겁까지 줘서 기어이 제 말대로 제 목을 감싸는 하진의 손에 힘이 들어간 걸 확인한 태서는 하진의 두 다리 밑에 손을 넣어 그대로 번쩍 들어 올린 후, 훌쩍 담벼락 아래로 몸을 날렸다.

"읏!"

눈앞이 아찔해지는 기분에 하진이 저도 모르게 반사적으로 질끈, 눈을 감았다. 그러느라 저를 안고 있는 태서의 몸이 이미 땅바닥에 닿은 것도 모르고 그대로 태서의 목을 끌어안고 있었다.

'훗.'

태서는 그런 하진이 못내 귀여워 소리도 내지 않고 슬며시 웃었다. 평소엔 겁에 질린 얼굴 같은 건 절대 보여주지 않던 하진이, 아니 그 어떤 걸 봐도 놀란 얼굴 한 번 보여주지 않던 이 간 큰 여인이 그깟 담벼락이 뭐라고 이리 제 목에 매달려 오들오들 떨기까지 하는지 도무지 이해가 가지 않았다.

"놓아줘."

어느새 눈을 뜬 하진이 금방 본래의 저로 되돌아와서 태서의 가슴을 밀었다.

"원래 높은 곳을 무서워했던가? 높은 산길은 잘만 걷더니만?"

"무, 무서워하기는 누가. 얼른 내려달라니까? 저 사람들이 보잖아."

웃음기 가득 어린 목소리로 묻는 태서를 믿지 않게 노려보며 하진이 저를 놓아주지 않는 태서의 팔에서 자유로워지기 위해 몸을 뒤틀었다.

"보긴 누가 본다고."

여전히 장난기 가득한 목소리로 대꾸하며 태서는 괜히 싱글싱글 대며 저와 하진을 보고 웃고 있는 수하들에게 짐짓 눈을 부라렸다. 당장 뒤로 안 돌고 뭐 하냐는 뜻이 담긴 눈짓이었다.

'호호.'

수하들이 눈을 가늘게 접어 웃어 보인 후 뒤로 돌아섰다.

"어떻게 알고 왔어?"

이제는 굳이 태서의 품에서 벗어나려고도 하지 않고, 하진이 물었다.

"내 귀가 도성의 온 벽에 붙어있다는 사실, 잊었어? 그리고 여차하면 이쪽 담벼락으로 도망치라고 일러준 것도 나란 것도."

사실 지난밤 태서는 도승지의 집을 나서기 전에 일부러 도승지의 집 안팎을 꼼꼼히 살폈더랬다. 혹시나, 제가 없을 때 하진에게 무슨 일이라도 닥치면 하진이 도망칠 만한 구석을 찾기 위해서였다. 그때 태서가 점찍은 곳이 바로 이 폐 우물터 쪽으로 나 있는 담벼락이었다.

"만약 너를 잡으러 온다고 해도 여인인, 그것도 양반 여인인 네가 담을 넘어 도망가리라고는 추호도 생각하지 못할 거야. 그러니 만약의 경우엔 이쪽 담을 넘어 도망쳐."

일부러 담벼락 안쪽에 여러 개의 낡은 장독까지 옮겨주었더랬다. 담타기에 익숙하지 않은 하진이 좀 더 쉽게 담을 넘을 수 있게 도와주기 위해서였다. 그러면서 어디까지나 만에 하나임을 강조하며 만약 둘이 피치 못하게 떨어지게 되었을 때는 어디서 어떻게 다시 만날 것인지 꼼꼼히 일러주었다.

"내가 잘못 생각했어. 담벼락을 올라가는 것만 생각하고, 내려올 걸 생각 못 했으니. 이럴 줄 알았으면 처음부터 다른 방도를 생각해 보는……"

"태서!"

세상에서 가장 어여쁜 것을 보는 듯한 달달한 눈으로 하진을 마주 보며 사근사근 속삭이던 태서의 말이 중간에서 끊긴 건 날 선 수하의 외침 때문이었다. 순간, 태서가 얼른 하진을 내려놓고선 제 등 뒤로 돌려세웠다.

"내 이럴 줄 알았어."

바로 그 직후, 태서와 수하들 앞에 모습을 드러낸 건, 하진이 저로 위장시켜 먼저 내보낸 계집종을 쫓아간 줄만 알았던 성우와 의금부의 관졸들이었다.

"하진아! 거기 있는 거 하진이 너 맞지? 얼른 이리 나와. 내 아무려면 네 뒷모습도 구분 못 할 줄 알았니?"

잠시 하진의 대답을 기다리던 성우는 원하는 대답을 얻지 못하자 이번엔 날카로운 눈으로 저를 죽일 듯이 노려보는 복면 쓴 사내에게 말했다.

"등 뒤에 있는 여인을 내어놓아라."

"그렇겐 못 하지. 자신 있으면 뺏어가 보던가."

태서의 도발에 순간 성우의 잘생긴 눈썹이 꿈틀하였다.

"너는 누구……"

"네 이놈! 행색을 보아하니 저자의 천것 같은데 말본새가 그게 무엇이냐!"

금부도사가 성우의 말을 가로막고는 태서에게 목청껏 호통을 쳤다.

"하! 피차 이제 곧 목줄 내놓고 싸울 처지에 존대까지 바라다니, 어이구 미처 몰라 뵈어서 송구하옵니다."

금부도사와 성우를 비웃기라도 하듯, 태서가 부러 공손한 몸짓으로 허리를 굽혀 보였다. 이어 다시 허리를 편 태서의 손에는 어느새 팔뚝만 한 크기의 칼이 들려있었다. 동시에 태서의 수하 두 명도 허리 뒤에 숨겨놓았던 칼들을 꺼내 손에 들었다.

스릉. 칼날들이 칼집을 스치고 나오며 짧은 신음을 냈다. 그 소리에 흠칫 놀란 하진이 태서의 깊이 눌러쓴 패랭이를 조금 들어 상황을 살폈다. 태서와 수하 둘을 상대할 관졸들은 도합 십 수 명은 넘어 보였다. 그 한중간에 단단히 화가 난 듯 두 눈을 번쩍이고 있는 성우가 서 있었다.

'오라버니!'

"잘 들어."

태서가 등 뒤의 하진을 돌아보지도 않고 작게 속삭였다.

"싸움이 시작되거든 무조건 달려 저 옆에 있는 풀숲에 가서 몸을 숨겨. 절대로 나오지 마. 아무 걱정도 하지 마. 아무도 저기까지 가지 못하게 할 테니까."

하진에게 단단히 이른 다음, 태서가 제 양옆의 수하들에게 명령했다.

"가자!"

태서의 말이 채 끝나기도 전에 금부도사가 칼을 든 손을 높이 치켜들었다. 그것을 신호 삼아 "와!" 하는 함성과 함께 십 수명의 관졸들이 일제히 태서와 수하들에게로 덤벼들었다. 순간, 하진은 태서가 시킨 대로 뒤쪽의 풀숲을 향해 냅다 내지른 후, 수풀 속으로 숨어들었다. 그것을 본 성우가 얼른 그쪽으로 달려가려 하였으나 금부도사가 얼른 그런 성우의 옷소매를 잡아 말렸다.

"사자관은 물러나 계시오! 자칫하면 흉한들의 칼에 위험해 질수도 있소!"

말을 마친 도사가 저 역시 칼을 든 관졸의 뒤에 숨은 채 싸우는 양을 심각하게 지켜보았다. 챙! 채챙! 서로의 생명을 건 칼날들이 부딪치는 소리가 금세 폐 우물터에 가득 울려 퍼졌다. 두두두, 달리는 소리와 어느새 칼날에 베여 "으윽!" 하고 나자빠지는 관졸들의 참혹한 비명소리들도 그 뒤를 이었다.

"네 이놈들! 감히 나라님의 명을 받은 관군들과 대적하다니, 진정 죽고 싶은 게냐!"

싸우는 무리에서 멀찌감치 떨어진 채 금부도사가 연신 고함을 쳐댔지만, 싸움의 형세는 관군들에게 압도적으로 불리하게 돌아가고 있었다. 십 수 명에 달하는 관졸들의 절반 이상이 순식간에 고통스러운 비명을 지르며 바닥에 나뒹굴기 시작하였다.

"아니 되겠소. 사자관, 내 얼른 가서 의금부의 관원들을 더 불러올 테니 여기서 가만히 기다리고 계시오."

싸우는 무리와 성우를 뒤로 한 채 금부도사가 직접 의금부로 달려가려 할 때였다. 성우가 무슨 생각을 하였는지 갑자기 금부도사의 소매를 잡아 세우더니 작은 소리로 무언가를 물었다.

"아니. 그런 걸 왜, 지금?"

이 마당에 뭘 그런 걸 묻느냐는 듯 황당한 얼굴로 보는 도사에게 성우가 "얼른요!" 하고 다그쳤다. 그러자 도사가 손을 들어 이미 넘어진 관졸 중 한 명을 가리켰다.

"저기."

도사의 손은 이내 태서의 수하와 칼을 맞대고 있는 다른 관졸 한 명과 넘어졌다 다시 일어나 태서에게로 덤벼들고 있는 관졸 중 하나를 연이어 가리켰다.

"저기와 저기도! 아, 그리고 저쪽도요."

그 직후였다. 성우가 한 번 아랫입술을 꾸욱 깨물더니, 조금 앞으로 나서서 조금 전 하진이 몸을 숨긴 수풀 쪽에 대고 큰소리로 외쳤다.

"하진아! 네가 끌고 온 작자들이 너 하나 지키겠다고 죽이려 드는 이 사람들이 누구인지 아느냐?"

갑작스럽고 영문 모를 성우의 물음은 아주 잠시 뒤에 그 효과를 가져왔다. 처음엔 서로를 죽이기 위해 칼날을 맞부딪치느라 태서 측도 관졸들 측도 성우의 목소리에 귀를 기울이지 않았다.

하지만, 성우가 허리를 베여 땅바닥에 쓰러져 있는 관졸 하나를 가리키며 소리치자, 사정은 달라졌다.

"저 이의 집엔 이제 겨우 세 살 되는 아들이 있다!"

"헉, 헉…… 뭐, 뭐지?"

"하아, 하아. 저 양반이 지금 무슨 소리를 하는 거야?"

태서의 수하들이나 관졸들 모두 성우의 말이 무슨 뜻인지 쉽게 알아차리지 못하고 눈만 껌뻑거렸다. 오직 태서만이 그 의미를 알아차리곤 얼른 수풀 속의 하진을 향해 외쳤다.

"듣지 마!"

"저 사람은!"

태서와 거의 동시에 성우가 다시 소리쳤다.

"저기 칼에 베여서 죽을 듯이 아파하고 있는 저 사람은! 혼례를 올린 지 채 두어 달도 되지 않은 사내다! 저쪽에 넘어진 자는 아픈 노모를 홀로 부양하는 자로 저 자가 죽으면 저 자의 노모는 조석으로 끼니도 챙겨 먹……"

"너, 이 새끼!"

성우가 하려는 짓에 분노를 참지 못한 태서가 칼을 들고 성우에게로 뛰어왔다. 그러자 그 앞을 허둥지둥 금부도사가 그다지 쓸모 있을 것 같지 않은 어설픈 솜씨의 칼로 막아섰다.

"챙!"

단박에 금부도사의 칼을 쳐서 날려버린 태서가 이번엔 금부도사의 허리라도 벨 셈인지 다시 칼을 높이 치켜들었을 때였다.

"잠깐!"

이 세상에서 태서를 막을 수 있는 단 하나의 목소리가 태서의 칼날을 꼼짝도 못하고 묶어놓았다.

"거기 있어! 오지 마!"

"물러나 줘."

하진과 태서의 목소리가 한데 섞였다. 이어 수풀 속에서 나와 선 하진이 태서에게 간청하였다.

"그만하고 물러나 줘."

흘깃, 눈을 돌려 그런 하진을 본 태서가 조금 전 성우가 그랬듯 분이 상해 입술을 물은 뒤 눈 깜짝할 사이에 하진에게로 달려가 하진 앞을 막아섰다. 태서의 수하들 역시 마찬가지였다.

각자 마주하고 있는 상대들에게 눈을 부라린 뒤, 태서 바로 곁으로 가서 하진을 에워싸듯 좌우에 섰다.

"뭘 하려고! 나오지 말랬잖아!"

시선은 단단히 정면을 향한 채, 태서가 하진을 나무랐다.

"미안. 그러려고 했는데 그래지지 않아."

하진이 작은 소리로 태서에게 사과했다. 그때, 성우가 다시 한발 앞으로 쓱 나서 조금은 고통스러운 얼굴로 하진에게 외쳤다.

"기억나니? 언젠가 그랬지? 사람의 목숨은 그게 누구든 그 하나하나가 소중한 거 아니냐고. 단지 품행이 방정치 못하다는 이유로 돌 맞아 죽어 마땅할 순 없는 거라고!"

워낙 까마득한 옛일이어서 하진도 잘 기억나지 않을 때 한 말이었다. 우연히 저자에서 간음을 저질렀다는 죄로 피맺힌 맨발 차림으로 조리돌림을 당하는 여인을 보고 울분에 차서 했던 말이었다.

"하면 이 사람들은 어떠하냐?"

대답이 없는 하진에게 성우가 다시 외쳤다.

"너를 지키겠다는 자들이 휘두른 칼에 허리를 베이고, 다리를 베이고, 하마터면 목숨마저 뺏길 뻔한 이들은 죽어 마땅한 자들이냐? 나라의 녹을 먹고, 윗전이 시키니 너를 잡으려 한 죄밖에 없는데? 네겐 이 사람들의 피와 목숨은 그리도 가볍고 잃어 마땅한 것이더냐?"

"다 네가 한 짓이잖아! 네가 데려온 사람들이잖아!"

태서가 하진 대신 목에 피맺히게 소리쳤다.

"왜 네가 한 짓의 책임을! 이 사람에게……."

"아니."

하진이 태서의 옆에 있는 수하의 등을 조금 밀어 그 틈으로 앞으로 나섰다.

"오라버니가……, 저 사람이 한 말이 맞아."

"뭐 하는 거야!"

태서가 급히 하진의 팔을 잡았다. 맞은편에서 그 모습을 보는 성우의 눈썹이 사납게 들렸고, 격한 감정을 숨기지 못한 그 뺨마저 험하게 실룩거렸다.

"뭘 어쩌려고!"

태서가 하진을 다그쳤다.

"무슨 짓을 하려고!"

"아무리 태서라도 여기 있는 사람 중 누구도 다치게 하지 않고 나를 데리고 눈 깜짝할 사이에 도망치긴 힘들겠지?"

딱히 태서에게 묻는 말 같지도 않은 혼잣말을 중얼거린 후 갑자기 하진이 와락, 태서의 품에 안겼다.

"윽!"

놀란 태서의 입에서 신음이 나옴과 동시에 그것을 지켜보고 있던 성우의 입에서도 똑같이 신음이 터져 나왔다.

"어허! 지, 지금 저 계집이 무엇을!"

자기들이 잡으려고 하는 여인이 천한 사내의 품에 저 스스로 몸을 던지는 것을 본 금부도사 역시 황당함에 말을 잇지 못했다. 좀 전의 칼싸움에서 다행히 아무 상처도 입지 않은 다른 관졸들도 마찬가지였다. 다들 얼떨떨한 얼굴로 태서들 쪽과 성우 쪽을 번갈아 쳐다볼 뿐이었다.

"청이 있어."

태서의 품에 얼굴을 묻은 하진이 중얼거렸다.

"하지 마. 뭐든 안 들어줘."

하진이 무슨 말을 할 것인지 대충 짐작한 태서가 거세게 고개를 흔들었다. 하진이 고개를 들더니 두 손을 들어 찰싹, 태서의 뺨을 쳤다.

"정신 차려."

하진은 저를 원망하는 태서의 눈길을 붙잡으며 재빨리 속삭였다.

"지금 당장 여기서 도망쳐줘. 절대로 다치지도 말고, 죽지도 마. 그리고……"

태서의 뺨을 친 후 그대로 태서의 뺨에 닿아있던 하진의 손이 살짝, 아주 살짝 태서의 뺨을 다정스레 쓰다듬었다. 태서의 분기 어린 눈과 마주친 하진의 눈빛도 여태 보여줬던 그 어느 때보다 훨씬 더 다정하였다.

"나를 훔쳐 줘. 훔치러 와줘."

제13장

심문

그날 궁궐 궐내각사 안의 다실에서는 정승들과 육조의 판서, 그리고 도승지 오승환까지 한데 모여 심각한 얼굴로 이야기를 나누고 있었다.

"우의정은 아직 입궐을 안 하신 겁니까? 조참(임금의 새벽조회)에도 보이지 않으신 것 같은데……"

"딸이 그 지경인데, 우리가 이해를 해줘야지요. 하나 밖에 없는 딸자식이 그 꼴이 되었는데 지금 입궐이 문제겠습니까? 오죽하면 전하께서도 우의정의 조참 불참에 대해 아무 말씀도 하지 않으셨겠습니까?"

"에휴. 저도 딸자식 하나 있는 처지라, 그 심정이 이해가 갑니다. 다른 자식이 있다면 그 자식에 기대어 위로라도 받지, 하나밖에 없는 딸이 하루아침에 그런 꼴이 되었으니, 사는 게 사는 것 같겠습니까?"

말로는 그리하면서도 그들의 얼굴에는 내심 우의정 딸의 추문과 흉사에 대해 고소해 하는 기색이 없지 않았다. 그중 몇몇은 속으로 이번 일을 기회로 우의정이 실각하게 되지 않을까, 넌지시 기대하고 있기도 했다.

"그나저나 영의정 대감, 판의금부사(의금부수장)는 뭐라고 합니까? 그 임 참판의 여식이 왜 그런 흉악무도한 짓을 저질렀는지 자백을 하였다 합니까?"

저들끼리 신나게 떠들어대던 신하 중 하나가 내내 저들 중에서 침묵을 지키고 있던 영의정에게 물었다.

"아직 판의금부사도 입궐 전이외다. 입궐하는 대로 이곳으로 하였으니 잠시만 기다려보시구려."

모두가 기다리던 판의금부사가 다실 안에 그 모습을 드러낸 건 각자의 앞에 놓인 찻잔이 모두 식었을 즈음이었다. 판의금부사와 우의정을 기다리다 지쳐 도승지 오승환이 막 자리를 뜨려고 일어났을 때 즈음이기도 했다.

"어찌 이리 늦으셨소? 어서, 어서 이쪽으로 앉으시오."

신하들이 뒤늦은 참석자를 위해 앉은 자리를 비켜주려고 하는데 도승지가 물었다.

"임 참판의 여식은 자백하였소이까?"

"예. 그보다 도승지 영감……"

판의금부사가 꽤 곤란한 얼굴을 하고 무언가를 말할 듯 말 듯 입술만 꿈쩍거렸다.

"무슨 일이시오?"

"그것이 저기……"

판의금부사가 도승지에게 다가들어 귀엣말을 하려고 도승지의 귀에 얼굴을 가까이 가져다 대는데, 때마침 다실의 문이 활짝 열리더니 의기양양한 기색으로 우의정이 들어섰다.

"우의정 대감, 입궐하신 겝니까?"

"벌써 입궐하셔도 되시는 겝니까?"

"따님 곁에 좀 있어 주시지 않고요."

"그래, 따님은 좀 어떠합니까? 차도는 있습니까?"

육조판서들이 너나없이 우의정을 반기며 안부를 묻는데, 우의정은 이제막 귀엣말을 하려다 말고 서 있는 판의금부사를 보더니 미소 띤 얼굴로 살짝 고개를 숙여 인사를 하였다.

"판의금부사께서 여기 와 계셨구려. 지난밤, 의금부에 보낸 전갈은 받으셨는지?"

"예. 받았습니다."

판의금부사가 도승지에게서 조금 떨어져, 이제 막 영의정의 옆에 자리하고 앉는 우의정의 맞은편에 가 앉았다.

"안 그래도 그 일로 아침에 임 참판의 여식을 문초하였더니, 순순히 사실을 털어놓았습니다."

"참으로 가련하지 않습니까? 여인 된 몸으로 낭자한 피를 보아 놀란 것도 안쓰러운데, 범인으로 몰려 누명까지 쓰다니, 내 이 잘못을 임 참판에게 어찌 빌어야 할지 모르겠소이다."

짐짓 딱한 얼굴로 정애에 대해 이야기하는 우의정의 모습에 다실 안의 신하들이 모두 놀란 얼굴로 한 마디씩 물어왔다.

"아니. 누명이라니요?"

"대감께서는 이미 일의 전말을 다 알고 계시는 겁니까?"

"판의금부사에게 준 전갈이라니, 그건 또 뭐고요?"

"자, 자. 일단 좌정들 하세요."

저에게 달라붙는 신하들을 어르면서 우의정이 판의금부사에게 슬그머니 말을 떠넘겼다.

"자세한 일은 판의금부사가 일러주실 거외다."

그러자, 어쩐지 조금 마뜩찮은 표정의 판의금부사가 이날 아침 문초로 정애에게서 들어 알게 된 사건의 전말을 전했다.

도적의 침입과 그에 맞선 두 여인들, 서로를 지키려다 예기치 못하게 벌어진 비극적 사고.

모두 성우가 짜낸, 그리고 며칠 전 정애에게 은밀하게 전달된 이야기 그대로였다. 일부러 이날에 맞춰 입을 열라고 전한 이야기들이었다.

"아니, 그런 일이 있었던 것이랍니까?"

"어허! 어찌 그런 일이!"

"아니. 그럼 임 참판의 여식은 왜 진작 사실대로 말하지 못하고 의금부에 잡혀오기까지 한 겁니까?"

판의금부사의 말을 믿지도 그렇다고 아니 믿을 수도 없어진 신하들이 한 소리씩을 보탰다. 그러던 중 신하 중 한 명이 고개를 갸웃거리며 눈치 없이 속에 있는 말을 그대로 입 밖으로 내었다.

"근데 거참. 이상하군요. 우의정 대감께서 전날 밤 판의금부사께 전갈을 드리자 때마침 규수가 자신의 결백함을 주장하다니요. 도대체 무슨 전갈을 보내셨기에?"

다들 비슷한 생각을 하고 있었기에, 질문이 나오자마자 신하들은 일제히 우의정을 쳐다보았다.

"하하. 송 판서. 그리 말씀하시면 내가 꼭 사돈처녀에게 가짜 자백이라도 시킨 것 같지 않소이까."

"아니, 제 말은 그런 게 아니라……"

"뭐, 제가 대감이었다고 해도 충분히 의심을 할 만한 상황이긴 합니다. 허나, 그런 것이 아니고 실은…… 며칠 째 의식도 차리지 못하고 내내 불같은 열에 시달리던 딸아이가 마침 어젯밤 잠시 잠깐이나마 의식을 회복하였소."

"아이고, 그러셨습니까? 천만다행입니다!"

"천지신명이 보살피셨습니다. 대감!"

우의정의 말이 덕담을 건네는 다른 중신들의 말에 의해 잠시 끊겼다가 금세 다시 이어졌다.

"하여, 딸아이에게 임 참판의 딸, 시누이가 왜 칼을 휘둘렀는지, 어찌하여 너는 그런 끔찍한 일을 당하였는지 물었더니, 아주 뜻밖의 말을 하지 뭡니까? 실은 집에 도적이 들었다고요. 그래서 내 긴급히 그 야밤에 판의금부사에게 전갈을 보냈던 겁니다. 딸아이가 그런 말을 하였으니, 한번 조사해 보시라고."

"…… 맞습니다. 안 그래도 우의정 대감께서 제게 보낸 전갈 서찰을 가져왔으니, 다들 한번 살펴보시지요."

괜히 제가 우의정과 담합하였다는 오해를 받기 싫었던 판의금부사가 지난밤 우의정이 보낸 서찰을 모두의 앞에 내어놓았다. 그 서찰은 영의정부터 시작하여 그 방 안에 있던 모든 중신에게로 차례차례로 옮겨져, 모두가 직접 눈으로 서찰의 내용을 확인할 수 있었다. 내용인즉, 우의정이 말한 그대로였다.

[딸아이가 잠시 혼수상태에서 깨어나 진범을 지목하니, 그 밤에 안채 내실에 들었던 도적이라 하더이다. 하지만 그 말이 정녕 진심인지, 혹여 자신의 시누이를 감싸려 드는 거짓말인지도 모르니 판의금부사께서 깊이 상황을 살피어 봤으면 하오.]

딱히 누구를 감싸려거나 편들 생각은 조금도 보이지 않는, 그래서 오히려 더 의외인 서찰 내용에 방안의 중신들은 서로들 눈을 마주치며 고개를 주억거렸다.

"하여, 오늘 아침 임 참판의 여식을 불러다 그날 밤 그 집에서 도적이 들었던 건 아니냐고 물어보니, 갑자기 울음을 터트리며 그날의 일을 모두 털어놓은 것입니다."

"설마하니 우의정 대감께서 보내신 전갈의 내용을 직접 전하지는 않았겠지요?"

내내 가만히 듣고만 있던 도승지의 물음에 판의금부사가 자기를 어찌 보냐는 듯 눈을 희번덕거렸다.

"물론입니다! 우의정 대감에게 전갈을 받은 일도 그 내용도 일체 전하지 않았습니다. 다만 우의정 대감의 따님이 의식을 회복하였다는 말만 전했을 뿐입니다!"

"그럼 더 의심할 것도 없지 않습니까?"

우의정을 먼저 의심하는 것 같은 발언을 했던 송 판서가 제일 먼저 목소리를 크게 키워 좌중을 설득하려 들었다.

"자세한 증좌는 더 찾아봐야겠지만 서로 짜지도 않았는데 두 사람의 말이 일치하니 그 말이 참이 아니겠습니까? 달리 생각해 보면 참판의 딸이 범인이라면 우의정 대감이 구태여 딸을 해친 범인을 두둔할 까닭이 없기도 하고요."

그러니 이번 사건의 진범은 두 사람의 말한 그대로 아직도 저자 어딘가를 활보하고 있을 도적놈일 게 분명하다는 게 송 판서의 주장이었다.

'혹시, 이 둘도 미리 짠 것일까?'

이젠 아예 목에 굵은 핏대까지 세워가며 이제 임 참판의 딸을 놓아줄 수 있도록 주상전하에게 간해야 한다고 목소리를 높이는 송 판서와 그런 송 판서를 흐뭇하게 바라보는 우의정을 보며, 도승지는 의심에 차서 미간에 굵은 주름을 새겼다. 대놓고 의심했던 자가 제일 먼저 의심을 풀면 다른 사람들은 으레, 그런가 싶어 생각이 따라가기 마련이니까. 그러나 뜻밖에도 도승지의 그런 의심은 그리 오래가지 못했다. 판의금부사가 실은 다른 일로 중신들에게 의논 할 일이 있다며, 조심스레 입을 뗐기 때문이었다.

"이러고 굶어 죽을 셈이야? 어서 일어나지 못해!"

그때, 바깥세상에선 지금 무슨 일이 일어나고 있는지도 모른 채 감 진사는 제 어리고 여린 안사람에게 버럭버럭 소리만 지르고 있었다. 벌써 며칠째 제대로 밥 한술 넘기지 못하고 누워만 있는 홍 씨 부인에 대한 분노가 그 험악한 목소리에 그대로 실렸다. 마음 같아선 당장에라도 '그깟 중놈을 못 잃어 상사병까지 났느냐! 지금이라도 따라가고 싶어 병이 난 것이냐!' 따져 묻고 싶은 심정이었다. 그러면 정말 그러고도 남을 것 같아, 배 속에 아이를 지닌 채 한밤에 야반도주라도 할 것 같아 차마 그리 말하진 못했다. 야반도주라면 지긋지긋했다. 또 한 번 마누라가 도망쳤다는 소문이 나면 그때는 정말 콱 죽고 싶어질 것이었다.

"어서 썩 일어나래도!"

제 말은 들은 척도 안 하고 모로 누워있는 조그만 아내의 어깨를 잡아 강제로 일으키려 할 때였다. 갑자기, 마당 쪽에서 소란스러운 소리가 들려왔다.

"주인어른! 주인어른!"

"무슨 일이냐!"

"의금부에서…… 의금부에서 급히 모셔오시라고!"

방문 밖에서 들려온 마당쇠의 잔뜩 겁에 질린 목소리에 남편의 횡포에도 불구하고 죽은 사람처럼 꼼짝 않고 누워있던 홍 씨 부인이 슬그머니 손을 짚고 무거운 몸을 들어 올렸다.

"의금부에서? 왜? 의금부에서 왜 나를!"

"일단 좀 나와 보셔야 할 것 같습니다."

아랫것의 우는소리에 할 수 없어진 감 진사가 냉큼 방문을 열고 나갔다. 그 뒤를 무거운 몸을 애써 일으킨 홍 씨 부인이 따랐다. 이미 마당에는 의금부에서 나온 관원들 십 수 명이 서슬이 퍼런 얼굴로 주변을 경계하고 있었다.

"제, 제가 이 집 주인이오만, 어찌하여 저를 찾아오신 겝니까?"

감 진사가 조심스럽게 마당으로 내려가 관원들 맨 앞에 선 금부도사에게 조심스레 물었다.

"댁이 정말 감 진사가 맞소?"

금부도사가 슬쩍 감 진사의 아래위를 훑어보며 물었다.

"예. 한데 제집에는 어인 일로?"

"이 집에서 제일 오래된 계집종이 누구요?"

묻는 말에 대답도 하지 않고 금부도사가 마당 주변에서 자신들의 눈치를 살피고 선 종들을 쓱 둘러보며 물었다.

"그, 그게…… 그러니까……"

영문을 알 수 없는 갑작스러운 질문에 감 진사가 단번에 대답하지 못하자, 금부도사가 장검을 검집째로 들어 한쪽 구석에서 흘끔거리며 보고 있는 나이든 여종 하나를 가리켰다.

"거기 너!"

"예? 예에?"

"너는 이 집에서 몇 년을 살았더냐?"

"쇠, 쇤네 말씀입니까요? 그, 그러니까…… 주인 어르신이 도련님이실 때부터 모셨으니까……"

"되었다. 물을 것이 있으니, 너 역시 같이 의금부로 가야겠다."

여종의 대답을 가차 없이 자른 후 금부도사가 옆에 선 관졸에게 고개를 끄덕였다. 그러자, 관졸들 둘이 얼른 여종에게로 뛰어가 다짜고짜 어깨를 부여잡고는 먼저 대문 밖으로 끌고 나갔다.

"아유! 아유유유! 쇠, 쇤네가 무슨 짓을 했다고 이러십니까? 마님! 주인 어르신! 마님! 쇤네 좀 살려주세요! 주인어르……!"

"어허, 조용히 하지 못할까!"

죄 없이 끌려가는 여종의 비명을 의금부의 관졸들이 입막음하는 소리가 안 그래도 속 시끄러운 감 진사의 마음을 더욱 혼란케 하였다.

"무슨 일입니까? 갈 때 가더라도 제가 왜 의금부로 잡혀 가야하는지 그 연유는 알아야 할 것이 아닙니까?"

"가서 보면 알게 될 것이오. 그러니 얼른 들어가서 의관을 갖추고 나오시오."

금부도사는 그게 다라는 듯, 더는 아무 말 하지 않겠다는 듯 입을 굳게 다물었다. 하여, 감 진사는 무슨 영문인지도 모르고 방으로 들어가 간단히 도포와 갓을 갖춰 입고선 얼른 마당으로 다시 나왔다.

.
.
.

"어서 들어가거라."

감 진사 집에서 끌려온 여종은 영문도 모른 채 의금부의 나장이 시키는 대로 호두각 안으로 들어갔다. 호두각(虎頭閣)은 의금부에서 죄인을 심문하는 곳으로, 그 중에도 여종이 끌려간 곳은 대낮인데도 볕 한 줌 들어오지 않아 이글이글 타오르는 몇 개인가의 횃불이 빛을 대신하고 있는 어느 창고 안이었다. 창고 내외를 창칼을 든 의금부의 관졸들이 엄히 지키고 있는지라, 자연히 여종은 그 안으로 들어서는 것만으로도 졸도할 것 같은 기분이 들었다.

'네 이년! 사실대로 말하지 못할까!'

당장이라도 누군가 제 목덜미를 잡고선 그리 호령할 것 같기도 했다. 하여, 어서 안으로 들어가라고 관졸이 등을 떠미는 데도 여종은 그냥 창고 문 바로 앞에서 철퍼덕 주저앉아 죽는 소리를 하였다.

"쇠, 쇤네는 아무것도 모릅니다요. 쇤네에게 왜 이러십니까요. 흐흐흐흑. 살려주십시오. 살려주십시오. 흐흑……살려만 주시면……"

"거 참, 말 한 번 많은 년이구나. 닥치지 못할까!"

언제 들어왔는지 의금부의 나장이 여종의 목덜미를 잡고선 질질 끌어, 창고 입구의 맞은 편 벽 가까이로 데려갔다.

"아이고. 도대체 쇤네한테 왜 이러십니까요. 흐흐흑. 이 늙은 종년을 죽여 어디다 쓰실……"

"네 이 년! 진정 조용히 하지 못할까! 이대로 죽어 나가고 싶으냐!"

계속되는 울음에 짜증이 난 것인지, 나장이 앙상하게 쪽을 찐 여종의 머리채를 잡았다.

"끅! 끄윽!"

그 거친 행동에 겁을 집어먹은 여종이 억지로 급히 입을 다물자 이번엔 울음 대신 딸꾹질이 새어나왔다.

"자알 보거라."

비로소 만족한 듯 나장이 무릎을 굽혀 연신 딸꾹질을 하느라 정신없는 여종의 귀에 대고 넌지시 물었다.

"여기 네가 아는 사람이 있느냐?"

"끅. 끄윽."

나장이 눈앞의 한 곳을 가리키며 묻자, 여종은 그제야 눈을 들어 제 바로 앞을 바라보았다. 이제 막 어둠에 익숙해진 여종의 눈에 벽에 등을 대고 나란히 서 있는 몇 사람의 형태가 보였다. 모두 패랭이를 쓰고 낡은 두록색 저고리와 바지를 걸친 어린 사내들이었다. 아니, 자세히 보니 사내가 아니라 사내 차림을 한 여인네들이었다. 키도 덩치도 엇비슷한 여인네들 대여섯 명이 모두 똑같은 차림을 한 채 두 손은 꽁꽁 묶인 채로 벽에 등을 대고 서 있었다.

"어?"

눈물 때문에 흐려진 눈으로 여인네들을 살피던 여종이 급히 손등을 들어 두 눈을 비볐다. 그런 후 이번엔 나장이 시키지도 않았는데 비틀비틀 앞으로 다가가 한 여인 앞에 섰다.

"어? 어! 어……"

할 수 있는 말은 "어"밖에 없는 사람마냥 몇 번을 그리, 똑같은 소리만 반복하던 여종이 갑자기 "귀, 귀, 귀신이요!" 하며 소리를 질렀다.

"귀, 귀신입니다요! 나리! 아가씨 귀신이, 귀신이 여기…… 여기…… 여…… 으으윽"

보아선 안 될 것을 본 것에 소란을 피우던 여종이 그만 까무룩 정신을 잃고 쓰러지고 말았다. 감 진사가 그 창고 안으로 들어온 건, 혼절한 여종이 다모의 등에 업혀 나간 직후였다.

"나를 왜 이곳으로 부른…… 응?"

여종보다는 확실히 감 진사의 눈치가 빨랐다. 감 진사는 저를 먼저 들여 보내놓고 함께 따라 들어온 금부도사가 뭐라 말하기도 전에 먼저 벽에 등을 대고 서 있는 여인네들 앞으로 성큼 다가서더니, 그들 중에서 절대 모를 리 없는 얼굴을 발견하였다.

"너……, 너어……, 너!"

좀 전의 여종이 그랬듯 손등으로 눈을 비빈 후 새삼 또 한 번 하진의 얼굴을 확인한 감 진사가 그대로 하진에게 달려들어 그 가냘픈 어깨를 잡았다.

"…… 하진이냐? 정말 네가…… 맞아?"

믿기지 않는다는 듯 몇 번이나 거푸 묻던 감 진사가, 제 물음에 그렇다고 하듯 똑바로 눈을 마주하는 딸을 보더니 파들파들 떨리는 손을 들어 하진의 얼굴을 더듬었다.

"정말…… 맞아?"

감 진사의 목소리는 딸아이의 얼굴을 더듬는 손만큼이나 가련하게 떨리고 있었다. 그 모습에 지켜보던 나장이며 금부도사는 괜히 저들이 짠하여 눈시울을 붉혔다. 모두 죽은 줄 알았던 딸의 생환에 감격해 말도 제대로 잇지 못하는 아비의 심정을 알 것 같아 코끝이 찡해 왔던 게다. 하지만 금세 그들은 자신들의 생각이 퍽 감상적이었음을 인정할 수밖에 없었다.

"네 이년!"

지켜보고 있는 자들을 비웃기라도 하듯, 벼락같은 호통과 함께 감 진사의 두툼한 손바닥이 철썩하는 소리를 내며 딸아이의 뺨을 내리쳤다. 한 번만이 아니었다.

"살아있었어? 그간 살아있었는데도 감쪽같이 나를 속이고, 세상을 속여? 그리고 이 꼴은 또 뭐야! 이…… 이…… 집안을 말아먹을 년!"

놀란 관원들이 놀라 어버버 보기만 하는 틈을 타 감 진사의 손바닥은 서너 번도 더 넘게 하진의 뺨을 후려갈겼다. 종래에는 뺨이 아니라 아예 머리통을 갈기는 바람에 하진의 고개가 넘어가 뒷벽하고 세게 부딪쳤을 정도였다.

"이, 이보시오! 지금 뭘 하는 게요!"

"이 사람이! 여기가 어디라고!"

관원들이 뒤늦게 황급히 달려들어 감 진사를 붙들었지만, 화가 머리끝까지 치민 감 진사의 눈엔 아무것도 들어오지 않았다. 관원들에 의해 양 어깨를 붙잡혀 손을 놀릴 수 없게 되자 냅다, 발을 들어 하진의 배를 걷어차기까지 했다.

"윽!"

여태 아무 소리 없이 매질을 당하고 있던 하진도, 그 발길질에는 견디지 못하고 그만 짧은 신음과 함께 바닥에 주저앉고 말았다.

잠시 후였다.

"그러니까 정말로 그 여인이 감 아무개의 딸이 맞다는 겐가?"

궐내각사 안에 모인 중신들은 이제 막 호두각에서의 일을 고한 금부도사에게 앞다퉈 물어왔다.

"정말로 감 진사의 딸이라는 그 계집이 용주골에 주가를 차려놓고 뭇 사내들과 정을 통했단 말인가?"

"아니, 도대체 왜!"

"주가의 종놈들을 불러다 확인은 해보았는가?"

"감 진사라 하면 천석꾼으로 유명한 그 거부가 아닌가? 근데 그 딸이 어찌하여?"

한꺼번에 터져 나오는 질문들에 금부도사가 하나하나 답하려 할 때였다.

"다들 조용히 하시지요. 무엇보다 급한 질문이 도승지에게 있음을 아시지 않습니까들?"

우의정의 말이 모두의 입을 일순간에 다물게 하였다. 동시에 좌중의 모두는 좀 전에 판의금부사가 했던 말을 기억해 냈다.

"그 계집이 하필, 도승지 영감의 집에서 담을 넘어 나오는 걸 잡아 왔습니다."

그제야 모두의 시선이 무슨 생각을 하고 있는지 알 수 없는 도승지에게로 향했다.

"도승지 영감?"

어서 아니 묻고 뭐하냐는 듯 우의정이 도승지를 불렀다. 그제야 우의정이 천천히 입을 열어 금부도사에게 물었다.

"그 여인이 내 집에서 나오다 잡혔다는 게 사실인가?"

"…… 그렇습니다. 제가 직접 추포하여 왔습니다."

"허면, 그 여인이 내 집에 있을 것이라 고한 건 누구인가?"

"형조참판 임경직의 아들, 사자관 임성우입니다."

"임 사자관이라…… 우의정 대감의 사위시군요. 거기다 이번에 우의정 대감의 따님을 죽일 뻔 했다는 혐의로 잡혀 온 여인의 오라버니이기도 하고요."

우의정을 돌아보는 도승지의 입가에 희미한 미소가 떠올랐다.

343

'너무 빤히 드러나 보이는 수를 쓸 정도로 급하셨던 게구려.'

'빤한 수법이건 뭐건 살길이 보이면 살아야 하니까.'

우의정 역시 만만치 않은 눈빛과 웃음으로 도승지를 마주 보았다.

한편, 그때 태서 역시 수하들로부터 방금 호두각의 창고 안에서 벌어진 일을 전해 듣고 있었다.

"발길질을 해?"

하진이 당한 일을 제 입으로 다시 읊는 태서의 눈에 퍼렇게 불꽃이 일었다.

"뺨을 치고, 발길질을 해……."

으드득, 어금니가 부러지지 않은 게 용할 정도의 어마어마한 힘으로 태서가 이를 갈았다. 동시에 허벅지 위에 놓인 두 손은 어찌나 꽉 쥐었는지, 손등의 힘줄이 손등 살을 뚫고 터져나갈 지경이었다.

"태서. 의금부에 잡혀간 이상 이제 저희가 힘쓸 수 있는 일은……"

"…… 그자를 데리고 오너라."

태서가 수하의 말을 중간에서 자르고, 무엇인가를 시켰다. '그자', 그러니까 먼저 도성에 도착해서 안가에 머무르고 있던 여일이 태서의 앞에 그 모습을 드러낸 건 그로부터 채 반 시진도 지나지 않았을 때였다.

"그쪽이 좀 도와주셔야겠소."

"…… 무얼 도와드리면 되겠소?"

다짜고짜 본론부터 꺼내 드는 태서의 모습에 여일이 미간을 찌푸렸다. 태서가 부탁하는 일이니 심상치 않을 게 분명해서였다. 아니나 다를까, 태서의 부탁은 여일의 예상대로였다. 보통 심상치 않은 게 아니었다.

"감 진사에게서 아내를 빼앗고 싶소. 도와주시겠소?"

"그게……"

예상치도 못했던 말에 여일은 잠시 입만 벙긋벙긋하다 어렵게 목소리를 짜내었다.

"그게 무슨 소리입니까? 감 진사의 아내를 뺏다니……, 그건……."

안 그래도 보통의 사내들보다 하얀 편인 여일의 얼굴이 한층 더 해쓱해졌다.

"사아를…… 훔치다니요. 감 진사의 아내요, 이미 감 진사의 아이까지 가진 여인을 어찌 훔쳐낸다는 게요?"

"싫소?"

"……."

창백해진 입술을 잠시 다물고 있던 여일이 이내 벌떡 자리에서 일어섰다.

"내 욕심 하나 채우자고 그 여인을 위험하게 만들 순 없소. 감 진사의 아내로 평탄하게 사는 게 그 여인을 위해서 그 여인의 아이를 위해서도 나은 길이오."

재빨리 말을 마친 여일이 방문을 향해 돌아섰을 때였다. 차가운 태서의 말이 여일의 등에 비수처럼 꽂혔다.

"감 진사는 그 여인의 아이를 댁의 아이로 의심하고 있소."

"!"

"부인이 절의 땡중이랑 정을 통해 아이를 가진 것을 수치스러워하고 있지요. 비록 내게는 그쪽만 눈앞에서 치워달라고 하였지만, 마음으로는 이미 그 부인과 뱃속 아이를 골백번도 더 죽였을 것이고요."

"…… 그 아이는 내 아이가 아니오!"

울화를 터트리며 돌아본 여일의 눈은 새빨갛게 물들어 잔뜩 젖어있었다.

"그 아이가 내 아이였으면! 내가 미쳤다고 사아를! 그런 인간에게!"

"사실이 뭐가 중요하겠소? 중요한 건 이미 감 진사가 그리 의심하고 있다는 거고. 한 번 뿌리를 내린 의심이란 참으로 질기고도 질겨 아무리 노력한다 하여도 좀처럼 그 근원을 도려낼 수가 없어지는 것을요."

제 말이 여일에게 얼마나 상처가 되는 말일지 알면서도 태서의 얼굴이나 목소리엔 죄책감이나 미안함 따위는 흔적도 없었다. 어차피 해야 할 일이라면 그런 감정 따윈 그저 거추장스러운 방해물일 뿐이다.

"부인도 이미 그리 말했을 거요. 당신 아이라고. 믿어달라고. 하지만 감진사는 끝끝내 제 의심을 풀지 못할 것이오. 아이가 태어나서도 그 얼굴과 몸에서 자신과 닮지 않은 단 한 구석이라도 발견되면 기어이 당신을 떠올리고 말 것이오."

"그런……!"

여일이 두 눈을 질끈 감았다. 태서의 말만으로도 앞으로 사아가, 사아와 그 아이가 겪어야 할 고초가 눈앞에 훤히 펼쳐지는 듯했다.

"아이의 손가락 발가락 하나, 그 손톱 발톱 모양 하나, 자질구레한 습관하나, 가리는 반찬 하나하나 저와 다른 것이 보이면 그것이 모두 다 그자의 의심을 더욱 뿌리 깊게 하고 그 의심은 기어이 확신으로 굳어지고 말 거요. 그 뒤는 말해 무엇하겠소. 그저 가련한 것은 그자의 화를, 분노를 온몸으로 받아내고 살아야 할 그 부인과 장차 태어날 복중 아이일 뿐이겠지요."

"큭……!"

여일이 주먹을 쥐더니 그 손으로 제 이마를 퍽퍽 내리쳤다. 온몸이 흔들릴 정도로, 있는 힘껏 퍽퍽 내리쳤다.

'사아! 사아!'

"그자의 성정이 얼마나 편협하고 얼마나 옹졸하고 얼마나 불같은지는 그쪽도 들어 알 것으로 생각하오만. 나 같으면 절대로, 죽어도 그런 작자에게 내 정인을 맡겨두진 않을 것이오. 차라리……"

잠시 입술을 삐죽거린 태서가 한껏 이기죽거리는 말투로 중얼거렸다.

"내 손으로 죽이면 죽였지."

그건 진심이었다. 만약 제 마음대로 해도 된다는 확신만 있었다면 태서는 당장 오늘 밤에라도 감 진사의 집 담을 타고 넘어가 감 진사의 멱을 따고도 남을 것이었다. 그러지 않는 것은 딱히 살인을 저지르기 싫어서도 아니요, 살인죄로 쫓기는 몸이 되기 싫어서도 아니었다. 단 하나, 하진이 원하지 않을 것이기 때문이었다. 하진이 괴로워 할 것이기 때문이었다. 차마 태서에겐 왜 그랬냐고, 누구 마음대로 그리한 거냐고, 따져 묻고 원망하진 않겠지만 그런 아비도 아비라고 두고두고 아비의 죽음을 가슴 아파할 것이기 때문이었다. 그러니 죽일 순 없었다. 죽이진 않을 것이었다. 대신 죽음보다 더한 수치와 고통과 가난을 안겨줄 셈이었다. 그러기 위해선 누구보다 지금 바로 태서의 눈앞에서 고뇌하고 있는 여일의 도움이 꼭 필요하였다.

"원래 하진이는 도망치기 전에 먼저 자신의 새어머니를 자신의 아버지에게서 도망치게 해 주려고 했소. 아마 그 부인이 당신을 만나지 않았다면, 또한 아버지의 아이만 갖지 않았다면 그 계획은 이미 실행되고도 남았을 것이오."

태서는 절대 아무에게도 말하지 않기로 하진과 약조했던 말을 입 밖에 내고 말았다. 여일을 설득하려면 이 수밖에 없었다.

"왜…… 왜 그 아가씨가 사아를?"

"그 부인이 감 진사에게 매일 밤 겁간을 당하고 있었으니까."

"그런…… 말도 안 되는!"

눈을 뒤집는 여일처럼 태서 역시 처음에 하진에게 그 이야기를 들었을 때는 아내가 남편에게 겁간을 당한다는, 그 말도 안 되는 말을 믿지 못하였다.

"남편이 그 아내와 잠자리를 하는 걸 겁간이라고 할 순 없어!"

그리 따지기까지 했었다. 하지만 하진의 생각은 단호하고도 굳건하였다.

"연모하지도 않는 사내의 뜻에 못 이겨 강제로 몸을 섞는 거면 그게 겁간이야. 설령 혼인한 사내라도 부인이 원치 않는데 억지로 몸을 취하면 그게 곧 겁간인 거고."

겁간이라고 말을 하는 하진의 얼굴은 분노에 차 있기보다 슬픔에 차 있었다.

"새어머니는 혼인한 이후부터 줄곧, 몇 년이 지난 최근까지도 언제나 밤이 오는 걸 두려워하셨어. 아버지가 출타라도 하시면 그날 밤 아버지가 돌아오시지 않기를 얼마나 바라셨는지 몰라. 매일 밤 아버지의 부름에 못 이겨 안채로 들어가는 새어머니의 얼굴을 봤다면, 너도 내 말을 이해했을 거야."

보통의 사내로서는 좀처럼 이해할 수 없는 하진의 말을 태서가 이해하게 된 것은 그 뒤에 하진이 덧붙인 말 때문이었다.

"만약에 내가 그 치경이란 사내와 그대로 혼인을 했다고 쳐. 그럼 나 역시 내 새어머니와 마찬가지로 밤마다 그 사내와 몸을 섞어야만 해. 내가 절대로 연모하지도 않는 사내의, 인간으로서 존경하지도 않는 존중하고 싶지도 않은 그런 사내의 몸을 매일 밤 억지로 받아내야만 해. 내 뜻과는 전혀 다르게. 내 의지와는 전혀 상관없이. 그게 겁간이 아니고 뭐야? 그걸 달리 뭐라고 부를 수 있어?"

그때 하진의 물음에 태서는 끝끝내 겁간이 아니라고 말하지 못했다. 상상만 해도 끔찍하였다. 바로 눈앞에 억지로 취해지며 고통스러워하는 하진의 모습이 떠올라 온몸의 피가 거꾸로 치솟는 것만 같았다. 당장에라도 시퍼런 낫을 들고 하진의 몸 위에 있는 그자의 허리를 두 동강 내고 싶을 정도였다.

"그쪽은 대답할 수 있겠소? 여인이 연모하지도 않는 사내에 의해 강제로 잠자리를 가져야 한다면 그걸 뭐라고 불러야 하는지?"

태서가 하진에게서 들었던 물음을 전하자, 여일 역시 그때의 태서처럼 끝끝내 겁간이 아니라 말하지 못하였다. 여인으로 태어난 사람의 도리라고, 아내 된 사람의 마땅한 소임이라고 차마 말할 수 없었다. 그게 설령 세상의 절대 진리라고 하더라도, 수천수만의 여인이 그걸 온당한 제 운명으로 여기며 산다고 하더라도, 사아에게 그 운명을 받아들이며 살라고 말할 수는 없었다. 차라리 제 손으로 제 입을 찢지, 그리 말할 수는 없었다.

"내가…… 내가 어찌하면 되오?"

여일의 두 눈에서 굵고 뜨거운 눈물이 어지러이 흘러내렸다.

여일과 태서가 모종의 계획을 짜고 있는 동안에도 궐내각사 안에서는 대신들의 논의가 계속되고 있었다.

"분명 그 계집의 뒷배에 사특한 사내가 있을 것입니다. 그러지 않고서는 신행길에 죽은 것으로 위장하여 도망치고 그 커다란 주가를 운영할 수는 없지요."

"샅샅이 캐어 봐야 합니다. 단순히 통정한 사내가 뒷배를 봐줬다고만 생각할 수는 없습니다. 달리 더 큰 손이, 힘 있는 자가 뒷배를 봐주지 않고서는 이만한 일을 꾸몄다고는……"

하진에 대해 가타부타 떠들어대던 중신들은 저마다 하진보다 그 뒤에 있는 누군가를 밝혀내야 한다고 입을 모았다. 모두 당장 입 밖에 내지는 않고 있었지만, 그 눈들만은 끊임없이 입을 굳게 다물고 있는 도승지를 힐끔대고 있었다. 그 시선들의 압박에 도승지가 하는 수 없이 입을 열었다.

"내 집에서 나온 여인이라면 어쩌면 저 역시 일면식이 있을지도 모르겠군요. 판의금부사, 나를 당장 그 여인과 만나게 해 주시오. 내 그 여인에게 직접 물어봐야겠소. 어찌하여 내 집에서 나온 것인지. 나와 무슨 연관이 있는지."

마침내 결심을 굳힌 도승지가 판의금부사에게 하진을 직접 만나겠다는 뜻을 전했다. 아직 하진이 계집종으로 위장하고 자신이 직접 딸 석주에게 붙여주었던 이임을 알지 못하고서 한 말이었다.

"그럴 수는 없지요."

우의정이 단박에 도승지의 의견에 토를 달고 나섰다.

"엄히 문초를 받아야 할 죄인입니다. 그것도 죽어 마땅한 죄를 저지른, 강상죄를 저지른 천하의 악독한 계집입니다. 감히 반가의 여식이 혼인한 상대와 그 가문을 속이고, 아비를 속이고, 죽은 것으로 위장하여 도망친 것도 모자라 주가에서 몇이나 되는지도 모를 숱한 사내들과 통정한 계집이 아니오!"

"그러니 내가 직접 만나 내 집에서 무슨 연유로……"

"어허. 그러다 괜한 의심만 사게 될 텐데요?"

"의심이라니요?"

"도승지께서 미리 그 계집을 만나 겁박을 하거나 회유를 하여 입막음을 하려 한다는……"

"우의정 대감! 말씀이 지나치십니다!"

"제가 그런다는 게 아니라 세간이 그리 볼 것이란 얘기입니다!"

우의정이 더는 도승지가 할 말이 없게 그 입을 막은 다음, 중신들을 둘러보며 짐짓 곤란하다는 표정으로 말을 꺼냈다.

"실은…… 굳이 따지자면 나 역시 그 여인을 만나 꼭 묻고 싶은 게 있소이다. 내 입으로 이런 말을 꺼내는 게 참으로 민망하오만, 다들 곧 아시게 될 터이니 뭐를 더 숨기겠습니까?"

우의정은 조금 전의 의기양양했던 표정은 온데간데없이 시름 가득한 얼굴로 깊은 한숨을 연달아 내쉬었다.

"휴우…… 이것 참…… 망신스러워서……"

"우의정 대감? 어찌하여 그러십니까?"

중신 중 누군가가 갑작스러운 우의정의 태도 변화에 놀라 물었다.

"무슨 근심되는 일이라도?"

"그것이 말입니다. 실은 그 여인이 혼례를 올렸던 상대가…… 제 오촌 조카였습니다."

"예에? 아, 아니…… 그게 사실입니까?"

"우의정 대감?"

"어허, 그런 일이!"

다들 처음 듣는 얘기에 놀란 얼굴을 금치 못하고 우의정을 보았다. 물론, 도승지 역시 마찬가지였다.

'이 자가 대체 지금 무슨 소리를……'

"조금 전에 도승지께서는 하필 제 사위가 그 여인을 추포하는 데 도움을 준 것을 의아하다는 듯 말씀하셨지만, 그럴 만했던 것이 실은 두 사람이 한동네에서 자란 사이에다 한 집안이 될 사이였기에 부득불 그리 나설 수밖에 없었던 것입니다."

이어 우의정은 제 조카가 하진과 혼례를 올린 후 신행길을 나섰다가 산적을 만나 두 다리를 못 쓰게 되었다며, 이제 와 생각해보니 그 역시 하진이 꾸민 일이 아닐까 싶다고 털어놓았다.

"그게 사실이라면 정말로 간악하기 그지없는 여인 아닙니까? 안 되겠습니다. 더는 망설일 것도 없이 주상전하에게 고한 후 엄히 문초하여 계집의 죄상을 낱낱이 밝혀내야 할 것입니다!"

이제껏 점잖게 상황을 관망하던 영의정이 제일 먼저 분기탱천하며 나섰다. 다른 중신들도 마찬가지였다. 좀 전까지, 그저 죽은 것으로 위장하여 아비를 속이고 주가를 차려 다른 사내들과 정을 통했다는 내용과 달리, 직접 남편 될 이를 크게 상하게까지 했다는 사실이 모두를 극히 분노하게 하였다.

"용서할 수가 없는 계집입니다!"

"이런 계집을 엄히 처벌하지 않으면 세상에 강상의 윤리가 무너졌음을 공표하는 꼴밖에 되지 않아요!"

당장 자기들 손으로 직접 때려죽여야 시원할 것처럼 중신들이 다 같이 목소리를 높였다. 목소리만 높인 것이 아니라 직접 임금에게 가서 "엄히 문초하여 죄상을 소상히 밝혀내라."는 이례적이라 할 만큼 빠른 어명을 받아내기까지 하였다.

그날, 채 해가 완전히 저물기도 전에 도성 안팎에는 감 진사와 그 딸에 대한 소문이 일파만파로 퍼져나갔다. 혼인해서 신행을 가다 산적을 만나 죽은 줄만 알았던 양반집 여인이 갑자기 살아 돌아온 것도 놀라운데, 바로 도성 코앞에 떡하니 주가까지 차려놓고 온갖 사내들과 놀아났다고 하니 세간의 놀라움은 이루 말할 수가 없을 정도였다. 여인과 사내 등 성별의 구분은 물론이요, 양반과 상민에 천민들까지 반상(班常)의 구분 없이 입 가진 사람들이라면 모두 한 마디씩 보태기를 주저하지 않았다.

"감 진사라면 그 천석꾼? 딸이 죽기 전에 사방팔방 빚을 지고 돌아다녀서 그 빚 갚느라 재산 절반은 더 털어먹었다는?"

"그렇다네. 고 앙큼한 딸년이 죽은 걸로 위장해서 신행길에 도망쳐놓고는 글쎄 삼각산 용주골에 떡하니 주막을 차려놓고 낮이고 밤이고 사내들과 놀아났다는구먼."

"자, 잠깐. 용주골에 주막이라 하면? 어디를 말하는 건가?"

"무양각이라네. 왜, 자네도 아는 덴가? 하긴. 술 좋아하고 계집 좋아하는 자네라면 한 번쯤 가 봤기도 했겠네, 그려."

"무, 무슨 소리! 무양각 소문은 들어봤지만, 난 그쪽으론 발길 한 번 얼씬한 적도 없구먼! 괜히 생사람 잡는 소리 하지 말게나!"

무양각에 한 번쯤, 아니 사실은 제법 자주 발을 디뎌본 사내들은 혹시나 자신에게까지 불똥이 튈까 염려하며 기겁을 하고는 무양각에 술을 마시러 다니곤 한 과거를 부정하였다.

대부분의 사내가 무양각을 드나들며 어쩌다 무양각의 행수를 본 적도 있긴 했지만, 그래 봐야 언제나 너울을 드리워 얼굴을 가리고 있었던지라 누구 하나 제대로 그 얼굴을 본 적이 없었다. 하지만 술 좋아하는 사내들이 으레 그렇듯 주가 안팎에서 한두 번쯤 주가의 여종들을 지분거린 적이 있었던 사내들은 혹시나 자신이 희롱하였던 계집 중 감 진사의 딸이 있을까 봐 겁이 나 지레 오금을 지렸다.

어명이 떨어진 일이었다. 반가의 여인이 주막의 계집이 되어 뭇 사내들과 정을 통한, 세상이 발칵 뒤집힐 만한 정도의 일이었다. 그러니 무양각에 드나들었다는 사실을 함부로 드러내놓고 말할 수는 없는 노릇이었다. 누군가 자신을 고깝게 보는 사람이 있어, 저가 그 여인과 통정하였노라, 거짓 고발이라도 하면 제 억울함을 밝혀낼 방법이 없기 때문이었다.

일례로, 아주 오래전 비슷한 일이 터졌을 때 신분을 속이고 사내들과 놀아난 어느 계집은 홧김에 자신과 정을 통하지 않은 사람들까지 거짓으로 통정하였다 자백한 일도 있었더랬다. 거기다 만약, 재수 없이 자신의 형제나 부친, 숙부 등 가까운 집안 사내 중 누구라도 저와 같은 선상에 이름이 거론된다면 그건 그야말로 큰일이었다. 아버지와 아들, 혹은 형제간에 한 여인을 취한 것이, 아니 취했다고 의심받는 것만으로도 가문의 위신은 땅에 떨어지고 그 이름들은 대대로 오욕의 멍에를 뒤집어쓰게 될 것이기 때문이었다. 하여, 반가의 아녀자들끼리 모여 앉은 곳에서도 하진의 이야기는 단연 화제의 중심에 설 수밖에 없었다.

"그 댁 어른은 어떠셔요? 술을 많이 좋아하셔서 귀가가 늦다고 매번 걱정하셨지 않습니까?"

"어휴! 왜 이러셔요? 저희 어른은 술을 좋아하긴 해도 상것들이 자주 찾는 그런 주막 같은 덴 얼씬도 안 하시는걸요. 매양 한다고 하는 일패 기생

들만 찾아 기둥뿌리 뽑아내는 양반을 어디다 갖다 붙이셔요. 그러는 박 진사 어른은 도성 안팎의 주가란 주가는 다 돌아다니신다고 들었는데?"

"그것도 다 옛말이지요. 속탈이 나서 술 끊으신 지가 언젠데요."

말이 길어지면 괜히 제 남편의 행실에 관한 이야기가 나올까 봐 여인이 얼른 화제를 하진에게로 돌렸다.

"근데 참 어린 규수가 간도 크지. 어떻게 그런 일을 다 꾸몄는지."

"원래부터 담세고 제멋대로이기로 유명했다던데요? 언젠가는 운종가 한복판에서 다른 댁 규수 뺨을 치기도 했나 봐요."

"어머, 그래요?"

"뭐, 그 규수 생모에 대해 험담을 했다나 뭐라나."

"생모라니…… 어머, 잠깐만?"

생모란 소리에 고개를 갸웃하던 여인 중 하나가 마침내 떠오른 생각에 제 무릎을 찰싹 내려치며 호들갑을 떨어댔다.

"어머, 어머머! 감 진사라고 해서 어디서 많이 들어본 이름이다 했더니 바로 그 집이죠? 왜, 십여 년 전에 잠깐 불미스러운 소문이 돌았던 그집……."

"잠깐, 잠깐만요. 그럼 혹시…… 그 죽은 척해서 야반도주했다던 그 부인이 이번에 잡힌 그 규수의 생모란 말씀이세요? 세상에, 모전여전이라더니. 딱 그 어미 행실 그대로네요. 어쩌면."

이미 오래전에 세간의 화제가 되었다. 사람들의 기억 속에서 잊혀진 서씨 부인의 일이 다시 사람들의 입방아에 오르내리기 시작한 것도 순식간이었다. 그러느라 올케인 우의정의 딸을 해치려 했다는 임 참판의 딸에 대해 뜨거웠던 관심들은 어이없을 정도로 순식간에 가라앉고 말았다. 원래 세간의 관심이란 더 독하고, 더 자극적인 거에 우르르 몰려들기 마련이니까.

"저는 몰랐다고 하지 않습니까! 제가 왜요! 무슨 죄로 제가 이리 갇혀야 한단 말씀입니까! 억울합니다! 이보시오! 판의금부사 어른을 불러주시오! 이보시오!"

그날, 감 진사는 정식 옥사가 아니라, 의금부 내 별처에 따로 감금되고 말았다. 감 진사에게 직접 죄가 있는 것은 아니지만, 혹시나 하진의 방자한 행실을 감 진사가 알면서도 눈 감아 준 건 아닌지, 하진이 도망치고 주가를 마련하는 걸 감 진사가 도운 건 아닌지, 조사하기 위해서였다. 비록 재산의 상당 부분을 잃은 처지이긴 하지만 아직도 제법 많은 부를 소유한 감 진사가 증좌를 은폐할 수도 있다는 판단에 그리된 것이었다. 그렇다고 해도 애초에 그걸 순순히 감내하고 있을 감 진사가 아니었다.

"당장! 판의금부사 어른을 불러주시오! 내가 무슨 죄가 있다는 게요! 판의금부사가 아니 계시면 우의정 대감을 불러주시오! 그분께서 나의 억울함을 밝혀주실 것이오! 우의정 대감! 우의정 대감!"

허나, 그런 애탄 부르짖음에도 불구하고 밤이 되도록 별처에 갇힌 감 진사를 들여다보는 이는 아무도 없었다.

"…… 아무도 불러주지 않겠다면 좋소! 그럼 먹을 거라도 주시오. 나더러 여기서 생으로 굶어 죽으란 뜻이 아니면 뭐든 허기를 채울 건 줘야 하지 않겠소!"

한참의 소란 끝에 기운이 소진해, 이제 억지 부리기를 포기한 감 진사가 그리 외쳤을 때였다. 두꺼운 나무문이 열리더니 관졸 하나가 들어와 더러운 나무바가지를 감 진사의 앞에 팽개치듯 내려놓았다.

"이게 뭐야? 이 보시오! 지금 날 더러 이따위 걸, 우리 집 개새끼도 안 먹을, 이런 걸 먹으란 게요?"

제 앞에 놓인 끼닛거리를 본 감 진사는 어이가 없었다. 바가지 안에 있는 건 쉰내 풀풀 나는 누런, 그것도 형체를 알 수 없는 풀떼기랑 이리저리 뒤섞여 역한 내까지 풍기는 보리밥이었다.

"치우쇼. 내 이딴 걸 먹으니 차라리 굶어 죽으리다!"

감 진사가 오기를 부리자, "그러쇼." 하고 관졸이 그대로 바가지를 들고 다시 나갈 기세로 등을 돌렸다.

"대신 내 물 한 대접······"

"하, 참!"

관졸이 세게 코웃음을 치더니 감 진사를 돌아보았다.

"진사 나리라 하셨소?"

"그, 그렇소만?"

"아직 잘 모르시는 모양인데, 여기선 쇠똥구리가 쇠똥 하나 굴려 나가려 해도 통행세를 받는다오. 그런데 뭐요? 물이요? 그것도 공으로? 하! 하!"

어이없다는 듯 관졸이 다시 턱을 쳐들고 코웃음을 쳤다.

"듣자 하니 집에 돈과 곡식이 썩어날 정도로 많다는 천석꾼이라던데, 어디 한번 잘 해보시구려. 집에 금송아지가 있으면 뭐하누. 당장 굶어 죽고 목말라 죽게 생긴 것을. 흐."

한껏 비웃는 관졸의 말에 그제야 감 진사는 자신이 어리석게 굴었다는 것을 깨달았다. 이런 데에선 말보다 돈이 더 먹힌다는 건 진작부터 알고 있었음을 막상 제 일로 닥치자 깜빡 잊어버린 것이다.

"내, 내가 깜빡했소이다. 여기, 일단 여기 이거라도 받고 내 부탁 하나 들어주시겠소?"

감 진사가 얼른 제 호패를 꺼내더니 호패 끈을 풀어 관졸에게 건넸다. 감 진사의 호패 끈에는 두툼한 호박이 장식되어 있었는데, 전부터 보는 사람마다 은근히 탐을 낼 정도로 귀한 장신구였다.

"오호…… 뭐, 이런 걸 다 주시고."

관졸 역시 한눈에 호패 끈에 달린 호박의 값어치를 알아보았는지, 단박에 태도가 달라졌다.

"목이 마르시오? 잠시만 기다리시오. 내 뼛속까지 시원해질 물 한 잔 얼른 가져다드리지요. 뭐, 달리 필요한 건 없으시고? 요 앞에 아직 육전을 파는 장사치가 있을 텐데 출출하면 육전 한 조각이라도 사 오리까?"

"꿀꺽. 그것도 그거지만 우선 내 집에 전갈을 보내야겠소."

"그건 좀……"

망설이는 관졸을 본 감 진사가 다급하게 한 소리를 덧붙였다.

"지금 내 수중에 값어치 있는 건 그 호패 끈 하나밖에 없소!"

말인즉, 집에 전갈을 보내지 않으면 앞으로 너희에게 줄 돈도 귀중품도 없다는 소리였다.

.

.

.

"그래서?"

의금부 앞에서 좀 멀찌감치 떨어진 후미진 골목이었다. 조금 전 감 진사에게서 호박을 받아 품에 쑤셔 넣었던, 관졸이 담 그림자에 숨어 얼굴이 보이지 않는 사내에게 작은 종이 하나를 내밀었다.

"수고했소."

"흐. 뭐, 수고랄 게 있겠소. 나야 양쪽에서 품삯을 받으니 더 좋을 수밖에."

그림자 속 사내에게 작은 주머니를 받아든 관졸이 귀에다 대고 주머니를 흔들어 찰랑찰랑하고 은전들끼리 부딪치는 소리를 즐겼다.

그로부터 반 시진이 지난 후였다.

"진사 어른께서 전갈을 보내셨다고요?"

마음고생에 아침나절보다 훨씬 더 안색이 창백해진 홍 씨 부인이 주인 없는 사랑채에서 손님을 맞았다. 의금부에서 감 진사가 전갈을 보냈다며, 은밀히 전해야 한다며 다른 하인들을 모두 물리길 원한 사내는 사안의 은밀함과 심각성을 보여주듯 삿갓을 깊이 눌러 쓰고 있었다.

"저기……?"

먼저 자리를 잡고 앉은 홍 씨 부인이 가져온 전갈을 달라는데 사내는 말도 없이 잠시 그대로 방문 앞에 서서 홍 씨 부인을 내려다보고 있기만 했다.

"왜…… 그러십니까? 전갈을. 잊으셨소?"

홍 씨 부인이 다시 재촉하려는데, 사내가 쓰고 있던 삿갓을 들어 목 뒤로 넘겼다.

"웃!"

"잊지 않았어. 그저 생각보다 더 반갑고 떨려서…… 가슴이 너무 벅차서…… 말이 나오지 않았어."

따져보면 떨어져 있었던 기간이 그리 얼마 되지 않았는데도, 마치 수십 년 만에 만나기라도 한 것처럼 여일이 감격에 눈을 적시며, 놀라 스스로 제 입을 틀어막은 홍 씨 부인에게로 다가왔다.

"사아."

"왜…… 왜 여기에? 어, 어떻게 여기…… 웃!"

홍 씨 부인은 제 눈을 의심하며 묻다말고 얼른 제 배를 감싸고선 뒤로 돌아앉았다.

"사아!"

"어찌 오신 겝니까? 절에 갔더니 이미 떠나신 후라고 들었습니다만…… 어떻게 여길 오신 겁니까?"

"이대로 나를 아니 볼 참이야? 나는 그대가 그리워서 이렇게 목이 메는데, 그대는 내 얼굴도 아니 볼 셈이야?"

"…… 말씀하셔요. 도대체 여긴 어떻게 오신 거냐고요. 진사 어른의 전갈을 가져왔다는 건 거짓말이셨던 거예요?"

차마 정인의 앞에서 다른 사내의 아이를 가진 몸을 보여주고 싶지 않았기에 홍 씨 부인은 내내 그리워하고 보고팠던 마음과는 달리 조금은 냉랭한 태도로 여일을 대했다.

"아니. 참말. 참말로 당신 남편의 전갈을 가지고 왔어. 여기."

여일이 소매 안에서 서찰 봉투를 꺼냈다.

"이거 받아."

여일의 말에 하는 수 없이 돌아본 홍 씨 부인이 서찰을 건네받기 위해 손을 내밀었다. 순간, 여일이 덥석 제 앞의 가늘고 여린 손목을 움켜잡았다.

"웃……! 놓으세요. 누가 보면 어쩌려고."

"물을 게 있어."

잡힌 손목을 빼내려 몸부림치는 홍 씨 부인에게 여일이 나직한 말투로 물었다.

"나랑 도망갈 수 있겠어? 날 믿고 따라와 줄 수 있겠어?"

"도, 도대체 지금 무슨 말을……? 나, 나, 나는 아, 아이를……."

"내 아이야."

"……아니에요. 이 아이는…… 감 진사 어른의……"

"내 아이야!"

여일이 태산이 무너져도 흐트러지지 않을 것 같은 굳고 단단한 눈빛으로 말했다.

"내 아이야. 옥황상제께서 물어도, 저승사자가 물어도 내 답변은 같아. 그 아이는, 지금 네 뱃속에서 숨 쉬고 있는 그 아이는 내 아이야. 내가 너를 연모하여 네 안에 씨를 뿌리고 그 결과 네가 잉태한, 귀하고 소중한 내 자식이야."

"……읏…… 흐흑…… 흑……"

어느새 눈물로 흥건하게 적셔진 여인의 뺨을 여일의 커다란 손이 감쌌다.

"마음 같아선 지금 당장이라도 당신을 업고 이 집에서 도망쳐나가고 싶지만, 그럴 순 없어. 준비가 필요해. 그러니 나를 믿고 따라주겠어?"

"……네. 네!"

너무 빠를 수도 있었지만 홍 씨 부인 아니 사아는 두 번 생각지도 않고 단박에 대답하였다. 그게 무엇이든, 여일과 함께 할 수 있다면, 감 진사에게서 벗어날 수만 있다면 무슨 짓이든 할 것이었다. 못할 게 없었다.

"무어라? …… 그럼 그 감 진사의 여식이 도승지 자네의 집에서 계집종 노릇을 하고 있었단 말인가?"

그때, 도승지는 임금과의 은밀한 독대를 통해 자신과 하진이 어찌 연루
된 것인지 그 연유를 설명하고 있었다. 하진이 왜 하필 자신의 집에서 나
온 것인지는 조금 전 뒤늦게 제 손에 들어온 딸 석주의 전갈을 받고서 알
게 되었다.

"소신이 여식을 문경으로 보낼 때 딸려 보낼 계집종을 찾던 중 우연히
들이게 되었던 여인입니다. 소신이나 소신의 여식 또한 오늘 이전에는 그
계집종이 반가의 여식임을, 진사의 딸임을 알지 못했나이다."

"…… 왜일까? 왜 그 여인이 도승지 자네의 집안에 접근한 것인가?"

"아직…… 소신 또한 그 연유는 정확히……."

"알아내시게."

"예. 전하."

"우의정과 그 일파들이 단순히 우의정 집안의 불미스러운 일을 덮고자
그 여인의 일을 꺼내든 것만은 아닐 걸세. 이번 일로 어떻게든 자네를 엮
어 반드시 쳐내려 할 것이야."

"…… 성심을 어지럽혀 드려 송구하옵니다, 전하."

"자네를 잃고 싶지 않네."

몇 없는 믿음직한 신하를 바라보는 임금의 눈빛은 시퍼런 칼날이 번뜩
이는 듯하였다.

"그러니 잘 지켜보게. 만약 사태가 여의치 않게 돌아가는 것 같거든 그
때는……."

뒷말은 없었다. 하지만 말을 내어놓지 않은 사람의 뜻을, 말을 듣지 못한
이가 알아듣기에 모자란 부분은 하나도 없었다.

그때는…… 죽여야 할 것이었다. 반드시 죽어야 할 것이었다. 반가의 여인이 드러난 제 문란한 행실이 수치스러워 자결한다면 누구의 의심을 살 일도 없으니까. 죽은 여인의 입에선 그 어떤 증언도 나올 수 없을 테니까. 임금과 종묘사직을 위해 어쩔 수 없는 선택이었다. 물론, 그 모든 건 어디까지나 만약의 일이다.

'우선은 왜 내게, 왜 내 딸에게 접근했는지부터 알아내는 게 우선 일일 터.'

"조심하셔야겠습니다."

임금 앞에서 물러 나온 후, 급히 집으로 돌아가기 위해 퇴청 준비를 하던 도승지에게 하급관리 하나가 넌지시 귀띔을 해 왔다.

"사간원의 간관들이 전하께 영감을 내치라고 상소를 준비 중입니다."

"무슨 명목으로?"

"그것이 저기……"

알고는 있지만 자기 자신의 입으로 옮기기가 민망했던 관리는 잠시 말을 머뭇거리다 이내 작은 소리로 그 연유를 일러주었다.

"여식 하나 제대로 간수 하지 못한 영감을 어찌 전하의 지근에 두고 중책을 맡길 수 있냐며, 따님 행실을 문제 삼아 영감의 퇴직을 주청하는……"

관리는 순식간에 험악하게 굳어 버리는 도승지의 얼굴을 보고선 끝내 말을 잇지 못한 채 그저 "조심하시고, 잘 대비하시라"는 언질만 준 채 황급히 자리를 떴다.

'전하께서도 그걸 미리 아신 게야. 음험하고 뻔뻔스러운 자들 같으니. 감

히 내 딸의 행실을 운운하다니……이런 괘씸한 자들을 보았나.'

그 밤, 도승지는 집으로 돌아가는 길 내내 이번 일로 저를 쳐내려는 우의정에 대한 적의를 불태웠다. 그러느라 갑자기 제가 타고 있는 남여(藍輿, 하인 두 명이 앞뒤에서 메는, 뚜껑 없는 의자 모양의 가마) 앞에 불쑥 뛰어든 그림자에 하마터면 남여에서 떨어질 뻔하였다. 남여가 거의 집 앞에 다 다다랐을 즈음이었다.

"웬 놈이냐?"

반은 겁에 질리고 반은 경계하여 묻는 하인의 물음을 무시하고, 그림자 사내는 다짜고짜 도승지에게 말했다.

"궁금해하실 답을 가지고 있습니다. 제 이야기를 듣지 않으면 크게 후회하실 것입니다."

"어허! 이 자가 감히 뉘 앞이라고 이리 방자하게……."

"그만."

사내의 불손한 어투에 하인이 내심 떨리면서도 목소리를 높여 항의하려 들자, 도승지가 손을 들어 만류하였다.

"내리라."

도승지의 명에 하인들이 남여를 내리자 도승지가 자리에서 일어나 그대로 그림자 사내에게 다가오더니 한번 쓰윽, 아래위를 훑었다.

"살기는 없어 보이는군."

"공연한 피를 묻히는 취미는 없어서요."

"누구의 사주를 받고 왔나?"

그러자, 그림자 사내가 불쑥 얼굴을 도승지의 귀 옆으로 가까이 가져왔다.

"오늘 의금부에 하옥된 그 여자. 내게 명령을 내릴 수 있는 사람은 오직 그 여자뿐이니까."

그림자 사내의 말에 도승지는 새삼 찬찬히 제 앞의 사내를 보았다. 멀끔하게 잘 생기긴 하였으나, 양반은 아닌 게 분명해 보였다. 천한 태가 나서가 아니었다. 온몸을 감싸고 있는 위험한 기운, 날카로운 눈빛 저편에 가라앉아있는 거친 반(反)의 기운 때문이었다.

'이 자가 진사 딸의 뒷배?'

감 진사의 딸이 한 짓은 멀쩡한 반가의 아녀자가 혼자 저지를 수 있는 일이 아니었다. 분명 뒤에는 그 모든 일을 가능하게 한 사내가 있을 것이었다. ─라는 건 거의 모든 사람이 똑같이 하는 생각이었다.

"뭐? 내가 그 여자의 뒷배냐고요? 하, 하하. 하하하하!"

도승지가 직접 집으로 데려와 사랑채에 들인 사내는 도승지가 제 정체를 묻자마자 어이가 없다는 듯 너털웃음을 터트렸다.

"조용히 하게. 내게 은밀히 할 말이 있다고 찾아온 사람답지 않게 어찌이리 웃음소리가 큰 건가?"

"그만큼 얼토당토않으니까요."

순식간에 태서가 얼굴에서 웃음기를 지우곤 정색하였다.

"그 여인은 누가 움직일 수 있는 여인이 아닌 것을요. 오직 자신 뜻으로, 자신 생각으로 행동하는 여인이지요."

"자네가 뒷배가 아니다?"

"제가 뒷배라면 도승지 어른과 어른의 따님을 구한답시고 스스로 위험에 처하는 걸 용납하진 않았을 것입니다."

"…… 나와 내 딸을 구해? 그게 무슨 소리냐."

"왜 그 여인이 계집종으로 위장해 어른의 집에 들어왔는지 궁금하지 않으십니까? 왜 그 여인이 어른의 따님과 함께 멀리 지방에까지 다녀왔는지, 그 연유가 궁금하지 않으십니까?"

도승지가 가장 궁금해하는 것을 태서가 족집게처럼 집어냈다.

"…… 왜인가?"

"그 물음에 답하기 전에 한 가지 약조를 해 주셔야……"

"무슨 약조?"

급한 마음에 도승지가 좀 성급히 물었다.

'아뿔싸!'

순간, 도승지가 좀 곤혹스러운 얼굴로 입술을 일그러뜨렸다. 저의 성급한 물음은 지금 이 자리의 주도권이 눈앞의 사내에게 있음을 스스로 인정한 것이나 다름없었다. 실제로 도승지의 다급한 물음을 들은 태서의 입가에는 보일 듯 말 듯 희미한 웃음기가 번져나갔다.

"전하를 뵙게 해 주십시오."

"어허! 자네가 전하를 뵈어 무얼 어쩌려고!"

"제가 아니라, 그 여인을 말씀드리는 겁니다. 어차피 나라의 중한 죄인으로 잡아갔으니, 주상전하가 직접 친국(親鞠, 임금이 직접 중죄인을 심문하는 일)을 하셔도 무방하지 않겠습니까?"

"…… 전하께서는 여인의 일로 친국을 하시지 않는다."

"그러니 도승지 어른께서 힘을 써 주십사, 청을 드리는 거지요."

"무리한 청이네. 전하께서 들어주실 리가 없어."

"전하께서 도승지 어른을 아끼신다면, 도승지 어른을 구명하시기 위해서라도 친국을 하셔야 할 겁니다."

태서는 좀처럼 뜻을 굽히지 않았다. 결국, 마지못해 도승지가 주상께 주청은 드려보겠다는 말을 듣고 난 후에야 하진이 석주를 따라 도성을 벗어난 이유를, 석주를 구하게 된 경위를 소상히 밝혔다.

"…… 증좌는? 자네 말대로 우의정이 나와 내 딸을 함정에 빠트리려 했다는 증좌는 어디에 있는가?"

"어찌 하룻밤에 천 리를 가시려 하십니까?"

한꺼번에 네가 원하는 것을 모두 내어놓을 수는 없다는 말을 태서가 돌려서 하였다. 도승지가 앞으로 하는 양을 보고 증좌든 뭐든 내어놓겠다는 뜻이었다.

"증좌도 없이…… 내가 어찌 너의 말을 모두 믿을 수가 있다는 말이냐? 네가 그 여인을 구하려고 없는 말을 지어내지 않았는지 어찌 알고!"

"따님에게 물어보십시오. 그 여인이 따님을 어찌 구해드렸는지. 도승지 어른께서 인과 의를 아시는 군자시라면 우선은 그것만으로도 그 여인을 위해 움직이실 생각이 드실 겁니다."

일방적으로 말을 마친 태서가 벌떡 일어서 가벼이 고개를 숙여 인사를 하더니 사랑채를 나갔다.

잠시 그 모습을 보고 있던 도승지가 태서에게 앞으로 어찌 연락해야 할지를 묻지 않았다는 생각에 "이보게" 하고 부르며 사랑채 방문 밖으로 나갔다.

"예? 부르셨습니까?"

도승지의 부름에 답한 건, 이제 막 사랑채 마당 앞을 지나가려 하고 있던 나이 많은 부엌어멈이었다.

"너 말고. 방금 여기 나간 손님, 어디로 가셨느냐?"

"예? 손님이요?"

부엌어멈이 새삼 텅 빈 마당을 두리번거리더니 영문을 모르겠다는 얼굴로 긁적긁적 머리를 긁었다.

"누가 오셨습니까요?"

"…… 아니다. 되었다."

마치 귀신에 홀린 것 같은 느낌에 도승지는 재차 기척 없는 텅 빈 마당을 내다보다 말고 안채 쪽으로 걸음을 옮겼다. 아직 신열이 떨어지지 않고 있어 누워있는 딸 석주에게 가 사내가 한 말을 확인해 볼 참이었다.

한편, 그때 임 참판의 집에서는 민 씨 부인이 풀기 하나 없는 얼굴을 한 아들을 붙잡고 묻고 있었다.

"조금 전, 네 장인어른 댁에서 전갈이 왔었다. 그게 다 무슨 소리라니? 아이와 네 짐을 싸서 보내 달라 하니 그게 대체 무슨 소리야?"

"벌써 전갈이 왔습니까? 실은 내일부터 장인어른 댁에서 기거하기로 했습니다."

표정 변화 하나 없이 대수롭지 않다는 말투로 성우가 답했다.

"기거라니? 네가 왜 그 집에서 기거한단 말이냐?"

임 참판 역시 놀란 기색으로 물었다. 멀쩡한 집을 놔두고 장인 집에서 기거하겠다는 아들이 이상해서였다.

"그 사람의 상태가 아직 위중합니다. 하여, 몸이 다 나을 때까지 그 사람 곁에 제가 있어 주기로 했습니다."

"처가살이를 하겠다고?"

"…… 저희 부부 사이에 갈등이 있고, 그 일로 말미암아 정애가 그 사람을 해쳤다는 소문을 없애기 위해서라도 그리하는 게 좋겠다며 장인께서 권하셨습니다."

"그럴 거라면 네 아내를 우리 집으로 데려오는 게……"

"정애가 다시 돌아올 집입니다. 장인께서 정애에게 찔려 죽을 뻔한 그 사람을 이 집으로 다시 보내시겠습니까?"

"그, 그렇다고 해도 어떻게 네가 처가살이를……"

민 씨 부인이 이젠 입을 꾹 다문 남편을 대신하여 성우에게 따지고 물었다.

"어쩌자고 선뜻 그리하겠다고 한 거야. 네 아버님에게 한 마디 여쭤보지도 않고, 어찌 네 마음대로……"

"정애를 구해달라고 하셨잖습니까?"

귀찮음과 쌀쌀맞음이 느껴지는 말투로 성우가 조금 짜증스레 어머니의 말을 가로막았다.

"아버지도 어머니도 제게 정애를 구해달라고 하지 않으셨습니까! 그러니 하는 수 없지요. 장인어른이 죽으라면 죽는시늉까지도 해야 할 판이니, 처가살이가 문제겠습니까?"

"성우야!"

평소와 달리 무도한 제 말과 태도에 충격을 받은 어머니를 본체만체하며 성우가 이번엔 임 참판에게 물었다.

"어찌할까요? 그럴 수 없다고 장인어른의 뜻을 거절할까요?"

임 참판은 아무 대답도 하지 않았다. 미간에 짙고 굵은 주름을 만들고선 슬그머니 고개만 돌렸을 뿐이었다. 이날, 성우가 정애를 구하기 위해 무슨 일을 했는지 전해 들은 임 참판으로선 차마 성우에게 그리 말라, 말할 면목이 없어서였다.

다음 날이었다.

"부친인 감 진사를 속이고 그의 재산을 갈취한 사실을 인정하는가?"

하진의 공초(供招, 죄인이 범죄사실을 진술하는 일)를 받기 위해 의금부의 관원들이 하진을 심문하고 있었다.

"신행길에 남편 되는 이의 두 다리가 부러진 것도 그대의 소행인가?"

"산적을 위장하여 신행 물품을 빼돌린 것도 그대의 소행인가?"

"주가를 차리는 데 누구의 도움을 받았는가?"

"주가에서 음행을 저지른 사실을 인정하는가?"

"계집종으로 위장하여 도승지 영감의 여식에게 접근한 이유가 무엇인가?"

"도합 몇 명의 간부(姦夫, 간통한 남자)와 정을 통했는가?"

질문은 끊임없이 계속되었지만, 하진은 계속 고집스레 입을 다물고만 있었다. 마치 무언가를, 어떤 때를 기다리고 있는 사람이기라도 한 것처럼.

하여, 그날 하루가 다 가도록 심문관들은 하진에게서 단 한마디도 듣지 못하였다. 단순히 말만 못들은 게 아니라 살짝 눈만 내리깔거나, 고개를 흔들거나, 눈빛이 변하거나 하는 그 어떤 유의미한 행동 징후조차 얻지 못하였다. 하진은 그저 제 앞에서 차례차례 바뀌는 심문관들을 똑바로 바라보면서, 사람은 바뀌어도 계속 똑같이 반복되는 질문들을 듣고만 있었다. 누군가는 당장에라도 후려칠 것처럼 들고 있는 방망이를 코앞에서 흔들며 물었고, 누군가는 귀청이 떨어지라는 듯 바로 귀 옆에서 고래고래 고함을 지르기도 했다. 누군가는 "고문을 받아야 입을 열겠느냐"며 협박하기도 했고, 또 누군가는 "어차피 죄를 모면할 수 없으니 순순히 자복하는 게 낭자를 위한 일이다"라며 넌지시 달래기도 했다.

"그런데도 요지부동이랍니다!"

하진의 심문 상황을 전해 듣고 온 송 판서는 중신 대부분이 있는 앞에서 분노를 숨기지도 않고 거칠게 숨을 씩씩 내쉬며 모두를 설득하려 하였다.

"고약한 계집입니다. 간교하기가 이를 데가 없어요. 반가의 여인이라 함부로 고문할 수 없는 처지임을 알고선 그리 뻗대는 겁니다."

"그러니 어쩌겠소? 그 여인이 입을 열지 않으면 죄를 벌할 수도 없는 것을."

중신 중 누군가가 곤란한 얼굴로 입을 열었다.

"애초에 증좌가 너무 부족하오. 그 여인이 주가를 차린 것은 부인할 수 없는 일이지만, 실제로 천것들과 통정하였는지는 아직 밝혀진 바가 없으니까요."

"아비를 속이고 정혼자를 속이고 도망친 것만으로도 충분한 중죄가 될 수 있지요! 그러니 어서 주상전하께 그 못된 계집에게 중형을 내려주십사 고 하는게……"

"그럴 수는 없지요."

여태 이번 일에 관해선 단 한 마디도 꺼낸 적 없던 좌의정이 처음으로 입을 열자, 왈가왈부하던 중신들이 일제히 입을 다물고 좌의정을 지켜보았다.

"좌상 대감? 어찌하여?"

"무릇 죄의 경중을 따지고 그에 합당한 형벌을 정하려면 죄지은 자의 공술(供述, 진술)이 필요한 법이지요. 대전(경국대전)에도 실려 있기를, 탐오하여 백성을 괴롭게 한 일 외에는 풍문(風聞, 풍설, 바람결에 들리는 소문)을 허락하지 말라고 하였습니다. 이는 정확하지 않은 사실을 오직 심증과 소문만으로 함부로 죄를 논하지 말라는 뜻이지요. 다들 아시지 않습니까?"

"그렇기는 합니다만……"

평소에는 허허실실 사람 좋은 웃음만 짓는 좌의정이지만, 때때로 한 가지에 꽂히면 대쪽 같은 그의 성품을 알기에 한자리에 모인 중신 중 누구도 쉽게 그의 말에 토를 달지 못했다.

"그러니 판의금부사께서는 무슨 수를 쓰시던 죄인의 공술부터 받아오시오. 그것이 일의 올바른 순서가 아니겠소이까?"

빤히 우의정을 바라보며 좌의정이 물었다. 못마땅해도 어쩔 수 없이 지켜야 하는 원칙임을 알지 않느냐는 뜻이었다. 다른 중신들의 시선도 일제히 우의정에게로 꽂혔다. 우의정의 조카와 혼례를 올린 여인의 일이었기에, 특히 우의정의 조카가 크게 다친 상황이었기에 다들 당연히 우의정이 좌의정의 말에 반기를 들고 나설 것으로 생각했다. 그러나 모두의 예상과 달리 우의정은 좌의정의 말에 따은 그렇다는 듯 짐짓 진지하게 고개까지 끄덕였다.

"좌상 대감의 말씀이 백번 옳소이다. 이런 중죄를 다루는데 죄인의 공술이 빠질 수 있겠소? 그러니 판의금부사는 무슨 일이 있어도 반드시 죄인의 자복을 받아내시오. 특히 죄인과 연루된 자들이 누가 있는지, 명명백백히 밝혀내야 할 것이오."

죄인과 연루된 자들. 그 말 한마디에 모두 우의정의 말뜻을 어렵지 않게 알아들었다. 도승지를 이번 일에 연루된 죄로 몰아내기 위해서라도 죄인의 입에서 직접 '도승지'라는 말이 나와야 한다는 의미였다.

"알겠습니다. 대감들께서 그리 말씀하시오니, 더욱 엄히 심문해보겠나이다."

판의금부사가 믿어달라는 의미로 정승들을 향해 가볍게 고개를 숙여 보였다.

"말이 되는 소리를 해! 없다니, 그게 다 무슨 소리야!"

하진의 일로 중신들의 논의가 있은 지 한 시진쯤 후였다. 감 진사는 초췌한 얼굴로 저를 보러 온 홍 씨 부인에게 있는 대로 성질을 내고 있었다. 아침 일찍부터 오기를 기다리고 기다렸던 아내가 한낮을 넘어, 저녁때가 다 되어서야 저를 보러 온 것도 온 거지만, 가져온 돈이 하나도 없다는 게 더욱 그를 화나게 했다.

"돈이 없다니! 내가 늘 어디에 전궤(돈상자)를 두는지 임자도 알지 않아!"

간밤에 잠 한숨 못 잔 때문에 시뻘겋게 눈이 충혈된 감 진사가 당장에라도 홍 씨 부인의 머리채를 잡을 기세로 손을 뻗으려 말고 혐오스럽게 저를 보는 의금부의 관리들을 보고는 금세 손을 거둬들였다.

"오늘부터 당장 여기 별처에서 의금부 옥방으로 옮겨진다는데 돈 한 푼 없이 나더러 어떡하라고, 맨손으로 오는 거야, 오기를!"

또다시 약한 여인네를 괴롭히지 않나 싶어 저를 노려보는 의금부 관리들을 신경 쓰느라 이를 악문 채로 감 진사가 홍 씨 부인을 윽박질렀다.

"오, 옥방으로 옮겨지는데 왜 돈이 필요한 겁니까?"

"그걸 왜 몰라, 이 사람아!"

또다시 감 진사의 언성이 높아졌다. 당장 저는 오늘 밤부터 옥방 안에서 무슨 꼴을 당할지 모르는데 아무것도 모른 채 겁먹은 얼굴로 눈만 말똥말똥 뜨고 있는 제 부인이 답답해 미칠 지경이었다. 옥방으로 옮겨지면 신참 죄수가 당해야 할 일에 대해선 아침나절에 다시 만난 전날의 관졸이 친절히 일러주었다. 전날 감 진사가 준 호패 끈의 호박이 꽤 값을 잘 쳐 받았는지, 묻지도 않았는데 자진해서 친절히도 일러준 이야기들이었다.

"옥방에 들어가면 괜한 군소리 말고 시키는 대로 하고 달라는 대로 다

주쇼. 잠이라도 편히 자려면 그 수밖에 없다오."

관졸이 말하기를 신참 죄수가 옥방에 들어가면 기존의 옥방 죄수들이 온갖 수작들을 다 부린다고 했다. 옥방 아기의 재롱 좀 보자고 개가 뒷발 들고 오줌 갈기는 시늉을 시키는가 하면 아예 강제로 직접 아기 오줌을 누이는 자세를 시키기도 한다고 했다. 병아리 춤이니 두꺼비 춤이니 하고 괴상망측한 춤을 시키는 건 약과일 정도라고 했다. 그런가 하면 신참 죄수가 깜빡, 잠이라도 들면 누구의 손인지도 모를 손들이 한꺼번에 바지춤 안으로 들어와 거시기 터럭들을 뜯는 경우도 숱하다고 했다.

"그, 그런 건 천것들을 가둔 전옥서에서나 있는 일 아니요? 여기는 명색이 의금부인데 의금부의 옥에서 그런 일들이……"

감 진사가 그리 묻자, 관졸은 딱하다는 듯 길게 혀를 찼다.

"그쪽도 옥방 안에 갇혀 있어 보오. 새로 들어온 사람들 놀려먹고 곯려먹고 뜯어먹는 재미가 하루를 사는 재미의 반절이 될 터이니."

재미도 재미이거니와 돈을 뜯으려는 목적도 크다고 했다.

"내 어제도 말하지 않았소. 이곳에서는 공으로는 물 한 모금 얻어 마시기도 힘들다고. 한데, 옥에 갇힌 죄인들이 그 돈을 다 어찌 마련하겠소?"

그러다 보니 먼저 들어온 이가 뒤에 들어온 이를, 그가 또 자신의 뒤에 새로 들어오는 이를 괴롭혀 돈을 뜯어내는 것은 지극히 자연스러운 일이 되었다고 했다.

"그걸 알면 왜 막아주지 좀 않고……"

"하나둘이어야 그걸 말리지 죄 그러는 걸 어찌 말리겠소? 그리고 가뜩이나 죄지어 들어온 자들인데 거기서 죄 하나 더 없다고 눈이나 깜짝할 것 같소? 거기가 그 돈들이 돌고 돌아 어느 주머니로 들어오는데 그걸 우리가 왜 막소?"

순진한 소리 하지 말라며 감 진사의 입을 틀어막은 관졸은 괜히 돈 몇 푼 아끼려고 마음고생 몸 고생 말고, 옥방에 들어가게 되면 우선 돈칠부터 하고 바깥에서 먹을거리를 조달해와 심심한 입들을 달래는 게 제일 시급한 일이라고도 알려주었다. 그러면서 어떻게 바깥 음식들을 구해올 수 있는지, 어떤 옥졸에게 얼마나 돈을 주면 되는지까지 친절히 일러주었다.

"아, 아니. 그렇게 큰돈이 든단 말이오? 고작 하룻밤 먹거리값이?"

"그럼 뭐 얼마나 싸기를 기대한 거요? 쉬어빠진 나물 한쪽이라도 몰래 들여오자면 막아야 할 눈과 귀가 몇 개에 입이 또 몇 개인데?"

딴에는 그 말이 맞기는 하였다. 하여, 감 진사는 이제나저제나 하며 홍씨 부인이 저를 만나러 오기를 기다렸다.

근데 이게 다 무슨 소린가? 돈이 없다니? 은전이 없다니? 말 그대로 기가 막히고 온몸의 숨구멍이 꽉 죄어오는 기분이었다. 가진 거 하나 없이 당장 악몽 같을 오늘 밤을 어찌 보내라는 건지 생각하는 것만으로도 눈앞이 하얘졌다.

"그, 그럼…… 일단 천천히 찾아보고 우선 집에 돈 될만한 것 좀 갖다 팔아서 얼른 가져와."

"돈 될만한 것이라면 어떤……?"

"사랑채의 그림이든 도자기든 뭐든 갖다 팔란 말이야, 왜 이렇게 말을 못 알아들어!"

"아…… 예. 알았습니다."

"당장, 오늘 당장 갖고 와야 해. 알았어? 임자, 오늘 당장이네!"

감 진사는 몇 번이고 윽박질러 기어이 오늘 다시 오겠다는 제 부인의 확

답을 받아내고 말았다. 하지만, 홍 씨 부인이 감 진사를 찾아온 건 다음 날 낮이 다 되어서였다.

"내…… 내가 분명 어제 오라고…… 흐흐흑."

옥방에서 홍 씨 부인을 맞이한 감 진사의 꼴은 하루 새에 이미 몰골이 말이 아니었다. 지난밤에 어떤 수모를 당했는지, 시뻘겋게 부은 얼굴에는 꾀죄죄한 눈물 자국까지 말라붙어 있었다.

"아, 아무튼…… 어서 돈부터, 돈부터 이리 내."

옥졸들이며 옥방의 동무들이 모두 저와 제 부인을 보고 있는 이유를 알기에 감 진사는 얼른 홍 씨 부인에게 가져온 돈들을 내놓으라 독촉하였다. 하지만 홍 씨 부인이 건넨 건 몇 푼 되지가 않았다. 기대하고 있던 수준에 절반의 절반도 되지 않았다.

"이, 이게 뭐야? 겨우 이게 다라고?"

"그나마 이것도 제 수중에 있던 가락지를 팔아 마련한 돈입니다."

"지금…… 나를 놀리는 게야!"

홧김에 감 진사가 들고 있던 엽전을 패대기쳤다. 그 순간, 기다렸다는 듯이 옥졸이 달려와 바닥에 떨어진 엽전들을 챙겨 제 주머니 안에 쏙 집어넣고선 언제 그랬냐는 얼굴로 시치미를 뗐다.

"내 집에 돈 될만한 게 얼마나 많은데. 내 집 창고에 쌀이 몇 섬인데!"

"다 털어갔습니다. 흐흐흑."

감 진사의 호통에 홍 씨 부인이 어깨를 움찔거리며 눈물을 뿌렸다.

"터, 털어가다니? 누가? 집에 도적이라도 들었다는 거야?"

"어제 진사 어른을 뵙고 집에 돌아가 보니 그새 친척분들이 들이닥쳐 돈 될만한 것들을 다 들고 갔지 뭡니까? 어차피 죄인의 집 안에 있는 것들은 모두 종당 나라에 뺏기고 말 것들이니, 차라리 당신들께서 가져가는 게 맞다며…… 흐흐흑. 이젠 곳간에 내일 먹을 양식거리도 없습니다. 그러니 어찌합니까?"

그러면서 홍 씨 부인이 입에 올린 친척들의 이름들은 전부터 감 진사에게 노골적으로 돈 달라 땅 달라 악다구니를 쓰던 자들의 것이었다.

"이, 이런 천벌 받을 것들을 보았나. 내, 내 이것들을 당장에라도!"

하고 열 내봤자 그들을 혼내고 빼앗긴 재산들을 되찾아오는 건 나중의 일이었다. 먼저 시급한 건 오늘 밤에도 내일 밤에도 계속될 옥방 죄수들의 횡포를 막는 일이었다. 하여, 감 진사는 평소 때라면 절대 하지 않았을 선택을 하고 말았다. 아무도 모르게 저 혼자만 알고 있던, 집문서와 땅문서를 숨겨둔 장소를 자신의 부인에게 일러준 것이다.

"일단 남송골 땅을 팔아와. 행랑아범에게 물어 예전에 자주 일을 맡긴 거간꾼을 데려오라고 하고, 땅문서를 맡겨서 선금부터 받아 와. 그 정도는 임자도 할 수 있지? 우선은 남송골 땅만이야. 괜히 다른 것까지 건드려선 절대 안 돼!"

그리고 오늘은 꼭 와야 한다. 돈을 얼마나 마련했건 오늘 반드시 와야 한다, 감 진사는 그리 신신당부까지 했다. 하지만, 이날도 홍 씨 부인은 오지 않았다. 다음날도, 그다음 날도 마찬가지였다. 감 진사가 관졸에게 엎드려 빌어 제집까지 사람을 보내 제 부인이 왜 오지 않는 것인지 알아보고자 했을 땐, 이미 홍 씨 부인은 집이며 전답까지 모두 헐값으로 팔고 어디론가 사라지고 만 후였다. 감 진사가 옥에 갇힌 지 꼭 닷새째 되는 날이었다.

바로 그날, 심문관의 질문에 대하는 하진의 태도에 변화가 생겼다.

"감녀(甘女)는 부친인 감 진사를 속이고 그의 재산을 갈취한 사실을 인정하는가?"

심문관은 지치지도 않고 또다시 물었다. 나흘째, 벌써 수십 아니 거의 백번은 넘게 물은 질문이었다. 그러면서도 심문관의 눈은 제 앞에 앉은 하진을 보지 않고 있었다. 어차피 이번에도 하진이 아무 답을 하지 않을 걸 알아서였고, 답을 줄 짬도 주지 않고 그대로 다음 질문으로 넘어간 것도 또한 그래서였다.

"신행길에 남편……"

"말씀드리겠습니다. 아버지께 거짓말을 하고 속인 일은 있으나……"

"자, 잠깐."

문서에 적힌 질문들만 내려다보고 있던 심문관이 갑자기 들려온 하진의 목소리에 놀라 고개를 번쩍 들고선 급히 손을 들어 하진의 말을 막았다. 놀란 건 심문관의 뒤에서 심문내용을 기록하고 있던 관리들도 마찬가지인지, 다들 하진의 말을 받아적을 생각도 하지 못하고 잠시 멍한 얼굴로 하진을 주목하였다.

"감녀는 지금 무어라 했는가?"

혹시나 자신이 잘못 들은 게 아닐까, 턱도 없는 의심을 하며 심문관이 다시 물었다.

"아버지를 속이고 거짓을 말한 적이 있다고 하였습니다."

하진이 고개를 똑바로 들어, 심문관의 두 눈을 쳐다보며 말을 반복했다. 그제야 하진이 입을 열었음에 반색한 심문관이 앉아있던 의자에서 엉덩이를 반쯤 들어서는 앞으로 몸을 많이 기울여 재차 물었다.

"그럼 감 진사의 재산을 갈취한 사실을 인정하는가?"

"아니요. 그런 적은 없습니다."

"뭐라? 없다?"

"예. 불초한 자식으로서 뜻하지 않게 아버지께 거짓을 고한 적은 있으나, 작정하여 아버지를 기만하고 아버지의 재산을 갈취한 적은 단 한 번도 없습니다."

"하지만! 감 진사는 네가 옛 하인과 거짓 친척을 시켜 재산의 상당 부분을 갈취하였다고 증언하였다!"

"아버지께서 잘못 알고 계신 것입니다. 비록 제 씀씀이가 보통의 규수들과 달리 방탕하여 예전 하인이었던 자를 찾아가 그자에게 급전을 빌린 적은 있으나, 그자를 시켜 아버지의 재산을 갈취해 오라 한 적은 추호도 없습니다. 바라옵건대 증인이나 증좌가 있으면 그것으로 저의 죄를 입증해 주셨으면 하옵니다."

하진의 반박에 심문관은 반쯤 들었던 엉덩이를 털썩, 소리가 나도록 다시 의자에 접붙이며 겉으로 드러나지 않도록 입속 살을 조금 깨물었다. 실은 이미 감 진사를 심문한 끝에 그 입에서 나온 황 서방이란 자와 '유호'라는 이름을 댄 가짜 친척을 찾으려고 온 도성을 뒤진 바 있었다. 하지만 두 사람 다 마치 하늘로 솟아오르거나 땅속으로 꺼진 것처럼 그 흔적을 찾을 수가 없었다.

'이 낭자가 이미 그들을 빼돌리고 이러는 것인가?'

뭔가 대단히, 아주 몹시 수상쩍었지만, 심문관은 다음 질문을 이어갈 수밖에 없었다.

"신행길에 남편 되는 이의 두 다리가 부러진 것도 그대의 소행인가?"

"그 질문에 답하기 전에 우선 우의정 대감에게 여쭈어 주십시오."

"우의정 대감? 대감에게 무엇을?"

"제가 우의정 대감의 조카며느리가 맞는지를요."

"그건…… 또 무슨 소리인가?"

"제가 우의정 대감의 조카 되시는 강 선비와 간략한 혼례를 올리고 그 길로 신행길을 떠났으나, 사정이 있어 미처 초야를 치르지 못했습니다. 그건 제 아버지나 우의정 대감께서도 인정하시는 바일 것입니다."

"하지만 여인이 양가의 허락하에 혼례를 올렸으면 혼인을 한 것이지 초야를 흠, 흐음……"

초야란 말을 언급하며 심문관은 제 얼굴이 붉어지지 않기를 바랐다.

"초야를 하고 안 하고가 무슨 상관이 있단 말인가?"

"상관이 있사옵니다만, 그 전에 저는 우선 우의정 대감의 답부터 듣고 싶습니다. 대감께서는 저를 조카며느리로 인정하고 계시는지를요. 송구하지만 그 답을 들은 후에야 저 역시 묻는 말씀에 답변을 드릴 수 있을 겁니다."

원하는 바를 내어놓은 후 하진은 다시 입을 다물었다. 그러고선 지난 며칠 동안 내내 그러했듯 아무리 거듭하여 물어도 다시 입을 열지 않았다.

"어이구……"

원한대로 들어주지 않으면 또다시 여기서 한 발도 더 진전될 수 없음을 안 심문관이 갑자기 열이 오르는 것 같은 이마를 두 손으로 짚었다.

.

.

.

"그런 고약한 계집을 보았나?"

심문관의 보고를 받은 판의금부사가 중신들에게 가서 하진의 말을 전했을 때, 대부분은 아연실색한 얼굴로 입을 다물지 못했다. 며칠 만에 입을 연 것은 반갑기 그지없으나, 묻는 말에 따박따박 대드는 것은 물론이요, 혼인 사실을 우의정 대감에게 확인받아 오라는 그 대담함에 혀를 내둘렀다.

"도대체 무슨 생각을 하는 걸까요? 아비를 속인 적은 없다고 딱 잡아뗀 것처럼 이번에도 그러려는 걸까요?"

"우상 대감과 한집안이라는 사실을 이용해서 죄를 가볍게 해 보려는 생각이 아니겠소?"

"그런 걸까요? 그래서 일부러 대감께 직접 확인해 보라고 한 걸까요? 우상 대감께서 직접 집안 며느리라고 인정하게 하려고?"

"하, 참. 지금 어떤 죄로 잡혀 왔는데 그 와중에 집안 어르신을 팔다니, 참 대단한 계집입니다."

모두가 갈피를 못 잡는 와중에, 오직 우의정만이 하진이 제게 물어보고 오라고 한 이유를 눈치채고선 부르르, 뺨에 경련을 일으켰다.

'내게 그 혼인을 인정하는지 물어보라고? 이 고얀!'

도승지를 이번 기회에 물러나게 하려면 무엇보다 감 진사의 딸은 부도덕한 계집으로서 극형을 받아야만 했다. 그런 더러운 행실의 계집과 연루되었다는 것만으로 도승지의 딸을 문제 삼으면, 도승지를 내치는 것은 시간문제일 터였다. 하지만, 그런 계집을 자신의 조카며느리로 인정해 버리고 말면, 그 여파는 저와 제 집안에도 미칠 것이었다.

'자칫하면 감 진사의 여식이 아니라, 우리 강씨 집안의 며느리로 극형을 받을 수도 있다. 훗날 만약 나중에라도 누군가 이 일로 자녀안의 일을 거론하면……'

당장 감 진사의 여식이 죽고 살고가 문제가 아니었다. 품행이 방정치 못한 여인의 이름은 죽은 뒤에도 자녀안에 그 이름이 오를 수 있었다. 수십 년 후에 가서 문제 삼아지는 일도 허다하였다.

'지금이야 내가 있으니 그럴 일은 없겠지만…… 나중에라도…… 내 권세가 약해지고 나면 나를 치려는 자들이 분명, 이 계집의 일을 이용하고도 남을 것이야.'

도끼날을 잘 들었다고 생각했더니, 그 날이 당장 제 발등을 찍을 기세가 된 셈이었다. 이제껏 자신이 무기로 휘둘러 온 자녀안이 제 목을 칠 수도 있게 생긴 셈이었다.

'고얀 년. 이 내가 네깟년에게 쉽게 당할 것 같으냐.'

뜻을 정한 우의정이 뚫어지라고 저를 보고 있는 좌우의 중신들에게 엷은 웃음을 지어 보였다.

"일단은 내가 직접 그 여인을 만나봐야겠습니다. 도대체 나를 끌어들여 무얼 어쩌려는 건지."

말이 끝나자마자 우의정이 당장에 자리에서 일어서서, 판의금부사에게 말했다.

"판의금부사께서 동행을 해주셔야겠소."

"…… 그러시지요."

판의금부사와 함께 우의정이 방문을 열고 나가려는데, 누군가 작게 속삭이는 소리가 우의정의 귀로 전해졌다.

"근데 혼례를 올린 거라면 혼인한 것으로 봐야 하지 않습니까? 그걸 뭘 따지고 말고 할 게 있습니까?"

"만약!"

우의정이 돌아서지도 않은 채 목소리를 높여 제 등 뒤에서 수군댄 누군가를 향해 말했다.

"그 여인이 품은 뜻이 있어 일부러 제 조카와 혼인을 한 후, 작정하고 신행길에 산적을 끌어들여 제 조카를 해한 거라면요? 그것을 온당한 혼인이라고 할 수 있겠습니까?"

"아, 아니. 제 말은 그런 뜻이 아니라……"

"하여, 제가 직접 그 여인에게 따져 묻겠다는 겁니다. 품은 뜻이 있어 일부러 거짓으로 혼례를 올린 건 아닌 건지! 만약 그런 것이라면 이 혼인을 인정해서는 안 되는 것 아닙니까!"

쩌렁쩌렁한 목소리로 호통을 친 우의정이 그대로 관복 자락을 휘날리며 거친 바람으로 전각을 나갔다.

"우상의 생각이 많아지겠군."

그때, 임금은 후원을 거닐며 하진이 우의정을 도발한 이야기를 도승지에게서 전해 듣고 있었다.

"집안 며느리로 인정을 하자니 일문에 미칠 영향이 걱정될 것이고, 그렇다고 인정을 안 하자니 따져 물을 큰 죄 하나를 없애주는 꼴이고."

"…… 우의정은 어쩌자고 일이 이리될 걸 예상 못 했을까요? 조금만 찬찬히 따져보면 능히 예상되고도 남았을 일인데."

"상대를 너무 만만히 본 게지. 밟으면 밟힐 상대라고 쉽게 오판했으니 이런 사소한 반격까지 미처 예상치 못한 거지."

천천히 발걸음을 옮기던 임금이 갑자기 뚝, 멈춰 서더니 제 바로 곁에 선 대전 내관에게 일렀다.

"따르지 마라."

"……예에, 전하."

대전 내관이 허리를 굽혀 명을 받든 뒤, 자신들 뒤를 줄지어 따라오고 있는 내관들과 궁녀들에게 눈짓으로 어명을 전했다.

"도승지는 따르게."

"예. 전하."

도승지 역시 허리를 조금 굽혀 명을 받들겠다는 의사를 전한 뒤, 먼저 성큼성큼 발걸음을 옮기는 임금의 뒤를 졸졸 따랐다.

"그 여인을 만나라?"

"…… 무리한 청을 올려 송구하옵나이다. 하오나, 전하께서는 이미 오늘 소신을 벌하라는 상소를 받지 않으셨사옵니까? 소신을 내치기 위해서, 소신과 죄인이 어떻게 연루되어 있는지 친히 묻고자 하신다면……"

"중신들도 이상하게 생각하지는 않겠군."

"송구하옵니다."

"…… 그럼 그래 볼까나?"

몹시 흥미가 돋우는 듯, 임금이 눈빛을 번쩍이더니 이번엔 한층 더 은밀한 목소리로 도승지에게 물었다.

"그래, 그 여인이 자네의 딸에게 접근한 이유는 무엇이라 하던가?"

"…… 제 여식과 저를 구하기 위해서였다고 합니다."

망설이는 기색도 없이 도승지는 그간 석주에게 있었던 일을 그대로 고했다. 우의정이 저와 자신의 딸 석주를 함정에 빠트리려 한 정황을 태서에게 들은 대로 그대로 전했다.

·

·

·

"혹여 나를 이용해 네 죄를 가벼이 할 생각이냐?"

심문을 마치고 옥방으로 돌아갔던 하진은 우의정과의 대질을 위해 다시 심문장으로 끌려 나왔다.

"그럴 리가요."

포박된 죄인의 몸으로 앉아있으면서도 우의정을 대하는 하진의 태도는 하나 거리낄 것 없다는 듯 당당하였다.

"하면, 너의 혼인 여부를 내게 물어보라 한 것은 무슨 뜻이냐?"

"말뜻 그대로입니다. 우의정 대감께서는 제 혼인에 대해서 어찌 생각하는지 몹시 궁금하여서요. 이리 오셨으니 직접 여쭙겠습니다. 제가 우의정 대감의 조카며느리가 맞습니까?"

정색하고 묻는 하진의 모습에 우의정은 어이가 없었다. 의금부에 갇힌 주제에, 이제 곧 극형을 받을 게 분명한 죄인 주제에, 저보다 한참 어린 계집아이 주제에 한껏 비꼬듯 제게 묻는 그 건방진 태도가 몹시도 고약하게 느껴졌다. 하여, 하진에게 묻는 우의정의 목소리는 점점 더 사나워져만 갔다.

"네가 먼저 답해 보아라. 너! 치경이와 혼례를 올리기 전에 이미 신행길에 도망칠 작정을 해두었던 것이 아니냐?"

"맞습니다."

하진은 처음부터 숨기거나 감출 생각이 없었던 것처럼 담담하게 우의정이 원하는 답을 내어주었다. 그러자 우의정이 바로 곁에 선 판의금부사를 보며 그것 보라는 듯 두 눈썹을 이마 위로 밀어 올렸다.

"들으셨소? 저 간악한 것이 혼례 전에 이미 모든 일을 꾸몄다 자복하였소. 이것이 무슨 뜻이겠소? 처음부터 저 아이가 내 조카를 이용해 도망칠 생각으로 거짓 혼례를 올렸다는 뜻이 아니겠소. 그러니 어찌 그 혼례를 정식 혼인이라 인정할 수 있……"

"그 말씀은 저를 조카며느리로 인정하지 않으신다는 뜻이신지요?"

우의정의 말 중에 하진이 끼어들었다.

"네 이년! 심문을 받는 주제에 감히 뉘 말을 가로막느냐!"

"답을 해주시지요. 제가 우의정 대감의 조카며느리입니까?"

"천부당만부당하다! 어찌 너 같은 것을 우리 집안의……"

"들으셨는지요?"

자신이 원하는 대답을 들은 하진이 또다시 우의정의 말을 중간에서 끊고 들어와 판의금부사에게 말했다. 제 무례함에 수염까지 부들부들 떨며 대노하는 우의정은 보이지도 않는다는 듯이.

"우의정 대감께서 그 혼례를 인정하지 않으신 것처럼 저 역시 그 혼례를 정식 혼인이라 인정하지 않습니다. 저에게 혼인의 뜻이 없었고, 우의정 대감의 조카분 역시 마찬가지였기 때문입니다."

"그건 또 무슨 소리인가? 강 선비에게 혼인의 뜻이 없었다니?"

"강 선비를 직접 불러다 물어보시면 아시게 될 일입니다. 제가 아뢴다 한들 어차피 믿어주지 않으실 거 아닙니까?"

'저것이 무엇을 알고 있기에 저리 자신 있는 거지?'

치경이를 직접 불러다 물어보라는 얘기에 우의정은 내심 불안하였다. 뭔가 저도 모르는 일을 하진이 알고 있는 것 같은데, 그게 무슨 일인지 몰라서였다.

"네년이 죄를 없었던 일로 하기 위해 궤변을 토하다 못해 이젠 네년 때문에 두 다리를 못 쓰게 된 내 조카까지 불러다 망신을 주려 하는구나. 너의 악독함이 하늘에 사무치고 있느니!"

"어찌 되었건"

우의정이 호통을 쳤지만, 네가 무슨 말을 하건 나는 신경 쓰지 않겠다는 듯 하진의 두 눈은 오직 판의금부사에게만 향해 있었다.

"그 혼례가 정식 혼인이 아니라는 건 우의정 대감과 제 뜻이 같으니, 저에게는 남편이 없다 할 것입니다. 따라서 제게 남편을 해하려 하였다는 죄는 묻지 말아 주십시오."

"하지만 설령 남편이 아니라 하더라도 산적을 불러들여 강 선비를 해치게 한 죄는……"

"저는 그런 적 없습니다."

하진이 딱 잡아뗐다. 거짓이 아니었다. 애초에 가짜 산적으로 신행길에 급습하려는 계획은 원래 제 것이 아니었으니까.

"신행길을 피습한 산적들 때문에 치경의 두 다리가 부러졌다. 이것이 네 소행이 아니라고?"

판의금부사를 대신해서 저에게 거칠게 따져 묻는 우의정의 얼굴을 하진이 빤히 쳐다보았다.

"그렇습니다."

"거짓말! 네 입에서 나오는 말이 죄다 거짓이 아니냐!"

"우의정 대감께서 그리 생각하신다면 강 선비를 불러다 대질 심문하시지요. 그가 저의 무죄를 입증해 줄 것이옵니다."

"당장 춘천으로 가거라!"

그날 밤, 우의정은 집에 돌아오자마자 제 수하 중에 가장 발이 빠른 자를 골라 치경이를 데려오라고 시켰다.

"의금부에서도 내일 날이 밝자마자 춘천으로 관원을 내려보낼 것이다. 관원들보다 더 빨리 내게로 데려와야 할 것이니라! 알겠느냐?"

명을 내리는 우의정의 얼굴은 사뭇 비장하였다. 하진과의 대질 전에 자신이 먼저 치경을 만나 하진이 알고 있는 게 무언지, 치경이 감추고 있는 게 무엇인지 알아낼 필요가 있었다.

"저기 대감마님……"

수하를 급히 내보내고 긴 생각에 잠겨있으려니 하인 중 하나가 사랑채 방문 밖에서 조심스레 우의정을 불렀다.

"뭐냐?"

"별채로…… 가보셔야 할 것 같습니다."

"별채는 왜?"

"그게…… 아가씨께서……"

말끝을 흐리는 하인의 태도에 우의정은 눈살을 찌푸렸다. 이틀 전부터 간혹 깨어나 있는 때가 많아진 숙영이 또다시 행패를 부리고 있음이었다.

"또 죽겠다고 난리를 피우더냐?" 확, 방문을 열어젖히고 나선 우의정이 아랫것에게 묻자, 아랫것이 차마 대답을 하지 못하고 그저 허리만 깊이 숙였다.

"쯧쯧쯧!"

혀를 찬 우의정은 그대로 사랑채를 나서 별채로 향했다.

"네 동생 년이 나를 죽이려다 못 죽였으니, 너라도 나를 죽이란 말이다! 죽여! 당장 죽이지 않고 무얼 하느냐! 내 이 꼴로 더 살아 무슨 영광을 보라고!"

우의정이 별채의 중문을 넘어서기가 무섭게 울음 섞인 숙영의 외침이 귀에 와 박혔다. 곧이어 달래는 성우의 목소리도 들려왔다.

"그만 진정하오. 아직 몸도 성치 않은데 깰 때마다 이리 울고불고 화를 내니 어찌 몸이 나을 기미를 보이겠소."

"지금 병 주고 약 줘? 날 이리 만든 게 누군데! 따지고 보면 다 네놈 때문인데!"

무얼 던지기라도 한 것인지 우당탕, 시끄러운 소리도 들려왔다.

"그래, 얼마나 고소해? 이제 난 사람 꼴도 못 하게 생겼는데, 너는 여전히 우의정의 사위로 양어깨에 날개를 달고 승승장구하게 생겼으니, 얼마나 기뻐? 나 같은 건 평생 골방에 처박아두고 바깥에 나가 온갖 잡년들과 놀아나게 생겼으니 얼마나 흐뭇하실까?"

"부인!"

"부인은 얼어 죽을! 네놈이 언제 한번 따스하게 날 바라본 적이라도 있더냐? 네 놈이 언제 한번 날 사람처럼 봐주기라도 했더냐! 말로만 부인, 부인, 하면서 눈으로는 벌레 보듯 하였지! 귀신 보듯 하였지!"

"부인 그만 진정하고…… 윽! 부인!"

다시 숙영을 달래는 성우의 입에서 짧은 비명이 터져 나왔다.

대충 방문에 비친 그림자로 보니, 벌떡 일어선 성우가 팔뚝을 문지르는 게 보였다. 아무래도 숙영을 달래려고 접근하였다가, 팔뚝이라도 물린 모양이었다.

"대, 대감마님?"

기껏 별채 중문 안까지 들어서 놓고선 다시 별채 밖으로 나가는 우의정을 의아하게 바라보며 아랫것이 서둘러 우의정의 뒤에 따라붙었다.

"대감마님."

"부부지간의 일이다. 몸이 아프면 괜한 일에도 서운함이 커지는 법. 차차 몸이 나아지면 저 응어리도 다 풀릴 것이다. 그러니 괜히들 입방아 찧지 않도록 엄히 단속하여라."

"…… 예에."

"참."

말을 마치는가 싶더니, 문득 더 할 말이 생각났는지 우의정이 아랫것을 돌아보았다.

"예?"

"별채에 어린 계집종은 들이지 말거라."

"예? 아, 예."

눈치 빠른 아랫것이 얼른 고개를 숙였다.

가뜩이나 숙영은 혼인 전부터도 어리거나 젊은 계집종들에겐 몹시도 사납게 굴었던 터였다. 그러니 지금에야 말해 무엇할까?

괜한 계집종이 숙영의 눈을 거슬려 자칫하면 애꿎은 목숨을 잃을지도 모를 일이었다.

'평생 저 성질을 받아주고 살 젊은 서방님만 불쌍할 뿐이지.'

사위가 무슨 꼴을 당하고 있는지 뻔히 봤으면서도 남의 일인 양 그대로 사랑채에 들어가 버리는 제 주인을 보며, 아랫것은 평생 이 집에서 점잖은 젊은 서방이 겪고 살 일이 눈에 보이는 듯하였다. 그러나 그런 하인도 당장 다음 날 아침에 이 집안에 벌어질 일은 미처 예상치 못했다.

"대, 대감마님!"

이제 막 입궐 준비를 마친 우의정이 사랑채를 나서려 할 때였다. 마당의 하인이 뜻밖의 소식으로 우의정을 놀라게 하였다.

"뭐라, 누가 왔다고?"

"춘천 조카분이 와 계십니다."

하인의 말로는 치경이 수레에 실린 채로 대문 앞에 와 있다고 했다. 오는 길이 많이 고단했던지 지금 정신없이 주무시는 중이라고도 했다.

"수레?"

'다리가 성치 못해 수레에 실어온 것인가? 아냐. 그렇다고는 하나, 지나치게 빠르지 않은가?'

약간 미심쩍기는 했지만, 우의정은 아랫것에게 명해 대문 밖의 치경을 안으로 들이라 하였다. 하여 우의정 집안의 하인들이 대문을 열고 수레를 안으로 들이려 한 순간, 갑자기 "멈추시오!" 하는 목소리와 함께 멀리서 의금부의 관원들이 그 모습들을 드러냈다.

"무엇인가?"

"강 선비가 여기 있다는 소식을 들었습니다. 급히 의금부로 강 선비를 데려오라는 명을 받았습니다."

"내가…… 직접 조카를 데리고 갈 것이다."

지금 치경을 데려가려는 생각은 말라는 것이 우의정의 뜻이었다. 누가 치경이 여기 있는지 알려줬는지 몰라도, 의금부에 가기 전에 치경에게 묻고 들을 일이 있기 때문이었다. 허나, 이번에도 일은 우의정의 뜻대로 돌아가지 않았다. 난감한 얼굴로 급히 우의정의 곁으로 다가온 관원이 우의정에게만 들리도록 작은 소리로 알려주었다.

"한시도 지체하지 말고 강 선비를 데려오라는 어명이 있으셨습니다."

"…… 어명?"

"예. 비록 정식으로 국문의 형식을 갖추진 아니할 것이지만, 전하께서 직

접 그 감녀에게 물을 것이 있다 하시며 증인으로서 강 선비를 데려오라고
하셨습니다."

"데려…… 데려가시게."

임금의 명이라는데 우의정도 달리 어쩔 도리가 없었다.

'도승지가 임금을 구워삶은 것인가? 그렇다면……'

바로 입궐하려는 계획을 바꿔, 우의정은 급히 제게 우군이 될 수 있는 사
람을 찾아갔다. 임금의 뜻을 꺾을 수 있는 단 한 사람, 바로 안수대군이었다.

"그래서 안수대군이 지금 입궐한 걸 보고 왔다고?"

"예, 태서."

"수고했어. 덕분에 큰 힘이 되었다."

태서가 춘천까지 가서 치경을 데리고 온 수하의 노고를 칭찬해주었다.

"그 계집은 어때?"

"그 기생이요? 훗. 의금부에서 잡아다 물어보면 있었던 일을 다 토해낼
겁니다."

"괜히 그놈을 보호하려고 거짓말을 하는 건?"

"아이고. 말도 마십시오."

태서의 수하가 피식피식 웃으며, 치경이 혼인 얘기가 나오기 훨씬 전부
터 거의 살림을 차리다시피 하였던 기생에 대하여 보고했다.

"그렇게 좋아 못산다고 난리를 피웠다는데, 그 작자가 그런 꼴이 되어서
돌아오고 난 후에는 태도를 싹 바꿨다지 뭡니까? 뭐 다리도 다리이거니와
더는 이렇다 하게 돈 나올 구석이 없어진 걸 알게 된 때문이겠지요."

그런데도 치경은 죽자 하고 매달리고 놓아주지 않는다고, 그래서 그 기

생이 치경에게 이를 가는 중이라고 했다.

"홋. 이번 참에 그 작자를 제 곁에서 완전히 싹 떨어트릴 수 있다는 걸 알게 되면 있는 얘기 없는 얘기, 다 떠벌리고도 남을 겁니다."

걱정할 필요도 없다는 듯, 수하가 한쪽 눈을 껌뻑 감으며 "흐흐." 하고선 의미심장한 웃음을 보였다.

"너, 설마……."

먼 길을 다녀온 심부름 끝인데도 유난히 기분 좋아 보이는 수하의 얼굴을 보며, 태서는 수하와 그 기생 사이에 무슨 일이 있고도 남았음을 짐작하였다.

"참나. 하룻밤에 만리장성을 쌓는다더니. 춘천 땅에 장성 하나는 너끈히 세우고 돌아온 모양이구나."

"흐흐흐."

수하가 멋쩍은 웃음과 함께 괜히 간지럽지도 않은 머리를 벅벅 긁으며 방을 나갔다.

"하아."

혼자 남은 태서가 저답지 않은 한숨을 몇 번이나 거듭해서 쉬었다. 지금 이 순간도 심문을 당하고 있을 하진을 생각하면 숨이 꽉 막혀, 한숨이라도 쉬지 않으면 갑갑해서 죽을 것만 같았다.

태서의 예상대로 의금부에서는 하진에 대한 심문이 계속되고 있었다. 아니, 좀 더 정확히 표현하자면 하진에 대한 심문이 아니라 하진과 치경의 대질신문이 이어지고 있었다. 이날 우의정의 집에서 의금부로 압송된 치경은 하진처럼 포박된 상태로 하진의 옆에 앉혀져 꾸벅꾸벅 졸고 있었다.

"허면, 신행길에 산적을 불러들인 게 그대 짓이 아니라, 저기 강 선비의 짓이란 말인가?"

판의금부사가 확인 차 다시 물었다. 하진은 방금 막 치경에게 혼인 전부터 살림을 차린 다른 여자가 있었고, 자신을 해치고 그 여인과 함께 살기 위해 괴한들을 산적으로 위장하여 신행길에서 덮친 것이라고 털어놓은 상태였다.

"정말로 그게 다 강 선비가 꾸민 짓이라고?"

"제가 어느 안전이라고 감히 거짓을 고하겠습니까?"

담담한 태도로 답하는 하진의 시선은 판의금부사가 아니라 그 뒤의 붉은 비단에 향해 있었다. 정확히는 그 비단 발 뒤에 앉아있는 임금을 향해 있었다.

"강 선비는 감녀의 말을 인정하는가?"

판의금부사가 하진의 곁에서 계속 졸고 있는 치경에게 물었으나, 치경은 정신없이 조느라 도저히 판의금부사의 물음에 답할 상태가 아니었다. 판의금부사가 눈살을 찌푸리며 치경의 옆에 선 관원에게 가볍게 고갯짓을 하였다. 관원이 얼른 치경의 어깨를 잡아 흔들어 깨웠다.

"이보시오, 강 선비. 얼른 정신을 차리고 똑바로 답하시오. 강 선비! 강 선비!"

"…… 예에?"

두어 번 어깨가 흔들리자 그제야 치경이 천근만근의 무거운 눈꺼풀을 살짝 들어 올렸다. 태서의 수하가 술에 타 먹인 약의 약효가 아직 완전히 가시지 못한 때문인지, 아직도 그 눈은 흐리멍텅하니 맛이 가 있었다.

"방금 뭐라고…… 하셨……흐으, 무."

혀 꼬인 발음으로 몇 마디 중얼거리더니 어느새 치경의 고개가 앞으로 푹 꺼졌다. 그런 치경에게선 이내 "크으…… 크흐으……" 하는 코고는 소리까지 들려왔다.

"아니, 이 사람이!"

옆에 선 관원이 황당해하더니 어찌해야 할지 몰라 판의금부사를 보았다.

"물을 끼얹게."

판의금부사의 말이 떨어지기가 무섭게 말단 관졸이 쪼르르 달려가 금세 심문장 옆에 놓인 물동이에서 물 한 바가지를 퍼 올려 그대로 철썩, 치경의 얼굴에 갈겼다.

"웃."

치경의 몸이 잠시 움찔하긴 했지만 여전히 깨어날 기미가 보이지 않았다.

"깨어날 때까지 계속 끼얹게!"

판의금부사가 다시 명했고, 이어 관졸이 두 번 세 번 거듭하여 하경의 온몸이 다 젖도록 물을 끼얹었다.

"으, 으…… 윽, 차가워."

물 한 동이를 거의 다 뒤집어쓰고서야 치경이 마침내 고개를 들었다. 눈빛도 여전히 조금 멍하긴 했지만 방금 전보단 확연히 또렷한 빛을 띠고 있었다. 판의금부사가 그런 치경에게 다시 물었다.

"강 선비는 똑똑히 고하라. 네가 혼인 전의 노름빚을 갚기 위해, 또 이미 전부터 몰래 살림을 차리고 있던 기생을 정식으로 집에 들이기 위해 신행길에 산적을 끌어들여 감녀를 해하고 신행 물품을 훔치려 한 것이 정녕 사실이더냐?"

"예에?"

아직도 멍한 머리로 질문을 이해하기 위해 몇 번 눈을 껌뻑껌뻑하던 치경이 마침내 질문의 뜻을 알아차리고는 당황하여 세차게 고개를 저었다.

"아, 아뇨, 아닙니다! 모두 거짓이옵니다. 누가 그런 허황된 거짓말을! 새빨간 거짓말입니다. 저는 결코 그런 적이······"

"저와의 혼례 직전에 광교 인근 기루의 투전방에서 노름을 한 적이 있지 않습니까?"

"혼례라니? 내가 누구와!"

갑자기 끼어든 옆 사람의 말소리에 고개를 돌린 치경이 하진의 얼굴을 보고선 기겁을 하고 놀랐다.

"왜, 왜······? 주, 죽었잖아, 너는?"

아직도 술이 덜 깬 건가, 아님 잠이 덜 깨 헛것을 보는 건가 제 눈을 의심하며 치경은 몇 번이고 눈을 감았다가 크게 떴다. 그런데 아니었다. 제 옆에 포박 당해 앉아있는 여인은 분명 자신이 혼례를 올렸던 하진이 맞았다.

"네, 네가 어떻게 여기에?"

하진이 살아 돌아왔다는 소식이 아직 춘천 땅엔 미치지 못했기에, 또한 미처 술이 완전히 깨기도 전에 심문장으로 끌려 나온 까닭에 치경은 지금 자신이 무얼 보고 있는지, 무슨 상황에 부닥친 건지 제대로 이해하지 못했다. 하여, 그저 죽은 줄만 알았던 하진이 뻔히 살아있다는 사실에 놀라 뭍에 끌려와 강제로 땅바닥에 패대기쳐진 물고기의 아가미처럼 그저 펄럭펄럭 입을 여닫기를 반복하였다.

"광교 인근 투전방에서 가장질(노름판에서 패를 속이는 짓)을 하다가 큰일을 당할 뻔하였다지요?"

"그런 일은 없었어!"

치경이 울컥하여 외쳤다.

"그런 새빨간 거짓말을 누가 믿어줄 줄 알고!"

396

"가장질을 하다 들켜, 노름방에서 삼백 냥짜리 수결장을 써주지 않았습니까?"

"윽……"

이번에도 치경의 말문이 턱, 막혔다. 하진이 제 노름 사실을 알고 있다는 것만 해도 놀라운데, 제가 그때 수결장까지 써주며 일을 무마했던 것까지 알고 있다는 사실에 새삼 소름이 끼쳤다.

"만약 그마저도 없었던 일이라고 한다면 증좌로서 그 수결장을 내어놓을 수도 있습니다."

"어, 어, 어떻게……"

아예 말도 못 잇는 치경에게 하진의 공격은 계속되었다.

"저와의 혼담이 오가기 전에 이미 춘천에서 살림을 차린 여인이 있다 들었습니다. 혼례를 마친 후 초야도 치르지 않고 급히 신행길에 나선 것도 그 여인이 혹여 강짜라도 부릴까 걱정해서 그런 것이 아닙니까?"

"나는 그, 그런 게……"

"산적으로 위장한 괴한들을 시켜 신행길을 급습하게 된 것은 그 노름빚을 갚기 위해 신행물품을 노린 일이요. 또한 저를 어떻게든 해하여 마음에 둔 정인과의 생활을 방해받지 않기 위해 한 일이고요."

마치 제 속에 들어갔다 나온 사람이기라도 한 것처럼, 자신이 꾸몄던 모든 계획을 알고 있는 하진의 말에 치경은 더는 무어라 반박을 하지 못했다.

"만약 제 말이 의심스러우시다면 광교 기방의 투전방과 춘천에 사람을 보내 물어보시면 보다 분명한 사실을 아시게 되실 겁니다."

이제 할 말을 잃은 치경에게서 눈을 돌려, 하진이 판의금부사와 그 등 너머의 임금에게 고했다.

"감녀는 그 모든 사실을 어찌 알게 되었는가?"

판의금부사가 의심스럽다는 듯, 하진에게 물었다.

"지나치게 자세히 아는 것 또한 수상하긴 마찬가지가 아닌가?"

"…… 신행길에 산적에게 급습을 당했을 때, 강 선비는 자신에게 뒤를 맡기라며 저를 먼저 도망쳐 보냈습니다. 하지만 강 선비 혼자 무도한 일을 당하게 할 순 없다 싶어 되돌아갔던 저는 강 선비가 산적들에게 하는 말을 들었습니다."

"아, 아니. 내가 무슨……!"

"강 선비가 산적들에게 명했지요. 얼른 쫓아가라고. 가서 그 계집을 절벽에서 밀어버리라고."

"허억!"

때론 담담한 말이 오히려 더 듣는 사람들의 마음을 후벼 팔 정도로 자극적으로 들릴 때가 많다. 지금의 하진이 딱 그랬다. 감정의 동요가 느껴지지 않는, 오로지 사실 그대로만 말하는 듯한 하진의 증언은 심문장 안에 있는 모든 사람의 간담을 서늘케 하였다.

"제가 어찌 춘천의 여인과 수결장에 대해 알고 있느냐 물으셨지요? 살기 위해서였습니다. 그날 저를 해하려 뒤를 쫓는 사내들을 피해 발 앞도 제대로 보이지 않는 칠흑 같은 산길을 굴러 떨어지다시피 하여 도망친 저는 왜 강 선비가 저를 해하려 한 것인지 그 이유를 찾으려 무던히도 애를 썼습니다. 그 결과로 알게 된 것들이지요."

판의금부사의 물음에 답한 이번엔 반대로 그 물음을 되돌렸다.

"이래도 제가 산적과 모의하여 저의 신행길을 급습해 강 선비를 해하려 했다고 보십니까? 그렇다면 그 증좌는 무엇입니까?"

．

　．

　　．

"뱀의 혀를 지닌 계집입니다. 간악하고 교활한 계집입니다. 수치를 모르는 계집이에요. 주상께서 그런 계집의 이야기를 들어 무엇 하시려고요. 귀를 씻으세요. 더러운 말이 주상의 귀에 남지 않도록 오늘은 열 번 백 번을 씻으세요."

심문장에서 돌아온 임금에게 수안대군은 임금이 아직 어린 세자이기라도 한 것처럼 귀를 씻으라 충고하였다.

"주상께서 그런 계집을 직접 볼 이유가 무엇입니까? 심문은 의금부에 맡기세요. 또한 사헌부에 일러 도승지와 그 계집이 어찌 연루되어 있는지를 명확히 밝혀내라 하세요."

"…… 무릎은 좀 어떠십니까? 지난번에 내의원에서 보내드린 탕약은 다 드셨습니까? 입궐하신 김에 허 참봉을 불러 진맥을 받으시면 어떻겠습니까?"

"전하!"

괜한 안부 인사로 화제를 돌리려는 임금의 말끝에 수안대군이 토를 달았다. 임금의 할아버지뻘인 수안대군이기에 가능한 일이었다.

"간악한 계집과 내통한 도승지가 전하의 지근에 있사옵니다. 그자가 그 계집과 무엇을 도모하였는지 반드시 알아내야만 합니다."

"…… 대군께서는 괜히 사소한 일로 심상을 어지럽히지 마십시오. 의금부에서 알아 할 것입니다."

하진의 죄가 명확해진 후에야 도승지에게 물어볼 것이니 더는 관여하지 말라는 말을 임금이 에둘러 하였다. 그런데도 수안대군은 물러서려 하지 않았다.

"전하, 가벼이 볼 문제가 아닙니다. 벌써부터 장안에는 온갖 괴설이 다 나돌고 있습니다. 그 계집이 종으로 위장하여 도승지의 집에 숨어 살았다는 것이 무슨 뜻이겠습니까? 도승지가 다 알고서 그 계집을 숨겨준 것이라는……"

"아직 그 여인의 죄가 무엇인지 다 밝혀지지 않았습니다. 도승지에게 그 여인과 내통하여 무슨 짓을 벌였는지 물으려면 우선 그 여인이 무슨 죄를 저질렀는지부터가 알아내는 것이 순서가 아니겠습니까?"

임금이 조금 짜증스럽다는 듯 수안대군의 말을 반박하였다.

"한데, 그 여인은 계속해서 자신에게 죄가 없음을 주장하고 있습니다. 아비의 재산을 갈취했다는 죄목도, 신행길에 산적을 끌어들여 남편을 해하려 하였다는 죄목도 모두 무죄라고 주장하고 있지요. 오늘은 또한 자신이 주가를 운영했기는 하나 단 한 번도 손님상에 나가 앉은 적도, 몸을 판 적도 없음을 주장하였습니다."

"죄가 없다면 아비와 세상을 속이고 주가의 계집으로 숨어 살 이유가 무엇이란 말입니까?"

"자신이 살아있는 걸 알면 다시 해치려할까 봐 숨어 살았다고 합니다."

임금은 자신이 들은 하진의 답을 그대로 옮겼다. 마치 하진을 역성들기라도 하는 것 같은 그 모습에 수안대군이 혀를 내둘렀다.

"세상에. 그 말을 전부 믿으시는 겁니까? 죄인의 말을 어찌 그대로 다 믿으신단 말입니까?"

"그러니까요."

임금이 수안대군의 말을 그대로 받았다.

"죄인의 말을 믿을 수 없으니, 증좌와 증인이 더욱 중요한 거 아닙니까? 하지만 지금 그 여인이 죄가 있다는 증좌와 증인이 무엇 하나 나오고 있지 않습니다. 그런 상황에 섣불리 도승지를 문초하여 얻어지는 것이 무엇입니까?"

"하오나……"

"기다리셔요. 의금부에서 계속 심문 중이니, 그 여인에게 죄가 있다면 곧 명명백백하게 밝혀질 것입니다. 그런 후에 도승지가 어찌 연루된 것인지 밝혀도 늦지 않습니다."

임금은 조금 전의 짜증과 흥분을 가라앉힌 채, 차분한 말로 수안대군을 다독였다. 더 꼬투리를 잡고 싶어도, 말에 딱히 그른 점이 없기에 수안대군은 무어라 더 말하지도 못하고 결국 임금의 앞에서 물러날 수밖에 없었다.

"그러니 이제 어떻게든 증좌와 증인을 찾아올 것이네. 없으면 만들어서라도 가지고 오겠지."

임금은 조금 전, 수안대군과의 독대에서 있었던 일을 전하며 도승지를 지그시 쳐다보았다.

"그럴 경우, 자네를 심문해야 한다는 그들의 청을 나는 더는 거부하지 못할 것이네."

"…… 그리 하시옵소서."

도승지는 깊게 고개를 숙였다. 이미 짐작하고 또한 각오하고 있는 부분이었다.

"순순히 당하지는 않겠다는 표정이군."

"소신은 그저 순리대로 일이 돌아갈 것을 믿고 있을 뿐이옵니다."

말은 그리하였지만, 불안하긴 하였다. 하진의 증언으로 인해 치경의 죄상이 드러난 지금 우의정은 제 발등에 불이 떨어졌음을 알고, 더 극악하게 나올 게 분명하였다. 그리고 그 예상이 적중했다는 걸 알게 된 건, 하루도 안 돼 도성 안에 파다하게 소문이 나기 시작한 때문이었다.

"들었나? 도승지 딸이 땡중 놈이랑 눈이 맞았다더군."

"시골 친척 집에 내려갑네 하고선 그 종놈이랑 야반도주하려다 잡혀 올라왔다던데?"

"아이구, 어쩐지! 이놈저놈하고 붙어먹었다는 진사 딸이 도승지 집에서 나오는 걸 잡아 왔다더니. 결국 그런 거였어? 똑같은 계집 둘이서 한데 어울린 거였어."

"어휴. 세상이 어찌 되려 이러는 건가? 명색이 양반집 딸이라는 계집들이 한 년은 주막에서 몸을 팔고, 한 년은 땡중 놈이랑 붙어먹고. 쯧쯧. 듣는 내 귀가 다 더러워지는 기분일세!"

원래 자극적인 내용일수록 소문은 진위를 가릴 새도 없이 순식간에 퍼지곤 한다. 이번에도 그랬다. 산적을 위장하여 신행길을 덮친 것이 실은 진사 딸의 소행이 아니라 혼례를 치렀던 우의정의 조카 짓이라는 이야기는 두 반가 여인에 대한 자극적이고 추잡한 소문에 가려져 사람들의 입방아에 오르내릴 기회조차 얻지 못했다.

"뭐, 더 필요한 건 없으시오?"

저녁밥을 배식하던 옥졸 중 하나가 아주 작은 소리로 하진에게 물어왔다. 태서의 부탁을 받고 하진이 옥에 갇힌 그때부터 몰래몰래 하진의 편의를 봐주던 옥졸이었다.

"…… 괜찮소."

하진이 무뚝뚝하게 들릴 정도로 짧게 답을 하고선 옥방 문살 틈으로 손을 내밀어 제 몫의 밥그릇을 받아들었다.

"뭐, 전하고 싶은 말은 없소?"

태서에게 전해줄 말은 없느냐는 물음에도 하진은 가만히 고개를 저은 후, 밥그릇을 가지고 물러났다.

'고집 센 바보라고 또 한참 흉보겠네.'

태서를 떠올리는 하진의 굳은 입가가 자신도 모르게 스르륵 풀어졌다.

'이 바보 천치야!'

호통치는 태서의 모습이 눈에 선했다.

'훔쳐내 달라며! 그래놓고 왜 거기서 그렇게 뻗치고 있는 건데! 뭐 얼마나 좋은 꼴을 보자고 그러고 있는 건데!'

만약 자신이 눈앞에 있다면 제 어깨를 잡아 흔들며 버럭버럭 소리 지를게 뻔했다. 그래놓고선 금세 그런 자신의 행동을 후회하며, 하진의 어깨에 고개를 묻고 속삭일 것이었다.

'내가 죽는 꼴을 보고 싶어 이래? 언제까지 날 이렇게 조마조마하게 할 거야?'

솔직히 말하자면, 하진은 태서가 저 때문에 소리를 지를 때마다 그가 몹시도 좋았다. 무서울 정도로 화를 내놓고선 금세 그런 자신의 모습을 후회하고, 미안해하는 그의 모습이 몹시도 고왔다.

'웃어? 하여간 못 됐다니까? 진짜 누굴 닮아 이렇게 못되어 처먹은 건지. 원래 양반 여자들은 다 이런가?'

슬며시 웃고 있노라면, 그리 원망스레 투덜대며 저를 욕하는 태서의 모습도 좋았다. 그래놓고선 치밀어 오르는 격정을 참지 못해 와락 끌어안고 마는 몸짓도, 성급히 치맛자락을 헤집다가도 매번 죽을힘을 다해 인내심을 발휘하여 다시 내려주던 그 손짓도, 들끓는 욕망을 애써 추스르려 홀로 뒤돌아 누워 떨던 그 넓은 어깨도 연모하였다.

'많이 안아줄걸.'

옥방에 들어온 뒤 매일 하는 후회였다.

'몹시 은애하고 있다. 말해줄걸.'

옥방 안에 들어앉아, 매일매일 심문당하는 자신보다 태서가 백배 천배 더 괴로워할 걸 알기에 하진의 후회는 좀처럼 사그라지지 못했다.

제14장

자녀안

"전하, 도승지의 딸을 잡아 들여 한시라도 빨리 감녀와 대질 심 문케 하시옵소서."

"이미 도성 안에 퍼진 망측한 소문들로 인해 반가 여인들의 명예가 땅에 떨어졌나이다! 두 여인을 엄히 심문하고 일벌백계하여 본을 보이시옵소서!"

아침 일찍부터 편전에 모인 신하 중 몇몇은 마치 작정한 것처럼 주청을 올렸다.

"감녀가 아무리 자신의 죄를 부인하고 있다고는 하나, 아비를 속이고 신 분까지 속여 주가를 운영한 일 하나만으로도 능히 처벌받고도 남을 법한 일이 아니옵니까?"

"감녀가 천한 계집종으로 위장하여 도승지의 딸과 함께 입에 담지 못할 망 측한 일을 저지르고 다녔다는 소문이 파다하게 퍼진 지금, 두 여인을 심문하 지 않는다면 어찌 만백성에게 여인의 정절에 대해 말할 수 있겠나이까?"

우의정은 뒤로 빠져있고, 송 판서를 비롯한 일련의 중신들이 앞을 다투어 임금에게 도승지의 딸을 잡아 들여 심문케 하라고 주청하였다. 거듭되는 주청에 임금은 잠시 짜증스러운 얼굴로 우의정과 대신들을 바라보다가 결국 어명을 내렸다.

"도승지의 여식을 의금부로 데려와 감녀와 대질케 하라."

"······! 성은이 망극 하옵나이다!"

드디어 원하는 바를 쟁취한 대신들이 기쁜 마음에 허리를 굽혀 한목소리로 외쳤다.

"단!"

임금의 단호한 한 마디가 그들의 외침을 중간에서 갈랐다.

"도승지의 여식은 아직 그 죄나 혐의점이 밝혀지지 않았으니, 죄가 상세히 입증될 때까지는 죄인으로서 취급하지 말라."

"······ 성은이······ 망극하옵니다."

이번엔 도승지가 떨리는 목소리로 임금에게 인사하였다. 임금이 자신을 위해, 제 딸을 위해서, 할 수 있는 최대의 은혜를 베풀어 준 것에 대한 감사의 인사였다.

하여 그날 오후, 의금부의 심문장 한중간에 놓인 두 개의 의자에는 두 여인이 나란히 앉았다. 한 명은 죄인으로서 두 팔과 두 발목이 각기 굵은 밧줄로 포박당해 있는 남루한 옷차림의 하진이었고 다른 한 명은 쓰개치마 앞자락을 조여 얼굴을 단단히 가리고 있는 석주였다.

"오 씨 낭자는 쓰개치마를 내리시오."

판의금부사가 석주에게 말했다. 그런 판의금부사의 등 뒤에는 오늘도 붉은 발이 내려져 있었다.

"낭자는 쓰개치마를 내려 당장 그 얼굴을 드러내시오."

"저는 죄인이 아닙니다."

재차 쓰개치마를 벗으라 요구하는 판의금부사의 말에 석주가 대답하였다. 병자 특유의 힘 하나 없는 연약한 말소리이긴 하나, 그 말의 내용은 제법 강단 있었다.

"망극 하옵게도, 주상전하께서 저의 죄가 밝혀지기 전까지는 죄인으로 대하지 말라는 어명을 내리셨다 들었습니다. 그러니 죄인이 아닌 반가의 여인인 제가 어찌하여 뭇사람이 지켜보고 있는 이 심문장에서 감히 얼굴을 드러낼 수 있겠습니까?"

"그렇기는 하나……"

"제가 이 쓰개치마에 기대어 거짓을 말할 거란 염려는 접어두시옵소서. 나라의 녹을 받는 제 아버지의 명예에 거슬리지 않도록, 단 한 점의 거짓도 없이 진실만을 말할 것을 맹세하겠나이다."

석주가 내뱉은 말은 고스란히 지켜졌다. 끝끝내 심문장에서 쓰개치마를 벗지 않는 파격을 저지르긴 했지만, 제게 묻는 모든 질문에 진실 그대로만을 모두 이야기하였다. 심지어 금화에게 마음이 흔들렸던 사실도 고스란히 고했다.

"소녀가 못나고 어리석었습니다. 그자의 호의 뒤에 숨은 악심을 알지 못하고서 그저 처음 본 호의에 저도 모르게 마음이 흔들렸습니다."

모두의 예상을 깬 고백에 하진을 제외한 심문장의 사람들이 모두 놀란 가운데, 석주의 말은 계속 이어졌다.

"…… 하여 아버지께서 제게 문경으로 내려가라 하셔서 그 명에 따랐던 것입니다. 옆에 있는 감 낭자는 그때 긴 행중(行中)동안 저를 보살필 계집종으로 구해온 이인데, 낭자가 실은 반가의 여인임을 알게 된 건, 낭자가 의금부로 잡혀 온 바로 그날의 일이었습니다."

그 외에도 가는 길 동안 금화를 우연히 만나게 된 것, 금화가 저를 따라 붙은 것을 걱정한 하진이 저를 어떻게 구해줬는지도 고스란히 고백했다.

"만약 그날 밤, 감 낭자가 아니었으면 저는 악심을 품은 그자에 의해 강제로 보쌈을 당했을 것입니다. 그러니 제게 있어 감 낭자는 갚을 수 없을 만큼의 빚을 진 큰 은인이라 할 것입니다."

"…… 감녀가 그대를 구해주었단 말이오?"

"그렇습니다. 제게 접근해왔던 그자의 의도에 대해서도 알려준 것 역시 감 낭자였습니다."

"의도라?"

판의금부사가 이번엔 하진을 향해 물었다.

"감녀는 답하라. 그 금화라는 중이 오 낭자에게 접근한 의도란 무엇인가?"

"후우."

하진은 짧은 한숨으로 호흡을 골랐다. 이제 입 밖으로 내어놓을 말은 심문장의 공기를 단박에 바꿔버릴 것이 분명했기 때문이었다. 겁은 나지 않았다. 다만, 생각했던 것보다 훨씬 더 많이 떨리는 건 너무 오래 묵혀온 구원(舊怨, 예전부터 품고 있는 원한)을 풀 시간이 되었기 때문이리라.

"의도가 무엇이냐고 물었다."

"낭자를 납치하고 그 정조를 해쳐 낭자와 낭자 집안의 평판을 땅에 떨어뜨리려던 것입니다."

"무어라?"

판의금부사의 미간이 한껏 찌푸려졌다. 심문장에 있는 다른 관원들도 놀라긴 마찬가지였다. 조금 전 석주가 집에 드나든 중에게 마음이 흔들렸다고 했을 때도 다들 놀란 기색을 감추지 못했으나 지금은 더했다. 하지만 곧 이어진 하진의 말은 지금까지 놀란 게 너무 섣불렀다는 것을 일깨워주었다. 그도 그럴 게, 도승지의 딸을 유혹하고 그 평판을 땅에 떨어뜨리라 명한 것이 뜻밖의 인물이었기 때문이었다.

"가, 감녀는 다, 다시 말하라. 그 같은 짓을 시킨 것이 누, 누구라고?"

"우의정 강헌.영 대감이십니다."

판의금부사의 떨리는 말에 하진이 막힘없이 또랑또랑한 목소리로 한 자 한 자 힘주어 우의정의 이름을 댄 바로 그 순간이었다.

"전하!"

대전 내관이 놀라 부르는 소리와 동시에 임금이 직접 붉은 발을 걷고선 조금 앞으로 나섰다. 그 눈빛은 무언가 재미있고 신기한 것을 발견한 아이의 눈빛과도 닮아있었고, 또한 오래 기다린 무언가를 성취한 자의 득의만만한 눈빛과도 많이 닮아있었다.

"다시 한번 그 이름을 말해 보거라. 누가 도승지의 딸을 납치하여 그 평판을 해치려 하였다고?"

"강헌영 대감이십니다."

임금이 발 앞으로 나선 것에 모두 —하진의 곁에 앉았던 석주까지— 놀라 깊이 고개를 숙인 것에 반해 하진은 똑바로 임금을 올려다보며 흔들림 없는 단단한 음성으로 한 번 더 우의정의 이름을 입에 담았다.

"무엄하다! 네 어찌 전하의 용안을……"

하진의 곁에 섰던 관리 중 하나가 기겁해서 하진에게 당장 고개를 숙이라는 듯 목소리를 높였지만, 임금이 가만히 손을 들자 얼른 입을 다물고 한 발자국 뒤로 물러났다.

"도승지가 네게 시키더냐? 우의정이 이 모든 일의 주범이라고 고하라고?"

여전히 흥미진진하게 눈을 빛내며 임금이 슬쩍 떠보았다. 도승지란 말에 고개를 숙인 석주의 어깨가 움찔하였다.

"아닙니다. 제가 어찌 감히 전하의 앞에서 거짓을 고하겠사옵니까? 그런 일은 없었습니다."

"아니다?"

"아니옵니다."

"죽어도 아니다?"

"제 거짓이 밝혀지면 칼을 물고 엎어지라 하시옵소서. 그리하여도 제가 올릴 답은 같사옵니다."

죽으라고 하면 죽었지, 거짓을 고하는 게 아니라는 당돌한 말에 임금의 입꼬리가 슬며시 위로 향했다.

"허나…… 네 말이 진정 사실이라 하여도, 영 이상치가 않으냐? 우의정이 설령 사람을 시켜 도승지의 딸을 납치하는 데 성공했다손 치더라도 그걸로 어찌 도승지를 쳐낼 수 있단 말이냐?"

친국도 아닌데, 심문장에 판의금부사는 물론이요 보고 있는 눈들이 한둘이 아닐 진데, 이제 임금과 하진은 마치 두 사람만이 존재하는 양 연거푸 두 사람만의 질문과 답을 거듭하였다.

"전하께서도 아시고 계시지 않습니까?"

"내가 무얼?"

시침을 뚝 떼고선 자신이 무얼 알고 있냐는 듯 묻긴 했지만, 임금도 당연히 알고 있었다. 이미 도승지에게 사건의 전말을 전해 들었으니 모를 리 없었다. 그런데도 굳이 모르는 일인 양 물은 것은 모두가 듣는 가운데 하진의 입을 통해 우의정의 죄상이 밝혀지길 바라서, 또한 하진이 우의정의 죄를 어찌 입증할지 지켜보기 위해서였다.

"반가의 여인이 자녀안에 그 이름이 오르면 어찌 되는지 말입니다."

"헉……"

자녀안이라는 소리에 심문장 안에 있는 몇몇 신료들의 얼굴에서 핏기가 가셨다. 그중 몇몇은 좌우를 살피더니 심문장 바깥으로 나가기 위해 슬금슬금 걸음을 옮기기도 했다. 수안대군과 우의정에게 지금의 일을 알려야 할 것 같아서였다. 하지만 이내 들려온, 심문장을 쩌렁쩌렁 울리는 임금의 목소리가 그들의 발을 잡아채고 말았다.

"지금 이 순간부터, 과인이 명할 때까지 이 심문장 밖으로 단 한 사람도 내어 보내서는 아니 된다! 물론, 내 허락 없이는 누구도 이 안으로 들어서도 아니 될 것이다!"

어명이었다! 임금이 어명으로 의금부의 심문장을 단박에 밀실로 만들고 말았다. 지엄한 명이 떨어지자마자, 심문장의 모든 통로와 모든 문 앞에 재빨리 의금부의 군사들이 가서 섰다. 아무도 들어오지도, 나가지도 못하게 하라는 어명을 받들기 위해서였다.

"자, 이제 이야기를 계속해볼까? 자녀안이 뭐가 어떻다고?"

단단히 가로막혀진 문과 통로를 바라본 후, 아주 흡족한 표정으로 임금이 물었다.

"무어라?"

그때, 궐내 별처에서 저와 뜻을 함께하는 몇몇 중신들과 함께 도승지를 쳐낼 방법에 대해 강구 중이던 수안대군이 앉은 자리에서 벌떡 일어섰다.

조금 전, 도승지의 딸과 감녀의 대질 심문 결과를 넌지시 알아오라고 보냈던 젊은 내관이 이제 막 돌아와 심문장의 기묘한 분위기를 전한 때문이었다.

"들어가지도 나오지도 못한다?"

"거기 있는 신료 전부가 그러하단 말이오?"

다른 신하들도 앞다퉈 내관에게 물었다.

"예. 전하께서 어명으로 그리 명하셨다 하옵니다."

"우의정은? 아직 우의정은 돌아오지 않은 게요?"

내관의 대답을 들은 수안대군이 급히 좌우의 신료들을 돌아보며 우의정의 행방을 물었다. 우의정이 집에서 온 급한 연락을 받고 잠시 궐을 비운다고 하고 나간 것이 한 시진(두 시간)쯤 전이었다. 하여 다들 우의정 딸의 상태가 다시 위중해진 것은 아닌가, 염려하고 있던 중이었다.

"어서 우의정의 집으로 사람을 보내, 상황을 알리고 빨리 입궐하라 전하시오. 어서!"

누구에게랄 것도 없이 급한 명을 내린, 수안대군이 얼른 문을 열고 나서려 하였다.

"어딜, 어딜 가시는 것이옵니까?"

"전하께 가야겠소. 그 간악한 계집년의 요설에 휘말리지 않도록 내가 전하를 지키러 가야 하지 않겠소."

뻔한 걸 물어 무엇 하냐는 눈빛으로 제 걸음을 더디게 하는 신료를 노려본 후, 수안대군이 걸음을 서둘렀다.

"하오나 대군마마. 전하께서 아무도 들지 못하도록……"

내관이 수안대군을 따라가며 재차 제가 알아온 바를 전했으나, 수안대군은 아랑곳하지 않았다.

"설마하니 전하께서 이 늙은 할아비마저 어쩌기야 하시겠는가! 잔소리 말고 앞장서게."

아무리 임금이래도 감히 나를 막지는 못할 것이리라는 자신감에 눈을 희번덕거리며 수안대군이 젊은 내관의 뒤를 따라나섰다.

한편, 그때 태서는 청숫골에 마련해둔 안가에 들러 금화와 마주 앉아있었다.

"시, 싫소! 의금부라니! 날 살려준다고 해놓고, 이제 와 의금부에 가 다 털어놓으라니! 난, 난 그렇게는 못하오!"

"하라 마라, 선택하라 한 적은 없는 것 같은데?"

불안한 얼굴을 하고 방 안을 이리저리 서성이는 금화에게 태서가 낮지만, 위압적인 목소리로 그가 해야 할 일을 전했다.

"어려울 거 없어. 그냥 가서 누가 시켰는지, 시키는 대가로 무얼 줬는지 털어놓은 후, 그것만 내어놓으면 돼. 간단하지?"

별거 아니란 듯, 대수롭지 않게 말하는 태서의 얼굴을, 금화가 기가 차서 내려다보았다. 감히 반가의 아녀자를 보쌈하려 한 자신이 자진해서 의금부에 출두한다고 한들, 용서를 받을 리가 없었다.

"운종가 한복판에 서서 사람들한테 물어보시오. 당장이라도 잡아먹으려 입을 쫘악 벌린 범 아가리 속으로 자진해서 머리를 들이미는 멍청한 놈이 어디 있냐고."

"걱정하지 마. 범한테는 너 같은 땡중보다 훨씬 맛있는 먹잇감을 흔들어 보일 테니까."

"그, 그래도 싫소. 난 못하오!"

어린애가 떼를 쓰듯 금화가 방바닥에 벌러덩 드러누워 네 활개를 폈다.

"난 죽어도 여기서 곱게 죽을 테니, 어디 강제로 끌고 갈 수 있음 해…… 으악!"

방문 깨에 머리를 두고 드러누웠던 금화가 갑자기 기척도 없이 활짝 열린 방문에 머리를 얻어맞고는 비명을 지르며 머리를 감쌌다.

"으윽…… 나 죽네. 누구야! 누가…… 으, 으악!"

"태서! 어서 몸을 피하십시오. 우의정이 보낸 작자들이 이쪽으로 오고 있습니다!"

방문을 박차고 들어온 건 우의정의 집 근처에서 상황을 살피고 있던 태서의 수하 중 한 명이었다. 순간, 민머리를 감싸고 "나 죽네"를 연발하며 끙끙대고 있던 금화가 언제 그랬냐는 듯 새빨개진 얼굴로 벌떡, 자리에서 일어섰다.

"우, 우의정이 여긴 어떻게 알고요? 서, 설마 날…… 날 잡으려고요?"

"우의정이 어떻게 알았을까?"

태서와 금화가 동시에 태서의 수하에게 물었다.

"낭자가 잡혀 들어간 후, 우의정이 은밀히 사람을 풀어 낭자의 뒤를 캐다 알게 된 듯합니다. 워낙 돈도 사람도 많은 자이니, 태서가 이 자와 함께 여기 안가에 숨어있는 것도 금세 알게 된 듯 하고요."

자신이 아는 대로 다 고한 후, 수하가 연신 방문 밖을 내다보며 태서를 재촉하였다.

"이럴 때가 아닙니다. 빨리 몸을 피하셔야 합니다! 도성 안에 칼 깨나 쓴다는 작자들을 모두 불러 모아 지금 이곳으로 향하고 있는 중입니다. 어서요!"

"알았어. 가자!"

태서가 금화를 뒤로 하고 수하와 함께 방문을 벗어나려 할 때였다.

"자, 잠깐만! 잠깐만요! 그, 그냥 가요? 나, 나만 여기 두고 이대로 다들 가요?"

금화가 허겁지겁 태서의 바짓가랑이를 붙들고 우는소리를 하였다.

"나도 갑시다. 나도 데려가요. 여기 나 혼자 남겨두면 어떡합니까?"

"미안한데. 우린 다 각자도생(各自圖生, 제각기 살길을 도모함)이 원칙인 자들이라서."

하나도 안 미안한 얼굴로 말로 거짓 사과를 하고선 태서가 금화를 뿌리치고 나가려 하였다.

"그러지 말고 살려주시오! 이대로 내가 우의정에게 잡혀가면 정말 쥐도 새도 모르게 죽어 어느 야산의 들개 밥이 되고 말거요. 흐흐흑. 사, 살려주시오."

한때는 고운 양반가 아녀자들의 마음을 설레게 했던 반질반질하게 생긴 사내의 얼굴이 한껏 일그러졌다. 고아한 목소리로 법문을 외던 젊고 잘생긴 스님의 모습은 온데간데없이 사라졌다. 지금 철철 흘러넘치는 눈물과 함께 채 닦지 못한 누런 콧물까지 흘러대며 태서의 버선발에 이마를 비비고 있는 사내는 오로지 살고 싶은 욕망밖에 남지 않은 비루한 모습이었다. 그러고 있는 동안에도 안가 마당 쪽에서는 계속 "태서! 어서 나오십시오." "태서!" 하고 급하게 태서를 부르는 수하들의 목소리가 들려왔다.

"이제야말로 선택할 차례야."

그 목소리들을 듣는 둥 마는 둥 태서가 제 발에 머리를 조아린 금화에게 말했다.

"지금 당장 나랑 같이 의금부로 가서 네게 있었던 일을 고할 것인지, 아니면 우의정이 보낸 살수들에게 쫓기고 쫓기다 결국 그 칼날에 네 목을 대어주고 말 것인지."

"흑…… 흐흐흑."

"울고 자빠져있을 시간 없어. 지금 당장 선택해. 뭘 선택하든 네 자유야."

"흑…… 그, 흐흐흑. 의금부로…… 의금부로 데려가 주십시오."

금화는 선택을 하였다. 이래 죽으나, 저래 죽으나 죽는 수밖에 없다면 차라리 저를 이 꼴로 내몬 우의정에게 한바탕 복수라도 하고 죽을 생각이었다. 한편으로는 태서가 말한 대로, 자신이 우의정에 대해 순순히 다 불고 나면 어쩌면 살길이 생길지도 모른다는 일말의 희망이 있기도 하였다.

아니, 그게 전부 다 아니어도 상관없었다. 지금 당장 태서를 따라나서면 적어도 며칠은 더 살 수 있을 테니, 그것만으로도 어딘가 싶었다. 죽기 싫었다. 죽어도 죽기는 싫었다. 극락왕생이고 뭐고 다 필요 없었다.

"다 불 것입니다. 우의정이 나를 어찌 꾀었는지 티끌 하나만큼도 숨기지 않고 그대로 다 불 것입니다, 으흐흐흑."

연신 손등으로 눈물을 훔치며, 그러면서도 여전히 엉엉 아이처럼 소리 내어 울면서 금화가 일어서서 태서의 옷자락을 움켜잡았다. 마치 어미랑 떨어지면 길을 잃을까 봐 걱정하는 아이 녀석이 되기라도 한 듯이. 그 모습을 보고 어이없이 피식 웃던 태서의 수하가 지그시 저를 보는 태서와 눈짓을 주고받았다.

"태서. 그럼 저와 동무들이 여기서 시간을 끌고 있을 테니, 태서는 이자를 데리고 먼저 자리를 뜨십시오. 어서요."

"…… 그럼, 부탁할게."

태서가 저보다 거짓말이 훨씬 능숙한 수하의 어깨를 툭툭 두드려주고선 아직도 계속 울고 있는 금화의 머리 위에 삿갓을 씌워준 뒤 얼른, 안가 마당 뒤로 데리고 나갔다. 존재하지도 않는 살수들을 피해 도망치기 위해서였다.

"이쪽이 분명 우의정 어른댁이 있는 곳이렷다?"

그때, 궐에서 심부름을 나온 궁졸 하나는 한다 하는 명문가 기와집들이 즐비한 골목으로 들어서다 고개를 갸웃거렸다. 딱 보아도 제일 권세 있어 보이는 어느 호화스러운 대갓집 대문 앞에 동리 사람들이 모두 모여 코를 움켜잡은 채 저들끼리 한창 수군대고 있었기 때문이었다.

"저기, 잠깐만. 길 좀 지나갑시다."

궁졸이 사람들 사이를 스치고 지나가려 할 때였다.

"읏! 이게 무슨 냄새지?"

궁졸 역시, 거기 모인 사람들처럼 금세 코를 감싸 쥐었다. 막 스쳐 지나가려는 집의 반쯤 열린 대문 안에서 불쾌하기 짝이 없는 퀴퀴한 냄새가 쏟아지듯 흘러나오고 있었기 때문이었다. 무시하고 제 갈 길을 가려고 해도 어디선가 맡아본 듯하면서도 처음 맡아보는 그 고약한 냄새에 궁졸은 제 호기심을 참지 못하고 대문간 앞에서 수군대는 어느 집 계집종처럼 보이는 아이를 붙잡고 물어보았다.

"얘. 이게 대관절 무슨 냄새더냐?"

"아니, 뻔히 맡고 계시면서 무슨 냄새냐고 묻는 건 또 무슨 경우래요?"

코를 잡아 쥔 탓에 코맹맹이로 나오는 말소리로 계집아이가 궁졸을 팩, 쏘아보았다.

"아시다시피, 거름 냄새가 아닙니까?"

"거름…… 그러면 이게 똥…… 인분 냄새란 말이냐?"

"제 동무가 그러는데 이 정도 퀴퀴한 냄새면 인분뿐만 아니라 돼지 똥, 말똥 다 섞였을 거라는데요?"

"이…… 이 똥 냄새가 다 이 집안에서 새어 나오는 것이란 말이냐? 도대체 이 집이 어느 댁이기에?"

궁졸의 물음에 계집아이가 뭐 이런 사람이 다 있느냐는 듯 눈을 동그랗게 뜨고 되바라지게 쳐 받았다.

"도대체 뭐하시는 분이기에 여기가 우의정 대감 집인지도 모르십니까?"

"여, 여기가 우의정 대감 집이라고?"

뜻밖의 대답에 궁졸이 멍하니 손을 내렸다가 "켁켁" 하며 다시 얼른 코를 감싸 쥐었다. 도대체 이게 무슨 영문인가 싶었다. 천하의 우의정 집에 넘쳐흐르는 똥 냄새라니!

"어서 다 치우지 않고 뭣들 하는 게야! 얼마나 더 집안 망신을 시킬 셈이냐!"

궁졸이 조심스레 대문을 열고 들어서자 커다란 면포로 코와 입을 감싼 우의정이 마당 한가운데 서서 연신 하인들에게 호통을 치고 있었다. 집안의 모든 하인이 동원된 듯, 하인들은 마당 여기저기에 떨어진 똥 덩어리들을 커다란 보자기 안에 집어넣느라 여념이 없었다.

하지만 보자기에 담으면 무엇하랴. 마당 한쪽에 쌓아둔 보자기 안에서도 퀴퀴한 냄새가 풍겨 나오는 까닭에 모두는 진땀을 뻘뻘 흘리면서도 악취에 골치가 아픈 듯 다들 하나같이 인상을 쓰고 있었다. 마당 안에 흩어진 똥 덩어리들도 똥 덩어리였지만, 그 보자기 안에서 새어 나오는 냄새도 여간이 아니었지만 당장 그 보자기들을 어디 다른 데로 치워버릴 데가 없었다.

"바깥에 똥 치기들을 부르러 간 놈들은 어찌하여 아직……"

고함을 지르며 대문 쪽을 쳐다보던 우의정이 궁졸을 보고선 눈썹을 치켜세웠다.

"무엇이냐?"

"궁에서…… 수안대군의 명을 받잡고 왔사옵니다."

궁졸이 얼른 코를 막고 있는 손을 내린 후 고개를 숙이고선 제가 온 본론을 전했다.

'전하께서 직접 그 감녀를 심문 중이시다? 한데, 아무도 접근치 못하게 한다? 무슨 일이지? 뭐냐? 그 계집이 지금 무슨 일을 꾸미고 있는 거야?'

당돌하기 짝이 없는 하진의 얼굴을 떠올리며 우의정이 잠시 생각에 잠겨 있자니, 궁졸이 조심스럽게 재촉을 해왔다.

"대군마마께서 대감께 얼른 입궐하시라고……"

"알았다. 먼저 가 있거라."

우의정이 사랑채 쪽으로 몸을 돌리며, 여전히 똥 덩어리들을 줍고 있는 하인 중 누군가를 향해 버럭 소리를 질렀다.

"향을 가져오라!"

"예, 대감마님!"

명을 받은 하인 중 하나가 부리나케 광이 있는 곳을 향해 달려갔다.

'당장 입궐하셔야 하는데 향은 왜? …… 아!'

우의정의 태도를 의아해하던 궁졸이 금세 저의 아둔함을 알아차렸다. 집안에 이렇게 똥내가 가득하니, 분명 잠시 벗어둔 우의정의 관복에도 이 불쾌한 냄새가 뱄을 게 뻔했다. 하늘을 찌르는 우의정의 자존심에 이 똥내를 가득 묻힌 채 입궐할 순 없으니, 옷에 향이라도 입히려는 생각이리라.

"어이구! 그, 그럼 나도 이럴 때가 아니지!"

궁졸 또한 발바닥에 불이라도 붙은 것처럼 얼른 우의정 집 대문 밖으로 뛰쳐나갔다. 아직도 사람들이 모인 골목을 벗어나 좀 멀찌감치 떨어졌을 때에야 멈춰 서서는 "휘이, 휘이!" 하고는 야단스럽게 제 옷자락들을 손으로 쳐냈다. 제 옷에 묻었을 냄새들을 쳐내기 위해서였다.

"킁킁! 이젠 좀 괜찮으려나?"

대충 옷자락을 쳐낸 후 슬그머니 팔을 들어, 냄새를 맡아보았다. 하지만 이미 똥내에 익숙해진 후각으로는 좀처럼 제 옷에 냄새가 가셨는지 분간이 되지 않았다.

"이걸 어쩐다…… 아, 이보게!"

난감해 하던 궁졸이 주변을 두리번거리더니 마침 저만치 멀리 지나가는 장사치 하나를 불러 세웠다.

"예? 에에?"

갑자기 말을 건 탓인지 장사치는 화들짝 놀래서는 궁졸을 보았다.

"어찌 그러십니까요?"

"잠깐만 이쪽으로 와서 내 냄새 좀 맡아주겠나?"

"예? 아…… 예."

겨우 궁졸일 뿐인데도 마치 나라님이 부르기라도 한 것처럼 장사치가 주춤주춤 다가와서는 궁졸이 내민 소맷자락에 코를 박았다.

"어떤가? 내 옷에서 무슨 냄새라도…… 응?"

내 옷에 냄새가 뱄냐고 물어보려던 궁졸이 갑자기 장사치에게서 몸을 멀리 떼서는 코를 잡았다.

"뭔가! 자네도 지금 우의정 대감댁에서 오는 길인가?"

궁졸이 한껏 인상을 쓰며 물었다. 그도 그럴 게 냄새를 맡아달라고 불러들인 장사치에게서는 저보다 훨씬 더 진한 똥내가 풍겨 나오고 있었기 때문이었다.

"예? 아…… 예. 그 댁에 한바탕 난리가 났다기에 구경을 갔다 오는 길입니다."

어느새 평온을 되찾은 장사치가 괜히 머리를 벅벅 긁어대며 객쩍은 웃음을 지었다.

"잠깐 구경만 하다 왔는데, 똥 냄새가 그새 밴 모양이지요? 흐흐."

"어휴. 자네 오늘 장사는 공쳤네. 이 냄새를 하고 괜히 여기저기 돌아다니지 말고 얼른 집에 들어가서 씻는 게 낫겠네그려."

궁졸이 오지랖 넘게 장사치 걱정까지 해주다 말고 얼른 솔깃해서는 물었다.

"근데 우의정 대감 댁은 왜 그 모양이 됐는가?"

"보셨습니까?"

"봤다 뿐인가? 내 그 집에 들렀다 오느라, 이 옷에 냄새를 잔뜩 묻히고 오질 않았나. 에잉. 마누라가 어제 빨아 준 옷인데 오늘 이 꼴로 들어가면 또 바가지께나 긁힐 거라네. 에휴."

"그래도 나리는 양반이지요. 지금 그 댁은 그 산처럼 쌓인 똥을 어떻게 하질 못해 온 도성의 똥 치기들을 다 불러 모으고 있지 않습니까? 아마 그 댁에 사시는 분들은 한 여러 날 집에 배인 똥내들을 없애려고 난리가 날 것입니다. 흐흐……"

"근데 도대체 그게 다 무슨 소란인지 뭐 들은 거 없나?"

"그게 말입니다요."

원래 천성이 수다스러운 사람이었는지, 장사치는 조금 전 궁졸을 보고 그렇게 기겁한 사람답지 않게 방금 제가 들어온 이야기들을 잘도 나불나불 불어댔다.

"처음엔 그저 담 너머에서 작은 보자기들 여남은 개가 날아들었다지 뭡니까? 그 집 하인들이 이게 뭔가 하고 펼쳐보니까 그 안에 으으으…… 사람인지 짐승인지가 질펀하게 싸질러 놓은 설사 똥들이 한 움큼씩……"

"으으으!"

연신 몸서리를 치며 얘기하는 장사치 못지않게 듣고 있는 궁졸도 뻔히 눈에 그려지는 그림들에 세차게 몸을 떨었다.

"그걸 도대체 누가 던졌단 말인가?"

"그걸 알아냈으면 오죽했겠습니까? 처음엔 이쪽 담에서 여남은 개, 그다음엔 저쪽 담에서 여남은 개가 철퍽철퍽 날아들더니, 나중엔 여기저기 사방 담에서 똥 덩어리가 든 보자기들이 날아왔다지 뭡니까?"

"그 집 하인들은 뭐하느라 그런 걸 던진 놈들을 잡지도 못했다던가?"

"안 그래도 그 집 하인들도 똥을 던진 놈들을 잡으려고 골목 밖으로 뛰쳐나가 보았는데, 도무지 던진 자들이 보이지 않았다질 뭡니까. 마치 어디 멀리서 작정하고 던지기라도 한 것처럼요."

"하긴…… 작은 보자기에 똘똘 뭉쳐진 거라면 투석기라도 쓰면 못 날릴 것도 없겠지만…… 근데 왜 하필 우의정 대감댁에?"

"그거까지야 저 같은 소인이 어찌 알겠습니까? 그럼 저는 이만 가 봐도?"

"아, 그러게."

궁졸의 허락이 떨어지자마자 장사치가 씨익 웃어 보인 후 본래의 제 갈 길대로 돌아가 버렸다. 그런 그의 허리춤에는 조금 전까지 똥을 싸다 남은 보자기들이 여남은 장이나 쑤셔져 있었지만, 우의정 대감의 집에서 일어난 기이한 일에 정신이 팔린 궁졸은 그 뒷모습을 제대로 알아보지 못했다.

그리고 그 기이한 일은 궁졸이 궁궐 안으로 채 돌아가기도 전에 도성 호사가들의 입에 오르내리기 시작하였다.

"참, 요상한 세상이네. 도승지 딸이 중놈과 놀아나질 않나, 세상에 이제는 우의정 집에 똥들이 날라들었다네."

"그 집에서 새어나온 똥 냄새가 온 북촌을 아주 향기롭게 물들였다는 소식은 나도 막 들었다네. 하하하하하."

"누가 한 짓일까?"

"우의정 대감에게 꽤나 원한이 있는 자들이 저지른 짓이겠지, 뭐."

"그래도 하필 똥이 뭔가, 똥이? 어휴…… 생각만 해도 입맛이 뚝 떨어지네."

"우의정이 뭔가 되게 구린 일을 한 모양이지. 그러니 똥이 날아든 것이 아니겠나?"

"하여간 요즘엔 참 별일이 다 있네 그려. 참판 집 딸이 올케인 우의정 집 딸을 죽이려 들었다더니 또 아니라고 하고. 진사 집 딸과 도승지 집 딸이 또 온갖 천한 사내들과 놀아나질……"

"잠깐, 잠깐만?"

둘씩 셋씩 모여앉아 우의정 집의 똥 투척 사건을 이야기하던 사람들은 누구 하나할 것 없이 전부 새삼스레 정애와 숙영의 사건을 떠올렸다. 진사 딸과 도승지 딸의 망측한 사건으로 잠시 기억 속에 잊혔던 그 일들이 어쩌면 이날의 똥 투척 사건과 연관 있는 건 아닐까 하는 막연한 의심들이 들기 시작한 때문이었다.

"전하는 지금 어디 계시오? 아직도 의금부에 가 계신 게요? 수안대군께 서도 거기로 가신 거고?"

언제나처럼 신료들이 모여 있을 게 분명한 궐내각사 안의 다실로 들어서자마자 우의정이 신료 중 누군가에게 물었다.

"그래, 지금 상황이 어찌 돌아가고 있는……"

우의정이 어쩐지 놀란 것 같기도 하고, 착잡한 것 같기도 한 얼굴을 하고 있는 송 판서에게 지금 일이 돌아가는 상황에 관해 물어보려고 할 때였다. 다실 안에서 우의정이 막 들어선 입구에 등을 보이며 앉아있던 이가 자리에서 일어서 천천히 뒤를 돌았다.

"오셨습니까?"

침착하게 인사를 건넨 건 도승지 오성환이었다.

"전하께서 대감을 기다리고 계십니다. 어서 저와 함께 가시지요."

"…… 전하께서요?"

수안대군이 아니라 임금이 자신을 찾는다는 말에 우의정은 조금 의아하여 물었다.

"예. 대감이 오시는 대로 잠시도 지체하지 말고 의금부로 모시고 오란 명을 하셨습니다."

말을 마친 도승지가 더 지체할 여유가 없다는 듯 먼저 성큼 다실의 문을 나섰다.

'뭐지? 지금 자기 딸이 대질신문을 받는 곳에 같이 가자는 건가?'

너무도 태연하기 짝이 없는 도승지의 태도가 썩 석연치 않았지만, 또한 다실 안의 다른 신료들이 저에게 할 말이 많은 것 같은 얼굴을 하고 있었지만, 우의정은 하는 수없이 일단 도승지의 뒤를 따라나섰다. 임금이 기다리고 있다는데, 잠깐 내 볼일을 먼저 보고 뒤따라가겠다고 할 수는 없는 노릇이었으니까.

"그래, 따님의 용태는 좀 어떠합니까? 따님 때문에 잠시 퇴궐하셨다고 들었습니다만."

의금부의 심문장이 눈앞에 보일 때쯤이었다. 내내 아무 말 없이 앞장서서 걷던 도승지가 돌아보지도 않고 등 뒤의 우의정에게 짐짓 걱정스러운 듯 숙영의 안부를 물어왔다.

"그만저만하오. 그나저나 나보다 도승지가 더 큰 걱정이시겠소. 딸아이가 몸이 별로 좋지 않다고 들었는데 불미스러운 일에 연루되어 의금부에 와 심문까지 받으니, 아비 된 자로서 속이 말이 아닐 것이오."

"죄를 지었다면 걱정일 것이나, 지은 죄가 없으니 걱정일 게 있겠습니까?"

"지은 죄가 없다? 하긴 안채에서 일어난 은밀한 일이니 딱히 중좌랄 게 없긴 하겠지만 그렇다고 해도 하늘을 속일 수야 있겠습니까?"

"…… 속일 수 없는 게 어디 하늘뿐이겠습니까? 하늘만큼 높고 지엄하신 전하의 눈도 속일 수는 없는 노릇이지요."

"그야 당연한 거 아니겠소. 감히 어느 누가 전하의 눈을 속일 수 있고, 또 속이려 한단 말이오?"

"글쎄요. 누구인지는 곧 밝혀지겠지요."

의미심장한 말을 중얼거리는 도승지의 등과 그 너머 앞에 있는 심문장의 중문을 보는 우의정의 가슴이 문득, 묘하게 울렁이기 시작했다. 뭔가가 곧 일어날 것 같은 예감, 저 문 안으로 들어서면 뭔가가 크게 바뀔 것 같은 예감이 우의정의 몸을 엄습하고 있었다.

'뭘까? 저 안에서 도대체 무슨 일이 벌어지고 있는 것일까?'

문득, 절대 그럴 수 없는 상황인 걸 알면서도, 우의정은 갑자기 눈앞에 보이는 문 안으로 들어가기 싫어졌다. 이대로 가짜로 발을 삐어 상황을 모면해 볼까, 아니면 급체가 났다고 꾀병을 부려 죽는 시늉을 해 볼까. 순간적이지만 별별 유치한 계획들을 머릿속에 떠올려 보았다. 하지만, 어느 거 하나도 썩 마땅해 보이지 않았다.

"어이 그러십니까?"

걸음을 멈춘 게 이상하다는 듯 돌아보는 도승지의 말짱한 얼굴을 보자니, 우의정은 괜한 오기가 생겼다. 누가 뭐래도 지금 수세에 몰린 건 도승지인데, 자신이 괜한 불안에 떨 이유가 없었다. 아직은 모든 게 제 뜻대로 되어가고 있으니까.

"아니오. 어서 갑시다. 전하를 기다리게 해서야 쓰겠습니까?"

우의정은 제 기묘한 예감을 떨치기 위해 부러 더 자신만만한 어투로 말한 뒤 이번엔 자신이 먼저 성큼성큼 심문장을 향해 걸어갔다.

.

.

.

"우상, 오셨는가?"

심문장의 중문을 막 들어서자마자, 임금이 먼저 알은체를 하고는 만면에 미소를 띠고선 어서 다가오라는 듯 손짓을 하였다.

"송구하옵니다. 잠시 궐을 비워 전하를 기다리게 한 불충을 용서하여주시옵소서."

잰 걸음으로 임금 앞에 나아간 우의정이 깊이 허리를 숙여 제 잘못을 빌었다.

"되었네. 사정이 생기면 그리할 수도 있지. 그만 허리를 피시게."

짐짓 자애로운 임금의 말에 우의정이 허리를 펴고선 용안을 쳐다보았다. 순간, 임금의 곁에서 조금 물러나 있는 수안대군의 얼굴이 눈에 띄었다.

'왜지? 대군마마가 왜……?'

이상스러웠다. 수안대군이 우의정 저를 보고 있지 않았다. 아니, 단순히 보고 있지 않은 게 아니라 일부러 고개를 돌리고 굳이 외면을 하고 있었다.

'어찌하여…… 웃!'

이상타 싶어 조심스레 이리저리 시선을 돌리던 우의정의 얼굴에서 조금 핏기가 가셨다. 수안대군만이 아니었던 것이다. 임금과 도승지를 제외한 심문장 안의 거의 모든 사람들이 저를 보되, 눈을 마주치지 않으려 하고 있었다. 어쩌다 눈을 마주친 신료 중에는 황급히 몸을 틀어 시선을 피한 자도 있었다.

'뭐냐. 도대체 지금 무슨 일이 벌어지고 있는 거야!'

우의정이 얼른 심문장 뜰에 포박되어 앉아있는 하진과 그 곁에 쓰개치마를 뒤집어쓰고 있는 한 여인을 보았다.

'도승지의 딸년인가? 두 년이 작당하여 도대체 무슨 일을 꾸민 것이냐?'

우의정이 눈을 부라리며 하진과 석주를 노려보고 있자, "우상." 하고 부르며 임금이 주의를 환기시켰다.

"예, 전하."

"내 우상을 급히 찾은 것은 물어볼 게 있어서네만, 뭐든 한 점 거짓 없이 답해주겠나?"

"…… 무엇이든 하문하시옵소서."

살짝 허리를 숙여 답한 우의정이 채 허리를 들기도 전에, 득달같이 임금의 질문이 날아들었다.

"조금 전, 도승지의 여식이 정식으로 의금부에 자네를 발고하였네. 자네가 사람을 시켜 자신을 보쌈하려 하였다고. 그 말이 진정 사실인가?"

"……!"

조금 들리는가 싶던 도승지의 허리가 그대로 굳었다. 미처 예상치 못한 임금의 질문에 당황한 탓이었다.

"우상? 내가 자네의 답을 기다리고 있네만?"

임금이 허리를 굽힌 채 꿈쩍도 않고 있는 우의정에게 대답을 재촉하였다.

"…… 송구하옵니다. 전하. 너무 뜻밖의 말씀이신지라 말씀의 뜻을 헤아리느라 잠시 머뭇거렸나이다."

마침내 허리를 편 우의정이 임금을 똑바로 쳐다보았다.

"제가 도승지의 여식을 납치하라 사주하였다고요? 제가 왜 그리하겠습니까? 제가 그럴 이유가 없지 않습니까? 저 또한 하나밖에 없는 여식을 키우고 있는 아비의 입장에서 어찌 그런 무서운 일을 꾸밀 수 있단 말씀이십니까?"

거짓을 말하는 우의정의 목소리나 태도는 당당함, 그 자체였다.

"전하. 무릇 궁지에 몰린 자는 살기 위하여 없는 말을 지어내고 공연한 사람을 무고하는 법입니다. 어찌 그런 얄팍한 거짓말에 속아 전하의 충신을 의심하시옵니까?"

"그런 적이 없다?"

"그렇사옵니다. 소신이 어찌 그런 흉악무도한 일을 꾸미겠나이까?"

"없다?"

이전에 하진에게 물었던 것처럼 임금이 똑같이 우의정에게 연거푸 물었다.

"제가 어느 안전이라고 감히 허언을 고하겠나이까? 전하, 그런 일은 없었사옵니다."

"죽어도 없다?"

"…… 전하의 충성된 신하이옵니다. 전하가 죽으라 하시면 의당 이 자리에서 죽을 것이나, 결단코 그런 일은 없었사옵니다, 믿어주시옵소서."

"그자를 데려오라!"

자신만만하여 목숨까지 걸고 우의정이 저의 무죄함을 주장하는 말이 끝나기가 무섭게 임금이 판의금부사를 향해 소리쳤다.

순간, 심문장 안쪽 그늘에서 포승줄에 묶인 웬 사내 하나가 관졸들에 의해 끌려나왔다. 우의정이 오기 전, 이미 임금의 앞에서 모든 죄를 토설

한 금화였다.

"웃……!"

금화를 본 우의정의 눈꺼풀이 바르르 떨렸다.

'저, 저놈이 여길 왜! 여기가 어디라고…… 핫! 그, 그럼?'

우의정이 겁에 질린 눈으로 재빨리 심문장 안의 사람들을 둘러보았다. 좀 전부터 웬만해선 저와 눈을 마주치려 하지 않던 신료들과 수안대군을 보았다.

"우의정은 저 자와 안면이 있느냐?"

"없……"

없다고 딱 잡아떼려다말고 우의정은 황급히 입을 다물었다. 자신이 금화에게 준, 추천서를 기억해낸 때문이었다. 도총섭의 후계를 찾고 있는 유점사의 해남스님에게 금화를 추천하는 그 문서엔 떡하니 제 인장까지 찍혀있었다.

'혹시 이것도 네년이 꾸민 짓이더냐?'

하진을 노려본 후, 우의정이 임금을 향해 저의 무죄함을 항변하였다.

"있사옵니다. 저자가 저를 찾아와 유점사에 가 수양을 하고 싶은데 아무 연이 없으니, 추천서를 한 장 써 달라 조르기에 제 인장을 찍어 추천서를 써준 적이 있사옵니다."

한번 물꼬가 트이면 거짓말은 거짓을 말하는 본인이 놀랍도록 그럴 듯한 형태를 지니게 된다.

"비 오는 날 거지꼴을 하고 탁발을 하는 꼴이 불쌍하여 추천서 한 장을 써주었던 것뿐인데 저자가 그걸 가지고 저를 거짓으로 모함하여 자신의 죄를 모면할 생각인가 봅니다. 전하! 바라옵건대 저 괘씸한 자의 목을 단칼에 베어 전하의 충신을 모함한 죗값을 치러주시옵소서."

"거짓말입니다! 당신이, 당신이 나한테 시켰잖아! 도승지 딸을 보쌈 해 도망가주기만 하면 다음 도총섭 자리를 주겠다고……"

"닥쳐라, 네 이놈. 감히 뉘 앞이라고 천한 중놈이 목소리를 높이느냐!"

억울해서 몸을 뒤틀고 소리치는 금화를 우의정이 윽박질렀다. 그러고선 다시 한번 임금에게 하소연하였다.

"추천서는 말 그대로 추천서일 뿐이옵니다. 그 추천서가 어찌 소신의 죄를 증명할 수 있사옵니까?"

우의정의 물음에 임금이 가만히 금화를 내려다보았다. 금화는 임금의 그 시선이 말하는 바를 알았다. 네가 가진 패가 고작 그것뿐이냐? 묻고 힐난하는 눈빛이었다.

"전하! 우의정에게 외손녀의 아비가 누구인지 물어보시옵소서!"

심문장 구석구석까지 쩌렁쩌렁 울려 퍼진 금화의 말에 하진이 놀란 얼굴로 황급히 금화를 돌아보았다. 이건 예정에 없던 일이었다. 근데 저 자가 왜!

'흥! 내 목을 베라고? 좋아! 이렇게 되면 나만, 나만 죽을 줄 알고? 내 어떻게든 우의정 네 놈과 네 놈 딸년 신세까지 망쳐주고 말 터이니!'

이미 악에 받칠 대로 받친 금화가 턱을 치켜들고선 이젠 온몸을 부들부들 떨며 저를 죽일 듯이 노려보는 우의정의 시선을 맞받았다.

"네, 네 이놈, 지금 무슨 말을……"

"우의정 대감, 듣자 하니 이전 날 참판 댁 낭자에게 대감의 여식이 칼에 찔렸다면서요? 그 이유가 무엇입니까? 대감의 외손녀가 그 집 핏줄이 아니기 때문이지 않습니까?"

"닥쳐라, 네 이놈! 감히 여기가 어디라고 그따위 망발을!"

금화의 계속되는 고발에 얼굴이 붉으락푸르락하며 우의정이 뜰로 이어지는, 돌로 만든 층계를 성큼성큼 걸어 내려가는데, 금화가 헤벌쭉 웃더니

431

결정타가 될 이름 하나를 내어놓았다.

"동 서방!"

"무…… 뭐…… 뭐!"

우의정의 발이 층계 가운데쯤에서 우뚝, 멈춰 섰다.

"한때 북촌과 중촌에서 전팽(편지 심부름꾼)으로 이름을 날렸던 동 서방을 아실 텐데요? 우의정 대감의 따님이 혼인 전 정을 통한 사내이자, 대감 외손녀의 생부가 아닙니까! 하여 대감이 직접 두 다리를 못 쓰게 만든 자이기도 하고요!"

"허억!"

"헐!"

무서울 것 없다는 듯 자신이 아는 전부를 고래고래 소리치듯 전한 금화의 말에 심문장 안에 모여 있는 신료들이 저마다 놀라 숨을 들이켰다. 전부터 참판 댁 규수가 저지른 일 때문에 우의정의 외손녀에 대해 퍼지기 시작한 흉흉한 소문은 어렴풋이 들어 알고 있었지만, 설마하니 그 풍설이 사실이고 거기다 그 아비 되는 자가 천한 전팽이 놈이란 것에 다들 놀란 것이었다.

만에 하나 지금 금화가 말한 게 사실이라면, 단순히 혼전에 외간 사내와 정을 통한 게 문제가 아니라 반가의 여인이 천한 사내와 정을 통해 아이까지 낳았다는 게 더 큰 문제가 될 것이었다. 당장 죄인으로 잡혀 와 있는 하진이나 그 죄를 의심받고 있는 도승지의 딸과는 비교도 안 될 큰 죄였다! 하여, 신료들은 일제히 저들이 조금 전까지 외면하던 우의정을 쳐다보았다. 우의정이 무어라 반박할지 궁금해서였다. 물론, 너무나 당연하게도 그 시선들을 한 몸에 받은 우의정은 고개까지 흔들며 거세게 부인하였다.

"도, 동 서방이라니. 나는 그런 놈 따위 본 적도 없고, 들은 적도 없느니!"

"예에. 그리 발뺌하실 줄 알았습니다."

히죽, 야비하게까지 보이는 웃음과 함께 금화가 우의정을 조롱하였다.

"근데 어쩝니까? 제가 살아있는 동 서방을 직접 보고 그자에게 직접 들은 이야긴데요! 동 서방의 입에서 직접 우의정 대감의 따님과 통정했다는 얘기를 들었단 말입니다!"

"뭐, 뭐, 뭐라?"

우의정이 당황하는 모습을 보고 있던 임금이 옆의 내관에게 작은 소리로 무엇인가를 일렀다. 그 말은 이내 판의금부사에게 귓속말로 전달되었고, 판의금부사의 입을 통해 금화에게로 전해졌다.

"금화는 듣거라. 네가 말한 그 동 서방이라는 자는 지금 어디에 있느냐?"

"바로 얼마 전 남촌 두죽골 약방에 있는 걸 보았습니다. 그자를 잡아다 물어보시면 우의정 대감의……"

"네 이놈!"

이번에 터져 나온 고함은 우의정의 것이 아니었다. 기함하여서 할 말을 잃은 우의정 대신 수안대군이 노기 가득한 목소리로 금화를 질책하였다.

"한낱 천한 중놈 따위가 어찌하여 그릇된 망언으로 일국의 중신과 그 가문을 욕보이느냐? 네 진정 단매에 맞아 죽어봐야 그 입을 다물 것이냐!"

윽박지르는 것에 그치지 않고 직접 목을 칠 기세로 수안대군이 옷자락을 휘날리며 뜰로 이어지는 층계로 향했다.

"잠깐 비켜보시게!"

수안대군이 모욕감과 낭패감에 층계 중간에 망연히 서 있는 우의정이 방해가 되는 듯 그를 밀치고선 성큼 층계 아래로 한 걸음을 내디딘 순간이었다.

"어, 어? 으, 으악!"

잠시 기우뚱하던 수안대군의 몸이 이내 철퍼덕, 층계 아래로 떨어지고 말았다. 기실 층계라고 해 봐야 단의 높이도 그리 높지 않았고, 땅바닥까지 충수도 고작 서넛에 불과했다. 하지만 종실의 제일 웃어른이자 여든이 넘은 여든의 노구(老軀) 노구이다 보니 조그만 충격도 심각한 치명상이 될 수 있었다. 실제로 바닥으로 구른 수안대군의 입에선 "으아악!" 하고 어딘가 뼈 하나라도 부러진 것만 같은 고통스러운 신음이 새어나왔다.

"대군마마!"

심문장 안에 있는 신료들이 놀라 황망히 서 있다 말고 얼른 우르르 층계 아래의 대군에게 달려들었다. 물론 그중에서도 가장 동작이 빨랐던 건 층계 중간에 서 있었던 우의정이었다.

"마마! 괜찮으십니까? 대군마마!"

"으으음……."

수안대군의 입술이 달싹였지만 이내 소란스레 달려드는 신료들 때문에 그 말소리를 직접 전해들은 건 우의정밖에 없었다.

"마마, 괜찮으시옵니까?"

"대군마마!"

"무엇들 하고 섰느냐. 얼른 안으로 모시지 않고!"

수안대군을 둘러싸고 "대군마마"를 부르짖으며 호들갑 떠는 신료들을 보다 못해 임금이 직접 내관들에게 명을 내렸다. 그제야 신료들 때문에 수안대군에게 가까이 다가서지 못하고 있던 내관들이 얼른 후다닥 신료들 틈을 파고 들어가 바닥에 널브러진 수안대군을 들러 업었다.

"으으으윽! 으악!"

의금부의 별실로 들려와 내관에 의해 눕혀지는 중에도 수안대군은 고통을 호소하는 신음을 흘렸다.

"내의원에는?"

뒤늦게 별실로 따라 들어온 임금이 내관에게 물었다.

"지금 의원을 부르러 갔나이다."

"그럼…… 의원이 올 때까지 다들 나가 있어라."

"예? 아, 예. 전하."

아프다고 난리를 치는 대군을 내버려두고 다들 나가 있으란 명에 내관들은 잠시 얼떨떨한 표정을 짓긴 했지만 금세 명을 받잡고, 별실 밖으로 나갔다. 그 닫힌 문에 대고 임금이 한 가지 명령을 더 내렸다.

"내가 따로 허락할 때까지 신료건 의원이건 아무도 가까이 들여서는 아니 된다. 또한 너희는 모두 문에서 떨어져 스스로 귀를 막아라. 실수로라도 엿듣는 자가 있어선 아니 될 것이다."

"…… 예, 전하."

별실 방문 밖에서 내관들이 입을 모아, 마치 한 명인 것처럼 대답하였다.

"으, 흐읏!"

이제 조용해진 별실 안에는 오직 수안대군의 끙끙 앓는 소리만 들려왔다.

"일어나세요."

어수선한 공기까지 얼릴 듯 차가운 목소리가 늙은 대군에게 향했다.

"끄응. 으흐!"

그 소리가 들리지 않는 듯, 수안대군의 앓는 소리는 조금 전보다 훨씬 더 커졌다.

"그만 우의정을 포기하세요."

"끄으으응!"

누가 들어도 거짓으로 내는 소리라고밖에 들리지 않는 가짜 신음으로 대군이 자신의 뜻을 드러내었다.

"포기하지 않으시면, 한데 엮이고 마실 것입니다."

"으윽, 아이고 허리야…… 전하, 제가 떨어진 충격이 너무 커 귀가 잘 들리지 않나이다. 흐음!"

"우의정 일파가 자녀안으로 무슨 짓을 꾸몄는지 알고 있습니다. 물론 대군께서 그 한중간에 계시다는 것도요."

자녀안, 이란 소리에 갑자기 뚝, 대군의 앓는 소리가 멈췄다. 그러더니 거짓말처럼 말짱한 얼굴로 대군이 스스로 몸을 일으켜 앉았다.

"전하께 누가 무슨 소리를 옮기었습니까? 어느 간신배입니까? 감히 저와 전하를 이간질하려는 그 간교한 인간을 멀리하시옵소서."

"…… 세자로 막 책봉되었을 무렵, 대군께서는 어린 저를 무릎에 앉히시고 성군이 되라고 그리 축수 발원하셨지요."

수안대군이 아무리 늙었어도 잊을 리 없는 기억을 임금이 끄집어냈다.

"임금에게 가장 중요한 것은 신하가 아니라 백성이라고, 어버이가 자식의 아픔을 절대 외면하지 않듯이 백성의 아픔을 가벼이 보지 말라, 그리 말씀해 주셨던 것도 바로 어제 일인 듯 선연하게 기억납니다."

"전하."

"대군. 나의 백성은 갓을 쓴 남정네만이 아닙니다. 치마를 입은 여인들도, 땀 흘리며 농사를 짓는 이들도, 짐승을 죽이고, 가죽을 깁는 자들도 모두 나의 백성이요, 자식들입니다!"

"전하! 어찌 천한 자들에게까지……"

"권세를 유지하기 위해 여인들에게 억울한 누명을 씌우고, 자녀안에 그 이름을 올리겠다고 겁박하여 뜻이 다른 자를 찍어 누르고, 이것은 얼마나 귀한 자들이 하는 일입니까!"

임금의 노성이 방 안을 쩌렁쩌렁 울렸다.

임금이 독대 아닌 독대로 수안대군에게 엄중한 경고를 하고 있을 때였다. 두죽골의 약방에서는 약방 아이가 이제 막 정리한 약재들을 따로 분류하여 약재 창고에 집어넣느라 한창 진땀을 흘리는 중이었다. 약방 싸리문 너머에서 웬 삿갓 쓴 사내들이 약방 안의 기척을 살피더니, 그중 한 명이 슬쩍 아이를 불렀다.

"어이!"

"예? 아, 예에."

일에 열중하다 갑작스러운 부름에 놀란 듯, 아이가 눈을 동그랗게 뜨더니 얼른 쪼르르 싸리문 앞으로 다가와 문을 열었다.

"약방에 오신 겁니까?"

겨우 열 살 남짓한 아이가 나이답지 않게 제법 싹싹한 말투로 수상한 손님들에게 물었다.

"여기 동 서방이라고, 다리를 못 쓰는 환자가 있다냐?"

"그건…… 왜 물으십니까?"

아이가 수상하다는 듯, 고개를 조금 돌려 곁눈질로 사내들을 보았다.

"수상쩍게 생각할 것 없다. 우린 동 서방의 동무들로 그이가 여기서 치료를 받고 있다는 얘기를 듣고 온 것이다."

"아, 예에……"

미심쩍은 듯 사내의 말을 받은 아이가 저도 모르게 힐끗, 약방의 제일 끄트머리에 붙어있는 골방 하나를 쳐다보았다.

'저기구나!'

무심결에 쳐다본 아이의 눈짓만으로 사내들은 자신들이 찾는 자가 그곳에 있음을 알아차렸다.

"너, 심부름 하나 해 주련?"

"예?"

"오랜만에 동 서방을 만나러 왔는데 빈손으로 온 것이 마음에 걸려서 그런다. 자, 여기."

사내들 중 하나가 주머니에서 엽전 한 움큼을 꺼내서는 아이에게 내밀었다.

"동리 앞 성황당 나무 근처의 주막을 알겠지? 거기 가서 탁주 한 동이 받아 오거라. 아무리 병자라 한들 오랜만의 동무와 술 한 잔 못 나눌까?"

아이는 제 앞에 내밀어진 엽전들을 보다가 다시 한번 골방을 보았다. 이대로 정말 이 사람들을 믿고 약방을 비워도 될까 고민하는 모양이었다.

"잔돈푼이 남거들랑 떡을 사먹든, 엿을 사먹든 네 마음대로 하고."

잔돈은 심부름 값으로 가지라는 말에 아이는 고민을 멈추고 넙죽 엽전들을 받아들고는 보는 이가 기분 좋아질 정도로 보름달만치 환하게 웃었다.

"네! 얼른 다녀오겠습니다!"

"아니, 서두르다 넘어져 괜히 술동이 깨지 말고 천천히 조심스레 갔다 오거라."

"예에!"

낭랑한 목소리로 싹싹하게 대답한 뒤 아이가 얼른 싸리문 밖으로 내달았다.

"그냥 죽여 버리면 간단한 것을."

사내들 중 누군가가 그리 중얼거렸지만 비난에 찬 동료들의 시선에 "아,

438

그냥 그렇다고." 하고선 얼른 입을 다물었다. 아무리 사람을 죽이는 걸 업으로 하는 살수들이라고 하지만 아직 어린 아이까지 죽이는 것은 그들 스스로도 웬만하면 하지 않을 일 중의 하나였기 때문이었다.

"얼른들 살펴봐. 다른 환자나 약방노비가 없는지."

두목 격인 사내의 말에 모두가 일제히 흩어져 약방 안의 모든 방과 창고를 뒤져 다른 인기척이 없음을 확인하였다. 그러자 두목 격인 사내가 싸리문 밖을 향해 들고 있는 등롱을 가볍게 흔들어 보였다. 그들처럼 삿갓을 써서 얼굴을 가린 사내가 약방 마당에 그 모습을 드러낸 건 그로부터 잠시 후였다.

"저쪽 골방 안에 있습니다."

먼저 온 사내가 골방을 가리켰다.

"앞장서게."

뒤에 온 사내의 말에 사내들이 먼저 성큼성큼 걸어가 신도 벗지 않은 채로 그대로 활짝, 골방 문을 열어젖힌 후 방안으로 들어갔다.

"누, 누구요?"

이부자리에 누워있던 동 서방은 갑작스럽게 방문을 열고 들어온 검은 옷의 사내들에게 놀라 일어나 앉으려고 몸을 뒤틀었다.

하지만 사내들 중 한 명이 동 서방의 가슴을 발로 짓밟아, 더는 움직이지 못하게 하였다.

"윽! 대체 누군데……나를……"

"네 이놈."

제일 뒤늦게 방에 들어선 사내가 다리를 뜯긴 벌레처럼 방바닥에서 꿈틀대고 있는 동 서방에게 다짜고짜 욕지거리를 하였다.

"그 목소리는? 서, 설마 우……의정 대감?"

"쓸데없이 귀는 밝구나."

금세 제 정체를 알아차린 동 서방의 말에 우의정이 쓰고 있던 삿갓을 목 뒤로 넘겨, 가렸던 얼굴을 드러내었다. 혐오와 증오로 무시무시하게 일그러진 얼굴이었다.

"네 이놈! 마땅히 목을 베어 죽여 마땅한 것을 인생이 불쌍하여 두 다리만 받고 살려주었더니, 네놈이 감히 또다시 나와 내 가문에 먹칠을 해?"

"내가…… 내가 뭘 어쨌는데? 나는…… 당신 딸을…… 사모한 죄밖에 없소!"

"닥쳐라, 이놈."

우의정의 목소리에는 고저(高低)가 없었다. 마치 동굴 속에 들어와 있는 짐승처럼 낮게 으르렁거리는 것만 같은 목소리였다. 그것이 오히려 우의정이 지금 얼마나 분노하고 있는지를 더 명확히 보여주고 있었다.

"내 오늘은 너를 직접 죽여 더는 후환이 없게 하려한다."

"…… 난 죽을 수 없소. 한번이라도 내 딸, 내 딸 얼굴을 보기 전엔 절대로 죽을 수가……"

"허!"

가소롭다는 듯 우의정이 코웃음을 쳤다.

"버러지 같은 네 놈에게 무슨 놈의 딸! 하!"

기가 차서 두어 번 더 코웃음을 친 우의정이 제 옆의 사내들에게 말했다.

"더 긴 말 들을 거 없다. 지금 당장, 내 눈앞에서 저 놈의 목을 치거라."

"옛."

우의정의 명에 따라 사내들이 일제히 허리에 차고 있던 칼을 꺼내들고선 자기들 중 한 명이 가슴을 짓밟아 고정시킨 동 서방에게 한 발 성큼 다가들었다.

"잘 가시오."

미안한 감정 하나 느껴지지 않는 무뚝뚝한 인사를 전한 뒤 동 서방의 가슴을 밟고 있던 사내가 발을 떼고 한 발 물러섰다.

그때였다.

"쿡…… 쿡…… 흐흐흐흐……"

여전히 누운 채로 동 서방이 갑자기 웃음을 터트리더니, 도저히 못 견디겠다는 듯 배를 껴안고 웃어대기 시작했다.

"핫하하하! 하하하하하!"

"미친 게냐? 상관없다. 얼른 베지 않고 무얼 하느냐!"

동 서방의 돌변한 태도에 살수들이 칼을 멈춘 걸 본 우의정이 빨리 베라고 성화를 부리자, 동 서방이 계속 킬킬 대고 웃으며 누구에게인지 모를 말을 하였다.

"크크크크. 이만하면 됐지 않소? 하하하하. 어서…… 어서 나와서…… 저 인간을 잡아가오."

웃다 못해 이젠 눈물까지 찔끔대면서 동 서방이 말했다. 그 말에 대답이라도 하듯, 우의정의 뒤쪽에서 쪽문이 하나 열리더니 도승지와 판의금부사가 차례대로 그 모습을 드러냈다.

"아, 아니 왜, 왜?"

뜻밖의 상황에 우의정이 말을 더듬고 있을 동안 활짝 방문이 열리더니 여남은 명의 관졸들이 우르르 쏟아져 들어와 뜻밖의 사태에 어안이 벙벙해 있는 살수들의 가슴에 창을 겨누었다.

"손가락 하나 움직이는 자가 있거든, 무조건 찔러라. 죽여도 좋으니."

판의금부사가 살수들을 겨누고 있는 관졸들에게 엄명을 내린 후, 씁쓸한 눈빛으로 우의정을 보았다.

"우상대감."

"왜, 왜 당신네들이 거기서……"

"전하께서 어명을 내리셨습니다. 이곳을 지키고 있다가 혹여 저자를 죽이려는 자가 오거든, 누구의 사주를 받고 온 것인지 밝혀내라고. 그래도 설마하니…… 우상대감께서 직접 오실 줄은 몰랐습니다."

"저, 전하가 왜…… 어찌하여!"

"만에 하나라도 우상대감이 오늘 밤 동 서방을 죽이라고 사람을 보낸다면, 그거야말로 금화란 그 중이 한 말이 모두 사실임을 증명해주는 증좌가 될 거라고요."

이번엔 도승지가 나서서 우의정의 물음에 답했다.

"전하께서는 수안대군이 일부러 층계 아래 몸을 던지신 건 아닐까 의심하셨습니다. 또한, 그 틈을 타 대감에게 은밀한 명을 내린 게 아닐까 하는 의심도 하셨지요. 하여, 저희를 이곳에 보내신 겁니다. 대감과 대감 따님의 죄를 입증하려고요."

질끈, 우의정이 두 눈을 감았다. 앞으로 저와 제 가문과 제 딸이 겪어야 할 일들에 눈앞이 아찔해졌기 때문이었다.

"나를 왜 여기로 데려온 것이오?"

그때, 하진은 의금부의 옥방에서 끌려나와 어디인지도 모를 방에 넣어졌다.

"바깥에서 친척이라는 분이 갈아입을 새 옷을 차입하였습니다. 환복하시지요."

옥방과 심문장을 오고 갈 때마다 하진을 데려가고 오고를 담당하였던 다모가 어쩐 일인지 평소 때보다 훨씬 정중한 말투로 설명한 뒤, 가만히 방문을 닫고 나갔다. 그러고 보니 방의 구석에는 얌전히 개켜진 치마저고리 한 벌이 놓여있었다. 옥방 살이에 더럽혀지고 찌든 옷을 벗어던지고 봄날의 햇볕 냄새가 나는 새 치마와 저고리로 갈아입으니, 그 자체만으로도 그간 무겁기 그지없었던 하진의 기분이 조금이나마 가벼워지는 듯하였다.

"다 갈아입으셨습니까?"

밖에서 다모의 목소리가 들려왔다.

"그러하오."

벗어낸 헌옷들을 차곡차곡 접어 구석에 놓으며 하진이 대답했다. 그러자 하진의 등 뒤에서 방문이 열리고 누군가 들어서는 기척이 났다.

"벗어놓은 옷들은 어찌하면 되오? 도로 옥방으로 가지고 가야 하오?"

당연히 다모이겠거니 하여 뒤도 안 돌아보고 묻자, 뜻밖의 목소리가 답을 해왔다.

"그럴 필요 없다. 너는 다시 의금부의 옥방으로 돌아가지 않을 것이니."

그 말소리에 헌옷을 놓고 일어서던 하진이 그대로 돌처럼 굳어버렸다. 낯선, 아니 몇 번이고 들은 적 있는 등 뒤의 목소리는 바로 임금의 목소리였기 때문이다. 하진이 애써 충격을 감추고 천천히 뒤를 돌아보자 대전내관만을 대동한 임금이 하진을 보고 있었다.

"감녀는 고개를……"

돌아서선 말짱히 임금과 눈을 맞추는 하진을 보고 대전내관이 그 무례함을 지적하려 할 때, 하진이 먼저 냉큼 바닥에 주저앉아 고개를 조아렸다.

"조금 전, 두죽골로 보냈던 이들이 동 서방을 죽이려던 우의정을 체포해

왔다. 직접 살수까지 대동하고 약방으로 온 모양이더구나."

하진은 임금이 왜 군이 제게 와서 이런 얘기들을 전해주는 걸까, 궁금했지만, 이내 그 연유를 알게 되었다.

"놀라지 않는걸 보니 역시 알고 있었던 게구나. 아니, 알고 있었던 게 아니라 처음부터 이럴 걸 계획하고 판을 짠 거겠지. 그 금화라는 중이 모두가 듣는 앞에서 동 서방이라는 자가 두죽골 약방에 머물고 있다고 말한 것도 일부러 그런 거였고."

"……."

"어찌하여 침묵을 지키느냐? 내 말이 틀렸더냐?"

"아니옵니다. 전하께서 말씀하신 그대로입니다. 동 서방이 어디에 있는지를 알게 되면 반드시 우의정 대감이 동 서방을 해치려고 움직일 것이라 생각했습니다."

"중요한 증인을 살상하여 없애려 한 죄로 우의정은 관직이 삭탈되고 벌을 받을 것이다. 물론 사실이 밝혀지는 대로 우의정의 여식 역시 큰 벌을 받을 것이다. 우의정의 사위나 그 사돈되는 참판의 집안 역시 쑥대밭이 되겠지. 곧 방면을 앞두고 있던 참판의 여식 또한 사람을 죽이려 한 죄로 무사치 못할 테고. 이 역시 모두 네가 계획한 그대로더냐?"

"……."

"원래 임 사자관과 혼인할 처지였다면서?"

"…… 정혼을 했던 사이는 아닙니다."

"정혼한 것과 진배없는 사이라 들었다. 하여, 임 사자관이 우의정의 사위가 된 것에 앙심을 품고 임 사자관과 우의정에게 복수를 하기 위해 이 모든 일을 벌인 것이 아니더냐?"

"……"

하진은 입을 굳게 다문 채 잠시 생각을 하였다. 임금의 말이 맞다 하자니, 그건 거짓말이었다. 그렇다고 아니라고 하자니, 그럼 이 모든 일을 일으킨 연유를 밝혀야만 했다. 자신이 혼자 연루된 일이라면 연유를 못 밝힐 것도 없으니, 태서가 깊이 관련되어 있었다. 또한, 그동안 태서와 함께 도망치게 해 준 여인들도 문제가 될 일이었다. 감히 임금의 앞에서 거짓을 말할 것인지, 아니면 다른 이들을 위험에 처하게 할 것인지 선택해야만 했다.

"감녀는 전하의 물음에 답하시오."

대전내관이 임금을 대신하여 하진의 대답을 재촉하였다.

"…… 맞습니다. 깊이 은애하였던 임 사자관이 저를 버리고 우의정 대감의 딸과 혼인한 것이 사무치게 증오스럽고 또한 그 모든 사실을 알면서도 저를 우의정 대감의 조카와 혼인시키려 한 아버지가 원망스러워 이 모든 일을 꾸몄나이다."

"허면, 도승지에게 접근한 연유는 무엇이냐."

"우의정 대감에게 복수하기 위해 어떻게든 빌미를 찾으려고 그 주변을 캐던 중, 대감이 꾸미고 있는 짓을 알게 되었습니다. 하여, 복수할 좋은 기회라 생각하고 일을 꾸몄던 것입니다."

"동 서방이라는 자에 대해선 어찌 알게 되었느냐?"

"그 역시 우의정 집안을 캐다가 우연히 알게 된 것뿐입니다."

망설이거나 주저하는 기색이 보이지 않도록, 또한 너무 섣불리 빠른 대답으로 진실을 의심받지 않도록 하진은 조심스레 대답하였다.

"전부 네가 한 짓이다?"

"예. 전부 제가 한 짓입니다."

"너 혼자 한 짓이냐?"

"혼자 힘으로 할 수 없는 일은 돈을 주고 사람을 사서 일을 시켰나이다. 그러니 굳이 따지자면 저 혼자 한 짓이 맞습니다."

"흐음."

하진의 답을 들은 임금이 무슨 까닭에서인지 잠시 침묵을 지켰다.

"…… 그거면 되겠느냐?"

잠깐의 침묵 후 던져진 질문에 그래선 안 된다는 걸 알면서도 하진이 조금 놀라 고개를 들었다.

"어허, 감녀는……"

대전내관이 그 무례를 지적하려는데, 임금이 가만히 손을 들어 제지한 후, 한 번 더 똑같은 질문을 하였다.

"정말 그거로 되겠느냐?"

하진을 내려다보는 임금의 눈빛엔 감탄과 동정이 한데 섞여있었다.

"그렇게 다 너 혼자 한 일로 뒤집어쓰고, 한낱 사사로운 질투와 복수심으로 벌인 일이라고 그렇게 결론을 내어도 되겠느냐?"

'아시고 계신다.'

하진의 몸이 조금 떨렸다. 거짓말을 했음에도, 거짓말을 하는 이유까지 알고 있으면서도 그대로 속아 넘어가주겠다, 눈앞의 어진 임금은 그리 말씀을 하고 계셨다. 심지어 옥음(玉音, 임금의 목소리)에서는 그리 할 수밖에 없는 것에 대한 미안함까지 느껴지고 있었다.

"…… 그리하옵소서."

하진이 대답과 함께 눈을 내리깔자, 눈 안에 가득 고였던 눈물이 새하얀 뺨을 타고 주르륵 흘러내렸다.

다음날이었다. 지난밤에 벌어진 일들이 소문이 나면서 궁궐 안팎은 물론이요, 도성 전부가 온통 시끌시끌하였다. 그야말로 경천동지할 일들이 벌어졌음을 알게 되었기 때문이었다.

우의정이 저지른 짓은 물론이요, 우의정의 딸이 혼인 전에 외간 사내와 정을 통하고 아이를 가진 채 임 참판 집안에 시집을 갔다는 것, 또한 그것을 알게 된 임 참판의 딸이 우의정의 딸과 그 갓난쟁이 아이를 죽이려 했다는 이야기는 모든 이들이 자신의 귀를 의심하게 하였다.

"뭐, 뭐야? 그럼 도적이 들어서 칼로 찌른 거네 뭐네 했던 건?"

"두 딸년 신세 망칠까 봐 우의정 네와 참판 네가 거짓말을 한 거지."

"세상에. 어쩜 그런 하늘 무서운 짓을?"

"아니 그럼, 어제 그 똥 덩어리들이 날아들었다는 게 혹시 그래서?"

"어이구. 정말로 그런 모양이네. 누가 우의정 네가 그런 구린 짓을 알고는 일부러 그런 짓을 저질렀나 보이."

"흐흐흐. 누군지 몰라도 참 시원하게 저질렀네."

"근데 자네들 그 얘기는 들었나?"

주막집에서 한창 수다를 떨어대던 사내 중 한 명이 등을 잔뜩 굽혀 몸을 조그맣게 만든 후 주변의 사내들을 가까이 불러 모아 한껏 목소리를 줄여서 속삭였다.

"어디 가서 얘기하지 말게? 오늘 새벽에 저어기 수안대군 저(邸)에도 똥 덩어리들이 날아들었다네."

"뭐, 뭐 정말? 대군마마 집까지?"

"그렇다니까? 어제 대군마마께서 궁에서 낙상하셔서 지금 댁에서 요양 중이시라 약방 아이가 새벽에 그 댁에 탕제 심부름을 갔더니 온 집안에 똥내가 진동하였다더군."

"뭐야, 그럼 수안대군께서도 무언가 구린 짓을?"

"어휴. 그나저나 누구 소행인지 몰라도 참 간도 크이. 대군 저에까지 그 난리를 쳐놨으니 잡히면 크게 혼쭐이 날 터인데 도대체 무슨 생각으로……"

"아무도 그자를 벌하진 않을 테니까 그런 식으로라도 망신을 주고 싶었던 것뿐이오."

그날, 도승지가 퇴궐하기가 무섭게 도승지의 사랑채로 찾아온 태서는 수안대군 저에 똥들을 투척한 게 자신임을 순순히 시인하였다.

"우의정 일파를 쳐내도 그자만은 아무 처벌도 하지 않으실 걸 미리 알고 있었거든. 하여 대신 목숨만큼 중요히 여기는 체면 한번 구겨져 보라고 부러 한 짓이오."

별로 으스대는 기색도 없이 제가 한 짓을 순순히 떠벌린 태서가 금세 입을 다물고는 팔짱을 끼고 도승지를 빠히 보았다. 이젠 댁이 할 말이 있을 텐데, 하는 얼굴이었다.

"…… 아직 못 들었는가? 자네라면 이미 들어 알고 있을 것이라고 생각했네만."

"무엇을요?"

"그 낭자 말이네……, 실은 그 낭자…… 그러니까 그 낭자가 말일세."

차마 말로 옮기기 힘든 이야기인 듯, 도승지가 한참 뜸을 들였다.

"뭐. 자결했다고요? 들어 알고 있소."

태서가 별스럽지 않은 내용을 뭐 그리 어렵게 말하느냐는 표정으로 가볍게 툭 내뱉었다.

제 15 장

나를 훔쳐 줘

"어젯밤에 옥방에서 혀를 깨물고 자결했다면서요. 그 일로 의금부가 발칵 뒤집혔다고 들었습니다."

하진이 자결했다는 이야기를 제 입으로 하면서도 태서의 태도는 너무도 천연덕스러웠다.

"아까부터 계속 희미하게 이 댁 아가씨 울음소리가 들린다 했더니, 그 소식에 꽤나 놀라신 모양입니다."

"자네는…… 괜찮은가?"

태서의 태도가 잘 이해가 가지 않는 듯, 도승지의 미간에 작은 주름이 졌다.

"낭자와는 서로…… 연모하는 사이가 아니었던가?"

"훗. 안 믿으니까요. 그 몹쓸 생각이 당신 생각인지, 전하 생각이신지는 모르겠지만…… 으응."

어딜, 어림없다는 식으로 입을 삐죽거리며 태서가 고개를 저었다.

"그 여자는 안 죽었소. 그리 죽을 사람이 아닌 건 내가 제일 잘 알지요. 그러니……"

순식간에 정색을 하고선 태서가 훌쩍, 몸을 날려 도승지의 바로 코앞에 와서 앉았다. 만약 칼이라도 들었다면 금세 목을 베고도 남았을 그 빠른 몸놀림에 도승지의 얼굴이 굳었다.

"딴소리 말고 바른대로 말하는 게 좋을 거야. 아는 진 모르겠지만 난 정말 인내심이라곤 손톱의 때만큼도 없는 놈이라서."

입가에 차가운 미소를 머금은 태서의 목소리는 짙은 안개처럼 가라앉아있었다.

"어디로 빼돌렸어, 그 여자."

"…… 자네가 알고 있는 그대로네. 어젯밤 자진하였다네."

"헛소리하지 마시고."

"낭자는 자신의 혼인을 망친 우의정 집안과 참판 집안에 대한 복수가 끝났음에 만족하고선, 세간을 시끄럽게 한 것과 자신이 지은 죄를 참회하며 스스로 혀를 깨물어 자결하였네. 새벽녘에 그 아비인 감 진사가 직접 시신을 보고선 자신의 딸임을 확인하였고."

"핫!"

어림도 없다는 듯, 태서가 콧방귀를 뀌었다.

"그거 알아? 혀를 깨물고 죽은 척 위장하는 거, 그거 나도 여러 번 써먹은 방법이야."

실제로 태서와 하진이 억울하게 누명을 쓴 여인들을 빼돌릴 때 몇 번이고 써먹었던 방법이기도 했다. 매수를 하든, 겁박을 하든 여인이 죽었음을 증명해 줄 의원만 구한다면 한 집안에서 대외적으로 여인 하나쯤 자결하는 것으로 만드는 건 일도 아니었다. 의금부라고 다를 것 없었다. 만약 임금이 작정하였다면 그만한 거짓을 꾸미는 것쯤은 저보다 훨씬 더 손쉬울 터였다.

"거기다 뭐 감 진사? 하! 그 인간이 직접 시신을 확인했다고? 집안 재산 다 도둑맞고 거의 정신이 나가 똥오줌도 못 가리고 있는 그 인간이? 확인하라고 시신의 얼굴을 덮은 천을 들춰줬더니 제대로 얼굴 한 번 보지도 않고 그저 걸친 옷만 보고 내 딸이요, 했다는데 그게 무슨 확인이야, 확인은!"

한껏 비아냥거린 후, 태서가 이번에야말로 거짓을 말하면 용서치 않겠다는 듯 눈을 부라리며 물었다.

"어디로 빼돌렸어, 그 여자."

"…… 죽었대도."

"도승지 영감!"

"전하께선 내게도 아무 말씀 않으셨네. 설령 그 여인이 자결한 게 아니라 전하께서 어딘가로 빼돌리셨다고 한들, 내게까지 아무 말씀 하지 않으셨으니 나로선 알아낼 방도가 없네."

"그래선 꽤나 곤란해지실 텐데?"

"…… 어쩔 수 없네. 나를 겁박해도 내가 줄 수 있는 대답이 없다네."

"아니."

질끈, 입술을 한 번 깨문 뒤, 태서가 자리를 박차고 일어났다.

"곤란해지는 건 당신이 아니야."

알 듯 모를 듯한 말만 남기고, 태서가 들어올 때 그랬던 것처럼 별다른 기척도 내지 않고 순식간에 도승지의 사랑채를 빠져나갔다.

'곤란해지는 게 내가 아니라니? 그럼 누구?'

그로부터 보름 후였다.

"얼른 거기 술독에 앉은 먼지 좀 닦아내고. 옥단아! 운종가에 보낸 장 서방은 아직……"

"응애애! 응애애……"

"어흐. 쟤, 또 운다!"

잠시 닫아두었던 주가의 문을 다시 열기 위해 부지런히 하인들을 부리고 있던 행수 송화는 뒷마당에 있는 객방에서 들려온 갓난쟁이의 울음소리에 고운 이마를 찌푸렸다.

"애 좀 그만 울려! 도대체 술파는 집에 애 울음소리가 웬 말이야! 아아악!"

송화가 있는 대로 짜증을 내면서 두 발을 동동거렸다. 마음 같아선 당장이라도 객방의 손님 아닌 손님과 저 밤낮 구분 없이 온종일 울고 자빠진 저놈의 애새끼를 쫓아내고 싶었지만, 태서가 맡긴 손님이라 그럴 수도 없으니 신경질은 점점 더 늘어만 갔다. 안 그래도 금강산에서 돌아오자마자 쑥대밭이 되어있는 주가를 보고 기가 막혔는데, 이건 뭐 어떻게 손쓸 수 없는 커다란 짐 덩이들까지 맡고 있자니 기만 막힐 뿐만 아니라 숨구멍이란 숨구멍이 죄다 막히는 기분이었다.

"애애애앵! 애애애애앵!"

송화의 악쓰는 소리가 아기의 심사를 거스른 것인지, 아님 동화된 것인지 아기의 울음 또한 송화 못지않게 악쓰는 소리로 변했다

"아아악! 미쳐어! 내가 미쳐! 악! 내 당장 저놈의 애새끼를!"

짜증이 날 대로 난 송화가 이제 더는 못 참겠다는 듯이 당장 객방으로

뛰어가려고 하자, 부엌에서 한 사람이 황급히 뛰쳐나왔다.

"내가 가 볼게요. 행수는 마저 일이나 하셔요."

서 씨 부인이 나서서 그리 말리자, 송화는 잠시 망설이다가 그래라하고 한발 물러났다. 사실 자신이 뛰어가 봐야 성질 피우는 일 외에 달리 뭐라 할 방법도 없었다. 그런다고 누굴 닮았는지 모르는 저 쇠심줄의 갓난쟁이 가 제 말을 알아듣고 울음을 그칠 것도 아니었다.

"부인이 좀 잘 달래 봐요. 부엌일은 뭣하면 다른 사람 시켜도 되니까, 제 발! 제발 저 애새끼 입만 좀 다물게 해줘요, 네?"

송화가 신신당부한 후 서 씨 부인을 객방으로 보냈다.

"응애애애애! 응애애애애!"

"왜 이렇게 울어 대냐? 오줌을 싼 것도 아니고 배가 고픈 것도 아닌데 어찌 이리 울기만 해."

동 서방은 진땀을 뻘뻘 흘리며 아이를 어르느라 정신이 없었다.

아이를 감싼 포대기를 어색한 손놀림으로 이리 안고 저리 안고 해도 아이는 좀처럼 울음을 그칠 기미가 보이지 않았다.

"그래. 너도 갑작스레 변한 네 운명이 서럽기도 하겠지."

포대기 속에서 온몸이 새빨개진 채 죽어라 울음을 토해내는 아이를 보는 동 서방의 얼굴은 제가 더 울상이었다.

"우의정 집 외손녀로, 참판 집 손녀딸로 고이고이 자랄 것을 졸지에 이런 못난 아비를 두게 생겼으니, 네 한이 어찌 사무치지 않겠느냐."

이틀 전 밤, 태서가 갑작스레 아이를 안고 왔을 때 동 서방은 기겁을 하고 놀랐더랬다. 제 애를 보고 싶다고 생각은 했었지만, 막상 갑작스레 맞닥뜨리게 된 제 아이는 감격스럽긴 해도 두려움, 그 자체였다. 갓난쟁이인데도 하얀 얼굴에 코가 오똑하니, 제 어미를 닮아 벌써 어여쁘기가 어디 비할 데 없는 곱디고운 아이를 저 같은 천한 놈이 그것도 다리 병신 놈이 아비라고 키워도 될는지, 제대로 키울 수나 있는지 덜컥 겁부터 났더랬다.

"도, 돌려주고 오시오. 나, 나 같은 놈이 어찌 이, 이 아이를 키울 수 있겠소."

엉겁결에 태서에게 받아든 포대기를 얼른 다시 돌려주었지만, 태서가 한 말에 손을 거둬들일 수밖에 없었다.

"아무도 없는 텅 빈 집에서 사흘 밤낮으로 혼자 울고 있었어. 하마터면 그대로 아무도 없는 빈집에서 혼자 죽을 뻔한 걸 내 수하가 데리고 온 거야."

우의정과 우의정의 딸이 갑자기 잡혀간 바람에 혼자 남아 아이를 보살피던 유모가 우의정 집의 몇 안남은 돈 될 만한 것들을 훔쳐 달아나면서 애를 버리고 갔다고 했다. 멀고 가까운 친척들이 이미 집안의 하인들이나 크고 적은 재산들, 창고 안의 곡식들이며 살림살이들까지 죄다 가져가 버리고 난 후였다.

"그런 상황에 혼자 의리 지켜서 애를 보고 있어도, 언제까지 봐야 할지, 또 그런다고 해도 수중에 떨어질 게 있기나 할는지 하고 생각하다 보니 선뜻 버리고 간 모양이더군."

"어떻게 그런……! 그, 그, 그럼 참판 집은요. 그쪽은 딸이 의금부에 잡혀 있긴 하지만 참판 내외도 있고 또 그……"

숙영의 남편인, 남편이었던 성우의 얘기를 꺼냈지만 동 서방은 금세 입을 다물었다. 제 핏줄도 아닌 아이를 거둬들여 주기를 바라는 게 제가 생각해도 너무 이기적인 생각임을 알아서였다. 참판 내외와 그 아들의 처지에서 보면 원수나 다름없는 아이일 터이니 말이다.

"그 집안도 경황이 없는 상태이니 아이가 어찌 됐는지 살필 여력이 없을 거야. 어쨌건 어차피 딸을 살릴 생각 아니었어? 그럼, 그쪽이 키워야지. 그쪽 딸이니까."

태서는 무책임하게 그리 말하더니, 당분간 몸을 의탁하고 있으라고 용주골 주가에 떡하니 동 서방 부녀를 내려놓고 가 버렸다.

"응애애애애! 응애애애애애!"

"오냐…… 서러우면 울어야지. 울어라. 실컷 울어 네 한이 달래질 수 있다면 울어야지, 어쩌겠어."

동 서방이 울음을 그치지 않는 아이에게 저 역시 울먹이며 중얼거렸을 때였다.

"흠, 흠!"

바깥에서 누군가의 헛기침 소리가 들려왔다.

"누구시오?"

"여기 부엌일 하는 사람입니다. 잠시 아이를 돌봐도 될까요?"

잔뜩 쉬고 갈라진, 그럼에도 여인의 것으로 들리는 차분한 목소리가 방문 밖에서 들려왔다.

"그래 주시겠소이까?"

반가운 마음에 얼른 아이를 안은 채 앉은걸음으로 방문 앞으로 다가가 방문을 연 동 서방은 너울로 얼굴을 가리고 선 여인을 보고 잠시 멈칫하였다.

"이리."

여인이 내민 두 손을 내보고서야, 조금 달려 올라가 옷소매 밑으로 드러난 불에 덴 참혹한 흉터를 보고서야, 동 서방은 너울의 의미를 깨닫고선 얼른 아이의 포대기를 그 손에 넘겼다. "응애애애애!"

"으음. 그으래."

마당에 선 채 포대기를 받아들고 찬찬히 아이를 살핀 서 씨 부인이 부드러운 손짓으로 포대기 안으로 손을 집어넣고선 뒤적뒤적하더니 포대기의 천을 조금 느슨하게 하여 바람이 통하게 하였다. 그러자, 거짓말처럼 신통하게도 아이의 울음이 조금씩 잦아들기 시작했다.

"응애…… 으애…… 으애애애……."

"으응. 그래, 갑갑했구나. 엉덩이가 많이 배겼어. 땀도 많이 차고, 응."

포대기를 안은 채 햇볕 아래서 살랑살랑 가볍게 몸을 흔들며 서 씨 부인이 아이에게 말을 걸었다.

"이리 짜증이 났는데 아무도 못 알아주니 얼마나 서러웠을꼬? 후후. 어이구. 금세 기분이 좋아지셨어? 순하기도 하지. 착하기도 하지."

말귀를 알아듣는 아이에게 하듯 연신 말을 걸던 서 씨 부인이 신기한 눈으로 저를 보고 있는 동 서방에게 물었다.

"아이 이름이 어떻게 됩니까?"

"…… 진아. 진아라고 합니다."

순간, 연신 살랑살랑 움직이던 서 씨 부인의 몸이 그대로 굳어버렸다.

'진아. 네 이름이 진아니?'

이젠 거의 작게 헛울음만 으애, 으애 거리고 있는 아이를 내려다보는 서 씨 부인의 너울 밑으로 뚝, 눈물 한 방울이 떨어져 내렸다. 생판 처음 보는 아이가, 단지 오래전 자신이 버리고 도망쳤던, 저의 헛된 욕심으로 인해 기어이 의금부로 잡혀가 자진을 하고만 가엾은 제 딸아이와 이름이 같다는 이유만으로 가슴이 미어지는 것 같았다.

'아가…… 진아!'

너무도 익숙한 이름을 몇 번이고 소리 없이 중얼대던 서 씨 부인이 울컥, 가슴 저 깊은 곳에서 치솟아 오르는 그 무엇인가를 참지 못하고 포대기를 껴안았다.

"진아!"

"응?"

산나물을 뜯던 하진은 문득 누군가 저를 부르는 소리가 난 것 같아, 쪼그리고 앉아있던 몸을 펴고는 휘휘, 주변을 둘러보았다. 하지만 하진에게서 조금 멀리 떨어진 곳에서 산나물을 뜯고 있는 몇 명의 여인네들 빼고는 이렇다 할 사람이 없었다.

"허 규수! 날이 꾸물거리는 걸 보니 곧 비라도 내릴 것 같은데 이제 그만하고 내려가시지요!"

방금 막 허리를 편 그들 중 한 명이 문득, 하진을 보고선 얼른 내려오라고 손짓을 하였다. 하진을 허 규수라 부른 선한 인상의 중년 여인은 병으로 요양 중인 권빈 허 씨를 모시고 있는 정 상궁이었다. 권빈 허 씨는 선대 임금의 후궁으로서 몇 년 전부터 몸이 좋지 않아 계룡산 산 밑에 조그마한 집을 짓고 사는 중이었다. 몸이 좀 괜찮을 땐 계룡산 산중의 동학사에 가서 불공을 드리며 선대 임금의 명복을 빌곤 하였지만, 근래에 들어선 어지럼증이 자주 일어나 제대로 일어나 앉는 일조차 힘들어하는 일이 많았다. 그리고 '허 규수'는 자식 하나 없이 홀로 요양 중인 그런 권빈을 가엾이 여긴 임금이 권빈을 위해 보내 준 먼 친척 조카였다.

"얼른 따라잡을 터이니, 먼저 천천히 내려가셔요!"

하진이 정 상궁처럼 소리를 질러 곧 내려가겠다는 뜻을 전한 후, 갓 딴 산나물들이 가득한 바구니를 들어 옆구리에 꼈다.

"하아……"

이마에 송골송골 맺힌 땀방울을 손등으로 훑어낸 하진이 산 아래로 향하는 오솔길로 향했다. 아직 날이 지려면 한참이나 남았는데 날이 흐려서인지 아님, 유독 주변의 나무들이 울창해서인지 오솔길은 초저녁인 양 어둑어둑하였다.

자박자박. 희미한 새소리와 바람결에 나부끼는 풀잎 소리만을 제외하면 오솔길 안에는 오직 하진의 발소리만이 유일한 소리로 존재했다. 그러기에 갑작스레 나무 뒤에서 뻗어 나온 손이 자신의 허리를 잡아당겼을 때, 하진은 놀란 나머지 저답지 않게 "악!" 하고 작게 소리까지 질렀다.

"쉿! 들키면 어쩌려고."

여태 단 한 번도 본 적 없는 물빛 도포 차림의 태서가 하진을 내려다보며, 다정히 눈웃음을 지었다. 그러더니 다짜고짜 놀란 하진의 입술 위로 막 달군 쇠보다 더 뜨거운 제 입술을 들이밀었다.

"읍…… 으흠. 으흐음."

갑작스러운 입맞춤에 당황하는 것도 잠시, 이내 하진은 기다렸다는 듯이 바구니를 떨어뜨린 손을 들어 단단한 태서의 어깨를 끌어안았다. 태서의 입맞춤에 그보다 더 열렬한 입맞춤으로 화답하였다. 뜨거운 호흡이 교차함에 따라 저절로 허리가 조금 휘었고, 그 바람에 입술을 붙인 태서의 등도 조금 굽었다. 그 굽혀진 등의 곡선을 더듬는 하진의 손길은 제 등허리를 더듬어 내려오는 태서의 손길만큼이나 다급하였고 성급하였다. 성급한 건 손만이 아니었다. 서로의 영토를 뺏고 빼앗기는 격렬한 전투이기라도 하듯 서로에게 조금의 양보도 없이 입술을 비비고, 입안의 호흡을 흐트러트리는 두 사람의 혀 또한 성급하고 갈급하게 움직였다. 아무리 서로를 취해도 마냥 부족하였다. 뜨거운 입술과 마른 혓바닥 성급한 손길만으론 도무지 채워지지 않는 그 무엇이 두 사람을 마치 뭍에 억지로 끌려 나온 물고기들처럼 꿈틀거리게 하였다. 둘 중 먼저 정신을 차린 건, 아마 태서였던 것 같다. 입술을 떼고 붙이고, 다시 서로의 얼굴에 입술을 찍고, 목을 타고 내려오다 다시 서로의 입술로 회귀하는 도중, 굴곡 있는 등허리를 타고 내려온 태서의 예의와 도덕을 잃은 손이 하진의 엉덩이를 움켜쥐고 조금 더 강하게 제 몸으로 끌어당겼을 때였던 것 같다. 아직 완전히 본연의 수줍음을 떨치지 못한 하진의 몸이 조금, 아주 약간 굳어 버린 걸 예민하기 그지없는 태서의 손이, 하나의 틈도 허락하지 않고 딱 달라붙어 있는 태서의 몸이 먼저 알아버렸기 때문이었다.

"하아……."

아주 힘들게, 죽을 것같이 힘들게 하진의 몸에서 한 발자국 물러난 태서가 받은 한숨을 내쉬었다.

"안 말리고 같이 장단을 맞추면 어떡해. 내가 얼마나 염치없는 놈인지 잘 알면서 이대로 여기서……."

저도 말이 안 되는 걸 알면서 태서는 괜히 겸연쩍어서 하진 핑계를 대려 하였지만, 이번엔 하진 쪽에서 와락 태서의 품 안으로 달려들었다.

"…… 었어?"

하진이 무언가를 물었지만, 워낙 속삭이는 것 같은 소리라 태서는 한 번에 알아듣지 못했다. 아니, 솔직히 말하면 말소리가 작아서 때문만은 아니었다. 아직 식지도 못한 뜨거운 몸에 하진이 다시 달라붙어 긴장한 때문이기도 했다. 이렇게 찰싹 달라붙어 있으면 하진이 태서 제 몸의 뻔뻔스럽고 염치없는 변화를, 불끈 달아오른 사내로서의 몸 상태를 고스란히 눈치채고 말 테니까.

"뭐라고?"

아주 살짝 엉덩이를 조금 뒤로 빼며 태서가 한숨 섞인 목소리로 물었다.

"뭐라고 그랬어?"

"왜 이렇게 늦었냐고. 얼마나 기다렸는데."

"…… 기다렸어? 올 줄 알았어?"

"그럼, 안 오려고 했어?"

무슨 소리를 하냐는 듯, 태서의 품에서 고개를 든 하진이 목을 길게 젖히고선 태서를 올려다보았다.

"약속했잖아. 훔쳐주겠다고. 근데 뭐 이래."

순식간에 차오른 눈물로 그렁그렁해진 눈으로 하진이 태서를 밉지 않게 흘겨보았다.

"이러면 왔어야지. 늦어도 열흘이면 왔어야지. 무슨 태서가, 태서란 사람이 이렇게 굼떠?"

"미안……, 근데 나 이제 태서 아냐."

"응?"

"더는 태서가 아니야. 태서가 아니게 되어버렸어."

이제 더는 제 것이 아닌 이름을 입에 올리는 태서의 얼굴은 속 시원해 보이면서도, 한편으로는 못내 섭섭한 듯 보였다.

.

.

.

그건 며칠 전에 있었던 일이었다.

수하에게서 임 참판이 집을 내놓았다는 소식을 들은 바로 그날이었다.

"임 참판이? 왜?"

"아들이랑 나란히 벼슬자리에서도 쫓겨났겠다, 딸자식은 제 올케를 죽이려 한 중죄인인 데다, 며느리는 이제 온 천하가 다 아는 부정한 여인으로 벌을 받게 생겼으니, 더는 도성 땅에서 얼굴을 들고 살 수 없게 된 때문이죠, 뭐. 그 뭐라더라? 자녀 뭐라고 하던데?"

"…… 자녀안?"

"예. 어쩌면 그 며느리가 자녀안에 이름이 오를지도 모른다고 의금부 관리들이 쑥덕거리더라고요. 임 참판 네는 이제 집안이 망한 거나 진배없다면서요."

결국, 수안대군을 제외하면 벌 받을 사람은 모두 받은 셈이었다. 물론 수안대군 역시 앞으로는 두 번 다시 정사에 관여하지 못하게 될 터이니, 그 역시 벌을 받은 셈이라면 셈이라 할 수 있었다. 그런데도 아직도 뭔가가 충족되지 못한 기분은 필시, 하진의 부재 때문일 것이었다.

'도대체 어디에 숨은 거야? 나더러 훔치러 와 달라고 했으면서. 이렇게 꽁꽁 숨어버리면 어떡해.'

하진의 동태를 살피고, 불편함이 없도록 잘 돌봐달라고 손을 썼던 의금부의 옥졸들이나 관리들도 다들 하나같이 하진이 자진했다고 말하고 있었다. 거짓말은 아니었다. 다들 정말 그렇게 믿고 있는 듯 보였다.

"태서, 도승지 영감이 태서를 보자 하는데요? 지금 집으로 좀 와 달랍니다."

착잡한 얼굴로 태서가 하진의 행방을 가늠해보고 있을 때, 이제 막 안가로 돌아온 수하가 도승지의 부탁을 전했다.

'드디어, 알아낸 것인가?'

급한 마음에 태서는 그 길로 바로 도승지의 집으로 향했다.

"드디어 알려줄 결심을 서셨소? ……응?"

여태 그랬던 것처럼 인기척도 내지 않고 도승지의 낡은 사랑채 안에 숨어 들어갔던 태서는 사랑채의 아랫목에 앉아있는 이를 보고선 낯을 굳혔다. 시중에서는 좀처럼 볼 수 없는 정도로 유난한 크기의 대갓을 쓰고 제 집 사랑채인 양 떡하니 아랫목을 차지하고 앉아 서책을 뒤적이고 있는 이는 태서가 처음 보는 얼굴이었다.

"도승지 영감께서 불러서 왔소만, 영감께서는 어딜 가셨소?"

"잠시 볼 일이 있어 자리를 비웠네. 나더러 대신 손님을 맞아 달라 하더군."

서책을 뒤적거리던 손길을 멈추고 천천히 눈을 들어 태서를 마주한 이의 얼굴엔 호기심이 가득하였다.

"계속 서 있을 참인가?"

"…… 뉘시오?"

경계심 가득한 얼굴로 태서가 물었다. 도성 안의 웬만한 고관대작들이나 왕실 쪽 사람들의 얼굴은 이미 익히 잘 알고 있는 태서였다. 그런데 지금 눈앞에 있는 사내는 단 한 번도 본 적이 없었다. 입고 있는 옷가지나 쓰고 있는 대갓, 그리고 갓끈이나 관자 등의 호사스러운 장신구들만 보자면 태서가 모를 리 없는 신분의 사람이어야 했다.

그런데도 모르는 얼굴인 걸 보면⋯⋯, 그런데도 태서가 모르는 얼굴이라면 필시⋯⋯

"⋯⋯ 전하십니까?"

혹시나 하여 묻는 바로 그 순간, 눈 깜짝할 사이에 병풍 속에서 웬 무관 차림의 사내가 튀어나와 금세 태서의 목에 장검을 겨누었다.

"요 며칠 꽤나 재미있는 짓을 하였더구나."

임금이 말한 건, 근래 태서가 운종가에서 벌인 일련의 사건들이었다. 사실 태서는 도승지에게서 하진의 행방을 알아낼 수 없다는 걸 안 바로 그날 밤부터 운종가에서 일을 벌였다. 멀리서 한눈에 봐도 제법 값비싸 보이는 양반 속곳들을 운종가 한복판 장대 위에 대롱대롱 매달아 놓은 것이었다. 그 장대에는 송 아무개라고 하는 이름까지 떡하니 적혀있었는데, 사람들이 그게 송 판서의 이름이란 걸 알게 된 건 그리 오래 지나지 않아서였다.

"아니, 그럼 저게 송 판서의 아래 속곳이란 말이야?"

"그런 것 같은데? 근데 저기 누우런 자국들은 뭔가?"

"크크큭. 판서 양반 평소에 똥 방구 꽤나 끼시는 모양인가 보이. 저거 누가 봐도 똥 지린 자국 아니던가? 흐흐흐."

"아흐, 좀 빨아 입지, 더럽기도 하셔라."

운종가 한복판에 온종일 걸려있던 속곳을 거두러 관원들이 출동한 것은 그날 저녁이 다 되어서였다. 뒤늦게 제 속옷이 운종가에 걸려있다는 소문을 들은 송 판서가 제 것이 아니라고 길길이 날뛰며 얼른 그 흉물을 거둬들이라고 성화를 부린 뒤였다. 단 반나절 만에 장대까지 치워지는 걸 본 사람들은 재미있는 이야깃거리가 없어졌다는 사실에 섭섭해했지만, 다음

날 아침이 되었을 땐 그 섭섭함은 씻은 듯이 사라졌다. 이번엔 좌의정의 이름이 적힌 장대 위에 몇 번이고 기운 자국이 덕지덕지 남아있는 속곳이 대롱대롱 매달려 있었기 때문이었다.

"아이고. 좌상 대감이 짜기가 소금보다 더하다는 소문은 익히 들어 알고 있었지만, 어째 속곳이 저 모양이 될 때까지 입으셨을까? 클클클."

"자네 속곳보다 두어 배는 더 오래된 듯 보이네, 그려. 웬만하면 새로 하나 해 입으시지, 대감 체면에 저런 걸 속곳이라 입고 다니나?"

이번엔 전날보다 좀 더 빨리 관원들이 출동해 장대의 속곳을 내리고는 "대체 어느 놈 짓이냐! 누구 본 적 없느냐!" 하고 고래고래 소리를 질러댔지만, 다음 날도 그다음 날에도 장대에 적힌 대신들의 이름만 바뀌고 장대가 세워지는 장소만 바뀌었을 뿐, 대신들의 낯을 부끄럽게 만드는 속곳은 계속 내걸렸다. 어떤 건 한 번도 빨지 않은 듯 누렇게 땟물이 들어있기도 했고, 또 어떤 건 저런 게 정말 속곳인가 싶을 정도로 묘한 형태를 띠고 있기도 했다. 상황이 그러다 보니 속곳들의 모양이나 형태에 따라 장대에 적힌 이름들에는 자연스레 수치스럽고 민망한 소문들이 따라붙기도 했다.

"자네도 봤나? 병판 대감 속곳이 여인들이나 입는 것이더군?"

"그 양반 겉으론 보기엔 전혀 그렇게 안 보이더니 꽤나 취향이 고우시네, 호호호"

"근데 정말 누가 저지른 걸까?"

"왜 저런 일들을 벌이는 거지? 보는 우리야 재미있긴 하지만."

날이 거듭될수록 사람들의 호기심과 궁금증은 점점 더 불어났다. 심지어는 아침나절에 누가 제일 먼저 장대에 걸린 속곳을 찾아낼 건지, 다음번 속곳 주인은 누가 될 것인지 돈까지 건 내기들이 성행하기도 했을 정도였다. 한편, 그런 와중에 자연스레 운종가의 생리를 잘 아는 사람들의 입에선 어느새 이름 하나가 조심스레 언급되기 시작했다.

태서.

태서가 아니고선 이만한 일을 운종가에서 저지를 사람이 없었고, 만약 태서가 한 짓이 아니라면 진작 태서의 손으로 무마시키고도 남았을 일이었기 때문이었다.

"그치? 아무래도 태서가 벌이는 일 같지? 이 운종가에서 태서가 아니면 누가 또 이런 대담한 짓을 한다는 거야? 태서한테 걸리면 무슨 짓을 당할지 알고?"

"그럼 요즈음 그 똥 투척 사건들도 전부?"

"하긴, 태서라면 능히 그만한 일을 하고도 남지."

"근데 태서가 왜?"

"아무리 태서라고 해도 그런 일들을 저지르고서 무사할 수는 없을 텐데, 왜 굳이 이런 일들을 벌인 거지?"

사람들은 태서가 왜 이런 일들을 벌이는 걸까 궁금해하는 한편, 태서가 한 짓이니 그 속곳들이 정말 대신들의 것들이라고 더 확실하게 믿기 시작했다. 태서가 이다음엔 또 무엇을 터트릴까 궁금해하는 사람들도 점점 늘어났다.

"중신들 사이에서도 어느새 네 이름이 거론되고 있다더구나. 너를 잡아들여 극형에 처해야 한다고."

임금의 말은 태서도 미리 짐작하고 있었다. 아니, 애초에 그것을 노리고 벌인 일이기도 했다.

"하지만, 흥미로운 건 누구도 앞장서서 너를 잡아들이라고 말하지 않는다는 점이다. 그 이유가 무엇일까?"

"괜히 앞에 나섰다가 제게 표적이 되어 더 민망한 꼴을 당할까 봐 겁이 나서겠지요. 전하께서도 아시고 계시기에 부러 저 같은 천것을 찾아오신 게 아닙니까?"

쓱, 감히 무엄한 말대꾸에 경고의 말도 없이 날카로운 검 날이 태서의 뺨을 그일 듯이 가까이 다가왔다.

"무엇을 들고 있느냐?"

임금이 정색하고 물었다.

"원하시는 무엇이든 들고 있사옵니다."

태서 역시 진지하기 짝이 없는 얼굴로 묻는 말에 답을 하였다.

"형태가 있느냐?"

"원하시면 형태가 있는 것으로 만들어 올리겠사옵니다."

"증명할 방법은?"

"그 또한 어렵지 않으니 준비해 드리겠사옵니다."

천하를 발아래 둔 존귀한 이와 도성의 모든 비밀을 손안에 쥔 발칙한 사내가 서로 팽팽한 시선을 주고받았다. 그 교차하는 시선 끝에 임금이 물었다.

"만에 하나, 내가 여기서 너를 죽이면 어찌 될까?"

"얻고자 하시는 것을 얻지 못하게 되시겠지요. 앞으로 꽤나 유용하게 쓰일 비책들을요."

"…… 대신 바라는 대가는?"

"아시지 않사옵니까?"

두 사람 다 어느 것 하나 명확하게 입에 담지 않았다. 그런데도 두 사람 다 상대가 무엇을 들고, 무엇을 원하여 거래에 임하고 있는지 뚜렷이 알고 있었다. 임금은 태서가 쥐고 있는 중신들의 약점이나 비밀을 요구하고 있었고, 태서는 그 대신 하진의 행방을 내놓으라고 요구하고 있었다. 임금은 그 약점과 비밀들을 형태가 있는 것, 이를테면 치부책의 형태로 가지고 있느냐고 물었고 태서는 원한다면 증좌를 갖춘 치부책을 주겠다고 말하고 있었다. 그 대신, 하진의 행방을 알려 달라고. 자신이 원하는 건 오직 그뿐이라고.

"…… 제힘으로 알아내려고 하면 굳이 못 알아낼 것도 아닙니다. 하지만 꽤 시간이 걸리겠지요. 저는 그 시간을 당기고 싶습니다."

서로의 심중을 재듯, 팽팽히 마주 보던 시선을 먼저 거둔 것은 태서 쪽이었다. 제 목에 닿아있는 검 날을 무시한 채, 태서는 단번에 방바닥에 머리를 조아리고선 임금에게 사정하였다.

"제가 원하는 것을 주십시오. 전하께서 바라시는 모든 것을 드리겠나이다."

거래는 항시 그렇다. 조급한 사람이 먼저 조르는 법이었고, 더 많은 걸 양보하는 법이었다. 마주 앉은 두 사내 중에 더 조급한 건, 태서 쪽이었다. 하진을 다시 만날 시간을 단 하루라도 더 당길 수 있다면 손목 하나를 내어놓아도 좋을 정도였다.

물론, 임금이 원한 건 쓸모도 없는 손목 따위가 아니었지만.

"그분이 원하신 건 뭔데?"

이제 완연히 어두워진 산길을 태서와 하진이 나란히, 마치 오래 해로하여 정다운 노부부처럼 서로의 손을 마주 잡고 걷고 있었다.

"내가 쥐고 있는 중신들에 대한 약점과 비밀, 그리고…… 태서란 이름."

"그럼 그래서……?"

하진이 걷다 말고 걱정스러운 얼굴로 태서를 보았다. 이제야 좀 전에 태서가 말한, 더는 태서가 아니게 되었다는 말뜻을 이해했기 때문이었다. 태서가, 태서가 아니게 된다는 건, 지금까지 살아온 삶을 모두 버리는 것과 같다. 예전에 태서는 말했었다. 태서였기에 짊어진 짐은 막중하였지만, 태서가 아니게 되면 여태 짊어온 짐보다 훨씬 더 많은 짐을 등에 지고 살아야 하는 것이 태서란 이름을 가졌던 자의 운명이라고 했다.

"내가 태서가 아니게 되면 언제 어디서 나를 해칠 사람들이 올지 몰라. 그리고 나 역시 이전의 태서들이 모두 그러했듯이 어느 날 갑자기 그림자처럼 그 형태도 남기지 않고 사라져버릴지도 몰라. 훗. 태서는 본디 여기저기 원한을 많이 사는 쥐새끼거든."

사람들의 비밀을 쥐고 있다는 건 그런 거라고 했다. 다른 사람들의 목줄을 틀어쥐고 있는 것과 같지만, 동시에 그들로부터 얼마든지 반격당하고 복수의 대상이 될 수 있는 거라고.

"괜찮아. 나는 그렇게 되지 않을 거니까. 너도 알잖아. 내가 그리 만만치 않은 놈이라는 거. 거기다……"

장난스레 눈을 빛내며, 태서가 도포자락 안을 뒤적거리더니 무언가를 꺼내 하진의 눈앞까지 들어 보였다.

"그분이 당신 행방을 알려주시는 것만으로는 내가 너무 밑진다 생각했는지 덤으로 이것까지 주셨거든."

"이건 호……패?"

그랬다. 태서가 도포 안에서 꺼낸 건, 새로 얻게 된 이름이 적힌 호패였다. 하진은 태서의 손에서 직접 호패를 받아들고는 이름이 무어라 쓰여 있는지 확인하기 위해 자세히 들여다보았다.

"어두워서 잘 안 보여. 뭐라고 쓰인 거야?"

"성은 장가에 이름은 호. 범 호(虎)자. 장호. 이게 내가 가지게 된 새 이름이야. 그리고……"

둘밖에 없는 산길인데도 흡사 따로 엿들을 사람이 있는 것처럼 태서가 하진의 말랑한 귓불에 입술이 스칠 정도로 가까이 입을 가져간 다음, 은밀하게 속삭였다.

"이번에야말로 정말 당신을 훔쳐서 야반도주할 사내의 이름이고."

사내는 정말 먹잇감을 눈앞에 둔 호랑이이기라도 한 것처럼, 당장이라도 통째로 집어삼킬 것 같은 눈으로 여인을 보았다. 처음 본 그 순간부터 저를 사로잡았던, 발칙하고도 어여쁜, 그래서 감히 훔쳐서라도 가지고야 말겠다 결심하게 만든 바로 그 여인을. 저를 훔쳐 달아나겠다고 선언하는데도, 앞으로 제 인생에 또 무슨 환란이 닥쳐올지도 모르는데도 할 수 있으면, 정 자신 있으면, 어디 한번 그리 해 보라고 당돌하게 눈을 빛내는 여인을.

.

.

.

이젠 정말 서로를 의지하지 않으면 잘 걷지 못할 정도로 깜깜해진 산길을 내려가며, 하진이 놀리듯 물었다.

"그분이 새 신분에 이름까지 주신 건 도둑질이나 하라고 하신 게 아닐 텐데."

"쥐새끼와 호랑이의 공통점이 뭔지 알아?"

"응?"

"사람들이 잡으려고 용을 쓰지만, 웬만해선 잘 잡히지 않는다는 거. 또한 누구도 쉽게 막지도 말리지도 못한다는 거."

"훗…… 그러네. 근데 그 외에도 한 가지가 더 있는데."

이날 밤 보쌈당할 예정인 허 씨 규수가 웃음을 깨물며 소곤거렸다.

"쥐도 호랑이도 내가 참 많이 좋아하는…… 어맛!"

말을 채 끝내지도 못했는데, 사내가 잡고 있던 여인의 손을 당겨 또다시 제 품에 여인을 가뒀다.

"날 자꾸 자극하지 마. 오늘 밤이 아니라 이대로 널 훔쳐서 달아나고 싶어지니까."

"…… 후후훗."

하진이 제가 연모하는 사내의 품에 고개를 묻은 채 작게 웃었다.

"그래도 된다고? 응?"

"훗. 그보다 저기 동화사에 죽은 남편의 명복을 빌러 오는 부인이 하나 있는데……"

"안 돼."

장호는 섣부른 거절로, 하진의 말을 중간에서 잘랐다. 하진의 말을 듣고 나면 자신은 하진의 말을 끝끝내 거부하지 못할 걸 알아서였다.

"이번엔 안 돼. 절대 안 돼? 응?"

장호가 짐짓 화난 목소리로 기어이 하진에게서 그러지 않겠다는 다짐을 받아내려 했지만, 제 품에서 고개를 든 하진의 눈이 가늘게 눈웃음을 짓는 걸 본 순간 깨닫고 말았다.

자신은 이번에도 지고 말 거라는 걸. 이번에도 자신은 기어이 이 여인의 말을 들어줄 수밖에 없을 거라는 걸.

그건 처음 하진을 만났던, 그 후로도 오랫동안 어린 계집애의 울음소리를 떨치지 못한 그때 이미 결정된 일이었다는 걸…….

"그래서, 이번엔 뭘 훔쳐내면 되는데?"